BAD VÖSLAU IN FLAMMEN

Norbert Ruhrhofer, 1968 in Wien geboren, startete seine Karriere als Sachbearbeiter im Gesundheitswesen. Schnell war klar, dass es in seiner Berufslaufbahn keinen roten Faden geben würde. Umtriebig verkaufte er nebenbei Verträge fürs Kabelfernsehen und Mitgliedschaften für den WWF, studierte auf dem zweiten Bildungsweg Rechtswissenschaften und arbeitete anschließend als Jurist. Nach weiteren Stationen als Barmann und Spinning-Trainer gründete er ein Unternehmen in der Werbebranche und war lange als Key-Account- und Produktmanager beschäftigt. Neben seiner Tätigkeit als Schriftsteller arbeitete er auch als Wachmann und Portier sowie zuletzt als Callcenteragent bei Notruf NÖ. Was er aber schon in den letzten zwanzig Jahren immer wieder tun wollte: Bücher schreiben! 2021 verwirklichte er diesen Traum und veröffentlichte seinen ersten Kriminalroman.
www.norbert-ruhrhofer.at

NORBERT RUHRHOFER

BAD VÖSLAU IN FLAMMEN

DER VIERTE FALL FÜR DIE POKORNYS

Ein Wiener-Speckgürtel-Krimi

emons:

Bibliografische Information der Deutschen Nationalbibliothek
Die Deutsche Nationalbibliothek verzeichnet diese Publikation
in der Deutschen Nationalbibliografie; detaillierte bibliografische
Daten sind im Internet über http://dnb.d-nb.de abrufbar.

© Emons Verlag GmbH
Alle Rechte vorbehalten
Umschlagmotiv: picture alliance / Willfried Gredler-Oxenbauer /
picturedesk.com
Umschlaggestaltung: Nina Schäfer, nach einem Konzept
von Leonardo Magrelli und Nina Schäfer
Umsetzung: Tobias Doetsch
Gestaltung Innenteil: DÜDE Satz und Grafik, Odenthal
Lektorat: Julia Lorenzer
Druck und Bindung: CPI – Clausen & Bosse, Leck
Printed in Germany 2024
ISBN 978-3-7408-2215-6
Ein Wiener-Speckgürtel-Krimi
Originalausgabe

Unser Newsletter informiert Sie
regelmäßig über Neues von emons:
Kostenlos bestellen unter
www.emons-verlag.de

Dieser Roman wurde vermittelt durch
die Literaturagentur Drews, Augsburg.

Für meinen Dad,
der immer an mich geglaubt hat

Personenliste

Willi Pokorny: siebenundvierzig Jahre alt, faul, unsportlich, je nach Jahreszeit entweder mit seinem dunkelgrünen E-Bike oder einem dreißig Jahre alten Ford Escort unterwegs. Derzeit arbeitslos, unterstützt seinen Freund bei der Auslieferung von Bioprodukten.

Toni Pokorny: Die allerbeste Ehefrau der Welt hat ihren vierzigsten Geburtstag hinter sich gebracht, ist sportlich und engagiert sich, Kindern Literatur näherzubringen. Durch einen Grundstücksverkauf finanziell abgesichert, arbeitet Teilzeit in der Gemeindebücherei. Ernährt sich gesund, wünscht sich sehnlichst ein Kind.

Maxime (Beagle-Dame): Die Hündin ist ein vollwertiges Familienmitglied der Pokornys und derzeitiger Kinderersatz.

Gruppeninspektor Friedrich Sprengnagl: Kriminalbeamter im Bereich Leib und Leben in Bad Vöslau, langjähriger Schulfreund vom Pokorny, Intimfeind der Chefinspektorin Wehli, die früher seine Chefin war und ihn jetzt für alle polizeilichen Aktivitäten die Stadtgemeinde betreffend anfordert.

Chefinspektorin Ottilia Wehli: achtunddreißigjährige Kriminalbeamtin, ständig in schwarzer Ledermontur und mit schwarzem Helm mit silbernem Totenschädel auf ihrer 1200er BMW unterwegs, will Leiterin des LKA werden, hat wegen einer gemeinsam vergeigten Soko und eines gescheiterten Grundstückskaufs Probleme mit dem Sprengnagl.

Liesl Katzinger: eine neugierige alte Frau, weiß über alles und jeden in Bad Vöslau Bescheid, bekennende Kettenraucherin, spricht Wörter häufig falsch aus oder verwendet sie sinnentfremdet.

Bio-Berti: langjähriger Schulfreund vom Pokorny und vom Sprengnagl, hat in Großau (Ortsteil der Stadtgemeinde Bad Vöslau) ein Geschäft aufgebaut, in dem er neben Bioprodukten mit Vorliebe Magic Mushrooms und Hanf verkauft.

Tatjana Walcha: ehemalige Schulfreundin von der Toni, jetzt Chefin der Stadtbücherei Bad Vöslau.

Die Hanifl: unbeliebte Doppelhausnachbarin der Pokornys.

Heidrun Zwatzl: stammt aus der DDR, ihr Vater war bei der Stasi, sie hat von ihm Abhörequipment geerbt, bespitzelt ihre Nachbarn mit versteckten Kameras und Mikrofonen.

Der Ludwig: Pflegeheimbewohner, schaut dem Waldorf von den Muppets ähnlich, ist immer mit einem Outdoor-Rollator mit extrabreiten Rädern und tiefem Profil sowie mit einem Fernglas zum Auskundschaften unterwegs.

Der Heini: Pflegeheimbewohner, schaut dem Statler von den Muppets ähnlich, ebenfalls mit Rollator, Fernglas und immer mit dem Ludwig unterwegs.

Claudia Folkert: unsympathische ältere Besitzerin eines Wolfshundes, hat mit jedem in ihrer Umgebung Streit.

Amalia und Dieter Schrott (Ehepaar): Nachbarn der Folkert, es gibt ständig Streit wegen des Wolfshunds der Nachbarin.

Arthur Nussbaum: Gegenübernachbar der Folkert und der Schrotts, hat ebenso wegen des Hunds Streit mit ihr.

Helmut Grammel: Obdachloser, der in dem leer stehenden Hotel Zur Waldandacht wohnt und bei dem Brand ums Leben kommt.

Kurt Ribitsch: Obdachloser, der dem Brand entkommt.

»Fix Laudon!« Der Pokorny dreht die Sohle seines rechten Schuhs nach oben, beugt sich vor und rümpft die Nase. »Na super, das waren sicher die Gruftis«, schimpft er und zeigt auf ein angegrautes Ehepaar. Während die ältere Dame betreten zu Boden schaut, geht der Mann ohne jede Spur von schlechtem Gewissen mit seinem monströsen Schäferhund über den Parkplatz beim Weingut Schlossberg.

»Willi! Nicht so laut, sonst hören die uns noch«, flüstert die Toni.

»Und wenn, was dann?« Hüpfend formt er mit beiden Händen einen Trichter und brüllt: »Dreckschweine, räumt eure Hundescheiße gefälligst weg!«

Die Toni schüttelt den Kopf und reicht ihm zum Reinigen ein längliches Holzstück. »Versuch es damit.«

Verärgert wandert sein Blick zwischen dem Stöckchen und dem Ehepaar hin und her. Er greift mit der rechten Hand danach und hält sich mit der linken der Schulter der allerbesten Ehefrau der Welt fest. Während er mit angeekelter Miene im Profil seines Schuhs stochert, zieht die Maxime die Toni mit einem heftigen Ruck von ihm weg. Schließlich hat die Beagle-Dame nach einem dreistündigen Schläfchen unter dem Tisch ein dringendes Geschäft zu erledigen. Der Pokorny hüpft auf dem linken Bein durch die Wiese, darauf bedacht, nicht das Gleichgewicht zu verlieren oder gar in einen weiteren Haufen zu springen. Letztendlich rutscht er auf der regennassen Wiese aus und geht als Verlierer aus dem Ring. Rücklings stürzt er der Länge nach mitten rein ins nächste Glück.

»Kruzitürken!«, flucht er lautstark. »Echt, ich hab die Schweine von Hundebesitzern dermaßen satt. Was ist so schwer daran, die Haufen ihrer Hundsviecher wegzuräumen? Sogar da vorm Heurigen pfeifen die sich nichts. Unglaublich!«

Die Toni reicht ihm die Hand zum Aufstehen und verzieht beim Anblick der Rückseite seines Hemdes das Gesicht. »So kannst du dich nicht ins Auto setzen.«

»Und was soll ich jetzt tun? Wir müssen noch eine Runde mit Maxime drehen. Mir graust, so kann ich nicht herumlaufen.«

»Na ja, es ist eh schon dunkel, sehen wird dich also niemand.«

»Aber riechen, ich stink wie ein Iltis.«

»Beruhig dich. Unsere Süße braucht noch ein bisschen Auslauf, gehen wir einfach bis zum Parkplatz Waldandacht und wieder retour. Bevor du ins Auto steigst«, meint sie grinsend, »ziehst du die Schuhe und das Hemd aus.«

Der Pokorny grummelt. »Ja, ja, hab du nur deinen Spaß.«

»Passt schon, mein Brummbär. Eine schnelle Dusche, und schon sitzen wir beim Tatort. Besser, dort wird gemordet, als du erledigst das gleich hier am Parkplatz.«

»Brr, scheußlich, na, dann los.« Er wischt sich die Schuhe in der Wiese ab, bewegt die Schulterblätter vor und zurück und verzieht angeekelt das Gesicht. Schimpfend stapft er bergauf zum Parkplatz vom geschlossenen Hotel Zur Waldandacht.

Normalerweise benutzen die beiden den Wanderweg, der entlang der Zufahrtsstraße verläuft. Wegen der hereinbrechenden Dunkelheit nutzen sie das Licht der Straßenlaternen und gehen vorsichtig am linken Straßenrand hinauf zum Hotel, als plötzlich ein Mann auf einem unbeleuchteten Fahrrad ums Eck schießt. Mit großen Augen verreißt er beim Anblick der Pokornys den Lenker, rutscht mit dem Hinterrad weg und schlittert seitlich in den Graben am Straßenrand.

Während die Toni zu ihm hinläuft, hat der Pokorny alle Hände voll zu tun, die sich gebärdende Maxime zu bändigen. Sie ist eigenartigerweise nicht an dem Rowdy interessiert, sondern zerrt wie wild Richtung Hotel.

»Aus!«, ruft der Pokorny und wendet sich der Toni zu. »Ist ihm was passiert?«

Der Fahrer rappelt sich auf. Er wirkt panisch, der Schock ist ihm ins Gesicht geschrieben. An seiner Stirn, unter den strup-

pigen, wirr abstehenden grauen Haaren, läuft von einer Schürfwunde Blut herunter. Er sammelt seine Habseligkeiten zusammen, stopft alles in den aufgerissenen Rucksack und rast wortlos
mit dem Fahrrad davon.

»Was war das jetzt?«

»Ein Verrückter. Und die Maxime raubt mir noch den letzten
Nerv. Aus jetzt!«, schreit der Pokorny und reißt die Augen auf.
Ein herrenloser hellbrauner Golden Retriever und ein schwarzer
Labrador stürmen auf ihn zu. Schnell leint er die Beagelin ab.
Besser, sie verschwindet in den Wald, als an der Leine zwei Art-
genossen ausgeliefert zu sein. Letztendlich verliert immer der
angeleinte Hund. Doch die beiden wirken friedlich, beschnüffeln
die Maxime, drehen sich um, und zu dritt stürmen sie die letzten
Meter zum Hotel Zur Waldandacht hinauf.

Die Toni läuft den Hunden nach, der unsportliche Pokorny
bemüht sich, Schritt zu halten. Nach der Kurve wissen sie, weshalb die Tiere außer Rand und Band sind. Das geschlossene Hotel
brennt, die drei Hunde laufen bellend hinter das Gebäude.

»Maxime, hier!«, schreit die Toni. Von dem bemoosten Dach
lösen sich einzelne Schindeln und krachen gefährlich nahe an der
Hausmauer hinunter.

An der ohnehin schon sturen Beagelin prallen in dem Chaos
alle gut eingelernten Kommandos ab.

Die Pokornys umkreisen in sicherem Abstand das Hotel
und finden die Vierbeiner vor einer offen stehenden Tür, aus
der dichte Rauchschwaden herauswabern.

»Weg da, ist zu gefährlich!«, schreit der Pokorny, leint die
Beagle-Dame an und zerrt sie vom brennenden Hotel weg.

Beherzt ergreift die Toni die Halsbänder der friedlichen, aber
sehr nervösen anderen beiden Tiere und zieht sie keuchend hinter sich und dem Pokorny her. Sie fädelt die acht Meter lange
Flexi-Leine der Beagelin durch die Halsbänder der zwei anderen
Hunde und fixiert die Leine an einer massiven Schwarzföhre.
Danach dreht sie sich um und läuft mit dem Pokorny zurück
zum Hintereingang.

»Das hat keinen Sinn, da ist alles verraucht. Wer weiß, ob da überhaupt noch wer drinnen ist«, ruft er und hält die Toni an den Schultern zurück.

Sie nickt. »Der Mann am Fahrrad hat sicherlich etwas damit zu tun. Deswegen ist er so verrückt unterwegs gewesen. Ich ruf die Feuerwehr an, du den Sprengi. Er soll entscheiden, was weiter passiert.«

Beide zücken ihre Handys, also der Pokorny halt sein altes Nokia, die Toni ihr nigelnagelneues iPhone. Nach dem Abflug vom Harzbergturm hat sich die Bürgermeisterin nicht lumpen lassen und ihr das allerneueste Apple-Schmuckstück geschenkt. Natürlich mit dem heimlichen Wahrzeichen der Stadtgemeinde Bad Vöslau – der Linda – auf der Rückseite. Zum Glück gibt es jede Menge stylische Schutzhüllen, weil – bei aller Liebe und Dankbarkeit – auf dem coolen iPhone eine hellblaue Seekuh, nein, das geht für die stets modisch gekleidete allerbeste Ehefrau der Welt gar nicht.

Rasch ist die Situation geklärt, kaum aufgelegt, ertönt schon die Alarmsirene der Feuerwehr, wenig später rast das erste Löschfahrzeug die Straße zum Hotel hinauf.

Kurz vor dem Eintreffen der Feuerwehr quietscht sich ihr Freund, der Gruppeninspektor Sprengnagl, ein. »Zum Glück seid ihr da die Runde gegangen. Nicht auszudenken, wenn das Feuer auf den Wald übergreift.«

Rasch erzählt ihm der Pokorny von der seltsamen Begegnung mit dem Radfahrer. »Vielleicht hat der den Brand gelegt, keine Ahnung. Aber so wie der drauf war … Der ist nicht einfach so abgehaut, der war auf der Flucht.«

Der Sprengnagl rümpft die Nase. »Wieso stinkt's denn hier so?« Er beugt sich zum Pokorny hin. »Bist du das? Ist ja nicht zum Aushalten.«

»Soll ich dir die Stelle zeigen?«, fragt der Pokorny genervt, ohne auf die Frage einzugehen.

Sein Freund sieht, wie sich die Toni grinsend den Hunden zuwendet. »Ja, bitte. Vielleicht stinkt's dort weniger.«

Während die allerbeste Ehefrau der Welt hinter dem Rücken der beiden Männer schallend zu lachen beginnt, geht der Pokorny mit wackelnden Ohren zu der Unfallstelle. »Da hat's ihn hineingebirnt.« Er zeigt seinem Freund die Mulde im Blätterhaufen, der den Aufprall des Fahrers gedämpft hat.

»Der hat mächtig Glück gehabt«, meint der Sprengnagl und deutet auf die beiden Bäume links und rechts der Mulde.

»Bis auf eine Schürfwunde am Kopf dürfte ihm nichts passiert sein. Zumindest hat er sich flott wieder aufs Rad geschmissen und war – ohne irgendwas zu sagen – weg.« Der Pokorny weist auf einen flachen Gegenstand. »Da hat er was vergessen.«

Bevor er danach greifen kann, hält ihn der Gruppeninspektor zurück. »Nicht berühren, die Spusi soll sich das anschauen. Ma, bitte, zieh dir dein Hemd aus, bist du in einen Hundehaufen gefallen, oder was?«

Je mehr sich der Pokorny ärgert, desto mehr beginnen seine Ohren zu wackeln. Gerade jetzt läuft er diesbezüglich zur Höchstform auf.

Die Toni sprintet ums Eck und entschärft unbewusst die angespannte Situation. »Schlechte Nachrichten, der Einsatzleiter hat einen Personenfund gemeldet und wollte die Polizei anrufen. Ich hab ihm gesagt, die ist schon da. Schnell!« Sie dreht sich um und eilt zurück zum Hotel.

In einiger Entfernung liegt ein Mann auf dem Waldboden. Zwar wirkt er äußerlich unverletzt, das verzerrte Gesicht mit dem verfilzten grauschwarzen Vollbart und die toten Augen sprechen aber Bände. Die Kleidung des Toten ist abgetragen, die Socken in den Sandalen haben ihre besten Tage hinter sich, mehrere Löcher geben den Blick auf ungepflegte Füße frei.

»Sieht nach einem Obdachlosen aus. Wahrscheinlich hat er da seinen Schlafplatz gehabt und wurde vom Feuer überrascht«, stöhnt der Gruppeninspektor, greift nach seinem Handy und ruft den Gerichtsmediziner an. »Guten Abend, Dr. Hammerschmied, wir haben eine Leiche beim Hotel Zur Waldandacht. Können Sie kommen?«

»Nicht gerne«, murrt der Mediziner. »Der Tatort fängt gleich an.«

Trotz des Ernstes der Lage kann sich der Sprengnagl ein Lachen nicht verkneifen. »Ja, ja, das trifft nicht nur Sie hart. Die Pokornys haben den Brand entdeckt.«

»Oje, oje«, schmunzelt jetzt auch der Pathologe. »Die Ehrenbürger sind schon wieder mit im Boot. Geteiltes Leid ist halbes Leid. Bin am Weg. Ist das LKA schon verständigt?«

»Noch nicht, ich ruf die Tatortgruppe an, der Alterbauer kann's der Wehli gerne weitererzählen. Also bis dann.« Der Sprengnagl seufzt, verzieht das Gesicht und deutet den Pokornys, mitzukommen. »Die O-Weh wird demnächst aufschlagen. Wollt ihr bleiben? Schließlich seid ihr Zeugen.«

Der Pokorny schüttelt den Kopf. »Du, ehrlich«, er dreht sich um und zeigt mit dem Daumen über seine Schulter. »Mir reicht die Scheiße auf meinem Hemd. Ihre blöden Kommentare geb ich mir heute sicher nicht. Und richte ihr aus, sie braucht heute auch keinen Hausbesuch mehr zu machen, wir öffnen nicht.«

Die Chefinspektorin Ottilia Wehli, hinter ihrem Rücken gerne O-Weh genannt, ist eine spezielle Freundin vom Pokorny. Da er als bester Freund vom Sprengnagl gut über die kriminellen Geschehnisse in Bad Vöslau informiert ist, gibt es öfters Reibereien. Speziell dann, wenn der Freizeitpolizist – wie sie ihn gerne nennt – wieder einmal in ihre Polizeiarbeit hineinfunkt. Sie besucht das Ehepaar regelmäßig, um ihren Unmut über die Einmischungen der Pokornys kundzutun. Mit Vorliebe macht sie das am Wochenende.

»Dachte ich mir. Ich melde mich später. Viel Spaß beim Tatort. Bei mir wird's sicher länger dauern. Servus.«

»Warte!«, ruft die Toni und zeigt auf die beiden Hunde. »Was macht ihr mit ihnen?«

»Erst einmal abwarten, ob andere Hundebesitzer nach ihren vierbeinigen Freunden suchen, während wir hier sind. Falls nicht, müssen wir sie leider ins Tierheim bringen. Bis später.« Er dreht sich um und eilt zum Einsatzleiter der Feuerwehr.

Wieder einmal wird es mit dem Tatort knapp. Wobei die beiden für einen entspannten Fernsehabend sowieso zu aufgewühlt sind. Da die Wartezeit im Wald sie trotz der angenehmen Temperatur und der Hitze des Brandherdes hat auskühlen lassen, freuen sie sich umso mehr, dass der Whirlpool repariert wurde. Eine Flasche Frizzantino vom Weingut Schlossberg und ein Veltliner vom Schachl liegen immer gut gekühlt im Eiskasten und wandern mit ins Badezimmer. Die Tatort-Folge wird kurzerhand aufgezeichnet, damit steht einem entspannten Bad nichts im Weg. Der Pokorny duscht nach der Entsorgung seines ohnehin durchgewetzten, stinkenden Hemdes vorher sicherheitshalber.

Die Toni nippt an ihrem Frizzantino. »Wundert mich irgendwie nicht, also dass sich in dem Hotel jemand aufgehalten hat. Das steht schon ewig leer. So wie der arme Mann angezogen war, hat der keine eigene Bleibe und ist dort untergekommen.«

»Ein Obdachloser in Bad Vöslau?« Fragend zieht der Pokorny die Augenbrauen nach oben. »Gibt's die bei uns auch?«

»Betroffene gibt es überall, mal ist es offensichtlich, mal versteckt. Anscheinend leben auch in Vöslau Menschen ohne festen Wohnsitz.«

»Der am Fahrrad hat auch nicht sonderlich gepflegt gewirkt. Zumindest das, was ich von ihm sehen konnte. Vielleicht hat der auch dort gehaust?« Der Pokorny schenkt sich nach und schnalzt mit der Zunge. »Das tut gut. Mir graust schon jetzt vor dem Gespräch mit der Wehli. Echt, da gehen wir lediglich spazieren und können uns von ihr sicher wieder anhören, dass wir uns in ihre Ermittlungen einmischen.«

Die Toni schneidet eine Grimasse. »Wieso Ermittlungen? Zuerst muss einmal die Ursache des Brands geklärt werden. Die zwei armen Hunde tun mir leid. Wenn wir mehr Platz hätten …«

»Dann täten wir ihnen Asyl anbieten, alles klar, und ich geh dann morgens mit drei Vierbeinern in die Annamühle. Da kann ich mir die Kugel geben, weil du stehst sicher nicht früher auf, oder?«, fragt er und kennt freilich die Antwort.

»War ja nur so eine Idee«, antwortet die Toni grinsend. Sie liebt ihren langen Schlaf. Wie ihr Liebster jeden Tag um fünf Uhr dreißig aufzustehen, käme ihr nie in den Sinn.

Gegen dreiundzwanzig Uhr kommt vom Sprengnagl eine Whatsapp.

– *Melde mich morgen, dauert länger.*

– *ok*

Montag, 23. September

Und wieder ist es passiert: Sobald sich ein potenzieller Kriminalfall in das Leben der Pokornys drängt, beginnt die Sache mit dem Trinken. Sonst halten sich die beiden mit dem Alkohol ja eher zurück. Wenn es aber irgendwo eine Leiche gibt, dauern die Abende immer länger, und die leeren Flaschen im Altglascontainer häufen sich.

Gähnend schlurft der Pokorny um sechs Uhr mit der Maxime ins Café Annamühle und stellt rasch fest, dass er besser liegen geblieben wäre. Seine persönliche Gewitterfront im Stammcafé, die Dagmar, ist heute noch schlechter drauf als sonst. Normalerweise grunzt sie den frühen Vogel zumindest an, an besseren Tagen verzieht sie das Gesicht, was er als angedeutetes Lächeln interpretiert. An diesem Morgen steckt sie die dunklen Semmerln für die Toni und seine Kürbiskernweckerln einfach in ein Sackerl, dreht sich um und verschwindet wortlos hinter der Tür mit der Aufschrift »Privat«. Eine gute Weile wartet der Pokorny gespannt, ob die lebensfrohe Mitarbeiterin doch noch zum Kassieren kommt. Nach einer gefühlten Ewigkeit legt er das Geld auf die Theke und verlässt grußlos das Lokal.

Die Toni fängt am Montag um acht Uhr in der Stadtbücherei an. Dementsprechend gesprächig ist sie nach der kurzen Nacht und der Flasche Frizzantino. Um sieben Uhr fünfundvierzig steigt sie langsam über die Treppe hinunter ins Wohnzimmer.

»Ah, mir platzt der Kopf. Ich bin nichts mehr gewohnt. Der Sprengi hat mir eine Whatsapp geschickt. Wir treffen ihn um zwölf Uhr fünfzehn beim Heurigen Sunk.«

»Beim Sunk? Der hat doch gar nicht offen.« Der Pokorny wundert sich über die Wahl. Normalerweise ist sein Freund über den Aussteckkalender der hiesigen Winzer bestens informiert.

»Er hat das mit der Chefin besprochen. Die kennt unsere

Probleme mit der Wehli und sperrt extra für uns auf.« Die Toni grinst. »Ist doch klar, wenn der Sprengi mittags verschwindet, checkt sie den Aussteckkalender und sucht die geöffneten Heurigen nach uns ab. Der Sunk ist eine gute Idee, da vermutet sie uns garantiert nicht.«

»Alles klar, ich hol dich um zwölf Uhr ab.«

»Bussi.«

Da heute ein wunderschöner Spätsommertag und die Temperatur angenehm warm ist, setzen sich die Pokornys an einen freien Tisch auf der hinter dem Haus befindlichen Terrasse des Heurigen. Ungefragt wird dem Pokorny ein Grüner Veltliner und der Toni ein spritziger Spumante serviert.

Ein paar Minuten später hastet der Sprengnagl durchs Lokal hinaus. »Ah, da seid ihr ja.«

»Schon paranoid?«, fragt ihn der Pokorny. »Wegen der Wahl des Lokals?«

»Hm, du kennst doch die Wehli. Zwar mag sie kaum wer, trotzdem, Neider gibt's überall. Ihr seids bekannt, würde mich nicht wundern, wenn sie auftaucht.« Er winkt der Kellnerin, bestellt einen gespritzten Traubensaft und atmet tief durch. »Alter Schwede, die O-Weh ist schlecht drauf. Ärger geht's nicht.«

Der Pokorny grinst. »Quält sie leicht immer noch der Candida-Pilz?«

»Geh, die hat sich mit probiotischen Darmbakterien aufgepusht, quietschfidel sekkiert sie im Alleingang die PI. Nein, irgendeine Herz-Schmerz-Geschichte. Die hat gestern Abend die Kollegin Stabeldorfer damit zugetextet. Echt mühsam. Was esst ihr? Also du, Toni, weil dein Liebster wird ja wohl wieder beim Bauerntoast zuschlagen.«

Beim Sunk schwört der Pokorny auf den Bauerntoast mit saftigem Kümmel-Surbraten und einem Spiegelei. Da geht für ihn nichts drüber.

Die nette Kellnerin bringt dem Sprengnagl sein Getränk und nimmt die Bestellung der Speisen entgegen. Wie erwartet wählt der Pokorny den Toast, die Toni entscheidet sich für gegrillte Putenstreifen auf gemischtem Salat, und für den Gruppeninspektor werden es geröstete Knödel mit Ei.

Der Pokorny trommelt nervös mit den Fingern auf der Tischplatte herum. »Erzähl, was war gestern los?«

»Der Tote heißt Helmut Grammel, ein Wiener, der nach dem Tod seiner Frau abgestürzt ist. Job weg, Wohnung weg, ist auf der Straße gelandet. Er hat in verschiedenen Obdachlosenunterkünften in Wien gewohnt. Vor einem knappen halben Jahr ist er von der Bildfläche verschwunden.«

»Vielleicht ist er zu diesem Zeitpunkt nach Vöslau gekommen und illegal ins Hotel eingestiegen«, mutmaßt der Pokorny.

Die Toni fragt: »Woran ist er gestorben?«

»Steht noch nicht fest. Äußere Verletzungen waren keine zu sehen. Eine Rauchgasvergiftung wäre möglich oder ein Herzinfarkt.«

»Könnt ihr ein Gewaltdelikt ausschließen?« Der Pokorny nippt an seinem Veltliner.

»Wir können zu diesem Zeitpunkt gar nichts ausschließen. Fix ist nur, dass der Brand gelegt wurde. Im Erdgeschoss waren zwei Holzstapel aufgeschichtet, die in Flammen aufgegangen sind. Ob es ein gezielter Anschlag auf die Obdachlosen war oder eine Art Kollateralschaden, wissen wir noch nicht.«

»Die Obdachlosen?«, fragt die Toni.

»Euer Radfahrer hat beim Sturz seinen Personalausweis verloren. Er heißt Kurt Ribitsch, hat zuletzt in derselben Unterkunft wie der Grammel gewohnt und ist ebenfalls seit sechs Monaten abgängig.«

»Und wo ist er jetzt?«

»Wissen wir nicht, wir suchen nach ihm. Möglich, dass er mit dem Zug nach Wien gefahren ist.«

»Wem gehört das Hotel?«, fragt die Toni.

»Dem Ehepaar Amalia und Dieter Schrott. Beide wohnhaft in der Holzmüllergasse in Bad Vöslau. Teure Gegend. Sie haben das Hotel vor mehreren Jahren aus der Konkursmasse gekauft und wollten das alte Gebäude abreißen und einen Wellness-Tempel mit allem Pipapo hinbauen. Angeblich gibt es schon lukrative Angebote für die Weinberge neben dem Hotel. Die Umwidmung ist im Gemeinderat strittig, die Anrainer laufen dagegen sowieso Sturm.«

Die Toni schnauft. »Das versteh ich gut. Die Gegend ist ein Traum, ruhig, saubere Luft. Und dann baut dir jemand eine Hotelanlage vor die Nase. Lärm, Staub und Schmutz sind da garantiert. Ich würde mich auch dagegen wehren.«

»Das Hotel steht unter Denkmalschutz und hätte nicht einfach so abgerissen werden dürfen. Ein Umbau allein hätte sich finanziell nicht gerechnet.« Der Sprengnagl trinkt einen Schluck von seinem Traubensaft.

»Die Eigentümer werden über den Brand also nicht traurig sein«, sagt die Toni. »Der Denkmalschutz ist Geschichte. Wart ihr schon bei ihnen?«

»Ja, laut einer Nachbarin sind sie gestern verreist. Telefonisch haben wir sie noch nicht erreicht.«

Der Pokorny schneidet eine Grimasse. »So ein Zufall aber auch. Die fahren weg, und grade da brennt das verfallene, denkmalgeschützte Hotel ab.«

»Das jetzt natürlich komplett neu gebaut werden kann. Weil, wo nix mehr ist, kann auch nix mehr geschützt werden …« Der Sprengnagl unterbricht sich, lauscht und seufzt. Bevor den Pokornys klar wird, warum er seufzt, hören sie schon das Geräusch eines Viertakt-Boxermotors.

Die Chefinspektorin Wehli bremst sich auf ihrer 1200er BMW neben der Terrasse ein, stellt den Motor ab, nimmt den Helm vom Kopf und lehnt sich auf den Lenker. »Was für eine Freude! Sie haben sicher noch ein Platzerl für das einzig wahre Auge des Gesetzes über«, stellt sie mehr fest, als dass sie fragt. Die Pokornys wissen damit, dass die amikale Plauderei bei der Geburtstagsfeier der Katzinger eine einmalige Sache war. Damals ist die Wehli plötzlich in Jeans beim Heurigen Riegler-Dorner aufgekreuzt, war leutselig, eigentlich ganz nett. Heute jedoch ist sie wie eh und je in ihrer schwarzen Ledergarnitur unterwegs, der silberne Totenkopf auf der Rückseite des schwarzen Helms grinst ihnen hässlich entgegen.

»Womit haben wir die Ehre verdient?«, fragt der Pokorny bemüht freundlich und rückt ihr sogar einen Sessel zurecht. Die Toni runzelt die Stirn, er zuckt entschuldigend mit den Schultern.

»Den freundlichen Hinweis mit dem Hausbesuchsverbot nehme ich Ihnen nicht übel. Ist eh sinnlos. Auch dass Sie gestern wieder einmal zufällig an meinem Tatort waren, anstatt den Tatort im Fernsehen zu verfolgen, war nicht anders zu erwarten. Aber sich hinter einem geschlossenen Heurigen zu verstecken, ist letztklassig.«

»Was wollen Sie?« Der Pokorny atmet tief durch.

Als der Chef die Speisen serviert, schiebt die Chefinspektorin die Unterlippe nach vorne. »Da wird ja ordentlich gevöllert, Mahlzeit, die Herrschaften.« Sie zeigt auf den Bauerntoast vom Pokorny. »Fangen Sie schon zu Mittag damit an? Weniger ist das Bäuchlein seit unserem letzten Treffen nicht geworden.«

»Und Sie kämpfen noch immer mit Ihrem Pilz? Oder weshalb schauen Sie so dürr aus der Wäsche?«, flachst der Pokorny zurück. Irgendwann reicht es auch ihm, und dass seine Zündschnur die Wehli betreffend sehr kurz ist, wissen alle Anwesenden.

»Papperlapapp, mir geht's prächtig.«

»Freut mich, dass Sie bei bester Gesundheit sind. Wie läuft's mit der Liebe?«, fragt der Pokorny und zieht beide Mundwinkel auseinander.

»Ich wüsste nicht, was Sie mein Liebesleben angeht.« Die Chefinspektorin kneift die Augen zu schmalen Schlitzen zusammen. »Wie kommen Sie überhaupt auf so eine impertinente Frage?«

Bevor das Gespräch komplett aus dem Ruder läuft, schaltet sich die Toni ein. »Frau Chefinspektorin, auch ich würde gerne wissen, wieso Sie uns zum Mittagessen beehren?«

Die Wehli fixiert weiterhin den Pokorny. »Ich wollte sichergehen, dass Sie gleich im Anschluss für die Zeugenaussage auf die PI kommen. Sonst vergessen Sie eventuell relevante Details. Außerdem ist es mir wichtig, Sie darauf hinzuweisen, dass jedwede private Einmischung Ihrerseits verboten ist. Auch wenn Sie wieder einmal mittendrin stecken. Nur damit das klar ist.«

»Das ist doch selbstverständlich, wir sind doch gesetzestreue Bürger. In Ihre hochwertigen Ermittlungen mischen wir uns wie immer nicht ein«, meint der Pokorny süffisant grinsend. »Apropos, haben Sie die Schrotts schon erreicht? Die profitieren ja ordentlich von dem Brand. Vielleicht wäre eine Hausdurchsuchung angesagt?«

Die Wehli schwenkt ihren Blick zur Toni. »Sie haben mich gefragt, weshalb ich Sie beim Mittagessen beehre? Genau aus diesem Grund. Sie wollen wieder Freizeitpolizisten spielen und sich einmischen. Wenn es in unserer *Beziehung* eine Konstante gibt, dann das lose Mundwerk Ihres Ehemanns. Damit bringt er sich noch in Teufels Küche.« Sie atmet tief durch und steht auf. »Wir sehen uns um vierzehn Uhr auf der Inspektion. Und, Sprengnagl … das ist kein Vorschlag, sondern eine Anordnung. Bis später.«

»Was war denn das jetzt?«, fragt die Toni.

Der Pokorny winkt ab. »Ein klassischer Schuss vor den Bug, würde ich sagen. Mehr nicht.«

»Das mit ihrem Liebesleben hättest du dir sparen können«, stöhnt der Gruppeninspektor. »Sie wird das klarerweise mit mir in Verbindung bringen.«

»Und die Provokation bei der Frage nach dem Ehepaar Schrott und einer Hausdurchsuchung war auch nicht notwendig. Willi, bitte! Du machst es ihr zu leicht.« Die Toni verschränkt die Finger ineinander und rubbelt sich über den Kopf.

Der Pokorny geht nicht darauf ein. »Was hast du über die Schrotts?«

»Gut situiert, Geld spielt da wenig Rolle. Haben bis vor zwanzig Jahren in Berndorf gewohnt, dann sind sie nach Vöslau gezogen. In den letzten Jahren gab's jede Menge Anzeigen der Nachbarin wegen angeblicher gefährlicher Drohungen und Verleumdungen. Sonst nichts.«

»Worum geht es da?«, fragt die Toni.

»Die Nachbarin, eine gewisse Claudia Folkert, wurde mehrfach vom Herrn Schrott bedroht. Angeblich wollte er sie und ihren Köter vergiften. Weil dieser den Vorgarten von dem Ehepaar vollkackt, was die Folkert natürlich bestreitet. Allerdings haben auch andere Nachbarn die Aussagen vom Herrn Schrott bestätigt. Die öffnet einfach die Haustür und lässt ihren Hund raus. Dann uriniert der Irische Wolfshund auf Autoreifen, Blumentöpfe und hinterlässt seine stinkenden Haufen.« Er schmunzelt. »Und wie das stinkt, weißt du ja spätestens seit gestern selber.«

Der Pokorny schüttelt sich. »Unglaublich, was da in Vöslau abgeht. Es ist doch kein Wunder, dass die Leute einen Hass auf Hunde haben. Dabei können die gar nix dafür. Ich geh vom Heurigen raus und bin quasi von Hundehaufen umzingelt. Da soll sich die Wehli mal drum kümmern!«

Der Sprengnagl schmunzelt, weil sich sein Freund so aufregt. »In Baden wurde in den Zeitungen groß von DNA-Tests der gemeldeten Hunde geschrieben. So könnten die Hundehaufen abgeglichen werden. Schau, es gibt einfach rücksichtslose Menschen, und dass manche Hundebesitzer Schweine sind, ist offenkundig.«

»Jeden Tag ärgere ich mich über den zugeschissenen Weg hinaus aufs Feld.« Der Pokorny redet sich in Rage.

»Ja, ja, ist schon gut«, sagt die Toni. »Spricht etwas dagegen, dass wir uns bei den Schrotts umschauen? Einfach so, wir können ja mit der Maxime am Sonnenweg spazieren gehen. Da würde sich dann leicht ein Gespräch einfädeln lassen.«

»Passt aber auf. Sie lässt Kollegen engmaschig patrouillieren. Nach eurer Unterhaltung gerade eben wird das noch engmaschiger passieren.«

»Schon, das sind aber Kollegen von dir. Würden die uns wirklich verpfeifen?«, fragt der Pokorny.

»Die O-Weh hat extra Kollegen aus Baden angefordert, und nicht überall hast du Freunde. Ich würde mich also nicht darauf verlassen. Falls ihr wirklich hinfahren wollt: Das rote Haus gehört den Schrotts, das blaue daneben der Folkert.«

»Warum lässt die Wehli das Haus nicht durchsuchen? Nach dem Leichenfund sollte es kein Problem sein, mit Gefahr im Verzug zu argumentieren.« Der Pokorny ruft die Kellnerin zum Zahlen.

Der Sprengnagl grinst. »Geredet hat die Wehli schon mit der Staatsanwältin, die hat abgewunken. Schließlich ist das Ehepaar laut der Nachbarin verreist. Es gibt vorerst keinen Grund, der für Gefahr im Verzug spricht und damit ein Aufbrechen der Haustür rechtfertigen würde. Die Schrotts können zum heutigen Stand der Ermittlungen nicht mit dem Brand in Verbindung gebracht werden. Ich denke doch, dass sie irgendwie davon erfahren, ihren Urlaub abbrechen und nach Hause kommen werden. Wenn das in den nächsten Tagen nicht passiert, checken wir Kreditkartenabrechnung, Gästeregistrierung und so weiter. Aufgemacht wird das Haus zuallerletzt.«

»Gut, wenn die Wehli keinen Stress hat, spielt uns das in die Hände«, stellt die Toni fest.

»Das Protokoll hab ich vorsorglich gestern noch geschrieben. Wenn wir gleich in die PI fahren, geht's auch ohne die Chefinspektorin. Die ist noch unterwegs und hat sich für vierzehn Uhr angekündigt.«

Die Toni lacht. »Dann los, muss ja nicht sein, dass sie dabei ist.« Sie begleicht die Rechnung. Wenige Augenblicke später sind sie unterwegs zur PI.

Tatsächlich bleibt ihnen weiteres Ungemach erspart. Zwar sind die anwesenden Kollegen über den Kurzauftritt der Pokornys überrascht, letztendlich aber froh, dass es zu keinem direkten Zusammentreffen mit der Wehli kommt.

Pünktlich um vierzehn Uhr dreißig treffen die Pokornys nach einer entspannten Runde durch den Kurpark beim Café Annamühle ein. Seit letztem Jahr ist die Caféhausrunde größer geworden. Immer öfter taucht vor allem der Heini mit seinem Rollator auf. Nach dem gescheiterten Versuch von der Katzinger und dem Heini, via Tinder einen Partner zu finden, sind die alte Frau und er zusammengewachsen. Zwar weiß niemand so genau, was zwischen den beiden rüstigen Pensionisten läuft, aber sie verstehen sich sehr gut. Heute ist die Stimmung gedrückt. Die Katzinger sitzt mit roten Giesswein-Merino-Runners sowie einem schwarzen Hauskleid und farblich dazu passendem Kopftuch an einem Tisch vor dem Café und rührt murmelnd in ihrer Melange herum.

»Guten Tag«, grüßt die Toni und runzelt die Stirn. »Stimmt etwas nicht?«

Die Katzinger zuckt mit ihren zarten Schultern und löffelt wortlos das Schlagobers vom Kaffee.

»Keine Antwort ist auch eine Antwort«, stellt der Pokorny fest und wendet sich an den Heini. »Was ist los? Geht's schon wieder um den Stehtisch?«

»Ja, schon … auch.«

»Du sagst gar nix. Das ist allein meine Sache!«, fährt die alte Frau dazwischen.

»Ist schon gut, Liesl, ich halt mich da raus«, meint er verzagt.

Die Toni zieht die Augenbrauen zusammen. »Wir haben das doch schon x-mal besprochen.«

Die Katzinger schnauft. »Ma, ihr redets euch leicht. Schauts euch doch um. Seit dem Umbau ist meine Annamühle nicht mehr das, was sie einmal war. Futsch ist mein Stammplatzerl, jeden Tag muss ich aufs Neue hoffen, dass ich überhaupt einen Platz bekomm.«

Irgendwie stimmt das schon. Vor der Renovierung und der Umgestaltung des Cafés und der Terrasse hatte die alte Frau einen eigenen Stammstehtisch links vom Eingang. Wer reinwollte, musste an ihr vorbei und hat von der »Ich weiß alles über jeden«-Gemeindebürgerin nicht selten einen Schlag mit dem Stock erhalten. Mal, weil ihr die Sicht verstellt wurde, mal, weil ein schiefer Blick auf ihre oft außergewöhnlichen Kleidungsstücke als Provokation aufgefasst wurde. Alles in allem war die zentrale Position strategisch gut. Gerüchte behaupten, der Chef der Caféhauskette habe den ständigen Beschwerden anderer Kunden nachgegeben und beim Umbau den Stehtisch der Katzinger einfach nicht mehr berücksichtigt. Der Eingang wurde von der linken auf die rechte Seite verlegt, und statt des Stehtischs zieren nun Sitzplätze den Bereich. Angeblich fiel der Tisch einer Behindertenrampe zum Opfer, was die alte Frau freilich nicht gelten lassen will. Bezieht sie doch immer alles auf sich.

»Sind Sie also immer noch verärgert? Irgendwann sollten Sie darüber weg sein«, stellt die Toni fest und legt der alten Frau verständnisvoll die rechte Hand auf die Schulter.

Dass die Katzinger die vermeintlich bösen Absichten des Chefs noch nicht verdaut hat, wird klar, als sie die Hand mit dem Griff ihres Stocks wegzieht. »Es ist ja nicht nur so, dass mich der geldgierige Millionär ins Ausgedinge geschickt hat. Nein, auch die griffigen Waschbetonplatten hat er exekutiert. Schaut euch das neue Zeug an, da rutsch ich wie Sau.« Sie steht auf, bewegt zur Demonstration den linken Fuß nach hinten und schleudert ihn ruckartig nach vorne. Prompt verliert sie das Gleichgewicht. Hätte nicht ihr ständiger Begleiter Heini seinen Rollator hastig hinter sie geschoben, wären die Auswirkungen noch schlimmer gewesen. Verletzungen unbestimmten Grades konnten so glücklicherweise verhindert werden. Allerdings stützt sie sich nun panisch auf das wackelige Tischchen, wodurch dieses kippt und alles darauf Befindliche hinunterfällt.

»Kruzitürken«, schimpft sie und entfernt unter Mithilfe der Maxime die Mischung aus Kaffee, Keksen und Schlagobers von ihrem nunmehr fleckigen schwarzen Hauskleid. »Ma, schau dir die schönen Laufschuhe vom Heini an. Hin sind die. Ma, alles wegen dem Chef.« Zusammen mit den hellen Haaren der süßen, aber ewig haarenden Beagle-Dame gibt das nunmehr befellte Hauskleid mit den Giesswein-Merinos ein Bild des Jammers ab.

Als wäre das nicht schon genug Ungemach, hat die empathie-befreite Dagmar auch am Nachmittag Dienst. Die schweigsame, ewig mürrische Angestellte ist schon unter normalen Umständen von Kundenfreundlichkeit ähnlich weit entfernt wie der Pokorny davon, einen Marathon unter vierundzwanzig Stunden zu laufen. Dass es noch unfreundlicher geht, hätte niemand erwartet. Kopf-schüttelnd öffnet sie nun die Eingangstür, verzieht das Gesicht zu einer Grimasse und wirft Schaufel und Besen zum umgekippten Tisch am Rand der Terrasse. Dass sie mit diesem Wurf ein da-zwischen sitzendes Ehepaar nur knapp verfehlt, interessiert sie wenig. Ohne Kommentar schließt sie die Tür und verschwindet wieder hinter der Theke.

Ihre Art, mit den Kunden umzugehen, ist schon grundsätz-lich eine Frechheit. Dass sie aber jetzt gelangweilt im aktuellen Stadtanzeiger der Gemeinde blättert, ist der alten Frau zu viel des Guten.

Mühsam stemmt sie sich hoch, schlittert, auf den Rollator ge-stützt, mit Besen und Schaufel über die Schlagobersunterlage zur Tür des Lokals und reißt diese auf. »Sag, spinnst jetzt komplett, oder was? Kaum Gäste, blöd dreinschauen, als hättest grade einen Schlaganfall gehabt, und dann so ein Auftritt.« Mit einer heftigen Bewegung schleudert sie der Angestellten Besen und Schaufel über die Theke und verfehlt diese nur knapp. »Mir reicht's mit dir. Das ist eine Frechheit sondergleichen. Wenn's dir den Vogel raushaut, dann bitte privat, aber Kunden behandelt man so nicht. Und jetzt hopp, hopp raus mit dir, sonst ruf ich die Kieberei wegen nicht gelungenem Totanschlag an. Zeugen gibt's ja genug. Außerdem ist es rutschig, und ein gebrochener Oberschenkel in meinem Alter … nicht auszudenken. Also hurtig!«

Spontaner Applaus des Ehepaars begleitet die resolute Frau zurück an ihren Platz. »Jetzt ist sie zu weit gegangen«, grunzt sie abschließend und winkt den Unterstützern huldvoll zu.

Der Pokorny wiegt den Kopf. »Kein schlechter Auftritt. Wird halt in der nächsten Zeit weniger Schlagobers auf Ihrer Melange geben.«

»Wehe, die traut sich, in mein ausgewogenes Ernährungskonzept einzugreifen. Dann ist ganz Schluss mit lustig«, brummt die Katzinger.

Freilich ist von einem überbordenden Engagement der Angestellten jetzt noch weniger auszugehen. Entsprechend werden die vier auch nicht enttäuscht. Langsam schlurft die Dagmar heran, lässt neben der alten Frau Besen und Schaufel fallen und stellt vor dem Chaos ein Schild mit der Aufschrift »Achtung! Rutschgefahr!« auf. Anschließend schleppt sie sich wieder in den Laden und beginnt, tiefgekühlte Semmeln auf das Backblech zu legen.

»Grr, ich glaub, die will mich veräppeln«, zischt die alte Frau und greift nach den Putzutensilien. »Na warte.«

Die Toni hält sie vorsichtig am Arm zurück. »Lassen Sie es gut sein.«

»Aber …«

»Nix, aber«, stimmt der Pokorny zu. »Das führt zu nichts. Wenn sich der Chef so eine Angestellte leisten möchte, dann müssen wir das akzeptieren.«

»Nur deshalb werden Sie aber nicht schwarz gekleidet ins Café kommen. Was liegt Ihnen sonst noch auf der Seele? Da stimmt doch was nicht, ich spüre das«, sagt die Toni und legt prüfend den Kopf schief.

»Mir geht's gut, alles panetti. Reden wir lieber über die Leiche vom Sandler. Ich glaub nicht, dass das ein Unfall war. Der ist sicher gemeuchelt worden. Ich tipp auf eine Melö-Sache, also eine unter Sandlern.«

»Milieu heißt das«, wirft der Pokorny belehrend ein. »Und paletti.«

»Schauen die Sandler in deinem Milieu anders aus als bei mir?«

»Wieso?«

»Weilst schon wieder so oberlehrerhaft daherschwafelst und Melö oder Mil…«

Die Toni stoppt die Ausführungen. »Stopp! Bei allem, was recht ist. Ihn herabwürdigend als Sandler zu bezeichnen, nur weil er anscheinend illegal in dem Hotel gewohnt hat, ist nicht in Ordnung.«

»Tiefste Schublade«, stimmt der Pokorny zu.

»Bla, bla«, murmelt die Katzinger mit zusammengekniffenen Augen.

Der Heini versucht, die verfahrene Situation zu entschärfen. »Wir haben gehört, dass Sie wieder mittendrin in den Ermittlungen stecken. Soll ja eine ganz schlimme Sache sein. Die Liesl hat erzählt, der Tote wäre verbrutzelt gewesen wie ein Spanferkel am Grill.«

»Wieso erfinden Sie so grausliche Geschichten? Am Toten waren keinerlei Verletzungen zu sehen. Er dürfte knapp vor der Tür gestürzt und an einer Rauchgasvergiftung gestorben sein«, sagt die Toni.

Die Katzinger fühlt sich sichtlich unwohl. »Pah, mir hat's wer erzählt. Wer absolut Zuverlässiger, ja, ja. Und falls ihr fragt, wer das war: Meine Informantin werde ich nicht preisgeben. Zeugenschutz und so, gell?«

»Dann sollten Sie mit Ihrer Informationsquelle ein ernstes Wort reden. Wir haben die Leiche gesehen, und sie war äußerlich unversehrt«, stellt der Pokorny fest.

Die alte Frau wiegt den Kopf. »Vielleicht hab ich's auch falsch verstanden und er ist mehr von innen her verbrutzelt. Was weiß ich, ich hör ja nicht mehr besonders gut.« Sie greift sich ohne Vorwarnung ins rechte Ohr. Mit einem saftigen Plopp rauscht der grauslich anmutende Hörstöpsel heraus und klatscht in den Rest vom Schlagobers am Boden.

Sie bückt sich und stierlt ächzend mit ihren rheumatischen Fingern in der bräunlichen Suppe herum. »Ah, da ist er ja«, trällert sie freudestrahlend und legt den triefenden Stöpsel auf das angepatzte Tischchen.

Ruckartig drehen sich die drei weg, weil das Hörgerät noch einmal zu sehen, das muss nicht sein. Die Schlagobersflecken werden sicher nicht zur Aufhübschung beigetragen haben.

»Ma, seids ihr zart besaitet. Heini, von dir bin ich ein bisserl enttäuscht, sonst stört es dich doch auch nicht, wenn ich abends meine Zähne …«

»Passt schon, Liesl«, fährt er rasch dazwischen. Ob das Gegenteil von Plopp ein Pff ist, kann der Pokorny nicht eindeutig ausmachen, froh ist er jedenfalls, als die Katzinger Entwarnung gibt. »Fertig! Hat was genutzt. Jetzt hör ich besser. Pokorny, Sprechprobe. Eins, zwei … na los! Worauf wartest du?« Zur Beschleunigung klopft sie ihm mit ihrem Stock auf den Knöchel.

Der Angesprochene tritt zur Seite und tippt sich zweimal mit dem Zeigefinger an die Stirn. Bevor die Situation abermals eskaliert, übernimmt die Toni. »Eins, zwei, drei. Und?«

»Fabelhaft, kann ich nur sagen. Fabelhaft. Wo waren wir?«

»Bei der angeblich verbrutzelten Leiche«, kann der Pokorny es nicht lassen.

»Frau Katzinger, Sie wissen doch über jeden in Bad Vöslau Bescheid«, süßelt die Toni in der Hoffnung, die neuerliche Provokation ihres Ehemanns zu übertünchen. »Kennen Sie das Ehepaar Schrott? Wohnt in der …«

»Holzmüllergasse, ich weiß«, fällt sie ihr prompt ins Wort und wirft dem Pokorny einen finsteren Blick zu. »Den Schnösel kenn ich von der Annamühle. Manchmal hat er sich auf ein Zigaretterl zum Stehtisch … also in der guten alten Zeit halt. Egal, er hat sich dazugestellt und wichtig dahergeredet. Sie ist eine Piefkinesin, er ein Steirer, meiner Meinung nach alle zwei ein bisserl gspritzt.«

»Wie meinen Sie das?«

»Na, allein die Vorstellung von dem Schrott, wie das Hotel werden soll. Der spinnt doch. Den halben Wald will er abholzen, den Lausturm versetzen, nur damit er genug Platz für sein Sechs-Sterne-Wellenessen-Hotel hat. Nie und nimmer lassen wir uns die Föhren rausreißen. Na gut, mit einer Deutschen bist eh schon schlimm dran, da drehst halt durch, gell?«

Der Pokorny atmet tief ein und wieder aus. »Warum verunglimpfen Sie unsere Nachbarn so? Ich versteh das nicht. Wo liegt Ihr Problem?«

»Problem, Problem, ich hab gar kein Problem mit denen.«
Der Heini hebt die Hand. »Ihr müsst verstehen, die Liesl ist
eigentlich in …«

»Die müssen gar nix, und jetzt los, wir haben zu tun. Pfiat
euch«, nuschelt sie, hakt sich beim Heini unter, und weg sind
die beiden.

Die Toni schaut auf die Uhr. »Mein Spinning-Training ist erst um
achtzehn Uhr. Wir hätten also noch genug Zeit, nachzuschauen,
ob das Ehepaar wirklich verreist ist.«

Nur wenige Augenblicke später bummeln die beiden mit der
Maxime entlang des Sonnenwegs, der einen traumhaften Ausblick auf Bad Vöslau bis nach Großau bietet.

»Die Katzinger wird immer wunderlicher. Was war das grade
eben?«

Die Toni zuckt mit den Schultern. »Keine Ahnung, der Heini
wollte uns was sagen, da hat sie ihre Siebensachen gepackt und
ist weg. Irgendwas verschweigt sie uns.«

Ein paar Minuten später erblicken sie vom Sonnenweg aus
die Häuser in der Holzmüllergasse.

»Da dürfte Geld wirklich keine Rolle spielen. Lauter Luxus-
villen. Von hier sehen wir nix, wir müssen runter.«

»Wäre fein, geht aber nicht«, murmelt die Toni. Sie zeigt auf
eine Lücke zwischen zwei Häusern. »Da steht ein Streifenwagen.
Die Wehli hat wirklich Aufpasser geschickt.«

»Das rote Haus müsste es sein, oder?«

»Ja, und das blaue daneben ist das von der Folkert. Los, versuchen wir, eine Lücke zu finden.«

Gerade als sie sich in Bewegung setzen, hören sie hinter sich
eine bekannte Stimme. »Der Herr Pokorny samt Gattin. Müssen
Sie eigentlich überall auftauchen, wo ich unterwegs bin?«

»Nicht wahr«, sagt der Pokorny, beide drehen sich um und
sehen die Zwatzl in ihrem Trainingsanzug. »Haben Sie auch
den Sonnenweg verwanzt, oder was? Am besten, Sie sagen jetzt
gleich, wo was liegt, dann kann sich die Polizei die Suche spa-

ren und muss auch bei Ihnen zu Hause nicht vorstellig werden. Außerdem können Sie damit Ihre Bürgerpflichten wahren und diesmal vielleicht wirklich zur Aufklärung einer Straftat beitragen.« Seitens der Beagelin herrscht, wann immer sie auf die ostdeutsche Zuwanderin trifft, ein Sturmtief. Bellend baut sie sich vor der Zwatzl auf. »Hör auf«, sagt der Pokorny. »Die seltsame Frau schaut nur böse, tut dir aber nichts.«

»Ich hab da gar nichts verwanzt. Auch wenn ich keine keifende Töle hab, kann ich spazieren gehen, wo ich will«, meint sie spöttisch.

Die keifende Töle lässt sich die Maxime nicht gefallen. Knurrend bewegt sie sich auf die Ostdeutsche zu und wird von der Toni rechtzeitig eingebremst. »Aus!« Im Gegensatz zu den eher laschen Kommandos vom Pokorny werden die vom Frauchen zumeist befolgt.

Weder ihre gewinnende Art noch ihre Stoppelfrisur noch die wuchtigen Militärstiefel und die Kleidung haben sich seit ihrer letzten Begegnung geändert. Den schwarz-rot-goldfarbenen Trainingsanzug der ehemaligen DDR hat sie bisher allerdings lediglich zu Hause getragen. Letztendlich ist sie seit ihren Bespitzelungsaktionen im Thermalbad Vöslau sowieso einer breiten Öffentlichkeit bekannt. Da gibt es dann wenig zum Tarnen, und die Insignien der DDR-Flagge – Hammer, Zirkel und Ährenkranz – können stolz getragen werden.

»Scherz beiseite. Ist Ihnen hier beim Spazierengehen irgendetwas bei den Häusern aufgefallen?« Er deutet zu den beiden Gebäuden und schaut die stadtbekannte Spionin fragend an.

»Was meinen Sie?«

Die Toni nickt. »Sie haben sicher von dem Hotelbrand gehört. Die Eigentümer sind das Ehepaar …«

»Schrott, ich weiß.«

»Ah, Sie wissen. Obwohl Sie keine Wanzen im Einsatz haben. Wie das?« Der Pokorny legt den Kopf schief und wartet, welche Geschichte ihnen die Deutsche auftischen wird.

»Bei der Waldandacht war ich ja, wie Sie wissen, ganz gut im

Geschäft. Ich war einige Zeit für den Schrott aktiv, der wollte, dass ich ein Auge auf sein Hotel hab. Es gab da immer wieder Jugendliche, die sich Saufgelage, Drogenexzesse und einiges mehr geliefert haben.«

»Sie *waren* aktiv? Jetzt nicht mehr?«, fragt die Toni. »Das kommt mir bekannt vor. Im Bad waren Sie doch auch lange aktiv, und gerade in der Mordnacht …«

»Da haben Sie mich damals mit Ihrem Auftauchen nervös gemacht. Vor einem knappen halben Jahr hat der Schrott ohne Angabe von Gründen den Observierungsvertrag gekündigt.«

Der Pokorny wundert sich über die Redefreudigkeit der Zwatzl. Sonst ist sie so verschlossen und streitet alles ab. Heute ist sie eine richtige Plaudertasche. »Sie mögen ihn nicht, oder?«

»Der hat mir Unfähigkeit und mangelnde Vertragserfüllung vorgeworfen und die Zusammenarbeit beendet«, brummt die Zwatzl. »Warum er nicht mehr wollte, kann ich nicht sagen. Ist mir auch egal. Normalerweise lass ich ja als Kundenservice gerne was zurück zum Beobachten. Bei dem nicht, sollen sich doch die Jugendlichen wieder austoben.«

»Haben Sie in der Zeit, in der Sie für ihn aktiv waren, irgendetwas beobachtet, das mit dem Brand in Zusammenhang stehen könnte? Waren damals schon die zwei Obdachlosen im Hotel?«, fragt die Toni.

»Mischen Sie sich schon wieder ein?«

»Wir sind diesmal direkt betroffen«, meint der Pokorny.

»Ich weiß …«

Der Pokorny grinst. »Ups, verraten. Also sind Sie dort doch noch aktiv. Bespitzeln Sie eigentlich immer noch Ihre Nachbarn?«

Die Zwatzl beschäftigt Bad Vöslau schon seit mehreren Jahren. Bei der Auflösung des ersten Falls konnte dank eines Hinweises vom Pokorny umfangreiches Abhörequipment bei ihr sichergestellt werden. Gartenzwerge mit Fernrohr, Kameras und Mikrofone in Steinimitaten wurden in ihrem Haus und dem Bunker im Garten gefunden. Als die Tochter eines ehemaligen Stasioffiziers die Abneigung der Vöslauer ihr gegenüber verspürte, fuhr sie auf längeren Heimaturlaub. Letztes Jahr ist sie dann wieder aufgetaucht, natürlich mit weiterentwickeltem Spionagematerial. Die nachgebaute Hummel und die Schnecke, ausgestattet mit WLAN, Kamera und Mikrofon, haben für einiges Aufsehen gesorgt.

»Das geht Sie gar nichts an. Tut mir echt leid, aber ich muss jetzt, tschüss.« Betont eilig läuft sie am Weg zurück, schlägt einen Haken nach links und verschwindet unter dem freudigen Gebell der Beagelin im dichten Gebüsch.

Der Pokorny übergeht seinen Ärger über die deutsche Verabschiedung und schreit: »Dann müssen wir Sie halt wieder zu Hause besuchen! Hätten wir uns gerne erspart.« Er bekommt keine Antwort mehr. Im dichten Wald hören sie ein leises Rascheln und sehen die goldene Reflexion des Trainingsanzuges, dann ist es ruhig. »So wie die drauf ist, weiß die genau, was beim Hotel gelaufen ist.«

»Und warum der den Vertrag wirklich gekündigt hat. Das muss ich dem Sprengi schreiben.«

– zwatzl getroffen hat fuer den schrott das Hotel ueberwacht vertrag wurde ueberraschend vor einem halben jahr gekuendigt

»Mal schauen, was er damit anfängt. Ist schon komisch, unter fadenscheinigen Gründen zu kündigen, und dann brennt die Hütte ab.«

»Gut möglich. Pst!« Die Toni kneift die Augen zusammen und lauscht. »Hörst du das auch?«

»Die Augen des Gesetzes kommen uns besuchen, schnell weg!«, bestätigt der Pokorny die Vermutung, und beide huschen ein paar Schritte den ausgetretenen Pfad, auf dem die Deutsche soeben verschwunden ist, hinauf.

Die Stimme der Wehli knarzt durch das Funkgerät eines heraneilenden Polizisten. »Bei dem roten Haus wurden sie gesichtet. Ja, aufs Revier mitnehmen, es sind noch Fragen offen.«

»Negativ, da ist niemand.«

»Die können nicht weit sein, der Pokorny schafft mit seiner

Wampe keinen raschen Abflug. Einer bleibt stehen, die Kollegin schaut sich im Wald um. Ende!«

»Frechheit«, flüstert der Pokorny und hält der Maxime sicherheitshalber die Schnauze zu. Er weiß aus Erfahrung, dass sie auf die Stimme der Chefinspektorin gerne lautstark reagiert. »Rückweg versperrt, durch den dichten Wald finden wir nie raus. Wieso haben die uns überhaupt gesehen?«

»Wahrscheinlich ist den beiden die Zwatzl in ihrem abartigen Trainingsanzug aufgefallen. Noch dazu, wo die Sonne direkt herscheint, die goldene Farbe muss wie ein Scheinwerfer gewirkt haben.«

Der Pokorny tippt ihr auf die Schulter. »Oder sie haben die Maxime gehört. Schau, die hat den ausgetretenen Weg gesehen und kommt auf uns zu.« Er greift nach einem Holzstock.

»Willi, was soll das? Willst du sie niederschlagen? Lass das!«

»Unfug, ablenken.« Er holt aus und wirft den Stock in die Richtung, aus der die Polizistin kommt.

Die Finte funktioniert. Die Beamtin läuft zu der Stelle, wo der Stock aufgeschlagen ist.

»Jetzt los!«, flüstert die Toni. Langsam, um nur ja keine verdächtigen Geräusche zu machen, schleichen sie den Pfad entlang. »Schnell, die können uns nicht sehen.«

Gut, ein Kurzstreckenläufer ist der Pokorny nicht, also eher gar kein Läufer. Außer ausgedehnten Gassirunden mit der Maxime gibt es Bewegung für ihn nur mit seinem dunkelgrünen E-Bike. Bei seinem letzten heldenhaften Einsatz wurde die froschgrüne Vorgängerversion zerstört. Die Bürgermeisterin hat es sich nicht nehmen lassen, dem Ehrenbürger der Stadtgemeinde ein neues Rad zu schenken. Mit stärkerer Watt-Leistung. Allerdings hilft ihm das jetzt auch nicht weiter. Keuchend erreichen sie den Parkplatz Lange Gasse, der Pokorny lässt sich erschöpft auf eine Bank fallen.

»Meine Herren, kaum gibt's eine Leiche, wird's schon wieder stressig.«

Die Toni, fit wie ein Turnschuh, verzieht das Gesicht. »Dann beweg dich halt mehr, ehrlich. Die paar Meter sollten ohne Herzinfarkt schon gehen.«

»Gehen ja, aber nicht laufen. Scherz beiseite, ab nach Hause, ich fahr zum Berti, schauen, ob die Zwatzl noch bei ihm einkauft.«

Während die Toni vor ihrer anstrengenden Spinning-Stunde im Fitnesscenter noch rasch einige Einkäufe erledigt, steigt der Pokorny gut gelaunt auf sein E-Bike. Also eigentlich ja Elektrofahrrad, weil seine Abneigung gegen anglophile Ausdrücke ist pathologisch und wird sich in diesem Leben auch nicht mehr ändern. Der Maxime ist die Bezeichnung egal, lediglich die Transportbox, die am hinteren Kotflügel montiert ist, stört sie. Als stolze Beagelin ist es ihr peinlich, in einer Box transportiert zu werden. Aber wer kümmert sich schon um ihr Seelenleben?

Wenige Minuten später stellt der Pokorny sein Fahrrad in den vorgesehenen Ständer und steckt den Akku an der Steckdose an. Sein langjähriger Freund hat sich für seine Kunden einen besonderen Service einfallen lassen. Während des Einkaufs kann das E-Bike gratis aufgeladen werden. Nicht nur deshalb ist »Berti's Bioladen«, der in einem revitalisierten Bauernhof untergebracht ist, mittlerweile eine regionale Institution geworden. Zwar hat er samstags jetzt immer geschlossen, dafür gehen seine Waren am Vöslauer Wochenmarkt weg wie warme Semmeln. Immer knapp am Rand der Legalität, bietet er spezielle Süßspeisen an, nicht selten mit sehr fragwürdigen Inhaltsstoffen. Mal sind Magic Mushrooms, mal ist ein wenig Cannabis drinnen. Mittlerweile hat er ein ausgeklügeltes System von legalen und illegalen Produkten im Geschäft und am Markt. Die Abnehmer sind bekannt, Neulinge nimmt er nur auf Empfehlung. Polizei und verdeckte Ermittler kann er mittlerweile riechen. Sein Freund, der Gruppeninspektor Sprengnagl, ist von seinen Aktivitäten wenig begeistert und wird von seinen Kollegen deswegen öfters aufgezogen.

»Hallo, Berti, gibt's was zum Ausliefern?« Seit mehreren

Jahren hilft der nicht wirklich Arbeit suchende Pokorny beim Ausliefern der Bioprodukte in ganz Bad Vöslau.

Berti nickt. »Jede Menge, ich glaub, du musst heute zweimal fahren.«

»Wieso?«

»Die Seniorenresidenz hat angefragt, einige ältere Bewohnerinnen möchten von mir Waren geliefert bekommen. Die Qualität hat sich herumgesprochen.«

»Lieferst du dort auch deine Spezialprodukte hin? Damit die Tanzabende besser laufen?« Der Pokorny kichert bei der Vorstellung von durch Drogen beeinträchtigten Senioren, die schwungvoll eine Polonaise tanzen, frei von Schmerzen und egal, ob dement oder nicht. Weil mit ein paar Haschkipferln vom Berti sind dann eh alle auf dem gleichen geistigen Stand.

»Nein, ich musste einen Vertrag unterschreiben. Die Direktorin kostet selber jeden Tag unterschiedliche Produkte. Das Risiko, erwischt zu werden, ist zu groß«, meint er augenzwinkernd.

»Oje, oje, wenn du zwinkerst, ahne ich Schlimmes.«

»Bleibt aber unter uns, der Sprengi muss davon nichts wissen. Manche Sachen müssen ja gekühlt werden, da fahr ich dann mit speziellen Boxen hin, die mit einem doppelten Boden ausgestattet sind.« Der Berti sieht, wie die Augen von seinem Freund immer größer werden. »Was soll ich tun? Die Kunden fordern das. Einige Bewohner erpressen mich, sie würden sonst überhaupt nichts mehr kaufen, die Produkte schlechtmachen und so weiter.«

Der Pokorny schmunzelt. »Du bist also ein ganz armer Kerl.«

»Genau, und weil's so gut läuft, brauch ich dich heute für zwei Fuhren.«

»Wenn du eh mit dem Auto hinfährst?«

»Schon. Im Gegensatz zu dir liefere ich den größten Teil vormittags aus. Die Direktorin geht um sechzehn Uhr nach Hause, dann …«

»Dann schickst du mich als Drogenkurier vorbei? Du hast einen Klopfer.« Der Pokorny zeigt ihm entrüstet den Vogel.

»Ma, Drogen, wie du redest. Ich wähle nächstes Mal die Grünen, die wollen sich für eine Legalisierung von Cannabis einsetzen. Da investier ich schon jetzt kräftig. Die Photovoltaikanlage ist schon bestellt, die Glashäuser müssen ja beheizt werden, und bei den Strompreisen …«

»Trotzdem! Ich liefere dir keine Drogen aus«, unterbricht der Pokorny die Expansionspläne seines Freundes. Sein Blick fällt auf eine große Kiste. »Wie soll das gehen? Selbst wenn ich dir die Maxime dalasse, passt das nicht in die Box hinein.«

»Ich weiß, deshalb ja zweimal, und …« Er zieht ein Kuvert heraus.

»Bestechung geht bei mir gar nicht!«

»Blödsinn, Bestechung. Das ist ein Gutschein für einen Radanhänger. Der Joe Kreuzer ist schon informiert. Du kriegst endlich einen Anhänger zum Ausliefern. Mit dem neuen E-Bike von der Gemeinde sollte das kein Problem sein. Du kannst jederzeit in sein Fahrradgeschäft kommen. Ist in einer halben Stunde montiert.«

»Und mit dem depperten Wagerl kurve ich dann die ganze Zeit herum?«

»Den kannst du leicht abkuppeln. Entweder du stellst ihn zu mir, oder du bringst ihn bei dir unter. Wie du willst. Aber heute musst du leider zweimal fahren.«

»Ausnahmsweise, aber wirklich nur heute. Sag, kauft die Zwatzl immer noch bei dir ein?«

»Ja, seit letztem Jahr ist sie sogar Stammkundin.« Der Berti zwinkert dem Pokorny zu. »So hat alles sein Gutes. Warum fragst du?«

»Hast du von dem Brand im Hotel gehört?«

»Ja, laut der gesprächigsten Informationsquelle von Bad Vöslau soll dabei ein Obdachloser gegrillt worden sein. Ein Mord im Sandler-Melö. Angeblich Brandstiftung. Und ihr wart wieder einmal mittendrin. Also erzähl, was wirklich war!«

Der Pokorny schüttelt den Kopf. »Die Katzinger und ihre Räubergeschichten. Tot ja, gegrillt nein, Obdachlosenmilieu …

könnte sein. Ein zweiter Sandler ist abgehaut, sein Aufenthaltsort ist nicht bekannt. Abgefackelt wurde das alte Hotel fix. Hast du was zum Trinken?«

»Der Schrott tut mir leid. Angeblich hat der die Finanzierung für die Renovierung schon in trockenen Tüchern.«

»Der braucht dir nicht leidzutun. Das alte Hotel ist abgebrannt. Somit kann er neu bauen, und zwar ohne Auflagen vom Amt für Denkmalschutz.«

Der Berti reicht ihm einen gespritzten Apfelsaft über den Verkaufstresen und geht mit ihm hinaus. »Wenn die Versicherung zahlt, ist er fein raus.«

»Dann hätte er sogar ein Motiv«, sinniert der Pokorny und nippt an dem herrlich spritzigen Getränk. »Guter Stoff«, meint er anerkennend. »Selbst gepresst?«

»Na, was glaubst du denn? So eine Qualität kannst kaum wo kaufen. Meine Kunden bekommen den Saft von mir in Pfandflaschen. Freut mich, dass er dir schmeckt.«

»Wir sind der Zwatzl heute am Sonnenweg begegnet. Freundlich wie eh und je. Pass auf die Äpfel auf. Jetzt, wo's wieder eine Leiche gibt, könnte sie versuchen, dir eine Wanze in Form einer Apfelattrappe unterzujubeln.«

»Alles klar, ich hab ein Auge auf sie. Das Ehepaar Schrott kommt übrigens auch zu mir. Während er zwecks Blutreinigung auf meinen Brennnesseltee schwört, liebt sie meinen speziellen Entspannungstee.«

Der Pokorny schlägt die Hände über dem Kopf zusammen. »Dass du noch frei herumläufst, wundert mich immer wieder. Du versorgst halb Vöslau mit Drogen.«

»Schau, harte Sachen mag ich nicht, der Rest ist gut fürs Gemüt und zum Abhängen. Das hat sich bis in die Politik und zur Polizei durchgesprochen. Auch der Pitbull vom Drogendezernat liebt meine Tees.«

»Weiß das der Sprengi?«

»Gegenfrage: Muss der Sprengi alles wissen?«

Der Pokorny schmunzelt. »Spionieren tut die Zwatzl in der

Holzmüllergasse angeblich nicht. Die kann mir erzählen, was sie will. Die ist fix noch im Geschäft und schnüffelt statt beim Hotel jetzt beim Sonnenweg. Heute hat uns die Wehli beim Mittagessen besucht.« Er erzählt seinem Freund vom Essen beim Sunk und von der Suchaktion beim Sonnenweg.

»Vielleicht solltet ihr zwischendurch mal mit der Wehli essen gehen oder sie zum Grillen einladen.« Der Berti kichert. »Dann würdet ihr euch nicht nur dienstlich begegnen.«

»Witzbold.« Der Pokorny schaut skeptisch zu der Kiste. »Und da sind wirklich keine Drogen drinnen?«

»Nein! Heute nicht. Mir war schon klar, dass mit dir Spießer da nix zu machen ist.«

»Bla, bla, hilf mir lieber beim Einladen, ich lass dir die arme Maxime da.« Freilich fällt *arm* unter Anführungszeichen, weil der Pokorny genau weiß, dass der Berti dem treuherzigen Blick der Beagelin nicht widerstehen kann. Eine Keksorgie ist zu befürchten. »Aber bitte nur mäßig zufüttern.«

Die Toni schlägt nach der heftigen Spinning-Stunde unterzuckert wie ein hungriger Wolf zu Hause auf. »Der Altan hat heute die Dorli vertreten. Seine ersten Worte waren: ›Mach euch tot!‹ Ist ihm fast gelungen. Zwei haben sich übergeben, drei sind vorzeitig gegangen. Das hat ihm nur ein verächtliches Schnauben entlockt. Ganz so unfit bin ich ja nicht, aber der ist auch mir zu viel. Grundsätzlich nett, aber am Rad ein Tier.«

»Tja, was soll ich sagen? Du kennst meine Einstellung zu dem Wahnsinn. Was gibt's zum Essen?«, fragt der Pokorny allen Ernstes und erntet ein schiefes Lächeln. Weil es ist Montagabend, und er weiß, was es zum Essen gibt. Tonis berühmten Kraftsalat, der ihr nach dem harten Training Kraft bringt, ihn aber Kraft kostet. Der besonders nahrhafte Salat schmeckt ihm halt null. Deshalb hat er versucht, das gesunde Essen vom Speiseplan zu verdrängen. Um sein Ziel zu erreichen, hat er auf die Karte »Abwechslung« gesetzt. Schließlich wirft ihm seine Ehefrau regelmäßig vor, dass er ständig das Gleiche isst. Er meinte, immer nur

Chinakohl, Feldsalat, Käferbohnen und geröstete Kürbiskerne seien doch fad. Der Vorschlag, den Salat auf einen Backhenderlsalat, bestehend aus Vogerl- und Erdäpfelsalat sowie panierten Henderlfilets, zu ändern, war wenig erfolgreich. Wenn er ein Gemüse noch weniger mag als Chinakohl, dann ist es Fenchel, der jetzt zwecks Abwechslung in den Kraftsalat eingearbeitet wird.

Der Pokorny nimmt die Toni in den Arm. »Zuckerschnecke, tut mir leid, was ihr dort aufführt, ist Wahnsinn. Aber gut, ich ess den Salat, wie immer unter Protest.«

»Ich hab danach noch mit dem Altan gesprochen. Die Frau Schrott hat mit ihm trainiert. Sie hat nach den Kosten für einen Zehner-Trainingsblock gefragt, also danach, ob es auch günstiger gehe.«

»Also stehen sie finanziell doch nicht so gut da, wie der Sprengi erzählt hat.« Während der Pokorny lustlos in der Salatschüssel herumstochert, berichtet er der Toni von dem Gespräch mit seinem Freund.

»Scheint so. Sie hat sich beim Altan ausgeheult. Ihr Mann dürfte spielsüchtig sein und bei ein paar dubiosen Leuten Schulden haben.«

»Schick dem Sprengi eine Nachricht. Könnte für die Ermittlungen interessant sein.«

Die Toni runzelt wegen der ernst gemeinten Anweisung ihres gerne delegierenden Bärlis die Stirn. »Deine Idee, deine Nachricht.«

Der Pokorny verdreht die Augen, schnauft durch und tippt eine verstümmelte SMS ins Nokia.

– der schrott hat angeblich schulden vom gluecksspiel fragt den altan aus dem top fit der weiss mehr habt ihr nichts in den akten

– Aktenkundig ist nichts. Ich rede mit dem Trainer.

»So, Zuckerschnecke, mir reicht's für heute.« Er grinst die Toni an und legt den Kopf schief. »Lust auf warmes Wasser?«

Die Toni küsst ihn zärtlich auf die Nasenspitze. »Vor dem

Salat drückst du dich so nicht, aber danach überprüfen wir meine Lust im Whirlpool.«

Schnaufend schiebt er den Vogerlsalat in der Schüssel hin und her, in der Hoffnung, vielleicht eine positive Überraschung wie ein Stück gebratenes Henderl zu finden. Leider wird er enttäuscht. Die Vorfreude auf das gemeinsame Bad hilft ihm aber über die Überdosis Vitamine hinweg, weil im Whirlpool halt zumeist nicht nur entspannt wird.

Dienstag, 24. September

Wieder sind leere Frizzantino- und Veltlinerflaschen in den Alt-glascontainer gewandert. Gegen dreiundzwanzig Uhr sind die Pokornys nach einem intensiven Bad müde und ausgeglichen ins Bett gewankt und nur Sekunden später in einen intensiven Austausch mit dem Sandmännchen getreten. Müde war der Pokorny nämlich auch ohne die Stunde mit dem Altan. Seit Kurzem arbeitet er hinter dem Rücken von der Toni an seiner Fitness. Ganz gegen seine sonstige Gewohnheit schaltet er bei leichtem Anstieg nicht standardmäßig auf die höchste Unterstützungsstufe seines E-Bikes, sondern versucht, seine unterrepräsentierte Beinmuskulatur zu stärken und mit minimaler elektrischer Hilfe zu fahren. Nicht immer ist dieses Vorhaben von Erfolg gekrönt, gestern war ein schlechter Tag, deshalb haben ihm die intensiven *Entspannungsübungen* im Whirlpool seine letzte Energie geraubt.

Heute schlurft er mit der Maxime im Schlepptau zum Café Annamühle hinauf und ist froh, nicht wieder mit der Dagmar vorliebnehmen zu müssen.

»Morgen, Karin, freut mich, dich zu sehen. Die Dagmar hat gestern echt den Vogel abgeschossen. So was hab ich noch nie erlebt.«

Die Lieblingsmitarbeiterin seines Stammcafés verzieht das Gesicht. »Ja, hab schon gehört. Als ihr weg wart, ist die Katzinger noch einmal hineingegangen. Schlussendlich hat eine beherzte Kundin die Polizei gerufen. Die Streithennen haben sich dann wechselseitig angezeigt.«

Der Pokorny schüttelt ungläubig den Kopf. »Ich versteh nicht, wieso die Dagmar überhaupt so reagiert hat. Besen und Schaufel über die Köpfe von Gästen zu werfen, ist schon ein starkes Stück. Sie hat sie nur knapp verfehlt.«

»Hm, na ja, letzten Freitag gab's einen Riesenwickel zwischen den beiden, nachdem ihr nach Hause seid. Die Katzinger hat der Dagmar vorgeworfen«, sie zwinkert, »den Heini lüstern angesehen und ihm schöne Augen gemacht zu haben. Da gab's Rambazamba.«

Der Pokorny runzelt die Stirn. »Ehrlich, die bringt doch weder Muh noch Mäh raus. Die soll den rüstigen alten Herrn angebraten haben? Das kann ich mir nicht vorstellen.«

»Ich auch nicht, aber es steht Aussage gegen Aussage, also halt Vorwurf gegen ausdrucksvolles Schweigen.«

»Wie … wie äußert sich ein Rambazamba bei der Dagmar? Weil Besen und Schaufel wird sie ja nicht jeden Tag durch die Gegend werfen.«

Die Karin seufzt. »Die Katzinger hat nicht aufgehört zu zetern, da hat sich die Dagmar laut einer Kundin mit dem Mittelfinger die Stirn gekratzt. Das hat der alten Frau gereicht, sie hat meiner Kollegin ihre Melange drübergeschüttet. Die Dagmar hat ihr daraufhin eine Ladung Schlagobers in den Nacken ihres Hauskleides gesprüht. Die Inspektorin Stabeldorfer hat den Streit gesehen und die Katzinger sanft, aber hartnäckig zum Heimgehen aufgefordert.«

»Ist sie deshalb so schlecht drauf? Das war ja gestern nicht zum Anschauen.« Er bedankt sich für den herrlich duftenden Espresso.

»Das musst du sie schon selber fragen.« Die Karin hebt die Hände. »Da misch ich mich nicht ein. Ist besser so, glaub mir.«

»Das Ehepaar Schrott ist doch Kunde bei euch.« Er kostet mit dem Löffel vorsichtig von der Crema, mit dem ersten Schluck muss er noch warten. Der Kaffee ist noch eine Spur zu heiß für ihn. »Wann hast du die beiden das letzte Mal gesehen?«

»Am Sonntag, da hatte ich Frühdienst. Er hat ordentlich zugeschlagen, meinte, Proviant für einen Urlaub in Graz kaufen zu wollen. Wozu der für eine Städtereise einen Proviant braucht, weiß ich nicht. Ein Semmerl für die Fahrt, gut, aber der hat ewig lang gustiert und wie aufgezogen über die geplanten Aktivitäten geredet.«

»Und sonst?«

»Kann ich dir nicht viel erzählen. Angeblich gibt's da Geschichten rund ums Glücksspiel, Genaues weiß ich nicht.« Die Tür geht auf, und eine Gruppe Senioren in Multifunktionskleidung drängt in das bisher ruhige Café. Nervös trippeln die rüstigen Wanderer von einem Fuß auf den anderen. Ob sie das zum Aufwärmen tun oder bloß ungeduldig sind, ist unklar. Gut, das Wetter ist schön, und natürlich läuft dir ab einem gewissen Alter die Zeit davon. Trotzdem, dass die dermaßen Stress ins Lokal reinbringen, taugt dem Pokorny gar nicht. Er zieht die Mundwinkel auseinander, trinkt hastig seinen Kaffee aus und schnappt sich sein Gebäcksackerl.

Da die allerbeste Ehefrau der Welt am Dienstag ausschlafen kann, richtet er leise das Frühstück her. Dass er seinen ersten Espresso auswärts trinkt, hat einen Grund. Nämlich den lauten Vollautomaten zu Hause. Der brüht einen phantastischen Kaffee, macht aber leider dermaßen Lärm, dass der Ausgang klar ist.

Nur wenige Minuten nach der Brühattacke taumelt die Toni grantig die Stufen herunter.

»Immer dieser Wirbel.«

Der Pokorny nimmt sie in den Arm. »Ohropax verloren?«

Sie nickt müde. »Ja, einer ist unter das Bett gerollt. Du hast geschnarcht wie ein Grizzly. Ich hab kein Auge zugemacht.«

»Arme Zuckerschnecke, wärst halt ins Wohnzimmer ausgewandert«, erwidert er und zeigt auf die bequeme Couch. »Dafür hab ich schon dein Semmerl hergerichtet, und der Cappuccino ist auch gleich fertig.« Während der Kaffee in die Tasse läuft, erzählt er von seinem Gespräch mit der Karin und sieht, wie die Augen der Toni immer größer werden.

»Ich kann mir die Dagmar beim besten Willen nicht flirtend vorstellen. Die bringt doch kaum ein Wort heraus. Langsam mach ich mir echt Sorgen um die Katzinger.« Die Toni rührt den fluffigen Milchschaum, der mit einer Spur Zimt bestreut ist, in den Kaffee und leckt den Löffel ab. Dabei bleibt ein bisschen vom

Schaum auf ihrer Oberlippe kleben, schnell ist der Pokorny zur Stelle, um das Problem zu beheben.

Er nickt. »Gerüchte über eine angebliche Spielsucht vom Schrott hat auch die Karin schon gehört.«

Die Toni schmiert sich Marillenmarmelade auf ihr Buttersemmerl. »Nur komisch, dass der Polizei davon nichts bekannt ist. Andererseits, wenn er nicht straffällig geworden ist, können die auch nichts davon wissen. Spielsucht per se ist ja keine Straftat.«

»Ich würde vorschlagen, wir fahren nach dem Frühstück bei den Schrotts vorbei.«

Gegen zehn Uhr radeln die Pokornys ohne die Beagelin mit ihren E-Bikes am Sonnenweg entlang. Auch bei der Toni steht nicht immer der sportliche Ehrgeiz im Vordergrund, vor allem mit ihrem unsportlichen Ehemann geht es mehr ums Gemeinsame als um Leistung. Und seit sie von der Stadtgemeinde ein E-Bike geschenkt bekommen hat, nutzt sie das auf Orangemetallic umlackierte Rad auch hin und wieder.

»Zu Hause sind sie jedenfalls noch nicht. Sonst würde der Streifenwagen nicht vor ihrem Haus stehen«, vermutet der Pokorny und zeigt nach unten. »Wenn wir lange bleiben, haben wir die Zwatzl im Genick.« Nachdenklich schiebt er die Unterlippe nach vorne, beugt sich zur Toni und flüstert ihr ins Ohr: »Wir könnten einen Polizeieinsatz provozieren. Vielleicht werden die dann abgezogen.«

»Und wie?«

»Wir rufen beim Polizeinotruf an, natürlich anonym. So nach dem Motto: Eine Person mit einer schwarzen Gesichtsmaske sitzt in einem Auto vor der Volksbank am Schlossplatz.«

Die Toni reißt die Augen auf. »Du willst einen bevorstehenden Banküberfall melden? Wenn uns die Wehli da draufkommt, gnade uns Gott. Da rückt die Cobra an. Das ist dir schon klar?«

»Anonym über die öffentliche Telefonzelle beim Gymnasium. Die ist ein gutes Stück weit weg. Wenn wir von dort anrufen, sind wir aus dem Schneider.«

»Das gefällt mir gar nicht.«

»Hast du eine bessere Idee?« Er sieht sie fragend an. »Nein? Dann versteck dich, ich erledige das.«

»Bärli, mitgefangen, mitgehangen. Ich übernehme den Anruf. Wer weiß, wie lange dein Akku noch hält, ich will nicht, dass die Polizisten vor meinem skrupellosen Ehemann zurück sind.« Sie küsst ihren Spitzensportler auf die Nasenspitze. »Mein iPhone schalte ich besser aus und lass es da. Nur zur Sicherheit, wegen einer möglichen Handyortung.«

Fünfundzwanzig Minuten später fährt der Streifenwagen mit Blaulicht und Folgetonhorn weg. Wenige Minuten später ist die sportliche Toni zurück.

»Für den Kilometer hast du aber lange gebraucht«, stellt der Pokorny fest. »Hast du dich verirrt?«

»Witzbold! Nein, aber früher sind wir noch selber in die Schule und wieder nach Hause gefahren. Heute bieten die Helikoptereltern einen Bring- und Abholservice für die Jugendlichen an. Alles zugeparkt, ich musste warten, bis ich unbeobachtet telefonieren konnte. Bei der Telefonzelle gibt es keine Tür, die Polizei wird den Anruf rückverfolgen, dort auftauchen und sich umhören.«

»Dann los! Wenn die mitkriegen, dass es ein falscher Alarm war, sind die fix wieder da. Wir fahren einfach vorbei und schauen, ob wer zu Hause ist.« Der Pokorny schwingt sich auf sein E-Bike, beide radeln neugierig am Haus des Ehepaars vorbei. Sie lehnen ihre Räder an den hölzernen Gartenzaun, der die Front zur Holzmüllergasse abgrenzt.

»Niemand zu Hause«, stellt der Pokorny nach mehrmaligem Läuten fest. »Versuchen wir es bei der Nachbarin.«

Die Nachbarin öffnet die Haustür. Ein struppiger grauer Irischer Wolfshund stürmt auf die Pokornys zu. Der gut achtzig Zentimeter große und sechzig Kilo schwere Rüde hebt das Bein und uriniert auf den Hinterreifen vom E-Bike der Toni.

»Schleich dich!«, ruft der Pokorny und scheucht ihn weg.

Der gutmütige Riese ist nur mäßig an der Aufforderung zum Abgang interessiert. Erst mehrmaliges Händeklatschen erzielt den gewünschten Erfolg. Der Pokorny wendet sich an die gelangweilt dreinblickende Nachbarin, auf deren Türschild »Claudia Folkert« steht. »Können Sie ihn bitte zurückrufen? Er hat auf den Reifen meiner Frau gebrunzt.«

Die Angesprochene dürfte gut siebzig Jahre auf dem Buckel haben. In einer schmuddeligen Trainingshose und ebensolchem Sweater schlurft sie mit einer Gießkanne zum Rad. Der Blick aus ihren eiskalten Augen wirkt feindselig. Harte Linien haben sich in ihr Gesicht gegraben. Seufzend schüttet sie halbherzig Wasser über den Reifen. »Und, passt's? Was machen Sie überhaupt da?«, fragt sie mürrisch.

Der Pokorny deutet auf frühere Hinterlassenschaften ihres Hundes. »Und die Haufen? Räumen Sie die auch weg?«

»Wenn s' getrocknet sind, dann wahrscheinlich ja.«

»Ihnen auch einen guten Tag«, sagt die Toni, bemüht, sich den Ärger über das Verhalten der Frau nicht anmerken zu lassen. »Wir wollen mit dem Ehepaar Schrott sprechen, leider macht niemand auf.«

»Zu dem Lumpenpack wollen S'? Pech gehabt, die haben sich gestern in ihren Protzkübel gesetzt, blöd geschaut, mir den Mittelfinger gezeigt und sind losgefahren. Um was geht's denn? Vielleicht kann ich helfen.«

»Das Hotel Zur Waldandacht ist ab…«

Sie wird von der Folkert unterbrochen. »Abgebrannt. Schon gehört. Irgendwie komisch, dass die zwei grade da auf Urlaub gefahren sind, nicht wahr?«

»Die Renovierung des Hotels hätte eine Menge Geld gekostet«, fährt die Toni fort.

»Richtig, hätte gekostet, weil jetzt hat es sich mit dem Renovieren ja erledigt. Egal, Geld brauchen die jedenfalls, und wenn du kein Geld hast, musst du schauen, dass du zu einem kommst. Verstehen Sie?« Vielsagend zieht sie die Augenbrauen nach oben.

»Nein«, meint der Pokorny und schüttelt den Kopf.

Die Nachbarin scheucht den Rüden, der Anstalten macht, auch das Rad vom Pokorny zu markieren, halbherzig ins Haus zurück. »Na, der Schrott hat erst letztes Jahr die Versicherungssumme des Hotels verdoppeln lassen. Satte neun Mille bekommt er ausgezahlt. Damit hat er eine gute Basis für den Bau seines Traumhotels, der Rest läuft über Kredit.«

»Und das wissen Sie woher so genau?«, fragt die Toni.

»Man hat so seine Quellen …«

»Und die Quellen flüstern Ihnen vermutlich auch zu, dass die Schrotts ihr eigenes Hotel warm abgetragen haben«, vermutet der Pokorny.

»Davon geh ich aus.« Sie greift in die Seitentasche des schmuddeligen Sweaters und zieht Papier und Tabak zum Wuzeln einer Zigarette heraus. Der Tabak ist in einem knapp fünfzehn mal fünf Zentimeter großen, durchsichtigen, mit einer Lasche verschließbaren Zellophan-Täschchen untergebracht. In der Mitte prangt der Schriftzug »Bio-Berti's Tabakspezialitäten«.

Verwundert beobachten beide, wie sich die Folkert eine Zigarette rollt und das Ende wie eine Tüte zusammendreht.

»Sind Sie auch Kundin vom Berti?«, fragt der Pokorny schockiert und starrt den Joint an. Anscheinend zählt halb Niederösterreich zu den Kunden seines Freundes.

»Hilft gegen meine Migräne.«

Die Toni verhindert weiteres Geplänkel. »Wieso sind Sie eigentlich so gut über die finanziellen Verhältnisse Ihrer Nachbarn informiert?«

»Wissen ist Macht.«

»Kennen Sie die Zwatzl?«, fragt der Pokorny.

»Sollte ich?«

»Wissen ist Macht ist gleich Spionieren, deshalb die Zwatzl.«

»Natürlich kenn ich den ostdeutschen Nachrichtendienst. Mir reicht aber, was ich persönlich höre. So quasi über den Zaun, mehr brauch ich nicht, damit ich weiß, was läuft.«

»Und was läuft?«

»Herr Privatschnüffler«, sagt die Folkert sarkastisch. »Ein

bisserl was müssen Sie und die werte Gattin schon selber herausfinden. Und jetzt entschuldigen Sie mich, ich kann nicht den ganzen Tag mit Ihnen verplempern.« So unfreundlich der Auftritt war, so unfreundlich ist auch der Abgang. Alles in allem bleibt die Frau ihrer Linie treu.

Gerade als die beiden nach ihren Rädern greifen, hören sie ein »Pst!«.

Ein Mann mittleren Alters tritt hinter einer riesigen Zypresse des gegenüberliegenden Grundstücks hervor, legt den Finger auf die Lippen und winkt die beiden zu sich. »Glauben Sie der Funsen kein Wort. Die lügt, was das Zeug hergibt. Gestatten, Nussbaum, Arthur Nussbaum. Ich kenne Sie aus der Zeitung.«

Die Toni nickt zur Begrüßung und deutet auf den froschgrünen Škoda vor dem Gartentor. »Schöne Farbe, Ihr Auto. Erinnert mich an irgendetwas. Willi, was meinst du?« Es fällt ihr schwer, nicht zu grinsen.

Der Pokorny schmunzelt und denkt an sein zerstörtes gleichfarbiges E-Bike. »Lach du nur, war ja dein Geschenk.« Er wendet sich an den Nussbaum und zuckt wegen des starken Händedrucks zusammen. »Wieso lügt die Folkert, was das Zeug hergibt?«

Sein Gegenüber schneidet eine Grimasse. »Entschuldigung, ich hab am Bau gearbeitet. Die Lügerei fängt schon bei den stinkenden Hinterlassenschaften an. Schauen Sie sich doch einmal um.« Theatralisch dreht er sich im Kreis und schnüffelt. »Riechen Sie den Gestank? Bei uns ist alles zugeschissen. Einen Hund hat aber nur die Folkert. Natürlich streitet sie alles ab und redet sich auf angeblich frei laufende Hunde heraus. Dabei hab ich alles auf Film. Wildtierkamera, leider notwendig bei so einer Nachbarin.«

Die Toni verzieht angewidert das Gesicht. »Fürchterlich. Lügt sie auch, was ihre angrenzenden Nachbarn betrifft?«

»Was hat die Folkert denn erzählt?«

»Sie vermutet, dass die Schrotts ihr eigenes Hotel abgebrannt haben.«

»Das hat sie gesagt? So direkt?« Der Nussbaum legt den Kopf schief. »Schaut ihr gar nicht ähnlich.«

»Wieso?«, will der Pokorny wissen.

»Weil die glaubt, damit ein Ass im Ärmel zu haben.«

Die Ohren vom Pokorny fangen zu wackeln an. Zuerst müssen sie der Folkert alles aus der unfreundlichen Nase ziehen, jetzt tut es ihr der Nussbaum gleich. »Machen S' es nicht so spannend. Die Streife kann jederzeit wiederkommen.«

»Na ja, zwischen den Schrotts und der Folkert herrscht Kriegszustand. Er hat die Xanthippe dabei erwischt, wie sie mitten in der Nacht offene Gacki-Sackerl in seiner Restmülltonne versenkt hat.« Er hebt die Hand und schwenkt sie vor der Nase herum. »Sie können sich leicht vorstellen, wie's da rausgestunken hat. Immer wieder ist das vorgekommen, sie hat es regelmäßig abgestritten und einen Gentest verlangt. Dann hat er ihr eine Handyaufnahme gezeigt und gedroht, sie anzuzeigen.« Wieder verstummt der Nussbaum und beobachtet die Besucher mit hochgezogenen Augenbrauen, ganz so als wartete er auf verständnisvolles Nicken für die Sorgen seiner Gegenübernachbarn.

»Sie sprachen von einem Ass im Ärmel der Folkert«, erinnert ihn die Toni, die sicherheitshalber das Gespräch an sich zieht. Zwar steht ihr Bärli noch am Boden, wenn aber die Ohren weiter so wackeln, dauert es nicht mehr lange, bis er abhebt.

Der Nussbaum nickt. »Sie hat ihm gedroht, sie würde der Polizei von ihrem Verdacht erzählen.«

»Welchem Verdacht?«, zischt jetzt der Pokorny.

»Sind Sie gereizt?«

»Es reicht mir langsam mit Ihrer Geheimnistuerei. Erzählen Sie schon. Das ewige Nachfragen ist mühsam.«

»Da, ich hab ein Video von einem Streit.« Er greift in seine Jeansjacke und zieht ein Handy heraus. »Viel hätte nicht gefehlt und der Dieter hätte der Folkert eine gescheuert. Wenn die Amalia nicht dazwischengegangen wäre … Deshalb hab ich zur Sicherheit mitgefilmt.«

»Zur Sicherheit.« Kopfschüttelnd beugen sich die beiden über den Zaun und linsen auf das Display. Tatsächlich ist ein hefti-

ges Streitduell zwischen dem Schrott und der Folkert zu sehen.
»Können Sie das lauter machen, ich versteh nur die Hälfte.«

Der Nussbaum dreht die Lautstärke höher. Zwar verstehen sie jetzt den Streit und die Drohung der Folkert besser, dafür hätten sie die heranfahrende Streife fast überhört.

»Verdammt, die falsche Fährte hat sie nicht lange aufgehalten«, brummt der Pokorny. »Unsere Räder lehnen drüben.«

»Kommen Sie rein, die sind seit Montag öfters hier. Schauen, ob wer da ist, warten ein wenig und dampfen dann wieder ab.«

Der Nussbaum öffnet die Gartentür, gerade noch rechtzeitig verschwinden die Pokornys hinter der Zypresse. Durch eine Lücke beobachten sie, wie der Wagen anhält. Zwei Polizisten steigen aus, einer deutet auf die Fahrräder.

»Ich hab es ja gewusst. Das gibt Ärger«, flüstert die Toni.

Der Nussbaum widerspricht. »Glaub ich nicht. Die zwei Radler könnten ja auch im Wald beim Austreten sein.«

Das Haus scheint verwaist. Trotzdem läutet der jüngere Beamte mehrmals an, schaut dabei aber ständig zu den Rädern. Schlussendlich steigen die beiden wieder ein. Wenige Augenblicke später fährt der Streifenwagen davon.

Die Pokornys verabschieden sich vom Nussbaum. Das war knapp. Außerdem kann niemand sagen, ob nicht demnächst eine BMW ums Eck biegt und sich die Wehli selber ein Bild machen möchte.

»Hoffentlich haben die unsere Räder nicht erkannt«, meint der Pokorny, schaut nach links und rechts und rollt langsam heimwärts.

»Woher denn?«

»Na ja, dass ich mein Rad bei einem heldenhaften Einsatz zerstört habe, ist ja allgemein bekannt. Das dunkelgrüne Geschenk der Bürgermeisterin wurde von ihr medial gut verkauft. Und dein auf Orangemetallic umgefärbtes auch.«

»So prominent sind wir auch wieder nicht. Weißt du was, wir holen die Maxime und gönnen uns auf den Schreck ein Mittagessen im Weingut Schlossberg. Vielleicht haben die am Sonntag etwas bemerkt, was mit dem Brand in Zusammenhang stehen könnte. Schade, dass wir die Automarke der Schrotts nicht kennen. An einen Protzkübel würden sich vielleicht ein paar Gäste erinnern.« Die Toni schaltet ihr iPhone ein und schreibt dem Sprengnagl eine Whatsapp.

– Haben die Folkert und den Nussbaum kennengelernt. Komische Käuze. Welches Auto fahren die Schrotts? Wir essen im Weingut, vielleicht ist es wem aufgefallen. Kommst du vorbei?

Postwendend folgt die Antwort.

– Sind gerade bei einem Einsatz. Es wurde anonym ein Banküberfall angekündigt. Cobra vor Ort. Könnte dauern. Das Ehepaar fährt einen weißen Range Rover.

– Passt auf, so Räuber sind gefährlich ... 😉

– ???

– Wir sehen uns ...

Kopfschüttelnd radelt der Pokorny neben seiner wagemutigen Ehefrau her. »Du willst es wirklich wissen. Wenn die Wehli sein Telefon in die Hände bekommt ...«

»Gibt doch keine Beweise, also entspann dich.« Schelmisch grinsend stellt sie ihr E-Bike in den Radständer. »Lass uns von etwas anderem reden, den Banküberfall soll die Chefinspektorin klären.«

»Welch Glanz in unserer bescheidenen Hütte! Schön, dass ihr schon wieder da seid«, begrüßt der Seniorchef die Ehrenbürger. Er begleitet seine Gäste zum Stammtisch unter der abgerundeten Terrassenüberdachung. »Toni, was darf's für dich sein?«

Da der Pokorny überall das Gleiche isst und trinkt, wird er zumeist gar nicht mehr nach seinen Wünschen gefragt. Für Außenstehende mag das seltsam wirken, aber er ist froh, nicht mehr pro forma in der Speisekarte blättern zu müssen.

»Ich hole mir etwas vom Büfett, zum Trinken heute ausnahmsweise bitte eine weiße Überschwemmung.«

Dieses in Österreich konsumierte Getränk wird in einem Mischverhältnis von zwanzig Prozent Wein und achtzig Prozent Mineralwasser serviert und gilt vor allem bei wärmeren Temperaturen als beliebter Durstlöscher.

Während die Toni am Büfett gustiert, genießt der Pokorny den herrlichen Ausblick von der Terrasse auf das Wiener Becken. An diesem klaren Tag kann er sogar die weit entfernten Windräder in der Buckligen Welt sehen. Er lehnt sich entspannt an die Seitenscheibe des verglasten Wintergartens.

Gerade als er wegdöst, serviert die Cäcilia die Getränke. »Furchtbar, was mit dem armen Mann passiert ist. Verbrennen muss ein Alptraum sein.«

»Er dürfte erstickt sein«, erklärt der Pokorny. »Bei Bränden sterben die meisten an einer Rauchgasvergiftung und nicht direkt durchs Feuer.«

»Was auch nicht besser ist«, sagt die Toni. Sie stellt ein Tablett mit einem gemischten Salat und einem gebratenen Hendlhaxerl auf den Tisch.

Sie wendet sich an die Mitarbeiterin. »Hatten Sie am Sonntag auch Dienst?« Als diese bejaht, fährt sie fort: »Haben Sie das Ehepaar Schrott gesehen?«

»Ja, am frühen Nachmittag. Ich kann mich gut erinnern. Es gab mächtig Streit zwischen ihr und einer Familie, wegen einem keifenden Pudel. Der Schrott wiederum mokierte sich lautstark über unseren …«, sie unterbricht sich und grinst verhalten, »… Kaffee. Er sei zu heiß und habe keine Crema.«

Bevor der Pokorny sein Verständnis über die desaströse Crema bei einem seiner Lieblingsheurigen kundtun kann, meint die Cäcilia: »Sie sind gegen fünfzehn Uhr dreißig weg, nach Graz. Der Schrott hat vom Uhrturm geschwärmt und davon, dass er in den nächsten Tagen unbedingt dort raufwolle.«

»Anscheinend weiß ganz Vöslau, wo das Ehepaar die nächste Woche verbringen wird. Nur die Polizei nicht«, wundert sich die Toni.

»Vielleicht liegt's an der Wehli? Wäre nicht das erste Mal, dass ihr verärgerte Zeugen aufgrund ihrer charmanten Art wichtige Informationen vorenthalten. Trotzdem ist es komisch. Die fahren nach Graz, das Hotel brennt ab, und rein zufällig gibt es viele, die von ihrem Urlaub wissen.«

Die Toni wiegt den Kopf. »Du denkst, das Ehepaar hat sich für die Brandstiftung ein Alibi gebaut? Quasi im Vorfeld?«

»Wäre doch möglich.« Der Pokorny bedankt sich für die servierten Ei-Käse-Nockerln mit Speck und Zwiebeln und verstummt. Zu sehr ist er mit dem Schaufeln der geschmackigen Kalorienbombe beschäftigt. Nach einer Viertelstunde lehnt er sich zufrieden grunzend zurück. Nicht ohne einen raschen Blick zur allerbesten Ehefrau der Welt zu werfen. »Wie man so lange an einem Haxl herumnagen kann, verstehe ich ehrlich nicht.«

»Wie man im Rekordtempo so schlingen kann, ist mir ebenso unverständlich. Also lassen wir das«, pariert die Toni, wird aber von einer Whatsapp vom Gruppeninspektor unterbrochen.

– Der Banküberfall war ein Fake, die Telefonzelle beim Gymnasium wird gerade von der Spurensicherung untersucht. Wehli springt im Quadrat, eure Räder wurden von meinen Kollegen identifiziert.

– Wo ist sie?

– Noch auf der PI …

Das iPhone von der Toni läutet. »Der Sprengi ruft an, versteh ich nicht.« Nur Sekunden später weiß sie, weshalb. Der Gruppeninspektor lässt sie passiv an dem Streit mit der Wehli teilhaben.

»Geben Sie sofort Ihr Handy her!«, hören sie die Chefinspektorin brüllen.

»Das ist mein Privathandy«, sagt der Gruppeninspektor. »Ohne Beschluss kriegen Sie gar nichts.«

»Soso, meinen Sie? Wir finden in der Telefonzelle sicher irgendeinen Hinweis auf Ihren Spezl. Haare, Speichel, Fingerabdrücke, Schweißtropfen, irgendwas werden die dort sicherstellen. Und wenn ich die Zelle abreißen und als Ganzes ins Labor bringen lasse. Diesmal hat's Ihr Freizeitpolizist übertrieben. Gut, dass ich den Einsatzleiter der Cobra kenne und der alte Mann im Volvo vor der Bank keinen Herzinfarkt bekommen hat.«

»Wie kommen Sie auf das Ehepaar Pokorny?«

»Halten Sie mich für so dumm? Sie brauchen mir keine Antwort zu geben, ich seh's in Ihrem Gesicht. Zufällig lehnen nach der Rückkehr der Kollegen die Räder Ihrer Freunde am Zaun des Ehepaars. Keine schlechte Idee, die Kollegen von dort wegzulocken.«

»Wenn Sie meinen«, fährt der Gruppeninspektor in eine Atempause hinein. »Ich kann meiner Frau eine Nachricht senden, wann und wo ich will. Wenn Sie die Pokornys verdächtigen, müssen Sie das schon beweisen.«

»Das werde ich schon noch, keine Sorge. Das waldgrüne E-Bike von Ihrem vollschlanken Freund find ich noch …«

Als die Verbindung abreißt, sagt der Pokorny: »Jetzt hat sie mich am Arsch. Verdammt, ich hab's gewusst.«

»Eher am Bäuchlein«, kichert die Toni leise.

»Hm«, sinniert der Pokorny. »Ich hätte da eine Idee. Zumindest für mein Rad. Der Berti hat mir einen Gutschein für einen Radanhänger gegeben. Ich fahr gleich zum Radgeschäft, die Montage soll ruckzuck gehen. Einen Anhänger können die Beamten nicht gesehen haben. Fahr du in die Bücherei, ich flitze runter zu ihm. Nicht dass mich die O-Weh abpasst.« Wie von der Tarantel gestochen springt er auf und läuft mit vollem Bauch keuchend die paar Meter zu seinem Rad.

Bevor die allerbeste Ehefrau der Welt wirklich arbeiten geht, hat sie als aufrechte Staatsbürgerin noch einen wichtigen Anruf zu tätigen. Die Spurensicherung hat die Untersuchungen der Telefonzelle mittlerweile beendet. Daher bietet sich ein weiterer gefakter Anruf an derselben Stelle an.

Eine knappe Stunde später ist die Verwandlung zum Transportfahrrad vollendet. Die Begeisterung vom Pokorny hält sich in Grenzen. Gut, die Box am hinteren Kotflügel war in seinen Augen auch nicht so der Heuler. Dafür war das zu transportierende Gewicht überschaubar. Dass die Zeiten für ihn härter werden, ist ihm seit der Ansage vom Chef des Fahrradshops klar. Joe Kreuzer meinte, so zwischen fünfunddreißig und fünfundvierzig Kilo seien damit leicht zu befördern. Rein optisch erinnert ihn der Anhänger an eine geschrumpfte Version des Anhängers, den der Berti bei großen Auslieferungen an seinem VW Bulli befestigt. Aber es hilft dem Pokorny kein Meckern, da muss er durch, ist die Adaptierung doch hilfreich, um von den polizeilich gesichteten Rädern in der Holzmüllergasse abzulenken. Dass die Maxime nach wie vor in der Transportbox mitfahren muss, tut sowohl dem Seelenleben der Beagelin als auch der Beinmuskulatur vom Pokorny nicht gut. Schließlich kommen so im Ernstfall knapp sechzig Kilo dazu.

Da ihm die Wehli früher oder später sowieso nicht erspart bleiben wird, stellt er sein adaptiertes E-Bike kurz vor vierzehn Uhr dreißig gut sichtbar direkt vor dem Café Annamühle ab. Die Beagle-Dame schmiegt sich an die alte Frau, kassiert ihr zustehendes Keks und die täglichen Streicheleinheiten.

»Jetzt schaust du aus wie ein Kebab-Zusteller«, grunzt die Katzinger, steht auf und steigt die Stufen von der Terrasse hinunter. Prüfend klopft sie mit dem Stock auf die Anhängerkupplung. »Gute Arbeit, ja, ja, das kann der Joe. Da wirst ordentlich ins Schwitzen kommen. Servas, die Wadln, kann ich nur sagen.«

Der Pokorny schubst den Stock vom Anhänger weg. Weil wenn die alte Frau noch länger die Qualitätsarbeit damit testet, ist der Anhänger schon vor dem ersten Einsatz kaputt. »Schön, dass es Ihnen wieder besser geht. Sonst hätten Sie nix zum Nörgeln.«

»Nörgeln, nörgeln, wie du redest«, murrt sie und steigt ächzend die Stufen wieder hinauf. »Ich reiß mich halt aus meinem Siechtum heraus, was bleibt mir über. Sitz da allein wie ein Schwein, und von der gehirnamputierten Servierkraft krieg ich auch nix mehr. Bin ich blöd und geh rein? Bin doch Kundin und als solche bekanntlich Kaiserin.«

Da von der Dagmar nach der Auseinandersetzung mit der Katzinger wahrscheinlich wirklich kein Service mehr im Außenbereich zu erwarten ist, geht der Pokorny hinein und bestellt einen Espresso und ein Pariser Kipferl. Freilich ordert er gleich eine

Melange und ein Speckstangerl mit und wird fürs Erste positiv überrascht. Die altbewährte Methode, ein schweigsames, ruckartiges Bewegen des Kinns in Richtung Tür, dürfte eine Zusage zur Lieferung des Bestellten sein.

»Na bitte«, frohlockt der Pokorny zurück auf der Terrasse. »War nur eine Art Wetterleuchten, das schwere Gewitter bleibt uns zumindest heute erspart.«

»Schau ma mal«, murmelt die alte Frau und lässt sich ächzend auf einen Sessel plumpsen.

»Stimmt das wirklich, dass Ihnen die Dagmar den Heini streitig macht? Angeblich hat der Streit damit begonnen.«

»Pah, geh, das ist nur die Krone des Eisbergs. Mögen hat sie mich ja noch nie, seit ich aber mit dem Heini lii… also wir uns öfters sehen, ist sie ganz komisch. Er ist ja ein rüstiger Kerl, und sie schleimt ihn so zu. Ich hab ihr ganz nett gesagt, dass sie ihre Pranken von ihm lassen soll. Da ist die Komische ausgerastet. Klar musste ich da aktive Notwehr anwenden.«

Der Pokorny zuckt mit den Schultern und wechselt das Thema. »Wieso sind Sie allein wie ein Schwein? Wo ist der Heini?«

»Der muss sich um den Ludwig kümmern. Der hat durch mein Techtelfechtel mit dem Heini eine arge Depression aufgerissen. Ihm fehlt halt sein Kumpel.«

»Apropos Depression. Früher haben Sie doch auch auf den Chef von der Annamühle und seine Scharmützel mit Ihnen gepfiffen. Seit einer Woche laufen Sie in Schwarz herum. Dass Sie die neue Situation hier dermaßen fertigmacht, kann ich nicht glauben.«

»Was du so glaubst oder nicht, da kann ich dir nicht helfen.«

»Kennen Sie die Folkert?«

»Die Bissgurn mit ihrem Killerhund? Freilich kenn ich die. Was glaubst, wie oft die das Ungetüm in meiner Nähe frei herumlaufen lässt. Und ich kann dann kübelweise die Haufen wegräumen.«

»Haben Sie ihr das schon einmal gesagt?«, fragt der Pokorny und wundert sich, dass die Bestellung heute so lange ausbleibt.

»Was heißt einmal, hundertmal mindestens. Das ist der aber piepschnurzegal. ›Zeigen Sie mich halt an‹, hat sie frech geantwortet. Jetzt pass auf. Sie hat gemeint, mit meinen dreckigen Aschenbechern vor den Augen würd ich sowieso nix sehen. ›Was soll die Polizei also aufnehmen?‹, hat sie gefragt. Die glaubt, sie ist was Besseres. Nur weil sie aus Baden kommt, hä? Wahrscheinlich wollte sie dort niemand, und jetzt haben wir den Schwarzen Peter im Sakko.«

Der Pokorny muss sich zusammenreißen, um nicht zu grinsen. Die Katzinger trägt ihre Fliege-Puck-Sonnenbrille zu jeder Tages- und Nachtzeit, und manchmal sind die Gläser dermaßen verschmutzt, dass sie tatsächlich nichts damit sehen kann. Irgendwann hat er aufgegeben, sie darauf hinzuweisen. Weil es einfach keinen Sinn ergibt, die Brillengläser zwischen Daumen und Zeigefinger zu reiben. Nicht selten hat die alte Frau vorher ein Speckstangerl gegessen.

»Schlafst jetzt, Pokorny? Wo bleibt denn der Bummelzug mit unserem Kaffee?« Sie linst an ihm vorbei ins Lokal und beobachtet, wie sich die Dagmar nach etwas bückt. »Nicht wahr, ich glaub, mich tritt ein Stier, schau dir das an. Die klaubt den Speck vom Boden auf.«

Der Pokorny schüttelt angewidert den Kopf. »Schon, aber nur damit niemand ausrutscht, sicher nicht, um diesen in Ihr Speckstangerl … doch!«

Beide beobachten fassungslos, wie die Dagmar den aufgehobenen Speck auf ein halbiertes Salzstangerl legt, beide Seiten zusammenquetscht, draufhaut und auf einen Teller gibt.

»Das kann nicht ihr Ernst sein. Und jetzt greift die mit den fettigen Fingern mein Kipferl an, pfui.«

»Na, na, was ist an fettigen Fingern schlecht?«, argwöhnt die bekennende Speckliebhaberin. »Schau dir das an. Ich glaub, ich geh nach Hause. Die hat das Schlagobers mit dem Messer quer über die Oberkante vom Häferl abgeschabt. Jetzt schleckt sie's inklusive der Schokostreusel ab und grinst blöd rüber. Die will mich fertigmachen.«

Der Pokorny hält sie am Arm fest. »Ich möchte wissen, ob die uns das wirklich so bringt. Falls ja, bin ich demnächst beim Chef in der Zentrale.«

Der Mitarbeiterin ihres Stammcafés ist es nicht zu dumm, ihnen dasselbe Salzstangerl, die Melange und das Kipferl vorzusetzen. Das Fass zum Überlaufen bringt aber der servierte Espresso. Also eigentlich weiß der Pokorny nicht genau, was er da geliefert bekommt. Es dürfte sich um eine Mischung aus einem Mokka und Abwaschwasser in einem durchsichtigen Achtelliterglas handeln.

Seine Ohren wackeln dermaßen, dass ihn die alte Frau zurückhält. »Es zahlt sich nicht aus. Bered's mit dem Chef, weil bei der hohlen Nuss geht's bei einem Ohr hinein und beim anderen hinaus.«

»Schade, dass wir das nicht auf Film haben. Den Blick von ihrem Chef täte ich gerne sehen.« Er stellt sich der Dagmar in den Weg. »Das hat fix Konsequenzen. Wir sind Kunden. Was Sie hier aufführen, ist gelinde gesagt eine Frechheit.«

Davon wenig beeindruckt, schiebt sich die Dagmar an ihm vorbei ins Café.

»Mir reicht's«, zischt die Katzinger. »Den Fraß kann sie selber essen, das zahl ich fix nicht. Ich bin bestimmt nicht empfindlich, aber da graust sogar mir. Da hast, Hunderl«, sagt sie zur Maxime und schubst das Salzstangerl als Ganzes auf den Terrassenboden.

Der Pokorny runzelt ob der obsessiven Fütterung die Stirn. »Hoffentlich verträgt sie das fette Zeug in der Menge«, meint er und lässt, weil es eh schon egal ist, sein Pariser Kipferl fallen. Geburtstag, Osterhase, Nikolaus und Weihnachten auf einmal. Nur gut, dass die Toni nicht dabei ist.

»Schau«, brummt die Katzinger. »Die O-Weh steigt gerade auf ihre Maschine. Ich mag sie zwar nicht, aber wenn sie die Dagmar verhaftet, sind wir dicke Freunde. Versuchen wir's!« Sie steckt zwei Finger in den Mund und stößt einen Pfiff aus, der dem Pokorny durch Mark und Bein fährt.

Die Reaktion fällt wie erwartet aus. Langsam dreht sich die Chefinspektorin um. Nach dem Motto »Angriff ist die beste Verteidigung« winkt der Pokorny ihr zu.

»Schleimst dich jetzt ein, oder was?«, flüstert die Katzinger.

»Sie haben doch gepfiffen«, antwortet er erstaunt. »So wie die drauf ist, legt sie das als Beamtenbeleidigung aus und nimmt Sie in Verwahrungshaft. Ich rette gerade Ihren Allerwertesten.«

Kurz darauf betritt die Wehli mit geöffnetem Visier die Terrasse. »Wollen Sie sich stellen oder mir dieses Mal einen bevorstehenden Bankraub persönlich ankündigen?«

»Nein, weder noch. Wir brauchen Ihre Unterstützung«, antwortet er.

»Meine Unterstützung? Lächerlich, so kommen Sie aus der Nummer nicht mehr raus. Wenn wir in der Telefonzelle irgendeine Spur von Ihnen oder der werten Gemahlin finden, sind Sie dran. Bis dahin gehen Sie mir aus der Sonne.«

»Siehst du«, grummelt die Katzinger. »Deshalb kommt die halbseitig gelähmte Höhlenbewohnerin mit allem durch. Weil's das Auge des Gesetzes null kümmert, kann sie sich alles rausnehmen.«

»Welche Höhlenbewohnerin?«, fragt die Wehli.

Die beiden fassen die Frechheiten der Dagmar für die Exekutivbeamtin zusammen.

»Und was soll ich jetzt tun? Sie erschießen?«

Die Katzinger richtet sich zu ihrer ganzen Körpergröße auf. Was bei einem Meter sechzig jetzt nicht direkt an einen Berg erinnert. »Verhaften würde mir fürs Erste reichen. Das ist ein Angriff auf Körper und Geist, die wollte mich vergiften. Wer weiß, was da für ein Batz am Boden pickt.«

Die nur unwesentlich größere Wehli schmunzelt über die aufgeplusterte alte Frau. »Sie haben Nerven, deswegen pfeifen Sie halb Vöslau zusammen? Ich könnte mit Ihnen anfangen und Sie verhaften. Dann würden wir gleich mal sehen, ob der Freizeitpolizist für Sie in die Bresche springt.«

Der kurze Blickwechsel zwischen der alten Frau und dem

Pokorny lässt alles offen. Während die Katzinger die Stirn runzelt, schiebt er die Unterlippe nach vorne.

Die Chefinspektorin zeigt auf das dunkelgrüne E-Bike. »Na, aber hallo. Sie wollen doch nicht wirklich zum Arbeiten beginnen? In Ihrem Alter, bei der Figur?« Sie steigt langsam die Stufen hinunter und begutachtet die Anhängerkupplung. »Hm, schaut ziemlich neu aus. Wann haben Sie den Anhänger montieren lassen?«

»Ich wüsste nicht, was Sie das angeht. Ist schon ein paar Tage her, ich glaube, letzte Woche.«

»Soso, Sie glauben. Na, dann werde ich mal beim Kreuzer anrufen, vielleicht bekomm ich dort eine Antwort.« Während die Chefinspektorin nach der Nummer googelt, greift die Katzinger nach ihrem Emporia. Tödliche Blicke schleudernd, watschelt sie an der Dagmar vorbei auf die Toilette.

»Besetzt, na gut. Das überprüf ich später. Wo ist die Nervensäge hin?«

»Ich glaub, sie ist mal für kleine Mädchen«, mutmaßt der Pokorny, der sein Glück nicht fassen kann. Sich mit dem Personal abzusprechen, wäre keine schlechte Idee gewesen. Gut, dass besetzt war.

»Soso. Sobald ich Neuigkeiten habe, schick ich Kollegen, um Sie abzuholen. Ah ja, vielleicht sollten Sie Ihr Ersatzkind einmal gescheit durchbürsten.« Die Wehli deutet auf seine mit den kurzen hellen Haaren von der Maxime übersäte schwarze Jeans und zupft ein paar weg. »Ob Sie unter Ihrer Hose auch so behaart sind, möchte ich gar nicht wissen, aber so aus dem Haus zu gehen … Und den Fusselroller können Sie dann gleich dem Rumpelstilzchen borgen. Das ist bis zur Hüfte behaart. Bis dann«, feixt sie grimmig.

»Haben Sie das Ehepaar Schrott schon ausfindig gemacht?«

»Sie können's einfach nicht lassen. Das geht Sie nichts an. Halten Sie sich von ihrem Haus fern.«

Der Pokorny prüft wieder einmal, wie weit er gehen kann.

»Sie waren also noch nicht drinnen? Immer noch keine Hausdurchsuchung? Handypeilung? Irgendwelche polizeilichen Aktivitäten?«

»Wie kommen Sie auf die Idee?«, fragt sie und zieht die Augen zu schmalen Schlitzen zusammen. »Keine Antwort? Auch gut, halten Sie sich von dem Haus fern.« Sie dreht sich um und schreitet mit ausladenden Schritten retour zu ihrer Maschine.

»Ist die Luft rein?«, fragt die alte Frau und haut dem Pokorny mit der flachen Hand auf den Rücken.

»Aua, was soll das?«

»Das könnt ich dich fragen. Wie dumm ist das denn, dem Kreuzer nix von deinen Schwierigkeiten wegen dem vereitelten Banküberfall zu erzählen. Ich hab dich rausgerissen, nur wegen meinereiner war besetzt. Na, da schaust.«

»Woher wissen Sie …?«

Die alte Frau putzt mit den fettigen Fingern ihre Sonnenbrille. »Die Sollinger ist mit dem Bus nach Baden zur Physio gefahren. Und da kommt sie halt auch bei der kriminellen Telefonzelle beim Gymnasium vorbei und hat die Toni im Radlgewand gesehen. Und mit der Ansage über den Banküberfall von grade eben brauch ich nur eins und zwei zusammenzuzählen. Hä, hä. In den guten alten Zeiten hätte ich gesagt, zahl eine Melange mit einer Extraportion Schlagobers, und gut ist's. Jetzt müssen wir uns nach den Dienstplänen der Angestellten *unseres* Cafés richten. Nicht zu glauben, ohne uns könnten die zusperren, und dann das.«

»Ich fahr jetzt zum Berti, bezahlen tu ich sicher nix. Frau Katzinger, die Wehli hat meine Jeans und Ihr Hauskleid bemäkelt. Es wären zu viele Haare drauf.«

»Die Hundehasserin hat leicht reden. An ihren verschwitzten Lederklamotten perlt der Dreck ja gut ab. Über deinen Hauskleid-Sager reden wir ein anderes Mal. Ich hau mich da in die Einserpanier und … egal. Komm, hilf einem jungen Pupperl die Stufen runter.«

Als er beim Berti ankommt, sieht er einen Zettel an der verschlossenen Tür zum Laden. »Ihr müsst stark sein, ich bin kurz

ausliefern. Euer Bio-Berti!« Darunter klebt ein Post-it für seinen Freund. »Lies deine SMS 😉«.
– Lieferung steht im Ziegenstall im Kühlschrank. Danke!
»Wahrscheinlich, damit sich keiner gratis bedient«, murmelt der Pokorny und geht zum Stall. Als er den Kühlschrank öffnet, weiß er, der Weg wird beschwerlich. Der mit seinen Zetteln, denkt er, während er liest. »Bitte in die Residenz liefern. Heikle Ware, aufpassen!!!« Zwanzig Aluminiumflaschen Ziegenmilch zu je einem Liter, zwei große Laibe Brot und mehrere Gläser Erdbeermarmelade warten auf die Verteilung.

»Der hat Nerven«, ächzt er und verstaut nach und nach alle Waren in seinem neuen Anhänger. Wenigstens sind keine Drogen dabei, das hofft er zumindest und betrachtet die Marmelade argwöhnisch. Stöhnend tritt er in die Pedale und merkt, dass er mit den Energiereserven haushalten muss. Viel zeigt der Akku nicht mehr an.

Dass sich seine Hoffnung so schnell in Luft auflösen würde, hätte er nicht vermutet. Einer der Heimbewohner hat mehrfach bei der Rezeption nach der Lieferung gefragt und ersucht, als Erster dranzukommen. Groß ist die Überraschung, als der betagte Mann vor den Augen vom Pokorny die Milch aus der Aluminiumflasche ins Waschbecken schüttet und einen kleinen Beutel mit der Aufschrift »Bio-Berti's Tabakspezialitäten« aus der Öffnung herausfingert. Und als wäre das nicht schon genug, schraubt er den unteren Teil der Flasche ab und kippt eine Handvoll getrockneter Magic Mushrooms auf einen bereitgestellten Teller.

Belustigt schaut ihn der alte Mann an. »Der Berti ist mein Helfer in der Not. Nach den narrischen Schwammerln kann ich die Jutta von nebenan nach dem Tanzabend vergenusszwergeln.« Er zeigt auf das schmale Bett.

Die Hälfte der Pensionisten findet die Milch, die den Platz fürs Wesentliche besetzt, unnötig und kippt diese weg. Einer dreht sich in Sekunden einen Joint und hält ihn dem Pokorny hin. Um nicht als Spielverderber dazustehen, redet er sich auf die zu befürchtende Fahruntüchtigkeit raus und verlässt fluchtartig die Seniorenresidenz.

Dass sich der Herrenabend durch diese Drogenlieferung eintrüben würde, war abzusehen. Ein dermaßen großes Knirschen im Gebälk des ehemaligen Kuhstalls im Bioladen vom Berti überrascht auch den mehr als erstaunten Sprengnagl.

»Sag, haben s' dir ins Hirn geschissen, oder was? Wir haben vereinbart, dass du mich nicht als Drogenlieferanten missbrauchst«, knurrt der Pokorny.

»Ma, bitte, ist doch nix passiert«, hält der Berti dagegen.

»Nix passiert? Darum geht's doch gar nicht. Ich will mit deinen krummen Geschäften nichts zu tun haben.« Er erzählt dem Sprengnagl von gefakten Aluminiumflaschen, die er in die Seniorenresidenz ausgeliefert hat.

Der Gruppeninspektor sagt: »Berti, du spinnst wirklich. Wenn einer deiner Kunden im Drogenrausch aus dem Fenster fällt, bist du dran.«

»Die wissen Bescheid, ich verkauf auch nicht jedem mein Zeug.«

»Du kannst dir ab sofort deinen Dreck selber ausliefern.« Fassungslos starrt der Pokorny seinen Freund an. »In die Residenz bringe ich dir sicher nichts mehr. Wenn mich die Wehli aus einem Jux heraus aufhält und durchsucht, bin ich fällig. Nie mehr!«

»Schon gut.«

»Nix ist gut.« Der unfreiwillige Drogenkurier kriegt sich kaum mehr ein. Er schaut den Sprengnagl an. »Jetzt hat der Drogendealer auch Haschtabak im Angebot. Die Folkert und einer der Bewohner in der Residenz haben vor meinen Augen einen Joint geraucht. ›Bio-Berti's Tabakspezialitäten‹ nennt es der Idiot.«

Nur mit viel Mühe kann der Sprengnagl den Streit zwischen den Freunden schlichten. Schlussendlich beendet erst ein feierlicher Schwur vor dem Exekutivbeamten, den Pokorny nie wieder als Drogenkurier einzusetzen, die ungewöhnlich heftige Auseinandersetzung.

»Am Nachmittag gab es noch einen anonymen Anruf. Wieder aus der berüchtigten Telefonzelle beim Gymnasium.« Der Gruppeninspektor schaut den Pokorny an. »Und?«

»Und was? Die Toni war in der Bücherei, ich mit der Katzinger und sogar mit der Wehli vor der Annamühle. Später hab ich dann für den ortsbekannten Dealer Berti ausgeliefert. Wir waren das fix nicht, sonst wüsstest du es.«

»Hm. Die Wehli meinte, du hättest dich nach einer Hausdurchsuchung erkundigt. Kurz nach dem Anruf.« Er sieht, wie sein Freund die Stirn runzelt. »Es soll Bewegungen im Haus gegeben haben, ein Feuer, so was in der Art. Gefahr im Verzug, wie von dir gewünscht.« Immer noch schaut er seinen Freund skeptisch an.

Der Pokorny schüttelt heftig den Kopf. »Sprengi … wir waren das nicht. Warum sollte ich das vor dir verschweigen?«

»Vielleicht die Katzinger?«, rät der Berti.

»Jedenfalls sind wir nach Rücksprache mit der Staatsanwältin rein ins Haus. Das Handy vom Schrott lag im Arbeitszimmer, deswegen war er nicht erreichbar. Wesentlich interessanter ist die Rechnung über fünf Kanister Spiritus, die wir in einem Aktenordner gefunden haben. In einer Gartenhütte wurde ein Kanister gefunden. Die restlichen fehlen.«

Der Berti stellt das Würfelbrett auf den Tisch. »Wie viel Liter sind in einem Kanister drinnen?«

»Zehn. Das Ehepaar wird uns den Verbleib der restlichen vierzig Liter erklären müssen.«

»Vielleicht hat der Schrott sie ja für den Brand gebraucht«, vermutet der Pokorny. »Habt ihr die leeren Behälter im Hotel gefunden?«

»Nein, das wäre zu schön gewesen. Die Wehli hat die Grazer Kollegen schon informiert.«

»Woher weiß sie …?«

»Na ja, mittlerweile weiß ja halb Vöslau, dass die Schrotts in Graz sind. Irgendwo hat die Wehli das aufgeschnappt und nun quasi um Amtshilfe gebeten.«

»Was ist mit dem Ribitsch? Oder habt ihr den schon abge-schrieben?« Der Pokorny nippt an seinem Veltliner.

»Nein, der wird auch gesucht. Es gibt eine erste Spur. Er wurde am Wiener Hauptbahnhof von einer Kamera gesichtet. Die Kollegen vor Ort waren aber zu langsam, er ist dann Richtung Schloss Belvedere verschwunden.«

Der Pokorny greift nach den Pokerwürfeln und wirft eine Straße, was ihn prompt lächeln lässt. »Wo kann er hin sein?«

»Sie klappern gerade die Obdachlosenheime und Tagesstätten der näheren Umgebung ab. Bisher ohne Erfolg.«

»Die armen Kerle haben gelernt, unsichtbar zu sein. Also, entschuldigt den Ausdruck, als Sandler wirst oft schief angeschaut, besser nicht auffallen. Der wird diese typischen Anlaufstellen sicher meiden. Klar, dass ihr dort zuerst sucht«, meint der Berti. Er schüttelt die Würfel und schleudert sie schwungvoll auf das selbst gemachte Spielbrett. Eine fünf Zentimeter dicke Baumscheibe einer gefällten Schwarzföhre wurde dafür von dem geschickten Handwerker ausgehöhlt und mit grünem Filz ausgekleidet.

»Außerdem steht ja noch nicht fest, ob er mit dem Tod vom Grammel überhaupt etwas zu tun hat. Fingerabdrücke gibt es von beiden zuhauf. Die Tatortgruppe ist fleißig. Beide Schrotts sind auch verewigt. Die Auswertung wird dauern. Was gibt's heute zum Knabbern? Irgendwelche neuen Kreationen?« Des Öfteren missbraucht der Berti seine Freunde als Versuchskaninchen. Verlieren ist in solchen Fällen äußerst risikobehaftet. Deshalb klären die Freunde das lieber im Vorfeld.

»Nein, entspannt euch. Derzeit gibt's so viel auszuliefern …«

»Dann ist es ja gut«, unterbricht der Gruppeninspektor rasch. Das leidige Thema der Drogenauslieferung für diesen Abend durch und sollte durch die flapsige Erklärung nicht wieder aufkochen.

Der Pokorny kräuselt die Stirn und atmet tief durch. »Wir waren heute auch bei den Schrotts, also vorm Haus …«

»Apropos.« Der Sprengnagl hebt fragend die Augenbrauen. »Wart ihr das wirklich mit dem Banküberfall?«

»Ja«, bestätigt er grinsend und erzählt den beiden, wie es dazu gekommen ist.

»Wenn der Alterbauer fündig wird, gnade euch Gott. Da kann ich euch dann auch nicht helfen. Die Kollegen haben Dutzende Fingerabdrücke, Speichel- und Haarproben und einen Sack voller Müll mitgenommen. Hoffentlich war die Toni vorsichtig.«

Seufzend verzieht der Pokorny das Gesicht. »Hoffe ich auch. Sag, was läuft da in der Holzmüllergasse wirklich? Die Folkert schimpft auf die Schrotts, der Nussbaum hat uns ein Video von einem heftigen Streit zwischen seinen Gegenübernachbarn gezeigt.«

»Dort kämpft jeder gegen jeden. Ursache ist zumeist die Folkert mit ihrem frei laufenden Hund.«

»Im Ortsgebiet muss der doch angeleint sein«, sagt der Berti. Der Pokorny ergänzt: »Oder einen Maulkorb tragen. Wobei das auch nicht helfen würde.« Er erzählt von der Begegnung mit dem Hund und dem angepinkelten Fahrradreifen.

»Laut den Anzeigen der Anrainer öffnet die einfach die Haustür, das Kalb läuft hinaus und beglückt die nähere Umgebung mit ungewollten Geschenken. Meistens ihre direkten Nachbarn, das Ehepaar Schrott. Fast als hätte sie den Hund darauf dressiert.«

»Kommt mir vor wie auf dem Wasserleitungsweg. Dort scheißt regelmäßig so ein kleiner Köter mitten auf den Weg. Genügt schon, dass diese Schweine von Hundebesitzern das nicht wegräumen. Aber direkt auf den Weg und dann liegen lassen ist einfach nur grauslich und präpotent. Mich wundert es nicht, dass Hunde in der Gegend unbeliebt sind. Dabei ist das andere Ende der Leine schuld daran.«

Da redet sich der Pokorny in Rage, weil die blöde Nachrede haben ja alle Hundebesitzer. Wenn er mit der Maxime seine Runde dreht, steht er unter Generalverdacht. Das Argument, er würde alles in ein Sackerl geben, greift zu kurz. Weil nämlich ganz besonders schlaue Zeitgenossen das zwar machen, dann aber das volle Sackerl einfach irgendwo liegen lassen. Auch der gut gemeinte Aufruf der Bürgermeisterin in der Gemeindezeitung, dass diese Hinterlassenschaften gesetzlich verpflichtend wegzuräumen seien, verpufft im Hohlraum der intelligenzbefreiten und ignoranten Hundehalter.

Der Sprengnagl erzählt: »Es kommt noch besser. Die Folkert lässt ihren Hund im gesamten Ortsgebiet frei herumlaufen. Mit Maulkorb, behauptet sie. Schön, aber das Tier ist mit seinen gut sechzig Kilo Gewicht eine Urgewalt. Alles, was sich dem in den Weg stellt, wird umgemäht. Wie soll ein kleines Kind oder ein alter Mensch da ausweichen? Wir haben schon einige Hausbesuche bei ihr durchgeführt. Sie meinte lakonisch: ›Leine oder Maul.‹ So will es das Gesetz. Sie ist absolut beratungsresistent und denkt, die ganze Welt ist gegen sie.«

»Bis einmal was passiert«, meint der Berti.

»Schon vorgekommen. Sie konnte sich jedes Mal rausreden. So nach dem Motto: Die Leute sollen schauen, wo sie hingehen, und so weiter.«

Der Pokorny schüttelt den Kopf. »Da ist ja die Hanifl mit ihrem fetten Mops Wendulin ein wahrer Segen. Hätte ich nicht gedacht.« Obwohl der dicke Köter ständig auf die Rispenhortensien von der Toni pinkelt, beschwert sich ihre Doppelhausnachbarin über die Maxime. Sie mache Lackerln in ihren Vorgarten, sei laut und ungezogen. Dabei verhindert die allerbeste Ehefrau der Welt lautes Gebell der Beagelin, so gut es geht.

»Glück gehabt. Scherz beiseite, angeblich hat der Schrott ihr einmal eine Ohrfeige verpasst. Die Streitparteien pflastern sich gegenseitig mit Anzeigen zu.«

»Wie passt der Nussbaum da rein? Auf dem Video, das er uns gezeigt hat, ging's richtig resch zu.« Der Pokorny greift nach der Flasche Veltliner und schenkt sich noch ein Achterl ein.

»Der leidet unter beiden Streitparteien. Er versucht, sich mit allen gut zu stellen, lädt die Nachbarn ein, wird aber nicht wirklich gemocht.«

Der Berti serviert ein Full House. »Es gibt in der Gasse jede Menge Sprengstoff. Auch wegen der Anspielung von der Folkert bezüglich des Hotelbrands. Was hat das Ehepaar mit dem Hotel eigentlich vor?«

»Die wollen dort ein Vier-Sterne-Wellnesshotel mit allem Pipapo hinbauen. Sauna, Dampfbad, Infrarotkabine, alles, was das Herz des zahlungskräftigen Urlaubers höherschlagen lässt. Die Tennisplätze neben dem Weingut Schlossberg sollen revitalisiert werden. Den Einreichplänen zufolge sollen die Weinrieden unter dem Lausturm wegkommen, sie graben auf Straßenniveau ab und errichten dort einen großen Schwimmteich. Vorverträge mit den Weinbauern liegen schon beim Notar. Es geht nur mehr um die Umwidmung und die Bewilligung der Gemeinde.«

»Da war doch im Stadtanzeiger ein Artikel über randalierende Bürger«, sagt der Pokorny.

»Nicht nur im Stadtanzeiger. Alle regionalen Zeitungen sind aufgesprungen. In der letzten Zeit ist es ruhiger geworden.« Der Gruppeninspektor winkt ab, wischt über das Display seines Samsung-Handys und zeigt seinen Freunden einen Bericht vom Kronenblatt. »Am Sonntag hat's im Hotel gebrannt, und am Montag wird von den Sensationsjournalisten schon über eine Intrige der Gemeinden Sooß und Bad Vöslau spekuliert. Die Grenze zwischen den Orten verläuft direkt durchs Hotel. Die Weinberge gehören zu Sooß, die Tennisplätze zu Bad Vöslau. Laut dem Journalisten soll der Umbau schon längst in trockenen Tüchern sein. Alles Schiebung. Das Haus soll angeblich von zwei Obdachlosen verwüstet worden sein. Woher die das wissen, ist mir ein Rätsel.«

»Zahlt die Versicherung?«, fragt der Berti.

»Vorerst nicht. Es liegt ja eindeutig Brandstiftung vor. Solange es da offene Fragen gibt, zahlen die nichts aus.« Der Gruppeninspektor nimmt einen Schluck von seinem eiskalten Bier.

»Was ist mit dem Handy von der Frau Schrott?«, will der Pokorny wissen.

»Im Telefonbuch steht nur ihr Mann. Der Beschluss für die Herausgabe etwaiger Handydaten von der Frau Schrott sollte schon bei den Mobilfunkanbietern angekommen sein. Trotzdem dauert es immer, bis wir da Antworten erhalten. Bezüglich einer Buchung in Graz haben wir nichts eruieren können.«

»Die beiden sind seit Sonntag in Graz und müssen irgendwo als Gäste registriert sein. Es kann doch nicht so schwer sein, ihren Aufenthaltsort herauszufinden.« Der Pokorny bleibt beharrlich dran. »Luxushotels wird's ja nicht so viele geben. Das sind ein paar Telefonate, und schwups haben die Kieberer die beiden am Kragen.«

Der Sprengnagl grinst. »Unseren Gutschein vom Vierziger von der Toni habt ihr eh noch nicht eingelöst. Fahrt doch auf ein paar Tage in die Steiermark und findet sie schwups.«

Sehr zum Leidwesen der allerbesten Ehefrau der Welt ist der Pokorny ein Reisemuffel. Bad Vöslau sei doch wunderschön, biete alles, was das Herz begehrt. Warum also in die Fremde schweifen, wenn es zu Hause am schönsten ist? Um ihm den Wind aus den Segeln zu nehmen, bekommt die Toni von ihren Freunden zu besonderen Anlässen daher immer Urlaubsgutscheine geschenkt. Und zum Vierziger der Toni gab es vom Sprengnagl und seiner Frau Sandra einen Gutschein für zwei Nächte im Hotel Gollner in Graz. Bisher konnte sich der Pokorny trotz hartnäckiger Versuche von der Toni immer aus der Affäre ziehen. Mal, weil es im Sommer viel zu heiß ist, mal wegen der vereisten Fahrbahn im Winter. Vor allem der Smog und das starke Verkehrsaufkommen in der zweitgrößten Stadt Österreichs haben dem Pokorny bislang als Ausrede gedient. Ausgerechnet ein Hotelbrand in Vöslau könnte ihm nun einen Strich durch die Rechnung machen. Und das alles, wo er doch erst letztes Jahr aus ermittlungstaktischen Gründen eine Übernachtung im Parkhotel Schönbrunn mit Besuch des Tiergartens auf sich genommen hat. Gut, die Toni hat sich in ihrer Dienstmädchenuniform ordentlich ins Zeug gelegt. Aber das ist eine andere Sache und außerdem verjährt.

Der Berti biegt mit einem servierten Grande in die Siegerstraße ein. »Du könntest ruhig einmal an die Toni denken und dich ihr zuliebe ein bisserl aus deiner Komfortzone bewegen.«

Der Pokorny steht auf. »Du, mir reicht's für heute mit gescheiten Ansagen, vor allem von dir Drogenhändler. Baba.«

»Was war das jetzt?«, fragt der Gruppeninspektor, nachdem die Tür ins Schloss gefallen ist. »Spinnt der auf seine alten Tage komplett? Ich glaub, ich muss ihm mal Feuer unter dem Hintern machen.« Er greift nach seinem Handy und schreibt der Toni eine Whatsapp.

– *Wir haben dein Bärli auf die Hotelgutscheine und einen Kurztrip nach Graz angesprochen. Er hat sauer reagiert und den Herrenabend gesprengt. Bleib dran, wäre eine gute Möglichkeit, die Schrotts abzufangen. Gute Nacht!*

Da nach dem überraschenden Abgang einer der Pokerspieler fehlt, beschließen die beiden, den Abend frühzeitig zu beenden.

Zu Hause angekommen, hört der Pokorny aus dem Obergeschoss das vertraute Blubbern des Whirlpools.

»Bärli, komm rauf, ich hab uns ein Bad eingelassen.«

Mit einer eiskalten Flasche Veltliner lässt er sich in die Wanne gleiten. Nach dem ersten Schluck erzählt er der Toni von dem Gespräch beim Berti.

Die grinst. »Ich muss dir etwas beichten. Ich bin heute nicht direkt in die Bücherei, sondern noch einmal zur Telefonzelle gefahren.«

»Dann warst du das mit dem anonymen Anruf auf der PI?«, fragt er.

»Was zählt, ist das Ergebnis. Die Frau Chefinspektorin ist endlich in Bewegung gekommen.«

Die Nacht war für den Pokorny anstrengend. Die Beagelin hatte nach der kulinarischen Orgie beim Café Annamühle prompt Durchfall. Drei Mal musste er mit ihr raus, drei Mal hat er die Toni aufgeweckt. Besorgt hat sie ihn gefragt, ob die Beagelin etwas Schlechtes gefressen habe. Mehrmals hat er mit schlechtem Gewissen verneint. Dem skeptischen Blick der allerbesten Ehefrau der Welt war anzusehen, was sie von seiner Antwort hielt.

Normalerweise freut sich der Pokorny immer schon auf den morgendlichen Besuch in seinem Stammcafé. Heute jedoch schlurft er müde von den nächtlichen Ausflügen mit gemischten Gefühlen die Hügelgasse hinauf, vertieft in ein Selbstgespräch.

»Wenn die Spinnerte heute wieder Dienst hat, geh ich zur Bäckerei Mann runter.« Er beobachtet die Maxime beim Zeitunglesen an den Laternen. »Was meinst du? So was brauchen wir uns nicht gefallen zu lassen.« Die Beagelin legt den Kopf schief und versucht zu verstehen, was er von ihr wollen könnte. Mangels Erfolg schnüffelt sie weiter, brummelnd lässt er sich von ihr die steile Gasse hinaufziehen. Hat auch sein Gutes, wenn – wie allgemein bekannt – ein Beagle sein berühmtes Leineziehen einsetzt.

Vorsichtig schielt er ins Café Annamühle hinein. Vorerst scheint die Welt in Ordnung zu sein, die Karin hat heute Frühdienst.

»Morgen, Pokorny«, begrüßt sie ihn unerwartet ernst. Sonst lächelt ihn der Sonnenschein immer an, heute schaut sie ihn stirnrunzelnd an. »Kannst du mir bitte sagen, was da gestern los war? Ich hab vorhin einen Anruf vom Chef erhalten. Die Dagmar hat sich wegen euch beschwert. Ihr sollt sie schlecht behandelt haben und dann noch, ohne zu zahlen, verschwunden sein.«

»Beschwert? Schlecht behandelt? Über die Katzinger und mich? Ich glaub's nicht.« Er fasst in wenigen Worten die gestrigen Scherereien mit der Dagmar zusammen. »Weißt, nicht nur, dass ihr Kundenservice grundsätzlich schon ein Witz ist, nein. Aber mich wegen dem Konflikt zwischen den beiden quasi in Sippenhaftung zu nehmen, ist gelinde gesagt eine Frechheit!«, echauffiert er sich. »Dein Chef sollte sich bald einmal überlegen, ob so eine Mitarbeiterin für sein Lokal ein Renommee darstellt. Die Sache mit gestern schlägt alles, was ich bisher mit ihr erlebt hab.«

Die Karin runzelt die Stirn. »Hm, steht also wieder einmal Aussage gegen Aussage.«

»Das ist aber jetzt nicht dein Ernst, oder?« Der Pokorny blickt seine Lieblingsangestellte finster an. »Glaubst du mir etwa nicht? Weißt du was? Ich werde beim Chef in der Zentrale in Baden vorbeifahren und die Sache auf den Tisch bringen.«

»Nein, nein, ich glaub dir schon. Mein Chef ist halt wegen den Eskapaden der Katzinger ziemlich genervt. Ich werde mit ihm reden.«

Der Pokorny nickt. »Wann arbeitest du diese Woche? Bis das geklärt ist, muss ich leider zur Konkurrenz gehen. Das Gfrieß von der Dagmar geb ich mir ohne Entschuldigung sicher nicht mehr.« Er greift nach dem Papiersackerl mit den Semmeln und Kürbiskernweckerln und macht Anstalten zu gehen.

»Jetzt bist aber nicht bockig und hängst mir deinen Grant gegenüber meiner Kollegin um? Wir zwei haben doch kein Problem miteinander, oder?« Die Karin schmunzelt und stellt ihm einen Espresso mit dicker, fester Crema hin.

»Entschuldigung, natürlich nicht«, rudert der Pokorny zurück und wechselt das Thema. »Die Polizei kann das Ehepaar Schrott nicht finden. Hat er bei dir einmal fallen lassen, wo er in Graz absteigt? Beim Weingut Schlossberg hat er mit einem Vier-Sterne-Hotel geprahlt, mehr hat er aber nicht erzählt.«

»Die logieren sicher wieder im Hotel Gollner. Die Frau Schrott schwärmt immer von dem Wahnsinns-Frühstücksbüfett dort und davon, wie schön die modernisierten Zimmer doch sind. Was ist mit dir?« Die Karin legt den Kopf schief. »Hab ich was Falsches gesagt?«

»Du weißt ja, dass ich nicht so gerne wegfahre. Gestern haben mich der Berti und der Sprengi an den Geburtstagsgutschein für die Toni erinnert. Für einen Hotelaufenthalt in Graz. Ausgerechnet im Hotel Gollner, wo die Schrotts wohl abgestiegen sind«, fasst er die Katastrophe zusammen.

»Ups, ja, da kommst du schwer wieder raus. Es sei denn, du steckst diese Vermutung der Chefinspektorin. Hätte zwei Vorteile. Erstens, du gewinnst ein paar Pluspunkte bei ihr, und zweitens ersparst du dir die Reise. Hm, du schaust nicht glücklich aus.«

Der Pokorny trinkt nachdenklich seinen Kaffee aus. »Das muss ich mir überlegen. Aber den Tipp kriegt sie von mir sicher nicht.«

»Sturschädel«, meint die Karin kopfschüttelnd und nimmt ihm die leere Tasse ab. »Die Toni würde sich darüber freuen.«

»Ja, ja. Wie lange bist du heute da?«

»Die Dagmar fängt um vierzehn Uhr an. Ihr müsst also früher oder …«, sie notiert ihre Arbeitszeiten auf einem Zettel und reicht ihm diesen über die Theke, »erst morgen wiederkommen.«

»Bitte klär das mit deinem Chef. Wenn die Dagmar mit ihren Schikanen nicht aufhört und sich nicht entschuldigt, sehen wir uns nur mehr unregelmäßig. Heute Nachmittag und morgen früh lass ich aus, melde dich bitte. Danke! Baba.«

Auf dem Heimweg schreibt der Pokorny dem Sprengnagl eine SMS.

– *das ehepaar schrott wohnt wahrscheinlich im hotel gollner in graz   hast aber nicht von mir*

Dann überrascht sich der Pokorny selber und schickt eine zweite SMS.

– *wenn du es der wehli nicht sagst   fahr ich mit der toni morgen nach graz*

Der Pokorny weiß nicht, was heute mit ihm los ist. So flexibel ist er normalerweise nicht. Vielleicht ist es der Ärger über die Dagmar, schließlich fallen in nächster Zukunft mehrere Besuche in seinem Stammcafé aus. Oder es ist die Chance, das Ehepaar vor der Wehli aufzuspüren. Schließlich tappt die Exekutive trotz Hausdurchsuchung immer noch weitgehend im Dunkeln. Er beschließt, die Toni zu überraschen und ihr vorzuschlagen, am nächsten Tag nach Graz zu fahren.

Grundsätzlich ist sie am Mittwochmorgen eher schlecht gelaunt. Mittwoch ist ihr langer Tag, Dienstbeginn noch dazu schon um acht Uhr. Für die bekennende Langschläferin einfach zu früh. Heute jedoch zaubert ihr der Vorschlag vom Pokorny einen dicken Grinser ins Gesicht. »Bärli, ich freu mich soooo.«

»Die werte Frau Chefinspektorin springt sicher im Quadrat, wenn sie das mitbekommt.«

Die allerbeste Ehefrau der Welt schmiegt sich an ihn. »Dafür lass ich mir als Dankeschön für dich auch etwas Nettes einfallen.«

»Wenn das so ist …«, er zieht die Toni auf seinen Schoß, »kann ich ja gar nicht mehr anders. Wie wär's mit einer kleinen Kostprobe?«

Sie küsst ihn zärtlich und springt auf. »Jetzt nicht, ich muss zur Arbeit. Ich hoffe, Tatjana gibt mir frei.«

»Warte!«, ruft er, hält sie am Arm zurück und erzählt ihr vom Gespräch mit der Karin.

»Sosehr ich die Annamühle mag, aber mit der Dagmar geht sich das für mich bald nicht mehr aus. Ich muss jetzt, Bussi.« Sie küsst ihn rasch und ist mit ihren dunklen Semmerln in der Handtasche unterwegs in die Stadtbücherei.

Ganz entgegen seinen sonstigen Gepflogenheiten wartet der Sprengnagl zu Mittag im Gastgarten des Bierhofs und blättert in der Speisekarte. Bevor der Pokorny murren kann, bremst ihn sein Freund.

»Drinnen sitzen neben deinem Stammtisch vier Kollegen aus Baden. Zwei kenn ich nicht, besser, wir plaudern draußen.«

Der maximal unflexible Pokorny überrascht den Sprengnagl. »Auch schon wurscht. Die Dagmar mobbt uns aus der Annamühle raus, und morgen fahr ich mit der Toni nach Graz. Warum also nicht auch noch meinen Stammplatz wechseln? Was für ein Tag.« Er erzählt von dem Gespräch mit der Karin und dem Geständnis von der Toni.

Gerade als er fertig ist, biegt die allerbeste Ehefrau der Welt um die Ecke und nimmt mit gerunzelter Stirn neben dem Pokorny Platz. »So flexibel, und das an einem Tag. Mein Bärli mal ganz anders.«

Der Sprengnagl grinst. »Es gibt Neuigkeiten vom Tatort. Dass es Brandstiftung war, wissen wir ja schon. Die Spurensicherung hat laut Bericht«, er schlägt die Tageszeitung auf und zeigt auf eine Stelle auf dem eingelegten DIN-A4-Blatt, »allerdings festgestellt, dass der Brand zuerst mittels Feuerlöscher gelöscht wurde. Nachträglich wurde neuerlich ein Brand gelegt.«

»Könnte sich das Feuer später selber entzündet haben? Wenn der Täter ein Glutnest übersehen hat, wäre das doch möglich«, meint der Pokorny.

»Nein. Laut dem Alterbauer wurden die Holzstapel fix noch einmal angezündet. Er kann das an den Brandherden ausmachen.«

Die Toni schürzt die Lippen. »Als hätte sich der Täter nicht entscheiden können. Als hätte er zuerst kalte Füße bekommen und den Brand gelöscht und dann erneut Mut gefasst und diese noch einmal angezündet.«

»Das würde auch die Hals-über-Kopf-Flucht vom Ribitsch erklären«, mutmaßt der Pokorny.

»Wenn er's war, ja. Vielleicht wurde er aber auch nur von dem Feuer überrascht und ist aus Angst geflohen. Was sollte er für ein Motiv haben? Die Kollegen in Wien durchforsten gerade das Pratergelände. Obdachlose, die in keiner Schlafstätte übernachten wollen oder können, verkriechen sich gerne dort. Das Feuer wurde übrigens mit handelsüblichem Spiritus gelegt.«

Der Pokorny winkt der Servicemitarbeiterin. »Kann er abschätzen, welche Menge verwendet wurde?«

»Nicht genau. Aber vierzig Liter würden für ein schönes Feuerchen allemal ausreichen.«

»Habt ihr die leeren Spiritusbehälter schon gefunden?«

»Nein, den Feuerlöscher auch nicht. Der Abgleich mit der Marke des verbliebenen Kanisters läuft.«

»Und der Grammel, wie ist der gestorben?«, will die Toni wissen. »Ist er tatsächlich …?« Da eine Mitarbeiterin die Toni und den Sprengnagl nach ihren Wünschen fragt, unterbricht sie die Frage nach der Todesursache. Rasch sind zweimal Zander mit Blattspinat und Salzerdäpfeln, ein Soda-Zitron für die Toni und ein gespritzter Apfelsaft für den Gruppeninspektor bestellt. Der Pokorny bekommt wie immer sein Gulasch mit einer Extraportion Semmelknödel und auch ein Soda-Zitron.

»Er hat noch versucht, aus dem Hotel zu fliehen. Die zwei Stockwerke vom Dachgeschoss zum Ausgang waren zu weit. Knapp vor der Tür ist er gestürzt und an einer Rauchgasvergiftung gestorben.«

»Haben die beiden ganz oben geschlafen?«, fragt die Toni.

»Vermutlich. Die Kollegen haben dort Polyesterfetzen, wahrscheinlich von Schlafsäcken, und Rückstände von Flaschen entdeckt. DNA-Auswertung läuft, laut dem Alterbauer wird's wegen dem Feuer aber schwierig sein, noch verwertbare Spuren zu finden. Der Grammel hatte es mit der Lunge. Laut dem Hammerschmied hatte der keine Chance, lebend rauszukommen. Er ist elendiglich erstickt.«

Der Pokorny fragt: »Gibt's Einbruchsspuren?«

»Nur ein eingeworfenes Fenster auf der Rückseite des Hotels. Den Granitstein hat die Tatortgruppe mitgenommen. Es sind mehrere Fingerabdrücke drauf. Ob wir die zuordnen können, wird sich zeigen. Der Stein lag jedenfalls schon länger dort.«

»Es gibt also nur wenige Anhaltspunkte«, stellt die Toni fest und bedankt sich bei der Mitarbeiterin für den servierten Fisch. »Hm, schaut echt leck… also ich meine … köstlich aus.« Gerade noch rechtzeitig hat sie das für den Pokorny unmögliche Wort »lecker« unterdrückt. Weil er die Deutschen zwar mag, die Ausdrucksweise aber bis aufs Blut nicht ertragen kann.

Schmunzelnd antwortet der Gruppeninspektor: »Weitere Einbruchspuren wurden nicht gefunden. Dafür gibt es jede Menge Reifenspuren auf dem öffentlichen Parkplatz vor dem Hotel und Schuhabdrücke auf der Rückseite. Die Gegend ist bei Familien mit Kindern, bei Wanderern und Mountainbikern sehr beliebt. Aberdutzende Reifenspuren können nicht zurückverfolgt werden. Die Reifenspuren vom Range Rover des Ehepaars Schrott konnten aber zugeordnet werden.«

»Und die Schuhabdrücke?«, fragt sie weiter.

»Außer denen vom Grammel keine. Vom Ribitsch fehlen uns die Vergleichsabdrücke. An der Stelle, wo er gestürzt ist, konnten von den Kollegen keine gesichert werden«, stellt der Gruppeninspektor fest und wechselt das Thema. »Und ihr fahrt morgen wirklich nach Graz? Ich bin beeindruckt.«

»Ja, wir lösen morgen euren Gutschein ein«, sagt die Toni lächelnd.

»Na fein. Dann ist es ja ausgemacht«, lacht der Sprengnagl. »Ich hoffe nur, dass die Grazer Kollegen das Ehepaar nicht vorher dort aufstöbern.«

»Ohne Beschluss gibt das Hotel sicher keine Daten über Hotelgäste raus.«

Eine eingehende Whatsapp auf dem iPhone unterbricht die Unterhaltung.

– treffen 1300 bei mir lk

»Willi, jetzt wird's eng für dich. Die Katzinger schreibt schon Whatsapp. Dreizehn Uhr, nicht in der Annamühle, sondern bei ihr.«

Mit Schaudern denkt der Pokorny an den nicht ganz neuen und nicht ganz sauberen Wohnwagen. »Ob ich wirklich zu ihr fahr, muss ich mir noch überlegen. Kommst du mit?«

»Nein. Die Pflicht ruft, ich muss zurück in die Bücherei.«

»Apropos Pflicht«, sagt der Sprengnagl und winkt seinen aufbrechenden Freunden zu. »Ich muss auch los und mir eine gute Geschichte für die Wehli überlegen. Die kriegt von den Badener Kollegen sicher einen Anruf wegen unserem Treffen.«

Der Pokorny lacht. »Ich werde die Katzinger mal anfunken.

Weil dreizehn Uhr bei ihr ist schon stressig«, meint er mit einem Blick auf die Uhr. Mit vollem Bauch schafft er es in einer Viertelstunde nur mit einem Herzinfarkt zu dem Katzinger'schen Wohnwagen am Feld.

»Mein armes Bärli, der Stress wird dich eines Tages hinraffen«, kichert die Toni, küsst ihn zärtlich und eilt in die Bücherei.

»Ma, was sie immer hat. Der Stresslevel ist halt bei jedem anders angesetzt.«

Der Sprengnagl steht auf und klopft seinem Freund auf die Schulter. »Schon, aber bei dir geht er halt manchmal unterirdisch, servus.«

»Wer stört?«, schnauzt die Katzinger ins Telefon.

»Na, wer wird's wohl sein? Sie haben meinen Namen ja eingespeichert. Sind Sie schon wieder oder immer noch schlecht drauf? Ich verlier langsam den Überblick.«

»Ich bin nicht schlecht drauf, nur ein bisserl schwindlig. Schaffst du dreizehn Uhr?«

»Nein.« Der Pokorny hört, wie die Katzinger einen tiefen Zug von ihrer Zigarette nimmt, asthmatisch ausatmet und dann den Schleim raufhustet. Ma, das ist ja grauslich, denkt er angeekelt und will gar nicht wissen, wie die Geschichte weitergeht.

»Dann schaust halt, was dein schlaffer Körper hergibt. Meine Adresse kennst ja«, krächzt sie abschließend und legt auf.

»Schlaffer Körper, eine Frechheit!«, murmelt der Pokorny und deutet der Mitarbeiterin zum Zahlen. »Na, die wird sich noch wundern. Ich bin ja schließlich im Training.«

Eine halbe Stunde später bremst er sich vor einem rostigen Maschendrahtzaun ein, der die Katzinger'sche Pachtparzelle umrandet. Ihr Gärtchen liegt in der Nähe eines kleinen hellgrünen Teichs. Das Reich der alten Frau ist zugewachsen und ohne Ortskenntnisse kaum zu finden. Er zwängt sich mit der Maxime zwischen einer dornigen Brombeerhecke, violett blühenden Disteln und Brennnesseln durch.

»Frau Katzinger, ich bin's, der Pokorny.« Er geht zu dem vergilbten, vormals weißen Wohnwagen und versucht, durch die verschmutzten Scheiben einen Blick ins Innere zu werfen. Außer Maximes Hecheln ist kein Laut zu hören. Eigentlich hätte er es sich gerne erspart, den Wohnwagen betreten zu müssen. Schaudernd erinnert er sich an den letzten Besuch. Alle seine Sinne waren gefordert und überlastet. Sein Magen hat damals ordentlich rumort. Alte Menschen sehen und riechen halt nicht mehr so viel. Dementsprechend wird die Notwendigkeit der Hygiene unterschiedlich dringend wahrgenommen.

Er klopft und drückt die Türklinke nach unten. »Frau Katzinger, ich komm jetzt rein.«

Die Maxime nutzt den kleinen Spalt der geöffneten Tür, springt in den Wagen und fängt zu bellen an. Was da so rein geruchstechnisch herauswabert, ist für den Pokorny wie befürchtet der gleiche Alptraum wie beim letzten Mal. Die Zeit scheint stehen geblieben zu sein. Immer noch türmt sich zur Linken schmutziges Geschirr in der Spüle. Ein steinerner Aschenbecher der bekennenden Kettenraucherin thront in der Mitte eines mit Brandlöchern übersäten Linoleumtischtuchs. Ein abgewetzter dunkelblauer Spannteppichboden ist von zahlreichen Flecken verunziert. Zur Rechten eine angelehnte Tür, von wo das Hinterteil der Beagelin herausschaut. Der Pokorny zwängt sich neben ihr in den kleinen Raum und findet die alte Frau rücklings im Bett liegend. »Frau Katzinger, um Himmels willen, was ist passiert?« Vorsichtig beugt er sich hinunter und lauscht nach Atemgeräuschen.

»Willst mich leicht wach küssen, oder was?«, stöhnt sie und schubst ihn zur Seite.

»Entschuldigen Sie, dass ich mir Sorgen gemacht hab«, meint er verärgert und erleichtert zugleich.

Sie tätschelt ihm mit der rechten Hand, die verdächtig nach Speckstangerl riecht, die Backe. »Ist schon gut, sonst kümmert sich eh niemand um die Alten. Die Bürgermeisterin tät mich sicher verrecken lassen. So, jetzt gehst aber aus meinem Schlafzimmer raus. Das geziemt sich nicht für einen verheirateten Mann.«

»Grad noch halb tot, kurz darauf ein Scherzkisterl.«

»Passt schon. Ich komm gleich.«

Als der Pokorny aufsteht, fällt etwas zu Boden. Er bückt sich und hebt eine Feinripppunterhose auf. Rein vom Schnitt her würde er diese nicht der Katzinger zuordnen. »Haben Sie Herrenbesuch gehabt?«, fragt er grinsend.

»Brauchst nicht so abartig dreinzuschauen. Sex im Alter ist was Herrliches. Da erwartest dir nicht mehr viel, und alles, was daherkommt, ist eine Zugabe.«

Er grinst wieder. »Und ich dachte, Essen ist der Sex des Alters.«

Dass er damit ein Eigentor schießt, ist ihm in dem Moment klar, in dem ihm die alte Frau auf sein Bäuchlein klopft.

»Läuft's leicht so schlecht bei euch?«

Der Pokorny schnauft durch und wechselt das Thema. »Freut mich, dass es Ihnen gut geht. Ich wart draußen auf Sie. Komm, Maxime.«

Ein paar Minuten später setzt sich die alte Frau zum Pokorny, der auf einem alten Teakholzsessel Platz genommen hat.

»Was ist denn passiert?«

»Alt werde ich, und vertragen tu ich nix mehr. Schau«, krächzt sie, greift in die Tasche ihres schwarzen Hauskleids und zieht eine Packung Marlboro-Gold-Zigaretten heraus. »Weißt ja eh, wegen dem Lungendoktor rauch ich jetzt Luft mit ein bisserl Rest-Lkw drinnen. Da hab ich mir gedacht, pfeif drauf, jünger wirst nimmer, und hab mir wieder die roten Marlboro gekauft. Kawumm! Zwei Züge, und ich bin umgekippt. Verweichlicht halt, auf meine jungen Tage sind mir die null Komma acht Kilo Teer in der Zigarette zu viel.«

»Wenn Sie null Komma acht Kilo Teer inhalieren, kann die ASFINAG mit Ihnen Schlaglöcher auf den Autobahnen auffüllen. Scherz beiseite, es sind Milligramm, nicht Kilo«, erklärt der

Pokorny, wohl wissend, dass sich dies nicht positiv auf das weitere Gespräch auswirken wird.

Doch als hätte der Tag nicht schon genug Überraschungen geboten, nickt die Katzinger schweigend und seufzt tief. »Besser ins Bett fallen als in ein Schlagloch, gell? Hat auch was Gutes.«

»Wieso sollte ich um dreizehn Uhr zu Ihnen kommen?«

Die Katzinger linst über ihre riesige Sonnenbrille. »Na, in der Annamühle können wir uns ja wegen der angeschlagelten Dagmar nicht treffen. Die Karin hat durchgefunkt, dass die schon gegen dreizehn Uhr Kunden verschreckt. Ehrlich, noch einmal schaff ich die ohne Personenschutz nicht. Wer weiß, was die noch aufführt.«

»Vierzehn Uhr dreißig bei Ihnen hätte doch auch gepasst«, meint der Pokorny.

»Willst was trinken?«

»Nein, danke.« Er mag die Katzinger ja wirklich, sie erinnert ihn stark an seine Oma. Aber essen oder trinken mag er nichts, was irgendwie mit dem Wohnwagen in Verbindung steht. »Also?«

»Mir pressiert's halt«, druckst sie herum.

Der Pokorny legt den Kopf schief und wartet. Die alte Frau ringt sichtlich mit sich.

»Also, ich möchte morgen mit euch nach Graz fahren.«

»Woher wissen Sie davon?«

»Ich hab mit dem Berti telefoniert. Er hat von eurem Grazurlaub erzählt.«

»Aha, hat er das? Und deshalb zitieren Sie mich zu Ihnen?«

»Am Telefon hättest du mich sicher abgeschasselt.«

»Warum wollen Sie mitfahren?«

Sie schaut ihn grimmig an. »Das geht dich gar nix an. Ich hab meine Gründe.«

»Aha, Ihre Gründe. Wieso laufen Sie schon wieder in Schwarz herum? Sonst sind Sie doch immer recht farbenfroh unterwegs.«

»Ich hab meine persönlichen Gründe. Es ist was Familiä… also Persönliches. Mir ist halt momentan nicht nach bunter Hündin.«

Er übergeht den letzten Teil. »Was Familiäres? Ich dachte, Sie haben keine Familie mehr?«

»Ha…b ich auch nicht. So, und jetzt musst gehen. Bitte morgen pünktlich um zehn Uhr abholen. Ich brauch übrigens ein Doppelzimmer, gell, nicht vergessen beim Reservieren.«

»Ein Doppelzimmer? Wofür brauchen Sie ein Doppelzimmer?«

»So halt, Grüße an die werte Gattin.«

Rasch wird die enttäuschte Maxime am Köpfchen gekrault. Einmal mehr weiß der Pokorny, dass mit der alten Frau etwas nicht stimmt. Das auf der zerkratzten Kaffeetasse zurückgelassene Vanillekipferl vom Vorjahr wäre sonst nämlich fix für die Beagelin reserviert gewesen.

»Na, du bist heute früh dran«, sagt der Berti, als sein Freund gegen vierzehn Uhr dreißig vom Rad steigt.

Rasch berichtet der Pokorny von dem Gespräch beim Wohnwagen. »Warum hast du der Katzinger von Graz erzählt?«

Der Berti grinst. »Ist mir rausgerutscht.«

»Rausgerutscht, verkauf mich nicht für dumm. Egal, ich hab keine Ahnung, was da los ist. Weißt du eigentlich, ob sie noch Familie hat?«

»Nein, aber weil du grade fragst: Vor einer Woche bin ich beim Ausliefern mit der Sollinger Herta ins Gespräch gekommen. Die macht sich Sorgen um ihre Freundin. Irgendeine alte Geschichte steht da wieder auf. Liegt Jahrzehnte zurück.«

»Hat sie sonst noch was erzählt?«

»Sie ist zwar genauso eine Tratschtante wie die Katzinger, mehr hat sie aber nicht verraten. Magst du einen Apfelsaft?«, fragt er im Aufstehen.

»Ja bitte, wieder gespritzt.«

Als der Berti zurückkommt, sieht er seinen Freund in Gedanken versunken. »Frag sie doch.«

Der Pokorny trinkt einen Schluck von dem eiskalten Getränk. »Hab ich schon versucht, sie blockt ab. Vielleicht kriegen wir bei der Fahrt was aus ihr raus.«

»Wieso will die Katzinger mitfahren?«

»Weiß ich nicht. Der Begleiter könnte der Heini sein. Egal. Dass wir sie letztes Jahr nicht nach Wien mitgenommen haben, hat sie uns lange vorgehalten. Sie besteht auf ein eigenes Zimmer. Als käme ein Zusatzbett in unserem Zimmer in Frage. Die hat Nerven.«

»So ist sie halt. Was anderes: Vorm Pressen hab ich die Äpfel kontrolliert. Alle sauber.«

»Gut. Hat dir die Zwatzl irgendwas dagelassen, geschenkt oder so?« Sein Freund schüttelt den Kopf. »Dann bin ich beruhigt. Hast du etwas Drogenfreies zum Ausliefern?« Er steht auf und geht zum Tresen.

»Du bist zu früh. Ich wollte gerade mit dem Vorbereiten beginnen.«

Der Pokorny verzieht das Gesicht. »So ein Pech aber auch. Du musst die nächsten Tage auf meine Hilfe verzichten. Graz ruft.«

»Für die Toni liefere ich gerne auch alleine aus. Freut mich, dass ihr es wieder einmal schafft.«

»Ob's mich gefreut hat, erzähl ich dir nachher. Baba.«

Als die Toni müde, aber zufrieden gegen neunzehn Uhr von ihrem Lauftraining nach Hause kommt, findet sie den Pokorny in seinem Hobbyraum im ersten Stock. »Willi, normal liegst du um die Zeit am Sofa. Was ist los?«

»Zuckerschnecke, du wirst es nicht glauben. Aber die Katzinger hat eine Zwillingsschwester.«

Die Toni lässt sich verschwitzt auf die Massageliege fallen. Was nach dem Laufen eher ungewöhnlich ist. Gut, ins Schwitzen kommt die allerbeste Ehefrau der Welt öfters im Zimmer ihres Bärlis. Der Hobbyraum wird immer wieder für frivole Spielchen genutzt und mutiert dann zum Spaßzimmer. Heute jedoch ist es die Ungläubigkeit, die sie verdutzt niedersinken lässt. »Sie hat eine was?«

»Eine Zwillingsschwester namens Sophie«, antwortet er und

erzählt ihr von dem Katzinger'schen Versprecher und den Sorgen der Sollinger. »Ich hab einen alten Artikel gefunden. Da, lies selbst. Der Mädchennamen der Katzinger war übrigens Memlauer. Lustiger Name.«

Berndorf, 25.9.1983
Streit zwischen den Zwillingsschwestern Memlauer eskaliert!
Nach dem tragischen Tod der Eigentümer des See-Campingplatzes in Berndorf stellte sich heraus, dass die erstgeborene Zwillingsschwester Elisabeth M. die Alleinerbin ist und ihre Schwester Sophie M. aufgrund eines Streits mit den Eltern um die Fortführung des Campingplatzes lediglich den Pflichtteil erhält. Nach dem Eklat beim Notar kam es am Campingplatz zu einem heftigen Streit, der in eine Schlägerei überging. Ein Urlaubsgast, Hans-Georg K. aus Hamburg, schilderte unserem Journalisten die dramatischen Ereignisse: »Die Frau Sophie wollte die Hälfte der Erbschaft haben, die Frau Elisabeth weigerte sich. Es war unglaublich, die beiden Damen haben sich beschimpft, bespuckt, sich gegenseitig eine Backpfeife verpasst und sich in Schlammpfützen gewälzt.«
Erst zwei Polizeibeamte konnten die Streithennen trennen. Wie bekannt geworden ist, verließ Sophie M. daraufhin Österreich und zog zu ihrem Freund nach Deutschland.

Die Toni wirkt irritiert. »Ich kann mir die Katzinger beim besten Willen nicht bei einem Ringkampf vorstellen.«

»Sich im Dreck wälzen und auf ihre Schwester einschlagen, das geht auch in mein Hirn nicht rein.« Der Pokorny dreht sich um und zieht die allerbeste Ehefrau der Welt auf seinen Schoß.

Die Toni springt auf. »Nicht, Willi, ich bin komplett verschwitzt, lass mich zuerst duschen.« Sie küsst ihn zärtlich auf die Nase und spitzt die Lippen. »Aber ich würde dich zum Einseifen meines Rückens brauchen.«

»Den Rücken seif ich dir gerne ein. Ob mein kleiner Freund nach dem Zeitungsartikel Lust auf mehr hat, wird sich noch zeigen.«

Wie sich wenige Minuten später herausstellt, ist es manchmal auch von Vorteil, unangenehme Dinge zu verdrängen. In der Dusche wurde eingeseift, intensiv geschrubbt und lange abgetrocknet.

»So, jetzt hab ich aber ordentlich Hunger«, seufzt die Toni.

»Du musst stark sein, ich mach wieder Salat.«

Beim Pokorny führt gesunde Ernährung unbewusst auch zu einer besseren Körperhaltung. Als wollte er seine Abneigung zeigen, sitzt er kerzengerade auf der äußersten Sesselkante und stochert mit hängenden Mundwinkeln zwischen Käferbohnen, Kürbiskernen und Fenchel herum. Trotz der Tatsache, dass die Toni heute großzügigerweise gebratene Hühnerstreifen untergemischt hat, kommt rein essenstechnisch keine gute Laune auf. Zweimal in einer Woche Kraftsalat ist einfach zu viel für ihn. Das Gespräch während des Essens verläuft wie immer einseitig.

»Das mit der Katzinger ist mir nicht geheuer. Vielleicht rührt daher ihre Abneigung gegen Deutsche? Weil ihre Schwester nach Deutschland gezogen ist.«

»Hm«, grunzt der Pokorny und knabbert verzagt an einem Fenchelblatt.

Die allerbeste Ehefrau der Welt lässt sich davon nicht beirren, alles andere hätte sie verwundert. »Dass sie plötzlich die ganze Zeit Schwarz trägt, ist seltsam.«

»Ihr Versprecher bezüglich familiärer Probleme wirft neue Fragen auf.«

»Zum Beispiel?«

»Na, es ist doch auch seltsam, dass die Katzinger von sich aus nach Graz mitfahren will, oder?«

»Na ja, neugierig ist sie schon immer gewesen. Vielleicht will sie verhindern, dass wir sie wieder von den Ermittlungen ausschließen.«

Der Pokorny nickt und schiebt auf der Suche nach einem weiteren Henderlstückerl den Fenchel und die Käferbohnen zur Seite. »Wahrscheinlich hast du recht. Allerdings würde sie dann genau mit diesem Hinweis darauf bestehen. Was sie nicht getan hat.«

Eine Whatsapp vom Sprengnagl unterbricht die Überlegungen.

– *Auf dem Stein unter der zerbrochenen Scheibe wurden die Fingerabdrücke vom Schrott sichergestellt.*

– *Ist ja sein Hotel. Was ist da so besonders dran?*

– *Der Stein stammt nicht vom Hotel. Es ist ein Granitstein, wie er auf Autoabstellplätzen verwendet wird.*

Die Toni schaut den Pokorny an. »Sag, haben die Schrotts nicht Granitsteine in der Einfahrt?«

Der Pokorny nickt, die Toni schreibt zurück.

– *Schaut bei den Schrotts zu Hause nach. Die Einfahrt ist mit Granitsteinen gepflastert.*

– *Wissen wir, solche Steine sind in der Straße sehr beliebt. Auch die Folkert und der Nussbaum haben welche.*

– *Chargen schon verglichen?*

– *Haben vorhin Vergleichsmuster geholt. Wollte euch nur wegen eurem Graz-Gespräch informieren.*

– *Danke. Wieso rufst du nicht an?*

– *Rate mal. Seit unserem Lunch ist* »Big sister is watching me« *angesagt.*

– 👍

– 👍

»Der Schrott wird doch nicht so dumm sein und mit einem Stein vor seinem Haus das Fenster im Hotel eingeschlagen haben?«

»Vielleicht wollte er damit einen Einbruch vortäuschen?«

»Mit seinen Fingerabdrücken drauf?« Die Toni wiegt den Kopf. »Wenn er so etwas wirklich geplant hätte, hätte er dann nicht Handschuhe angezogen?«

»Hat er vielleicht sogar. Er könnte den Stein schon mehrmals in der Hand gehalten haben. Dann hätte ihm beim finalen Wurf auch kein Handschuh genutzt.«

Die Toni trägt die Teller in die Küche und räumt das Geschirr in die Spülmaschine. »Ich hab eine verwegene Idee.«

»Oje, schon wieder.« Der Pokorny brüht einen Cappuccino mit Milchschaum und einen Espresso auf.

»Bärli, die letzte verwegene Idee kam von dir.«

»Na ja, du vergisst deinen zweiten Anruf.«

»Schauen wir uns bei den Schrotts am Grundstück um. Wenn schon kriminell, dann ordentlich. Vielleicht hat die Wehli was übersehen. Vielleicht finden wir etwas Verdächtiges.«

»Das da wäre?«

»Sei kein Spießer«, hänselt sie ihn. »Das sehen wir dann, wenn es so weit ist.«

»So kenn ich dich gar nicht. Willst du dich allen Ernstes mit der O-Weh anlegen? Reichen nicht schon meine Probleme mit ihr?« Skeptisch blinzelt der Pokorny seine Ehefrau an, während er langsam und genussvoll die Crema von seinem Kaffee schlürft.

»Irgendwie ist mir danach. Vielleicht hast du mit dem fingierten Banküberfall kriminelle Energien in mir geweckt, die mich dann sogar zur Wiederholungstäterin gemacht haben«, antwortet sie verschmitzt grinsend.

»Ja, ja, jetzt bin ich schuld. Seit dem Brand herrscht dort Alarmstimmung. Unbemerkt kommen wir da schwer rein.«

Die Toni rührt den Milchschaum in den Kaffee und nippt an dem cremigen Getränk. »Phantastisch, die neue Kaffeemaschine. Unbemerkt kommen wir maximal vom Wald rein. Hoffentlich taucht nicht wieder die Zwatzl auf.«

»Oder noch schlimmer, sie filmt unsere Aktion gleich mit. Dann hat sie uns auf ewig in ihrer Hand«, befürchtet der Pokorny. Er trinkt den Espresso mit einem Schluck aus und stellt die Tasse in den Geschirrspüler.

»Dann müsste sie aber auch zugeben, wieder zu spionieren, und wir hätten eine Pattsituation.«

»Zumindest unsere schwarzen Kapuzenoveralls sollten wir anziehen. Die Räder müssen wir gut verstecken. Die kennen mittlerweile zu viele in Vöslau. Den Anhänger kuppel ich noch ab. Für nächtliche Einsätze ist der zu sperrig.«

Dreißig Minuten später verstecken die Pokornys ihre Räder hinter einem Busch bei der Helenenhöhe. Dieser knapp vierhundert Quadratmeter große Aussichtspunkt liegt am Anfang des Sonnenwegs und bietet untertags einen atemberaubenden Blick auf die Gainfarner Bucht mit ihren Weinrieden, Weizen- und Sonnenblumenfeldern. Massive Steinplatten wurden zu zwei großen Tischen verwandelt, mehrere in Steinquadern fixierte Bänke rundherum platziert. Das Wahrzeichen, ein grün gestrichenes, vier Meter hohes Holzkreuz, ist weithin sichtbar.

Die Toni bleibt stehen. »Es ist traumhaft schön hier.«

Der Pokorny nickt und blickt auf das Lichtermeer der dreizehntausend Einwohner großen Stadtgemeinde hinunter.

Dass es von traumhaft zu alptraumhaft manchmal nicht weit ist, können die zwei nächtlichen Besucher zu diesem Zeitpunkt noch nicht ahnen.

Die letzten paar Meter schleichen sie vorsichtig den Weg entlang zum Haus der Schrotts.

»Frau Zwatzl, sind Sie da?«, fragt der Pokorny.

»Pst, Willi, was soll das?«

»Schau, wir wissen doch, dass die da spioniert. Warum also ein Geheimnis daraus machen?«

»Ich täte mich nicht melden. Jetzt, wo es interessant wird, würde ich mich nicht verraten«, meint die Toni.

»Interessant wird's erst, wenn ich die Polente anrufe und von Ihrer nächtlichen Tour erzähle«, tönt die Stimme der Ostdeutschen aus der Thujenhecke, die den Garten der Schrotts vor den Blicken neugieriger Wanderer und Spione schützt. Sekunden später blendet helles Licht die ungebetenen Besucher. »Bitte lächeln!«, fordert die Stimme. Zu dem Scheinwerfer, der für jedes Rockkonzert gereicht hätte, gesellt sich das kurze, helle

Aufblitzen einer Fotokamera. »Danke für die Kooperation. Soll ich's gleich an die Polizeistation mailen?«

»Um ihnen was mitzuteilen? Dass wir eine Runde spazieren waren?«, blafft der Pokorny.

Ein verächtliches Grunzen tönt aus dem Nichts. »Spazieren gehen? Sie und spazieren gehen? Ohne Ihren Köter gehen Sie Faultier nirgendwohin. Und die werte Gattin ist von ihrem Crosslauf zur Vöslauerhütte und zur Harzberghütte sicher noch rechtschaffen müde. Nicht wahr?«

»Woher …?«, ruft die Toni.

»Pst, leise, oder wollen Sie die Folkert mit am Foto haben?«

»Dann drehen Sie wenigstens das Licht ab«, ärgert sich der Pokorny. »Die Gemeinde knausert mit dem Licht, wo es geht, der Harzbergturm wird nicht mehr beleuchtet, und Sie machen uns da zum beleuchteten Kirtagstandel.«

Plötzlich ist es dunkel, und die beiden sehen nicht nur wegen der mangelnden Beleuchtung, sondern auch wegen der angegrillten Netzhaut nichts mehr. »Besser so?«

»Verstecken Sie sich wieder im Wald, oder liegen Sie im Ruheraum und spechteln?«, fragt der Pokorny. Bei ihren ersten Ermittlungen haben die beiden im Keller der Zwatzl'schen Festung im Saunabereich die ostdeutsche Nachrichtenzentrale entdeckt. Mit zahlreichen Bildschirmen ausgestattet, konnte die Zwatzl – aus der Sauna heraus – die Gegend ausspionieren. Nicht auszuschließen, dass es dieses Mal auch so läuft.

»Hm, tja, wo bin ich wohl? Liege ich – A – zu Hause in der Sauna herum, verstecke ich mich – B – im Wald, beobachte ich Sie – C – als Hummel oder – D – als nachtaktives Tier? Eine Idee, oder wollen Sie den Fünfzig-fünfzig-Joker nehmen? Den Anruf- und den Publikumsjoker gibt es nur in Verbindung mit der Polizei.«

Die Ohren vom Pokorny könnten einem Kolibri alle Ehre machen. »Sind Sie jetzt komplett …?«

»Wir nehmen den Fünfzig-fünfzig-Joker«, unterbricht ihn die allerbeste Ehefrau der Welt.

»Toni, was soll das?«, zischt er.

»Sehr vernünftig. Also dann, ta-taaa, bleiben B und D übrig. Wenn Sie richtig raten, helf ich Ihnen weiter.«

»Was war noch einmal B und was D?«, fragt die Toni allen Ernstes.

»Sag, spinnt ihr beide, oder was?«

»B war im Wald, D nachtaktives Tier«, antwortet die Zwatzl. Beruhigend legt die Toni dem Pokorny die Hand auf die Schulter. »Also wie ich Sie mittlerweile zu kennen glaube, tippe ich stark auf D«, flüstert sie.

»Dann logge ich D ein. Stellen Sie sich einen Trommelwirbel vor. Und es ist D! Gratuliere! Wenn Sie das Tier noch erraten, schreib ich Ihnen den Joker gut.«

Der Pokorny setzt sich erschöpft auf den nächsten Baumstumpf. »Das glaub ich jetzt alles nicht.«

»Bleiben Sie einfach gemütlich dort sitzen, dann erleben Sie es hautnah, ha, ha.« Die Zwatzl unterhält sich sichtlich gut. »Einen Moment bitte.«

»Was zum Teufel …?«, keucht er und springt vom Stumpf auf.

Aus einem Loch auf der Seite seiner vormaligen Sitzgelegenheit schiebt sich der schmale Kopf eines Steinmarders heraus. Die Bewegungen sind elegant und geschmeidig. »Ein Bild für die Götter«, kichert die Zwatzl. »Ich liebe Ihr panisches Gesicht. Was meinen Sie, noch besser als die Hummel, oder?«

Der Pokorny nähert sich vorsichtig der deutschen Nachrichtentechnik, die einem lebenden Marder täuschend ähnlich sieht. Einzig die dunkelbraunen Knopfaugen, die sich wie bei einem Radar um die eigene Achse drehen, enttarnen den Roboter.

»Den können Sie wirklich von zu Hause aus steuern?«, fragt der Pokorny ehrlich beeindruckt. Schon die ferngesteuerte Hummel war beeindruckend, aber nichts im Vergleich zu diesem elektronischen Jäger. Geschmeidig läuft er an einem Baum hoch, springt von Ast zu Ast, läuft sogar rückwärts den Baum wieder runter.

»Der Marder funktioniert mittels KI. Für einen Technikverweigerer wie Sie: Das ist die Abkürzung für künstliche Intelligenz. Er lernt selbstständig, was er darf und was nicht, worauf er aufpassen muss et cetera.«

Die Toni nickt verständnisvoll. »Sie können das Tierchen dann alleine umherwandern lassen und müssen nicht mehr ständig steuern. Richtig?«

»Korrekt! Interessante Gesichter«, erzählt sie amüsiert, »speichere ich ab. Wenn der Abgleich erfolgt ist, krieg ich die Info und übernehme den Roboter. So wie gerade eben.«

»Wie viele Marder haben Sie im Einsatz?«, krächzt der Pokorny.

»Na, na, jetzt werden wir mal nicht übermütig. Nur weil wir so amikal miteinander ratschen, erzähl ich Ihnen sicher nichts über meine Ausstattung. Jedenfalls genug, um auf dem Laufenden zu bleiben.«

Die Toni räuspert sich. »Schleicht Ihr Marder öfters in der Gegend herum? Ich nehme an, der Baumstumpf ist eine Art Nest. Startet er von hier regelmäßig seine Erkundigungen?«

»Sie werden dafür Verständnis haben, dass ich Ihnen auch darüber keine Auskunft geben kann. Schließlich möchte ich unerwünschten Besuch vermeiden. Gerade bei Ihnen wird es immer kritisch.«

Die Toni sagt: »Soll ich jetzt mit dem Marder reden? Ihre Stimme kommt aus den Thujen.«

»Entschuldigen Sie, ganz vergessen, ich komme schon.«

Die Pokornys hören mehrere schnelle Bewegungen. Wie aus dem Nichts taucht eine Fledermaus auf und setzt sich vor der Hecke auf einen Pfeiler.

»So, da bin ich, live aus der Sauna«, grunzt die Ostdeutsche vergnüglich.

»Sie Angeberin«, flachst der Pokorny. »Zu Hause stand bei B und D nicht zur Auswahl.«

»Egal, lustig war es allemal.«

Die Toni sagt: »Das Ehepaar Schrott ist im Hotel Gollner in Graz abgestiegen.«

»Weiß ich.«

»Eh klar. Trauen Sie den beiden zu, den Brand gelegt zu haben?«, fährt die Toni fort.

»Hm, zutrauen … Bis zu der Vertragskündigung hätte ich gesagt, er ist eine Lusche. Da hat er aber ein anderes Gesicht gezeigt.« Die Augen der Fledermaus beginnen sich zu drehen, leuchten und glitzern. Wie früher in der Diskothek bei den Discokugeln, die mit Scheinwerfern angestrahlt unterschiedlichste Farben reflektiert haben. Dann wieder rotiert in den roten Augen eine schwarze Spirale, die den Pokorny wiederum an die Schlange Kaa im »Dschungelbuch« erinnert. »Können Sie die Spielereien bitte bleiben lassen? Oder wollen Sie uns hypnotisieren?«, zischt er. »Langsam reicht's mir mit Ihrem technischen Firlefanz.«

»Trauen Sie es ihnen jetzt zu oder nicht?«, fragt die Toni.

»Nach dem, was in der Holzmüllergasse so abgeht, ja.«

»Was geht denn dort so ab? Wir hören Ihnen gerne zu.« Ein Scheppern dringt aus dem Garten der Schrotts nach oben. »Pst, was war das?«, flüstert die Toni, die aufgrund ihrer Fehlsichtigkeit in der Nacht bei derlei Einsätzen leider keine große Hilfe darstellt.

Der Pokorny drückt vorsichtig zwei Thujen auseinander und murmelt: »Bei dem Ehepaar schleicht wer im Garten herum.« Er schaut der Fledermaus tief in die flackernden Augen. »Können Sie einen Erkundungsflug machen?«

»Brauchen Sie wieder einmal meine Hilfe?« Die Fledermausaugen rotieren rasant. »Schon gut, bin unterwegs.« Flap, flap, ruhig ist es.

»Fünfzig-fünfzig-Joker.« Der Pokorny tippt sich an die Stirn. »Auf was für Drogen ist die denn drauf?«

»Vielleicht ein Versuch, lustig zu sein.«

»Eine Deutsche und lustig? Das kann nur schiefgehen.« Grinsend schüttelt er den Kopf und linst auf das Grundstück hinunter. »Unsere Fledermaus hat sich gerade auf den Giebel einer Gartenhütte gesetzt, jetzt kippt sie nach vorne und beobachtet hängend das Geschehen.«

»Das siehst du von da?«

»Nur die roten Augen, wirklich unauffällig ist sie damit aber nicht.«

Der Pokorny behält recht. Es rumpelt in der Hütte, die Tür schlägt auf, und der Fledermaus widerfährt das gleiche Schicksal wie zuvor den Pokornys. Im grellen Licht einer Taschenlampe sucht das Roboterflugtier das Weite und fliegt schwankend auf die beiden Beobachter zu.

»Schnell weg!«, ruft der Pokorny und zieht die Toni hinter eine dicke Schwarzföhre. Keine Sekunde zu früh. Die sichtlich unsteuerbare Fledermaus zischt durch eine Lücke der Hecke und zerschellt an dem dicken Stamm.

»Nein, nicht schon wieder«, jammert der Marder. Elegant springt er mit einem Satz von einem großen Stein zum Fuß der Föhre und begutachtet die Einzelteile des vormals fliegenden nachtaktiven Spionagegeräts.

»Was ist passiert?«, spricht die Toni den Marder an und weicht vom Roboter zurück. Die rotierenden Augen wirken gespenstisch.

»Was soll schon passiert sein? Gerade als ich in die Hütte reingeguckt habe, hat mich jemand geblendet. Mit meiner Kamera geht dann nichts mehr. Bei mir drehte sich alles, ich war blind und konnte die Fledermaus nicht mehr steuern. Verdammt, die Sachen sind extrem teuer«, lamentiert die Zwatzl.

Der Pokorny, der weder am persönlichen Wohlergehen noch an den finanziellen Verhältnissen der Ostdeutschen interessiert ist, fragt: »Haben Sie irgendwen erkannt?«

»Empathie ist nicht gerade Ihr zweiter Vorname, oder?«, flachst sie ihn an.

»Nicht im Einsatz«, kontert er, löst seinen Blick von der Roboterleiche, schaut zu den Thujen und starrt hinunter zur Gartenhütte. »Da ist wer«, flüstert er. »Können Sie Ihren Marder …?«

»Sicher nicht. Wer auch immer da herumschleicht, braucht mir nicht auch noch meinen Marder zu killen.«

»Übertreiben Sie nicht ein wenig? Wir sind nicht im Kalten Krieg«, stellt die Toni fest.

»Sie sind so lustig wie Ihr Gatte. Mein Vater hat an Honecker und die DDR geglaubt, da war Killen für das Vaterland ein gutes Werk.«

»Ja, ja«, mischt sich der Pokorny ein. »Der deutsche Nachrichtendienst ist am Ende. Auf Wiedersehen. Die Reste Ihrer Fledermaus muss leider der Marder aufsammeln. Seine Zentrale ist eh ums Eck.« Ein letzter Blick zu dem Baumstumpf, er nimmt die Toni an der Hand, und das Zetern der Spionin verliert sich im Rauschen der Schwarzföhren.

Rasch sind die beiden über einen aufgeschlichteten Haufen Ziegelsteine, der neben dem Gartentor der Schrotts liegt, drübergeklettert. Vorsichtig schleichen sie das steile Grundstück bergab. In der Gartenhütte bewegt sich hinter einer Plexiglasscheibe ein Lichtstrahl hin und her.

»Siehst du was?« Zur Sicherheit hält sich die Toni an der Schulter vom Pokorny fest.

»Nur, dass wer mit einer Lampe herumleuchtet, sonst nix.«

»Wir müssen vorsichtig sein. Das Ehepaar ist nicht zu Hause. Da bricht wer ein, und wir zwei Wahnsinnigen statten dem einen Besuch ab.«

Der Pokorny bleibt stehen, denkt nach und nickt. »Stimmt, dieses Mal lassen wir nichts anbrennen. Ein fingierter Banküberfall, jetzt noch widerrechtliches Betreten eines Grundstücks. Wenn uns die Wehli erwischt, können wir uns warm anziehen. Willst du zurückgehen?«

Die Toni schüttelt den Kopf. »Und uns vor der Zwatzl lächerlich machen? Nein, sicher nicht. Also weiter.« Sie schubst ihren Mann zärtlich. Freilich hat er mit diesem Motivationsschub nicht gerechnet, verliert das Gleichgewicht, stolpert über einen Schirmständer und kracht gegen das Gerüst einer Hollywoodschaukel. Davon, einen möglichen Einbrecher zu überraschen, kann keine Rede mehr sein.

Die Tür der zehn Meter entfernten Gartenhütte wird aufgerissen. Scheppernd fällt etwas zu Boden. Eine Gestalt bückt sich, greift nach dem Gegenstand, hastet hügelabwärts und verschwindet hinter einer großen Smaragd-Zypresse, die an das Grundstück der Folkert grenzt. Kurz darauf hören die Pokornys ein Krachen, dann leuchtet der Bewegungsmelder beim Hintereingang des Hauses der Nachbarin auf.

»War das die Folkert?«, flüstert die fehlsichtige Toni.

Der Pokorny richtet sich ächzend am Gerüst der Schaukel auf und putzt sich den Schmutz von der Hose. »Was weiß ich, nach deinem Rempler hab ich mich ja im Dreck gewälzt.«

»Ma, jetzt sei halt nicht so eine Mimose. Tut mir leid, aber dass da mitten am Weg ein Schirmständer herumsteht, hab ich nicht wissen können. Siehst du bei der Folkert etwas? Da ist das Licht angegangen.«

»Nein, nichts. Hat auch sein Gutes, wir können uns in Ruhe die Hütte ansehen«, meint der Pokorny und zwinkert. »Halt dich an mir fest, sonst geschieht noch ein Unglück.«

»Ja, ja«, antwortet die Toni, zückt ihr iPhone, aktiviert die Taschenlampenfunktion und schirmt das grelle Licht seitlich ab. Nicht auszudenken, wenn andere Nachbarn durch den Schaukelunfall vom Pokorny auf das Licht aufmerksam werden und offizieller Besuch auftaucht.

Die Gartenhütte aus Lärchenholz misst gute zehn Quadratmeter. An der linken Seitenwand befinden sich vom Boden bis zur Decke mehrere zwei Meter hohe Schwerlastregale. Dünger, Insektenschutzmittel, Unkrautvernichter, Sesselauflagen, Töpfe in jeder Größe, eine Gartenschaufel und jede Menge Werkzeug liegen eng gedrängt neben- und untereinander. Entlang der Rückwand steht ein Rasenmäher, eskortiert von einem Vertikutierer und einem Streuwagen. Schaufeln, Krampen und Sägen hängen an Haken daneben.

Die Toni stößt mit dem Fuß eine Rolle mit Hanfseilen zur Seite, die unter einen Regalboden kullert. »Da, schau«, raunt sie und zeigt auf den Boden. »Der verbliebene Spirituskanister und vier Abdrücke.«

»Das ist jetzt keine große Neuigkeit. Was wollte der Einbrecher in der Hütte?« Der Pokorny schaut sich nachdenklich um und lauscht. »Hörst du das auch?«

»Ja, die Kavallerie ist im Anmarsch. Wir müssen weg«, flüstert die Toni und zieht ihn am Arm zur Tür. »Schnell und vor allem leise!«

Das »Leise« scheitert schon beim ersten Schritt außerhalb der Hütte. Ein Knacken unter dem Schuh vom Pokorny wirkt in der Stille der Nacht wie ein Knall. Im Licht des iPhones sehen sie mehrere scharfkantige schwarze Plastiksplitter.

»Dem Einbrecher ist seine Taschenlampe hinuntergefallen«, vermutet die Toni.

Der Pokorny bückt sich. »Könnte auch vom Gehäuse eines Telefons stammen.«

Die Toni legt ein ausgebreitetes Taschentuch neben die Plastikteile. »Gib die Stücke da hinein.«

»Danke.« Er packt die herumliegenden Einzelteile mit zwei Rindenmulchstücken zusammen und erschrickt, als sich ein Streifenwagen mit Blaulicht vor dem Grundstück einbremst. »Die waren aber schnell.«

»Lass den Rest liegen, wir müssen weg«, zischt die Toni und zieht ihn an den Schultern nach oben.

Keuchend rennen sie im Schutz der Kirschlorbeerhecke hinauf zum Zaun. Knapp vor dem Herzinfarkt lässt sich der Pokorny hinter den Steinhaufen fallen. »Und? Sehen Sie was?«, ruft er ins Dunkel, ist ihm doch der parallel laufende Marder nicht entgangen.

»Ohne Stümperei geht bei Ihnen gar nichts, oder?«, faucht das Robotertier, das auf den Ziegelhaufen gesprungen ist und nach unten starrt. »Das war knapp. Was haben Sie da aufgehoben?«

»Irgendwelche Plastikteile«, meint der Pokorny und öffnet vorsichtig das zusammengeknüllte Taschentuch.

Der Marder nähert sich und greift mit der Pfote blitzschnell nach einem Teil. Den beiden rinnt ein kalter Schauer über den

Rücken. Es ist einfach gruselig anzusehen, wie der Roboter die Pfote wie eine Menschenhand benutzt.

»Hm, auf den ersten Blick schauen mir Ihre Plastikteile wie Bruchstücke des Black Rock Covers Air Robust für ein Samsung Galaxy S23 aus. Fix kann ich es aber erst nach einer Analyse des Materials sagen.«

»Aha, und das wissen Sie woher?«, fragt der Pokorny.

»Produktabgleich in Echtzeit. Der Splitter stammt von einem erhöhten und abgeschrägten TPU-Rahmen, der das Display vor Stürzen sichert. Die Krümmung weist auf Black Rock hin. Wenn es das wirklich ist, schützt die stoßdämpfende Luftraumkissen-Technologie mit TPU-Polster extra.«

Der Pokorny schüttelt den Kopf über den Technik-Nerd. »Das Samsung ist also heil geblieben.«

»Denke ja, dafür ist das Cover ja gebaut. Gerne unterstütze ich das österreichische Rechtssystem und analysiere die Teile für Sie.« Bevor der Pokorny danach greifen kann, schließt der Marder unter den befremdlichen Blicken der Gesprächspartner die Pfote zur Faust. »Ich will Sie ja nicht in Panik versetzen, aber ein rascher Abgang wäre empfehlenswert. Die Exekutive nähert sich im Laufschritt. Bis demnächst«, meint die Zwatzl und zieht sich auf den Ast einer Schwarzföhre zurück.

Wieder bleibt den Pokornys nur der geheime Weg durch den Wald. In letzter Sekunde verschwinden sie im dichten Blätterwerk und entgehen so der BMW. Der silberfarbene Totenkopf am schwarzen Helm der Wehli grinst ihnen beim Vorbeifahren hämisch zu.

»Was machen wir jetzt?«, keucht der Pokorny, der an diesem Abend schon weit über seine Maximalkondition von minus null gegangen ist. Völlig erschöpft setzt er sich auf den Sattel seines E-Bikes und blickt die Toni ratlos an. »Die Wehli vermutet sowieso bei allem, dass wir dahinterstecken. So schnell sind wir nicht zu Hause. Die wird uns abpassen.«

»Das glaub ich nicht. Ja, sie wird bei uns auftauchen. Aber nicht in den nächsten zehn Minuten.«

Der Pokorny verzieht skeptisch das Gesicht.

»Willi, außer der Zwatzl hat uns niemand gesehen. Die Chefinspektorin könnte uns das widerrechtliche Betreten des Grundstücks unterstellen. Ja! Aber beweisen kann sie nichts. Und wir können mit unseren Rädern fahren, wann und wo wir wollen.«

»Gut, und wo waren wir unterwegs?«

»Sagen wir ihr nicht. Es gibt keinerlei begründeten Verdacht, also brauchen wir ihr auch nichts zu erklären. Zwar würde sie diesmal nicht am Wochenende stören, aufmachen werden wir trotzdem nicht. Also los, wir nehmen den Weg über den Schlossplatz. Dann kommen wir wenigstens von der anderen Seite.«

Die Angst vom Pokorny ist an diesem Abend unbegründet. Keine Wehli, die sie unterwegs aufhält oder zu Hause erwartet.

»Hätte ich nicht gedacht«, meint er grinsend. »Auf ihre alten Tage lässt sie nach.«

»Mal nicht den Teufel an die Wand. Die spürt das gar und schaut vorbei.«

»Was für ein verrückter Abend. Die Zwatzl ist mir nicht geheuer. Ehrlich, hast du gesehen, wie der Marder den Splitter in der Pfote gehalten hat?« Er geht zum Eiskasten, holt für die Toni eine Flasche Frizzantino, für sich einen Veltliner heraus.

»Richtig gruselig war das«, bestätigt die Toni. Sehnsüchtig wirft sie einen Blick auf die Terrasse. An diesem lauen Spätsommerabend wäre es phantastisch, Sekt und Wein draußen zu genießen. Leider krebst die Hanifl ständig im Garten herum. Mit Vorliebe dann, wenn die Pokornys in Ruhe genießen wollen. Zu jeder Tages- und Nachtzeit onduliert sie stundenlang ihren ohnehin schon akkurat geschnittenen Kirschlorbeer. Gerne auch mit Stirnlampe, Hauptsache, aktuell über die Tagesgeschehnisse der Nachbarn informiert. Zwar wirkt der Außenbereich heute verlassen, aber der Gedanke an die Wehli bewirkt, dass ihnen sowieso die Lust fehlt.

»Vielleicht solltest du die Augen-OP doch einmal andenken«, meint der Pokorny nachdenklich. »Dann hättest du vielleicht gesehen, ob die Folkert den Bewegungsmelder ausgelöst hat. Echt schade.«

»Hab ich auch gerade gedacht. Wenn ich nicht so einen Spundus vor dem Eingriff hätte. Stell dir vor, die verpfuschen meine OP, dann kannst du mich auch am Tag am Blindenstock führen«, antwortet sie sarkastisch. »Was glaubst du, war die Folkert bei den Schrotts in der Gartenhütte?«

»Ehrlich? Ich weiß es nicht. Was hätte sie dort gewollt?« Er nimmt die allerbeste Ehefrau der Welt an der Hand. »Und jetzt reicht's mir für heute. Morgen ist auch noch ein Tag, und an die O-Weh möchte ich jetzt nicht denken.« Er küsst sie zärtlich. Ein paar Minuten später genießen die beiden mal mehr, mal weniger entspannt die gemeinsame Zeit in der – wie der Pokorny zu sagen pflegt – Blubberbadewanne.

Kurz nach Mitternacht läutet das iPhone. »Geh bitte«, knurrt der Pokorny, der gerade eingedöst ist. »Wenn das die Fledermaus ist, krieg ich einen Zuckaus.«

Die Toni grübelt seit dem Hinlegen über das Pro und Kontra einer Augen-OP. In der Nähe sieht sie mit ihren vierzig plus noch phantastisch. In der Ferne und speziell zur fortgeschrittenen Tageszeit dann immer schlechter. Klar wären eine Brille oder Kontaktlinsen eine rasche Lösung. Die stets modisch angezogene Toni gefällt sich allerdings mit einer Sehhilfe so überhaupt nicht. Und mit Linsen hat sie es schon versucht, scheiterte aber bereits am Einsetzen. Der Reflex, das Auge beim Annähern des Fingers zu schließen, ist übermächtig.

Der gestrige Stolperer ihres Ehemanns hat ihr gezeigt, dass was passieren muss.

Hellwach greift sie nach dem Handy. »Solltest du nicht längst schlafen?«, begrüßt sie den Sprengnagl und schaltet auf Lautsprecher.

»Sollte, ja! Da ein Einbruch gemeldet wurde, hat die Wehli gleich die Spurensicherung mitgenommen. Die werkt noch. Ich wollte euch nur vorwarnen.«

»Wovor?«

»In der Hütte wurden kurze weiße Haare gefunden. Schauen auf den ersten Blick aus wie die aus der Telefonzelle.«

Die Toni setzt sich mit großen Augen auf. »Du meinst …?«

»Ja! Mir sind schon am Dienstag die Haare von eurer Süßen auf der Jeans vom Pokorny aufgefallen. Die Wehli hat hämisch gegrinst und von ›Beagle-Glitter‹ gesprochen.«

»Kommt sie vorbei?«, ruft der Pokorny.

»Gegen sieben Uhr kommt euch eine Streife abholen. Ihr müsst also früher wegfahren. Ich hab euch gewarnt. Wenn die Kriminaltechnik eine Übereinstimmung findet, seid ihr dran.«

»Woher will die Chefinspektorin die Vergleichsprobe nehmen?«, fragt die Toni.

Der Gruppeninspektor seufzt. »Die Wehli hat deinem Liebsten beim letzten Treffen vor der Annamühle ein paar Haare von der Hose gezupft.«

Der Pokorny runzelt die Stirn. »Und dann eingesteckt, falsches Luder.«

»Wir wissen, dass der Abgleich positiv sein wird. Also verschwindet möglichst schnell.«

»Wo bist du?«, fragt der Pokorny.

»Beagle-Glitter einsammeln. Ich muss aufhören, die Wehli kommt aus der Hütte. Macht's gut.«

Sosehr die beiden ihr drittes Familienmitglied lieben, so sehr gehen vor allem der Toni die feinen Haare der Maxime auf die Nerven. Der Blick vom Pokorny bremst sich knapp zehn Zentimeter über dem Boden ein. Lurch, Staub und Beagle-Haare fallen ihm daher nicht auf. Im Gegensatz zur Hausherrin, die nur durch tägliches Staubsaugen die Situation halbwegs im Griff hat.

Die Toni stöhnt. »Und jetzt?« Sie steht auf und rauft sich die Haare.

»Wir müssen früher fahren.«

»Früher? Wie früh?«

»Wenn sie sieben Uhr anpeilt, sollte die Luft um sechs Uhr noch rein sein.«

Die Toni reibt sich mit den Handflächen über ihr Gesicht. »Und was machen wir mit der Katzinger?«

»Die muss halt in den sauren Apfel beißen. Sie will ja mit. Schreib ihr eine Nachricht, wir holen sie gegen sechs Uhr fünfzehn ab. Und schreib's dramatisch.«

Zu konfus, um sich über die Anweisung ihres Ehemanns zu ärgern, zückt die Toni ihr iPhone.

– Die Wehli lässt uns um 7 Uhr von einer Streife abholen. Wahrscheinlich verhaftet sie uns auf der PI. Wir müssen früher weg. Bitte um 6.15 Uhr abfahrbereit sein. Danke, Grüße Toni.

Prompt kommt eine Antwort.

– um gotts willen redy vor takof um viertel nach 6 LK

Trotz der Situation muss die Toni schmunzeln. »Jetzt streut sie sogar englische Ausdrücke ein. Willi, langsam musst du dir was überlegen. Sonst stehst du bald als Dinosaurier da. Sechs Uhr fünfzehn passt für sie.«

»Hm, Viertel nach sechs, bei uns heißt's viertel sieben.«

»Lenk nicht ab.« Sie gähnt und geht in die begehbare Garderobe. »Eigentlich wollte ich morgen früh in Ruhe packen. Ich stelle den Wecker auf fünf Uhr dreißig. Das muss reichen. Gute Nacht!«

Völlig gerädert bremst der Pokorny zur vereinbarten Zeit seinen Ford Escort vor der Katzinger'schen Pachtparzelle ein. Da die allerbeste Ehefrau der Welt wieder mit großem Gepäck verreist, war klar, dass der Mini Cooper für vier Personen plus Gepäck zu klein sein würde. Die Maxime haben sie vorher noch bei der Tatjana abgeliefert. Zwar war ihre Chefin von der frühen Störung nicht begeistert, aber sie weiß, dass die Toni ihre Beagelin nur im äußersten Notfall für mehrere Tage woanders unterbringt.

Hinter dem Zaun stehen ein kleiner, mit einem Schottenmuster versehener Stoff- und ein hellgrauer Hartschalenkoffer. Beide Gepäckstücke haben schon bessere Zeiten gesehen. Auf dem Teakholzsessel sitzt der Heini und schlürft Kaffee aus einem hellblauen Shaun-das-Schaf-Häferl.

»Guten Morgen, Sie wirken nicht überrascht?«, stellt der alte Mann fest.

Der Pokorny schüttelt den Kopf. »Die Frau Katzinger hat so etwas angedeutet.«

»Aha, wir haben verschlafen. Die Liesl ist gleich fertig. Sie hat mich beim Columbo aufgeweckt und erzählt, dass wir euch auf der Flucht unterstützen müssen. Dringende Beweissicherung, Einzelhaft, ich glaube, sie hat mal wieder maßlos übertrieben.« Er hält sich die Hand vor den Mund, gähnt herzhaft und stößt mit einem kurzen Ruck das falsche Gebiss zurück an seinen angestammten Platz.

Die Katzinger reißt die Tür auf. »Ich werde dir gleich ein Übertreiben geben. Die Whatsnapt ging in die Richtung. Gell, Toni?« In ihrer linken Hand hält sie einen Kleidersack.

»So ähnlich. Auf jeden Fall sollten wir rasch weg. Wenn uns die Wehli abfängt, können wir den Ausflug nach Graz vergessen. Herr Heini, Sie fahren auch mit?«

»Freilich fährt er mit«, antwortet die alte Frau und zieht die Augenbrauen zusammen. »Nicht wahr, Graz wolltest du doch schon immer sehen?«

»Ich, äh, ja also, stimmt. Graz fehlt mir noch auf meiner Liste. Wir dachten uns, begleiten wir doch die Pokornys und helfen bei den Ermittlungen.«

»Bei den Ermittlungen? Wieso glaub ich Ihnen nicht, dass das der einzige Grund ist? Was ist in dem Kleidersack?« Der Pokorny legt den Kopf schief und wartet auf eine Antwort, die freilich ausbleibt.

Die Katzinger verzieht das Gesicht. »Tja, Fragen über Fragen. Fahren wir endlich? Ich bin fertig, und die Polizei wird ja eins und eins zusammenzählen. Klar seid ihr bei mir, wenn's zu Hause dunkel ist. Also los!«

Als sie das Auto vom Pokorny sieht, meckert sie. »Was, mit *der* alten Schüssel sollen wir so weit fahren?«

»Die alte Schüssel nehmen Sie zurück«, ärgert sich der stolze Besitzer eines dreißig Jahre alten Ford Escort. Das Geschenk von seinem Vater ist sein erstes Auto und wird nur in Ausnahmesituationen wie ausufernden Einkaufstouren der Toni und in Notfällen unter dem Carport hervorgeholt. Klar schaden dem Ford die hundertsechzig Kilometer nach Graz nicht. Im Gegenteil, schließlich gehört der Motor von Zeit zu Zeit richtig durchgeputzt. Aber den alten Herrn dermaßen herzunehmen und mit vier Personen und Tonnen an Gepäck zu beladen, kann den Stoßdämpfern einfach nicht guttun. »Aber schnell, sonst fahren Sie mit der Bahn.«

Ein Blick in seine Augen macht der alten Frau klar, dass an einer Entschuldigung kein Weg vorbeiführt. »Äh, tut mir eh leid.«

»Na, wenigstens etwas. Grade Sie müssten sich in meinem Auto wohlfühlen«, meint er mit einem Blick auf den Wohnwagen.

»Pah, weiß schon, was du meinst. Ich sitz aber vorne. Hinten wird mir immer schlecht.«

Der Pokorny öffnet beide Hintertüren. »Vorne ist besetzt, Pensionisten sitzen hinten«, stellt er fest, negiert den grimmigen Blick der Katzinger und drückt ihr ein Papiersackerl in die Hand. »Nur für den Notfall.«

»Ha, ha.«

Ein paar Minuten nörgelt sie noch herum. Nach und nach schlafen seine drei Passagiere ein. Den Rückspiegel stellt er nach einem Blick auf die herausrutschenden unteren falschen Zähne der alten Frau höher.

Die Toni, die Katzinger und der Heini verschwinden gleich nach der Ankunft im Hotel Gollner in ihren Zimmern. Einzig der hungrige Pokorny leistet eine Aufzahlung für das weithin bekannte Frühstücksbüfett im Hotel. Entgegen seinen sonstigen Gepflogenheiten musste er heute vor dem zeitigen Aufbruch mit einer Tasse Espresso auskommen. Umso üppiger schlägt er jetzt zu und schlurft eine Stunde später müde, aber zufrieden in seine Suite.

Um zwölf Uhr klopft es laut an der Zimmertür.

»Aufwachen, ihr Faulsäcke! Wir haben zu tun«, brüllt die Katzinger durch das Türblatt.

Einer der Vorteile des fünfundfünfzig Quadratmeter großen Appartements ist, dass es ein separates Schlafzimmer gibt. Dementsprechend leise dringen die Geräusche des Klopfgeistes bis zu den Schlafenden vor. Der Pokorny schläft meistens tief und fest, da kann im Zimmer eine Bombe hochgehen. Leider hat die Toni bei der überstürzten Abreise ihre Ohropax zu Hause am Nachtkästchen liegen lassen. Als die alte Frau beginnt, mit ihrem Stock den Radetzkymarsch an die Tür zu hämmern, und im Takt mitträllert, ist es aus mit dem Schlaf.

»Kannst du die Katzinger bitte beruhigen?« Die Toni rüttelt ihn zuerst sanft, dann immer fester. »Willi, bitte, die Katzinger nervt.«

»Grr, warte, ich bring die Pensionistin zur Räson.« Er greift nach dem Telefonhörer, beschwert sich über den Lärm vor der Tür und ersucht um Unterstützung. »So, halt noch ein bisschen durch. Die Dame von der Rezeption lässt sie abführen.«

Die Toni schaut ihn verdrossen an. »Das vergisst sie uns nie. Ruf noch einmal an, sag, es hat sich erledigt.«

Kopfschüttelnd ruft er noch einmal an. »Entschuldigen Sie, ich hab gerade wegen der Störung vor unserem Zimmer angerufen. Können Sie bitte nicht verraten, dass wir uns beschwert haben? Mehr so allgemein auf Ruhestörung hinweisen? Ja … Wir kennen die randalierende Dame zwar, aber nur flüchtig. Sie soll ziemlich nachtragend sein. Danke!«

»Ob das klug war? Sie bleibt uns eh nicht erspart.«

»Eh, aber später, ich möchte jetzt noch ein wenig herumknotzen. Zeig mir lieber, was du in deinem großen Koffer drinnen hast.« Er legt den Hörer grinsend neben das Telefon.

»Jetzt nicht, pst.« Sie steht auf und schleicht zur Appartementtür.

Davor braut sich ein Gewitter zusammen. »Hat uns der Pokorny leicht verpfiffen?«, keift die Katzinger. »Dem Siebenschläfer trau ich das zu. Zwei ehemalige alte Freunde lässt er abführen.«

Der Mitarbeiter widerspricht. »Ich wurde lediglich beauftragt, im Stockwerk für Ruhe zu sorgen. Es geht nicht an, dass Sie Ihre Schlagfertigkeit an unseren Türen auslassen. Wenn Sie jemanden sprechen wollen, wenden Sie sich bitte an die Rezeption. Die Kollegin wird am Zimmer anrufen.«

»Bla, bla. Da ist ja ständig besetzt. Wahrscheinlich haben die den Hörer neben das Telefon gelegt.«

»Liesl«, hören sie den Heini sagen. »Reg dich nicht auf. Wir gehen auf eine Melange ins Café Kaiserfeld. Vielleicht sind die Schrotts ja dort.«

»Junger Mann, wir gehen unter Protest, aber wir gehen«, sagt die Katzinger übertrieben laut. »Wenn wir das tatverdächtige Ehepaar im Café finden, können wir es wenigstens in Ruhe verhören und werden nicht von Freizeitpolizisten gestört.«

»Genau!«, brüllt jetzt angestachelt der Heini, froh, dass seine Begleiterin die Finte erkannt hat. »Wir organisieren gleich Plätze für die Lesung von der Claudia Rossbacher. Die liest heute Abend aus ihrem neuesten Krimi, die Schrotts haben dort einen Tisch reserviert.«

Die alte Frau schlurft mit den beiden Herren Richtung Aufzug. »Vernadern einen wegen ein bisserl Anklopfen. Die Welt steht nicht mehr lange. Komm, Heini, wir machen uns auf den Weg. Zum Latschen ist mir nicht, ich spendier uns ein Taxi. Junger Mann, rufen Sie uns bitte eins?«

»Was die zwei für ein Trara machen«, sagt der Pokorny. »Wenn die Schrotts dort tatsächlich für abends reserviert haben, werden sie nachmittags nicht auch schon da sein.«

»Woher wollen die überhaupt wissen, dass das Ehepaar zu der Lesung geht?«

»Was weiß ich. Die Katzinger hat immer ihre geheimen Quellen. Ich ruf mal im Café an und reservier einen Tisch für vier Personen. Vielleicht bringt uns das ein paar Pluspunkte ein.«

»Dann weiß sie aber, dass wir gelauscht haben. Die zwei sind ja nicht dumm.«

»Du liest doch die Steirerkrimis auch so gerne. Wir könnten den Grazurlaub also gleich mit dem Besuch einer Lesung verbinden. Wenn wir die Schrotts dort treffen, ist das rein zufällig.«

Zögerlich wippt die Toni mit dem Kopf von links nach rechts. Sie zwickt seine Nase zärtlich zwischen Zeige- und Mittelfinger ein. »Zuerst der Banküberfall, dann die dramatische Whatsapp an die Katzinger und jetzt die zufällige Reservierung bei der Lesung einer meiner Lieblingsautorinnen. Tss, Bärli. Was kommt da noch alles auf mich zu?«

Eine Sekunde später weiß die Toni, was auf sie zukommt.

Schneller, als sie schauen kann, hat ihr Bärli sie hochgehoben und ins Schlafzimmer getragen.

Um fünfzehn Uhr werden sie durch das Läuten des iPhones aus dem Schlaf gerissen. »Die Haaranalyse hat eindeutig ergeben, dass die in der Telefonzelle und in der Gartenhütte der Schrotts gefundenen Haare von der Maxime stammen.« Der Sprengnagl seufzt. »Die Wehli schäumt, weil sie euch heute früh nicht angetroffen hat. Ihr seid dringend tatverdächtig, einen falschen Polizeieinsatz provoziert und einen Einbruch begangen zu haben.«

Putzmunter setzt sich die Toni auf. »Dort könnte ich vor Kurzem telefoniert haben.«

»Die Gartenhütte hängt sie euch jedenfalls an.«

»Geh, die soll uns in Ruhe lassen«, zischt der Pokorny. »Die Tür stand offen. Maximal Besitzstörung könnte sie uns vorwerfen. Um da was gegen uns zu unternehmen, müssten die Schrotts uns aber vorher anzeigen. Das unerlaubte Betreten eines fremden Grundstücks geht die Wehli nix an.«

Die Toni nickt. »Der Willi hat recht. Sie kann sich ärgern und uns gerne vorladen, aber sonst nichts. Es sollte mich zu der Zeit auch niemand beim Telefonieren gesehen haben.«

»Habt ihr die Splitter vor der Hütte gefunden?«, fragt der Pokorny.

»Negativ. Erfolgreich waren die Kollegen aber an der Hollywoodschaukel.« Sie hören den Sprengnagl lachen. »Aufgrund des Beagle-Glitters meinte die Wehli, du hättest dort vor Erschöpfung ein Schläfchen eingeschoben.«

»Witzbold«, erwidert der Pokorny und erzählt ihm von den Ereignissen rund um die Zwatzl und die Gartenhütte.

»Ein Marder und eine Fledermaus. Die macht mir langsam Angst. Ehrlich.«

»Wahrscheinlich hat der Marder die Reste aufgesammelt. So wie der Roboter die Hand geballt hat, kann der auch mit Besen und Schaufel umgehen.«

»Wenn er nicht gar einen Staubsauger eingebaut hat«, bringt sich die Toni ein.

»Würde mich nicht wundern. Der Granitstein wurde übrigens schon vor der Brandlegung durch die Scheibe geworfen. Die Spusi konnte das durch die Ascheablagerung feststellen.«

Die Toni fragt: »Habt ihr die Chargen schon verglichen?«

»Ja, der vom Hotel stammt von einem Haufen hinter der Gartenhütte der Schrotts. Ich nehme an, ihr werdet heute nicht mehr in Vöslau auftauchen?«

»Fix nicht«, stellt der Pokorny fest. »Das Ehepaar geht heute Abend zu einer Krimilesung. Wir haben Plätze reserviert.«

»Was ist mit dem zweiten Obdachlosen?«, fragt die Toni.

»Konnte sich dem Zugriff entziehen. Die Kollegen waren ihm im Wurstelprater auf den Fersen. Er ist in die alte Geisterbahn rein und hinten wieder raus. Der Pächter des Fahrgeschäfts erwischt immer wieder Obdachlose, die in dem Gebäude übernachten. Dort ist's nach Betriebsschluss ruhig, und geheizt wird auch. Die kennen sich also aus, wie's flott rein- und wieder rausgeht.«

»Besser, als im Park zu übernachten, an die Gespenster gewöhnt man sich«, stellt der Pokorny fest. »Wer hat gestern eigentlich auf der PI angerufen?«

»Der Nussbaum. Er hat wen mit einer Taschenlampe herumschleichen sehen. Und später dann den Bewegungsmelder bei der Folkert.«

Nachdenklich sagt die Toni: »Das Licht soll er von seinem Haus aus bemerkt haben?«

»Ich weiß, was du meinst, die zwei großen Zypressen stehen im Weg. Müssen wir überprüfen.«

»Was sagt die Folkert dazu?«, erkundigt sich der Pokorny.

»Bestreitet, dass sie draußen war. Sie meint, es würden immer wieder Marder durch die Gegend schleichen.« Der Gruppeninspektor lacht. »Wahrscheinlich der von der Zwatzl.«

»Wo bist du eigentlich gerade?«

»Vor der Ordi vom Kinderarzt. Der Sebastian hat eine Ohrenentzündung und die Sandra ein Vorstellungsgespräch.«

»Geh, der arme Bub. Hoffentlich nichts Schlimmes«, seufzt die Toni und denkt an ihr Patenkind.

Die Familie Sprengnagl hat letzten Oktober Nachwuchs bekommen. Klarerweise hat sich die Toni als Taufpatin aufgedrängt und kümmert sich rührend um ihren kleinen Liebling. Bei der allerbesten Ehefrau der Welt hat es mit dem Nachwuchs trotz intensiver Bastelarbeiten in der Pokorny'schen Doppelhaushälfte, des Sexspielzeugs von en(joy)-toy und des Whirlpools bisher nicht geklappt. Umso glücklicher ist sie, mit Sebastian Zeit verbringen zu können.

»Wird uns die Wehli wieder illegal orten lassen?«

»Ich glaube nicht. Letztes Mal hat sie wegen eurer Rufdatenauswertung von ihrem Chef in Sankt Pölten einen ziemlichen Anschiss bekommen. Sie hat die Grazer Kollegen aber ersucht, auch nach euch Ausschau zu halten. Nach eurem Wienausflug traut sie euch berechtigterweise auch Graz zu. Also passt auf. Servus«, verabschiedet sich der Gruppeninspektor.

Gleich nach dem Anruf meldet sich die Toni bei der alten Frau.

»Hallo, Frau Katzinger. Sind Sie schon ausgeschlafen?«

»Hä, ausgeschlafen, du bist lustig. Wir sind schon wieder müde. Schön, dass ihr für uns einen Tisch im Kaiserfeld reserviert habt.«

»Wo sind Sie leicht?«, fragt die Toni und hofft, dass die beiden Alten den Braten nicht riechen.

»Nicht mehr dort!«

»Was wollten Sie in dem Café?«

Die Katzinger schnaubt. »Von dir hätte ich mir so eine krumme Tour nicht erwartet. Dein Ehemann hat knapp nach unserer Verhaftung dort angerufen und einen Tisch bestellt. So ein Zufall. Da stehen wir vor eurer Tür und plaudern darüber, und dann der Anruf.«

»Wo sind Sie jetzt?«, fragt die Toni noch einmal und hofft, die alte Frau beruhigen zu können.

»Heini, wo sind wir?«, raunt sie. »Was …? Ah ja, am Platz der

Versöhnung im Stadtpark. Wollts leicht kommen? Würde sich in unserer Lage grade anbieten.«

»Gegenfrage: Haben Sie die Schrotts im Café gesehen?«

»Nein, die haben telefonisch für abends reserviert. Dank meinereiner haben wir den Nebentisch bekommen. Eure Reservierung wäre vorm Klo gewesen.«

Der Pokorny greift sich an die Stirn und ruft: »Ist schon gut, Miss Marple. Was halten Sie von einem Treffen um achtzehn Uhr an der Rezeption? Wir fahren zusammen ins Kaiserfeld und essen gleich dort. Dann reden wir uns alles in Ruhe aus.«

»Heini, schon wieder schiebt er uns ins Ausgedinge. Um achtzehn Uhr hat der Herr erst Zeit! Wahrscheinlich will er noch eine Runde pennen. Aber was soll's. Bringt ja auch nix, wenn er bei der Lesung einbüselt«, feixt sie und legt auf.

Der Pokorny rückt sich den Polster zurecht. »Kuscheln wir noch ein bisserl? Zeit genug ist.«

Die allerbeste Ehefrau der Welt springt aus dem Bett. »Ich bin putzmunter. Schauen wir ins Restaurant runter. Vielleicht sind die Schrotts da.«

»Ich mag nicht. Wir sehen die eh abends.«

»Du Faultier, dann geh ich alleine. Ich wollte sowieso schon immer ins Kaufhaus Kastner & Öhler. Zwanzigtausend Quadratmeter auf sechs Stockwerke verteilt. Alles, was das Herz begehrt. Laut der Sandra mit der größten Modeauswahl Österreichs. Na, was ist? Dort soll es ein nettes Café im sechsten Stock geben.«

»Zwanzigtausend Quadratmeter? Nein, danke. Mich zieht's gerade richtig in den Polster rein, und einen guten Espresso krieg ich sicher auch hier.«

Den Pokorny gruselt es richtig. Dicht auf seinen persönlichen Alptraum IKEA folgen die vielen riesigen Einkaufszentren. Shoppen ist für ihn immer mit Mühsal verbunden. Weil er dank der Toni in den engen Umkleidekabinen Dutzende Hosen, Hemden, Leiberl und sonstiges unbedingt notwendiges Zeugs anprobieren muss.

»Dann zieh ich alleine los. Bin um siebzehn Uhr dreißig retour.«

»Wie du meinst. Was anderes: Erzählen wir den Schrotts von der Leiche und vom Spiritus?«

»Ich würde sagen, wir entscheiden das spontan. Viel wichtiger ist, wie wir unsere Begleiter entschärfen.«

Er verzieht das Gesicht. »Ein so heikles Gespräch würde ich lieber zu viert als zu sechst führen. Verstehst du, was ich meine?«

»Klar. Abschieben wird sie sich nicht noch einmal lassen. Ich hab da eine Idee, weil für einen Spezialauftrag ist sie immer zu haben.«

Dass die immer noch schmollende Katzinger erst um achtzehn Uhr dreißig in der Lobby des Hotels eintrifft, kommt der Toni gerade recht. Erst vor einer halben Stunde ist sie mit zig Einkaufstaschen bewaffnet aufgetaucht. Mehr als eine schnelle Dusche war nicht drin. Weniger recht kommt das dem Pokorny. Langsam kriegt er Hunger, und viel Zeit bleibt nicht mehr bis zum Beginn der Lesung.

Der Heini verzieht entschuldigend das Gesicht. »Nach dem anstrengenden Spaziergang sind wir weggedämmert … deshalb haben wir uns verspätet.«

»Brauchst dich gar nicht zu entschuldigen, jetzt sind wir ja da«, grummelt die alte Frau beleidigt und klopft dem Pokorny aufs Knie. »Nur fürs Protokoll: Du hast uns vernadert, ja, ja. Brauchst dich jetzt nicht vor Schmerzen zu krümmen. Gegen ein kleines Salär werden die Mitarbeiter recht gesprächig. Wurscht, Kamm drüber, wir haben zu ermitteln.« Sie hängt sich beim Heini ein und watschelt zum Ford Escort.

»Frau Katzinger, wir haben für Sie beide einen Spezialauftrag«, sagt die Toni. Sie richtet den Rückspiegel ein und sieht, wie die Augen der alten Frau groß werden. Sie freut sich, den Fisch an der Angel zu haben.

»Für Spezialaufträge bin ich immer zu haben, los, red! Der Heini und ich sind gespannt wie Pfitschipfeile.«

»Wir brauchen Sie und den Heini als stille Beobachter bei dem

Gespräch. Sie müssen Mimik und Körpersprache des Ehepaars analysieren. Wie Sie ja aus Erfahrung wissen, verliert man bei Ermittlungsgesprächen leider den Überblick über die Gesamtsituation.«

Nickend stimmt der Pokorny ein. »Wenn Sie sich also aufs Beobachten konzentrieren, können wir in Ruhe Fragen stellen. Also wir reden, Sie beobachten, und nachher tauschen wir uns aus.«

»Wir könnten's auch umgekehrt machen«, stellt die alte Frau fest. »Hm, vielleicht habt ihr recht, durch meine Brille kann ich messerscharf beobachten. Heini, was meinst du?«

Der Heini nickt. »Gute Idee, dann müssen wir uns getrennt hinsetzen. Hoffentlich sind die Schrotts noch nicht da.«

Fünf Minuten später betreten sie das Café Kaiserfeld und biegen in den links neben dem Eingang gelegenen Governor's Room. An den Wänden hängen Fotografien der »steirischen Eiche« Arnold Schwarzenegger. Dank der bekannten Krimiautorin ist der im Stil eines Wiener Cafés eingerichtete Raum gut gefüllt. Ohne Reservierung hätte das Vöslauer Team unverrichteter Dinge abziehen müssen. Nach einer kurzen Lagebesprechung und einem fetten Trinkgeld an den Kellner wird der reservierte Tisch auseinandergeschoben. Ein weiter hinten sitzendes Pärchen tauscht mit der Katzinger und dem Heini. Endlich kehrt Ruhe ein, die vier sitzen taktisch klug verteilt an getrennten Tischen. Mehr als ein Espresso für den Pokorny, ein Glas Sekt für die Toni und zwei Melangen mit Schlagobers und Schokostreuseln für die beiden Senioren geht sich vor dem Beginn der Lesung nicht mehr aus. Für den knappen Kilometer bis zum Café benötigten sie im Grazer Abendverkehr fünfundzwanzig Minuten. Glücklich, dem Stau entronnen zu sein, musste der Pokorny dann wegen eines Parkplatzes mehrmals um den Block kurven. Die Vorfreude auf die Lesung ist verschwunden, das leere Semmerl, das der Kellner freundlicherweise mitservierte, besänftigte den knurrenden Bauch vom Pokorny nicht einmal rudimentär.

Als das Ehepaar Schrott das Lokal betritt, verschwinden die stillen Beobachter hinter den Speisekarten.

»Sie hier in Graz?«, fragt Frau Schrott überrascht und setzt sich an ihren reservierten Tisch.

Die Toni lächelt. »Wir lösen meinen Geschenkgutschein ein. Trifft sich gut, dass meine Lieblingsautorin heute liest.«

»Ja, die Rossbacher einmal persönlich zu hören, ist schon etwas Besonderes. Wo wohnen Sie?«, möchte die Schrott wissen.

»Im Gollner, unser Stammhotel in Graz. Und Sie?«, fragt die Toni.

»Zufälle gibt es. Auch im Gollner.«

Der Schrott mischt sich ein. »Sie werden zufrieden sein. Wir haben noch Platz, wollen Sie sich vielleicht zu uns setzen?«

»Gerne«, antwortet die Toni. Während die beiden den Tisch wechseln, bewegen sich die Speisekarten am hinteren Ermittlertisch hektisch hin und her. Offensichtlich ist die Katzinger von der Entwicklung der Lage überrascht und berät sich mit ihrem Begleiter.

»Sagen Sie«, raunt der Schrott und beobachtet die verräterischen Bewegungen im Hintergrund. »Ist das nicht die alte Dame von der Annamühle?«

Die Toni nickt und seufzt. »Ja, die Katzinger hat es sich nicht ausreden lassen, sie wollte uns unbedingt begleiten.«

»Wir haben zugestimmt«, nimmt der Pokorny den Ball blitzschnell auf. »Aber nur unter der Voraussetzung, dass jeder sein Ding macht.«

»Und da spielt sie mit? Kaum zu glauben. So resolut, wie die vor dem Café auftritt«, sagt Amalia Schrott. »Die hat mich letzte Woche wegen unserem Grazaufenthalt ausgefratschelt.« Stirnrunzelnd schaut sie die Pokornys abwechselnd an. »Was wollen Sie wirklich in Graz? Ja, ich weiß schon, Ihr Gutschein. Sie und die Katzinger sind als Ermittlerteam in Vöslau bekannt. Spionieren Sie uns nach?«

»Hätten wir einen Grund?«, will die Toni wissen.

»Aus das Spiel! Oder soll ich die Herrschaften befragen? Redselig, wie die alte Frau ist, verplappert sie sich fix. Sie sind nicht zufällig in Graz und wohnen nicht zufällig im selben Hotel. Wahrscheinlich ist auch die Lesung ein Vorwand, uns zu treffen«, meint der Schrott arrogant und schaut abwartend zwischen den Ertappten hin und her.

»Also gut«, gesteht die Toni. »Haben Sie in den letzten Tagen Zeitung gelesen?« Sie sieht, wie die beiden Eheleute Blicke tauschen. »Hat Sie niemand verständigt?«

Der Schrott schüttelt entschieden den Kopf. »Was sollen die Fragen?«

Der Pokorny beobachtet die Schrotts. »Dann wissen Sie gar nicht, dass Ihr Hotel abgebrannt ist?«

Die Hoteleigentümerin zieht die Augenbrauen nach oben. »Abgebrannt! Unser Hotel? Das glaub ich nicht. Was ist passiert?«

»Mehrere Holzstapel wurden mit Spiritus übergossen und angezündet«, antwortet der Pokorny.

»Weiß die Polizei schon, wer das getan hat?« Die Schrott hebt das Glas Sekt der Toni und winkt der Kellnerin damit.

»Nein«, antwortet die Toni. »Was aber bekannt ist, ist, dass der Spiritus vermutlich aus Ihrer Gartenhütte stammt.«

Der Schrott reißt die Augen auf. »Wie kommen Sie auf die Idee?«

»Das spielt keine Rolle«, sagt die Toni. »Wichtiger ist, dass die Chefinspektorin Wehli Sie sucht. Sie wird sicher wissen wollen, wofür Sie so viel Spiritus brauchen und wo die restlichen Kanister, die Sie bestellt haben, sind.«

Der Schrott nimmt hastig einen Schluck von dem servierten Glas Sekt. »Wir sind seit Sonntagnachmittag in Graz. Was wollen Sie mir unterstellen?«

»Wir wollen Ihnen gar nichts unterstellen. Wir wollen nur mit Ihnen reden. Ein Granitstein wurde durch die Scheibe geworfen. Das Hotel war verschlossen«, blufft der Pokorny. »Wer hat einen Schlüssel?«

»Ich wüsste nicht, was Sie das angeht«, antwortet die Schrott.

»Da laden wir Sie an unseren Tisch ein, und dann das. Unser Gespräch hab ich mir anders vorgestellt.«

Der Pokorny zuckt mit den Schultern. »Die Fragen werden Sie spätestens in Vöslau der Chefinspektorin beantworten müssen. Die ist meist schlecht gelaunt und sehr voreingenommen. Da sitzt man schneller in U-Haft, als man glaubt. Wäre gut, wenn Sie ein paar neutrale Unterstützer hätten.«

»Wieso U-Haft?«, fragt der Schrott.

»Die macht das gerne gleich präventiv«, antwortet der Pokorny. »Versuchen wir es noch einmal. Wer hat alles einen Schlüssel für Ihr Hotel?«

Das Ehepaar wirft sich einen zögerlichen Blick zu. »Nur wir beide«, antwortet der Schrott. »Da hat sicher wer eingebrochen. Das passiert immer wieder. Irgendwelche Jugendliche, die Partys feiern. Was weiß ich?«

Die Toni legt den Kopf schief. »Der Granitstein stammt aus Ihrem Garten.«

»Das kann nicht sein«, zischt der Schrott.

»Ist aber so«, bestätigt die Toni. »Die Spurensicherung hat das eindeutig festgestellt.«

Hilfesuchend hebt der Schrott die Hände. »Gibt es einen Durchsuchungsbeschluss? Sonst hat die Spurensicherung dort nichts verloren.«

»Wissen wir nicht«, behauptet der Pokorny. »Die Chefinspektorin verdächtigt Sie jedenfalls, Ihr Hotel in Brand gesteckt zu haben.«

Der Schrott legt den Kopf schief. »Geht's noch? Wir haben ein Alibi, fragen Sie an der Rezeption nach. Ich kann das Hotel gar nicht angezündet haben.«

»Bitte setzen Sie sich wieder zurück an Ihren eigenen Tisch«, fordert die Frau Schrott.

Der Pokorny unterbricht sie im Aufstehen: »Sie werden nicht nur wegen Brandstiftung gesucht.«

»Sondern?«, will der Schrott wissen. Die Frage bleibt aufgrund des Auftritts der Krimiautorin unbeantwortet.

Rasch wechseln die Pokornys zurück zu ihrem Tisch. Verstohlen wirft die Toni den stillen Beobachtern einen Blick zu. Die alte Frau wiegt den Kopf.

»Was sie uns wohl damit sagen will?«, flüstert die Toni dem Pokorny zu.

»Wir werden es noch früh genug erfahren.«

Die launige und sehr kurzweilige Lesung von Claudia Rossbacher bringt einen positiven und einen negativen Aspekt mit sich. Positiv sind die gute Stimmung, die Spannung und die Geschichten rund um die Entstehung ihrer Bücher. Negativ ist, dass die Schrotts knapp vor Ende der Lesung Geld auf den Tisch legen und verschwinden. Die vier Privatermittler sind versucht, aufzuspringen und den potenziellen Brandstiftern und Mördern nachzulaufen. Letztendlich wäre der Abgang aber zu peinlich gewesen. Schließlich kann die Autorin ja nicht wissen, dass das Ehepaar das Lokal wegen der Pokornys und nicht wegen ihr fluchtartig verlassen hat. Letztendlich bleibt die Gewissheit, das Gespräch morgen fortsetzen zu können.

»Der lügt wie gedruckt«, stellt die Katzinger nach der Lesung im Auto klar. »Und seine Frau hält ihm die Stange.«

Die Toni flüstert konspirativ: »Das Gefühl hatte ich auch. Woran haben Sie es bemerkt?«

»Er hat so nervös gezwinkert, voll verräterisch. Und ständig nach links oben geschaut«, erklärt sie ihre Beobachtungen. »Das hab ich bei der Karlich-Show gesehen. Der hat sich virtuell was zusammenerfunden. Für mich ist er glasklar der Griller vom Sandler.«

Der Pokorny schüttelt sich. »Geh, müssen Sie so grauslich reden?«

»Ma, jetzt sei halt nicht so zimperlich. Gell, Heini, der hat seiner Frau den Mund verboten.«

Der Heini wiegt nur den Kopf.

»Jetzt red halt, sonst glauben die zwei, du hast einen Schlaganfall.«

»Die Liesl hat schon recht. Wie Sie das mit der Brandlegung erzählt haben, hat ihn seine Frau fragend angesehen.«

Die Katzinger nickt wie ein Wackeldackel. »Meine Worte, wahrscheinlich wollte sie ihn grade Mörder schimpfen. Dann hat er sie glatt kaltgestellt, also nicht so, wie es Mörder machen, eher hat er ihr ein Redeverbot erteilt. Da sind wir wieder bei der Bedeutung von Namen. Schrott, da kannst ja nur ein Gewalttäter werden.«

»Warum haben Sie ihn nicht mit dem Toten konfrontiert?«, will der Heini wissen.

»Dazu kam es nicht mehr«, erklärt der Pokorny. »Morgen ist auch noch ein Tag.«

»Das wird nicht … aua!«, ruft der alte Mann und reibt sich das Knie. »Was soll das, Liesl?«

Die alte Frau gähnt übertrieben laut. »Wir müssen ins Betterl, gell, es ist schon spät. Danke fürs Mitnehmen und gute Nacht. Frühstück pünktlich um neun Uhr.« Sie quält sich vor dem Hoteleingang brummend aus dem Auto. »Komm, Heini. Wie der Pokorny gesagt hat: Ratschen können wir auch noch morgen.«

Nach der raschen Verabschiedung der beiden älteren Herrschaften beschließen die Pokornys, noch einen Gute-Nacht-Drink an der Bar zu nehmen.

Am Rückweg zum Zimmer werden sie von einer jungen Dame hinter dem Empfangsschalter angesprochen. »Ist Ihre Mutter noch auf? Sie hat uns ihr Kleid und den Hut zu Mittag vorbeigebracht. Wir haben beides wie gewünscht absolut schonend per Express reinigen lassen. Wir rechnen das mit dem Zimmer ab.«

»Äh, meine Mutter …?« Die Toni legt verwundert den Kopf schief.

»Ja, die freundliche alte Dame mit dem Herrn am Rollator. Sie meinte, ihre Tochter würde die Kosten übernehmen.«

»Aha, meinte meine Mutter das. Na dann.«

»Können Sie die Sachen bitte mitnehmen und morgen Ihrer Mutter geben?«

»Gerne.« Die Toni greift nach dem Kleidersack, hängt sich beim Pokorny ein und vollführt eine Hundertachtzig-Grad-Drehung. »Darauf brauch ich noch ein Glas Sekt. Meine Mutter, ich glaube, ich spinne.«

Auch der Pokorny schüttelt den Kopf und bestellt an der Bar für die allerbeste Ehefrau und Tochter der Welt Sekt und für sich ein Achterl Weißburgunder. »Nur um das Geld für die Reinigung zu sparen, erklärt sie dich zu ihrer Tochter. Dann darfst du dir zumindest anschauen, was deine liebe Mama so putzen hat lassen.«

Die Toni öffnet den Zipp und staunt nicht schlecht. »Ein schwarzes Dirndl, Schürze und Bluse in Anthrazit. Der Hut auch in Schwarz mit einem Schleier davor.«

»Die Katzinger kann ich mir beim besten Willen nicht im Dirndl vorstellen.« Der Pokorny ordert ein weiteres Achterl Wein und noch einen Sekt. »Auch wenn's auf den ersten Blick konservativ wirkt, mit ihren roten Giesswein-Schuhen muss sie darin zum Schießen ausschauen.«

»Was machen wir jetzt damit?«, fragt die allerbeste Ehefrau der Welt, kippt ihr Glas auf ex und bestellt eine dritte Runde.

»Ihr Zimmer liegt gleich neben dem Treppenhaus. Wir klopfen an, und wenn wir sie nörgeln hören, hängen wir den Sack an die Tür und laufen weg.«

»Hm«, sinniert seine mittlerweile leicht illuminierte Ehefrau. »Dann entgeht uns ihr überraschtes Gesicht.«

Der Pokorny trinkt seinen Wein aus, greift nach dem Kleidersack und lässt die Toni bei sich einhängen. »Klopfen, hinhängen und ums Eck lauschen.«

Alles läuft wie geplant, sie klopfen, die Katzinger öffnet nörgelnd die Tür, die Pokornys lauschen. Völlig überraschend beginnt die alte Frau, hinter der Tür bitterlich zu weinen. Die letzten Worte, die die Pokornys hören, verwirren sie.

Der Heini meint mitfühlend: »Alles wird gut, das Kleid ist wunderschön und wird ihr gefallen.«

Das Belohnungsgeschenk für die Einlösung des Gutscheins hat die Toni gestern nicht mehr ausgepackt. Dabei hat sie extra bei der frivolen Handwerkerwebsite »en(joy)-toy« Reisespielereien für nächtliche Bastelarbeiten eingekauft. Ein fünfzehn Zentimeter langes, hautfreundliches, recycelbares Kunststoffimitat eines Schweizer Taschenmessers mit unterschiedlichsten Silikonaufsätzen hätte den Pokorny für das Ungemach, Vöslau zu verlassen, fix entschädigt. Nach den letzten Worten vom Heini ist ihnen die Lust aufs Basteln jedoch vergangen. Zum Glück hatte die Bar im Gollner noch geöffnet. Eine Flasche Weißburgunder und Frizzante waren hilfreich, beide schliefen trotzdem erst um drei Uhr morgens ein.

Erbarmungslos läutet die Wecker-App am iPhone die restalkoholgeschwängerten Lauscher aus dem Bett. Schließlich gilt es, das Gespräch mit dem Ehepaar Schrott fortzusetzen. Nicht auszudenken, wenn die zwei ausflögen und die Pokornys den ganzen Tag auf sie warten müssten. Hundemüde und mit schwerem Kopf schleppen sie sich in den Frühstücksraum.

Während der Pokorny auf das üppige Büfett starrt, schaut die Toni enttäuscht in die Runde. »Von den Schrotts ist nichts zu sehen. Ich frage an der Rezeption, ob sie schon gefrühstückt haben.« Sie zwinkert ihrem Bärli zu. »Du kontrollierst einmal die Qualität des Frühstücks und schaust, ob sich das Ehepaar nicht vielleicht doch hinter dem Schokoladenbrunnen versteckt. Bin gleich wieder da.«

An der Rezeption wendet sich die Toni an eine junge Dame. »Ist das Ehepaar Schrott schon frühstücken gewesen? Wir waren verabredet, ich kann sie nirgendwo sehen.«

»Einen Moment bitte, meine Kollegin ist gleich wieder da. Ich hab heute meinen ersten Tag und kenne die Gäste noch nicht.«

Währenddessen widmet sich der Pokorny innig der ihm gestellten Aufgabe. Trotz eines diffusen alkoholbedingten Hirnsausens ist er hungrig wie ein Wolf und schlichtet in einem Brotkörbchen mehrere Semmeln, ein paar Scheiben Nussbrot und ein Kürbiskernweckerl auf. Da er lernfähig ist und kein Aufsehen erregen will, geht er fünf Mal zwischen dem Tisch und dem Büfett hin und her. Schließlich möchte er ein Fiasko wie im Parkhotel Schönbrunn vermeiden. Das gierige Übereinanderstapeln und der von der Katzinger listig hingestellte rosa Croc führten damals zu einem Scherbenhaufen mitten im Frühstücksraum.

Gerade als er in eine mit Butter und Honig beschmierte Semmel beißt, kommt die Toni aufgeregt zum Tisch zurück. »Willi, die Schrotts sind abgereist.«

»Was heißt das, abgereist?«

»Na, was wohl? Sie haben um sieben Uhr, ohne zu frühstücken, ausgecheckt.«

»Setz dich erst einmal in Ruhe her und entspann dich.« Zwar schlingt und hetzt er beim Essen selber, aber Druck von außen kann er gar nicht gebrauchen. »Wir müssen sowieso auf die Katzinger und den Heini warten.«

Sie legt den Kopf schief. »Und die Schrotts? Ende der Ermittlungen?«

»Schau, wir haben noch eine Nacht in Graz, dann geht's halt ab nach Hause …«

Der Auftritt der Katzinger lässt das Gespräch versiegen. In ihrem schwarzen Dirndl schaut sie zerbrechlich aus, fast wie eine Porzellanfigur. Und ihr Gesicht wirkt ohne die sonst allgegenwärtige Fliege-Puck-Sonnenbrille fahl und eingefallen, fast als hätte sie ihre falschen Zähne vergessen. Sogar ihre roten Giesswein-Merino-Runners hat sie gegen schwarze eingetauscht. Eingehängt beim Heini, der einen schwarzen Anzug, ein weißes Hemd und eine schwarze Krawatte trägt, schlurft sie zum Tisch.

»Guten Morgen«, krächzt die Katzinger und lässt sich auf den freien Sessel fallen. »Ich muss euch etwas erzählen. Komm her, Heini, allein schaff ich das nicht.« Sie patscht zweimal mit der flachen Hand auf den Platz zu ihrer Rechten.

»Was ist los, geht's Ihnen nicht gut?«, fragt die Toni besorgt. Auch der Pokorny schaut verdattert drein. Sie kennen die Katzinger schon viele Jahre, in so einer Verfassung haben sie sie aber noch nie erlebt. »Wieso tragen Sie ein schwarzes Dirndl? Sind Sie krank?«

»Nicht die Liesl ist krank, sondern ihre …«

»Ich weiß nicht, ob ihr's wisst. Ich hab eine Schwester, die Sophie«, unterbricht sie ihn. »Wir haben uns seit gut vierzig Jahren nicht gesehen. Es geht ihr gesundheitlich sehr schlecht, die Ärzte geben ihr nur mehr ein paar Wochen. Verdammter Krebs. Da hab ich überlegt, was ich anziehen soll. Schwarz passt immer.«

»Aber …«, stammelt die Toni. »Sie haben noch nie von einer Schwester erzählt. Wohnt sie in Graz? Wollten Sie deshalb mitfahren?«

Der Pokorny schiebt seinen Teller zur Seite. Die Lust aufs Frühstücken ist ihm nach dieser Offenbarung vergangen. »Sind Sie deshalb in letzter Zeit immer schwarz angezogen? Wegen Ihrer Zwillingsschwester?«

»Wieso Zwillingsschwester?« Die alte Frau schaut den Heini mit zusammengekniffenen Augen an.

Er schüttelt rasch den Kopf. »Ich hab mit niemandem darüber geredet, ehrlich.«

»Niemand hat etwas verraten«, beruhigt sie der Pokorny. »Also nicht direkt. Die Sollinger ist sehr besorgt um Sie, hat, ohne Details zu nennen, von einer alten Geschichte erzählt. Ich hab im Internet recherchiert und bin auf den Streit mit Ihrer Zwillingsschwester gestoßen.«

»Was ist damals passiert?« Die Toni streicht der alten Frau einfühlsam über den Unterarm.

»Ich … ich … kann nicht. Erzähl du«, fordert sie den Heini flüsternd auf.

Die Augen der Pokornys werden bei seiner Erzählung größer und größer. »Die Liesl ist eigentlich in Deutschland geboren, in Neu-Isenburg in Hessen. Ihre Eltern sind mit den zwei Jahre alten Kindern nach Österreich gezogen und vor vierzig Jahren gestorben. Bis zum Tod der beiden haben die Schwestern am Campingplatz in Berndorf mitgeholfen. Die Sophie wollte schon länger nicht mehr und hat noch zu deren Lebzeiten mit ihren Eltern über einen Verkauf gesprochen. Daraufhin wurde sie vom erbosten Vater, der um sein Lebenswerk fürchtete, enterbt. Die Sophie hat dann hartnäckig versucht, die Liesl zum Verkauf zu überreden, was ihr aber nicht gelang. Dann war da noch die Sache mit dem Ferdinand. Auch wegen ihm gab es Streit, und irgendwann ist die Lage eskaliert. Es kam zu unschönen Szenen, die Sophie ist dann verschwunden.«

»Aber nicht dass ihr denkt, mir wäre es ums Geld gegangen, nein. Unsere Eltern haben den Campingplatz von null aufgebaut, sogar den Teich haben sie händisch gegraben. Der Ferdinand war damals bei meinen Eltern angestellt, hat dann später mit mir den Platz bewirtschaftet. Ohne ihn hätte ich's nicht geschafft. Er war einfach ein wirklich herzlicher, liebevoller Mann. Entschuldige, Heini, wenn ich so … von ihm red.« Sie streicht ihrem Begleiter über seine mit Altersflecken übersäte Hand, in der er ein Taschentuch hält.

Der Heini zwinkert ihr zu. »Ist schon lange her, und ich hatte ja auch eine gute Zeit. Jedenfalls gab es dann Streit ohne Ende und …«

»Stimmt das mit der Schlägerei?«, wirft der Pokorny ein.

»Ma, als wäre das jetzt noch wichtig«, brummt die alte Frau. »Du solltest am besten wissen, was die Zeitungsfritzen für einen Schas schreiben.«

Der Heini spricht weiter: »Es gab dann sogar einen Polizeieinsatz, der damit endete, dass die Sophie mit der Liesl gebrochen hat und nach Deutschland gegangen ist. Seitdem herrscht Funkstille.«

»Und Sie haben dann den Ferdinand geheiratet?«, führt die Toni die Geschichte fort und sieht die alte Frau nicken.

»Jedenfalls«, erzählt der Heini weiter, »wohnt die Sophie jetzt in München und möchte sich mit ihrer Schwester aussöhnen. Sie hat ihr einen Brief geschrieben und um ein Treffen gebeten.«

»Kommt sie nach Graz?«, fragt die Toni.

Die Katzinger lässt den Kopf hängen, nimmt eine Serviette vom Tisch und knetet diese zwischen den Fingern. »Nein! Leider nicht. Verbrannte Mandeln schleppt sie für ihre Tochter durch die Gegend. Wisst ihr, wie es da zugeht? Die Hölle ist das. Und sie muss dort todkrank wegen ihrer Mindestrente hackeln.«

»Beim Oktoberfest in München ist ordentlich was los. Wenn Ihre Schwester so krank ist, wie soll das gehen?« Die Toni schaut sie fragend an.

»Sie lebt am Exodusminimum und muss sich ein paar Cent dazuverdienen. Geht ihr wie mir.«

»Das ist furchtbar, Ihre arme Schwester«, stellt der Pokorny fest. »Können wir Ihnen irgendwie helfen?« Schon nach seinem letzten Wort bereut er seinen Vorstoß. Nicht auszudenken, wenn die alte Frau seine Frage missinterpretiert.

Sie hebt den Kopf, und er weiß, dass genau das passiert ist. »Ja, könnt ihr. Bitte fahrt mit uns nach München. Alleine schaffen wir das nicht. Bitte!«

»Aber … aber«, stammelt der Pokorny, denkt an seinen Ford und die knapp vierhundert Kilometer in die bayerische Hauptstadt, die Alkoholleichen und die für ihn abartige Musik in den Bierzelten. »Wir haben keine Pässe mit. Und was passiert in der Zwischenzeit mit den Schrotts? Wer weiß, wo die schon sind!«

Der Heini räuspert sich. »Die sind heute zeitig in der Früh abgereist. Nach München. Und Pässe brauchen wir schon länger keine mehr, um nach Deutschland zu fahren.«

»Na, so ein Zufall, nach München«, brummt der Pokorny. »Und was ist mit dem Gutschein für die zweite Nacht?«

»Meine Schwester stirbt, und du denkst nur an dich. Außerdem ist es kein Zufall.« Die Katzinger übergeht den Einwand. »Die Frau Schrott war letzte Woche in der Annamühle und hat vom Paulaner-Zelt auf der Wiesn geschwärmt. Vorher nach Graz zu einer Krimilesung im Café Kaiserfeld, und dann am Freitag ab nach München.«

»Sie sind wegen uns schon vor dem Frühstück geflüchtet.« Der Heini schenkt sich schmunzelnd Kaffee nach.

Die Toni greift nach dem oberen Teil der verwaisten Honigsemmel ihres Ehemanns. Dem scheint aufgrund der zu erwartenden Mühsal der Appetit vergangen zu sein. »Sie sind also nur deshalb nach Graz mitgekommen?«, will sie wissen. »In der Hoffnung, mit uns nach München fahren zu können? Wieso haben Sie nicht direkt gefragt?«

Die Katzinger zieht die Augenbrauen nach oben und schielt zum Pokorny. »Glaubst du im Ernst, dein Gatte hätte da mitgespielt? Nach München? Ins Ausland? Vergiss es. Als er dann über Graz gesudert hat, hab ich die Chance ergriffen. Drum war ich ja wegen der Schü… also wegen dem Escort so entsetzt.«

Der Pokorny steht auf, holt sich einen Suppenteller und geht zum Schokoladenbrunnen. Weil auf den Schreck braucht er jetzt ordentlich Zucker. Er schaufelt geschnittene Bananen, Erdbeeren, Kiwis, Weintrauben und Äpfel hinein und lässt einen guten Viertelliter warme, flüssige Schokolade drüberlaufen.

Zurück beim Tisch setzt er sich ächzend hin und negiert den missbilligenden Blick von der Toni. »Selber schuld. Wer ist über mein Semmerl hergefallen? Eine Hälfte ist für meine psychische Ausnahmesituation zu wenig. Wobei das mit der Wiesn eh nicht klappen wird. Letzte Woche war ein Bericht im ORF. München ist quasi ausgebucht, da bekommen wir kein freies Zimmer mehr.«

»Da kann ich dich alten Schnorrer beruhigen. Die Sophie hat von ihrem Verblichenen eine Eigentumswohnung in der Nähe der Theresienwiese geerbt. Da ist Platz genug für uns alle.«

»Wenn sie die Wohnung verkauft, müsste sie doch nicht auf der Wiesn arbeiten«, sagt die Toni.

»Ich versteh meine Schwester gut«, meint die alte Frau. »Die Wohnung ist eine Erinnerung an ihren Ehemann. Den Wohnwagen hab ich vom Campingplatz mitgenommen und lange mit dem Ferdinand drinnen gelebt. Ich würde meine Ranch auch nicht so einfach verkaufen.«

»Jetzt weiß ich, was das mit dem Dirndl soll«, stellt der Pokorny fest, taucht eine Bananenscheibe tief in die Schokolade ein und kostet die süße Versuchung. »Sie werden im Bierzelt auffallen wie ein bunter Hund, nur halt in Schwarz gehalten.«

»Ha, ha, kann ich da nur sagen. Ha, ha! Mir ist nicht zum Lachen. Ich hab die Sophie vierzig Jahre nicht gesehen, und dann der Brief. Irgendwie hab ich einen ordentlichen Bammel«, meint sie, greift nach der zweiten Honigsemmerlhälfte und beißt hinein.

»Eine Hälfte ist für dich ja eh zu wenig. Außerdem badest du grade in Schokolade. Da wird für ein bisserl Honig kein Platz mehr sein.«

Der Pokorny verzieht das Gesicht. »Jetzt bin ich mit dem Lachen dran. Weiß Ihre Schwester, dass Sie … äh … wir kommen?«

Wie ein junges Mädchen springt die Katzinger auf, umarmt ihn und drückt ihm ein pickiges Honig-Busserl auf die Wange. »Ich hab immer gewusst, du bist ein feiner Kerl. Zwar ein wenig unbeweglich und stur, aber trotzdem verlässlich.«

»Schon gut, übertreiben Sie's nicht, äh …«

Er wird durch einen Mann unterbrochen. »Morgen, Chefinspektor Bergmann vom LKA Graz. Das ist meine Kollegin, Abteilungsinspektorin Mohr. Sie sind das Ehepaar Pokorny aus Bad Vöslau?«

»Schon, aber wir sind auch noch da. Katzinger und Heini«, übernimmt die alte Frau das Gespräch. »Was liegt an, junger Mann?«

Die Abteilungsinspektorin lächelt. »Sie ist genauso lustig, wie die Wehli erzählt hat.«

»Stimmt, nur für lustig haben wir keine Zeit«, meint ihr Partner. »Die Chefinspektorin hat uns um Amtshilfe gebeten. Renitente Vöslauer sollen sich in Mordermittlungen einmischen. Was fällt Ihnen dazu ein?«, fragt er und schaut die Pokornys abwechselnd an.

»Woher wissen Sie, dass wir im Gollner wohnen?«, fragt der Heini.

Die Mohr legt den Kopf schief und grinst. »Wir waren gestern Abend im Kaiserfeld und haben die nicht ganz so geheime Observation von der Frau Katzinger und Ihnen beobachtet.«

»Die Polizei geht zu einer Krimilesung?«, fragt der Pokorny. »Warum nicht?«, antwortet der Bergmann. »Schließlich beraten wir Frau Rossbacher bei ihren Krimis. Die Kollegin Wehli hat uns heute Morgen Bilder vom Ehepaar Schrott und von Ihnen gesendet. Ihre vier Plätze wurden vom Hotel aus für die Frau Katzinger reserviert. Also, was machen Sie in Graz?«

»Wir genießen das Urlaubsgeschenk meiner Frau. Graz vom Feinsten. Wollen Sie mit uns frühstücken? Ich lade Sie ein«, pariert der Pokorny.

Missmutig baut sich eine steile Falte auf der Stirn des Chefinspektors auf. »Sie wollen mir aber nicht mit Beamtenbestechung kommen? Die Kollegin hat mich vor Ihnen gewarnt.«

Die Toni hebt beruhigend die Hände. »Moment, Moment. Von Bestechung kann keine Rede sein. Da müsste es erst einen Grund dafür geben. Mein Mann wollte nur höflich sein. Was können wir für Sie tun?«

»Was plappert die O-Weh so, wenn der Tag lang ist?«, mischt sich der Pokorny ein und erntet einen missbilligenden Blick von seiner Ehefrau.

Die Mohr antwortet: »Dass Sie Gespräche mit potenziellen Verdächtigen im Fall von Brandstiftung mit Todesfolge führen.«

»Die überraschend aus dem Hotel ausgecheckt haben. Gut gemacht, Herr …«, der Beamte wendet sich an seine Kollegin. »Wie hat sie ihn bezeichnet?«

»Freizeitpolizist.«

»Stimmt, dank des Freizeitpolizisten sind die beiden nicht mehr in Graz.«

»Werter Herr und werte Frau Exekuter, setzen Sie sich jetzt, oder wollen S' es kurz halten?«, fragt die Katzinger. »Weil wir haben's eilig. Bad Vöslau ruft.«

»Na bitte, Bergmann«, feixt die Mohr zu ihrem Kollegen. »Die vier Helden wollen gar nicht nach München, sondern eh nach Hause fahren.«

»Das wird die Chefinspektorin freuen.«

»Wieso München?«, fragt der Heini.

»Für dumm verkaufen können Sie wen anderen«, stellt die Mohr fest. »Eine unbeliebte Mitarbeiterin aus Ihrer aller Stammcafé hat erzählt, das gesuchte Ehepaar Schrott fahre zuerst nach Graz und dann zum Oktoberfest. Die beiden sind heute abgereist. Na, und wo werden Sie jetzt wohl hinfahren?«

Die Ohren vom Pokorny beginnen zu wackeln, er weiß, wer da getratscht hat. »Sagen Sie es uns.«

»Nicht zu den Piefkes jedenfalls«, meint die Katzinger und hofft, dass die Verunglimpfung ihren Chauffeur einbremst. »Die haben die Wiesn-Karten wegen dem Brand doch storniert und sind wahrscheinlich schon in Vöslau. Gestern bei der Erzählerei von der Rossbacher hab ich die Schrotts belauscht, also ihnen zugehört. Deshalb weiß ich, dass die heimwärts sind.«

Die beiden Grazer Kripobeamten schauen sich an und runzeln die Stirn. »Das werden die Kollegen in München klären. Wir möchten Sie nicht mehr aufhalten«, sagt die Mohr. »Gute Reise, Bad Vöslau ruft. Wir verständigen die Chefinspektorin Wehli von Ihrer baldigen Rückkehr.«

»Ja, ja, danke, gehts mit Gott, aber gehts«, flüstert die Katzinger.

»Was meinen Sie?«, fragt der Bergmann.

»Äh, nichts, wünsche noch einen schönen Tag.«

»Ihnen auch«, meint er, beide nicken und gehen zur Rezeption.

»Wieso haben die Schrotts die Karten storniert?«, möchte die Toni wissen.

»Haben sie nicht, nur wie hätten wir die zwei Kriminalbeamten sonst loswerden sollen?«, antwortet der Heini aufgrund der ungläubigen Blicke der Pokornys. »Na ja, wir müssen die doch zumindest kurzfristig von München ablenken. Umso wichtiger ist es, schnell dort zu sein. Sonst warten die deutschen Beamten vor dem Zelt auf uns.«

Die Katzinger nickt eifrig. »Genau, das haben wir geschickt eingefädelt. Sollen die doch glauben, das Ehepaar Schrott und wir vier fahren zurück nach Vöslau. Dann können wir uns in Ruhe auf der Wiesn umschauen.«

Der Heini greift in seine Sakkotasche und zieht ein Kuvert heraus. »Ein kleines Geschenk als Dankeschön für die Unterstützung. Los, machen Sie auf!«

»Ja, macht es auf. Wir haben keine Mühen und Kosten gescheut.« Ein zartes Lächeln huscht über die feuchten Wangen der alten Frau.

Die Toni schaut ihren Ehemann nachdenklich an, beide ahnen, was sie erwartet.

Zögerlich greift sie nach dem Kuvert und öffnet mit einem Messer das Siegel. Es fällt ihr wirklich schwer, ihren Missmut über die Reservierungsbestätigung für Plätze im Festzelt zu verbergen. Die Pokornys stehen einfach nicht auf Volksmusik, die alkoholgeschwängerte Luft in den Zelten und die vielen Betrunkenen. Trotzdem sagt die Toni in tiefstem Bairisch: »Jo mei, sogar im Paulaner-Zelt, Balkon West. Schau ma do ned über die andern Bsoffnen drüba? Dang schee.«

Potz-erstaunt hören die Anwesenden die wortgewaltige Ansage. Die Neo-Bayerin schmunzelt. »Ja, früh übt sich, wer eine Mass richtig bestellen will … äh … muss.«

Die Katzinger grinst schelmisch. »Wir haben einen Tisch neben den Schrotts reserviert. Da haben ein paar geldgierige Wucherer Karten im Internetz versteigert. Kosten zwar Geld wie Sau, dafür können wir aber vertraulich ermitteln.«

»Woher wissen Sie, welchen Tisch die Schrotts gebucht haben?«, fragt die Toni.

»Na ja«, antwortet der Heini. »Der Schrott hat gestern mit seiner Frau darüber geredet.«

»Und Sie konnten online gleich daneben reservieren?«

»Ja. Wie die Liesl gesagt hat, mit Geld geht alles, und die nette Dame an der Rezeption hat die Tickets für uns ausgedruckt. Vor allem die Balkonkarten sind sehr beliebt, kosten mich eine Monatspension«, meint der Heini und legt der Katzinger seine Hand auf die Schulter. »Aber die Liesl ist mir das wert.«

»Wann sind die Schrotts dort?« Die Toni freut sich über die verliebten Blicke der beiden.

»Der Schrott hat seine Frau gefragt, ob siebzehn Uhr beim Zelt passt. Ihre Freunde würden eine Stunde später kommen.«
»Und das alles haben Sie bei dem Lärmpegel verstanden?«, fragt der Pokorny den Heini. Die beiden Senioren hatten zwar freie Sicht, für ein Belauschen waren sie aber definitiv zu weit weg.

Die Toni schmunzelt. »Stimmt, Sie können ja Lippen lesen.« Sie sieht den alten Mann nicken.

»So, wäre jetzt alles geklärt?« Die Katzinger wirkt zwar immer noch traurig, es dürfte ihr aber schon wesentlich besser gehen.

»Noch nicht. Wo treffen wir eigentlich Ihre Schwester?«, erkundigt sich der Pokorny und wischt mit der letzten Bananenscheibe den Suppenteller aus.

»Hm … ich hab irgendwie Angst, es ist schon so lang her.«

»Frau Katzinger! Wo treffen wir die Sophie?«

»Ma, bist du aber hartnäckig. Ihre Tochter hat in der Nähe vom Paulaner-Zelt einen Stand. Dort verkauft sie gebrannte Mandeln und anderes Zeugs. Wenn die Sophie es schafft, hilft sie ihr. Sie hat mir ihren Wohnungsschlüssel geschickt. Damit wir uns frisch machen können. Danach treffen wir sie beim Stand auf der Wiesn.«

»Hockt sie bei uns mit am Tisch?« Die Vorstellung, mit beiden Zwillingsschwestern und dem Ehepaar Schrott an einem Tisch zu sitzen, geht nicht in den Kopf vom Pokorny hinein.

»Nein. Ich weiß nicht, wie ich's euch beibringen soll. Leider können ich und der Heini euch diesmal nicht aus der Patsche helfen. Ihr müsst allein ermitteln, wir holen die Sophie nur ab. Beim ersten Treffen macht ein Gespräch über eine Brandleiche nicht viel her.«

»Da geb ich Ihnen völlig recht«, sagt die Toni erleichtert. Weil ein konzentriertes Gespräch neben einer zweiten Katzinger führen zu müssen, kann nur im Chaos enden.

Zufrieden nickt die alte Frau. »Dann pack ma's.«

Der Pokorny kratzt die letzten Reste der Schokolade aus dem Teller und lehnt sich stöhnend zurück. »Wenn's denn sein muss.«

»Treffpunkt in dreißig Minuten in der Garage«, schlägt der Heini vor. »Wir machen uns lieber auf den Weg, die vom LKA diskutieren noch mit der Dame am Empfang und schauen dabei immer wieder zu uns rüber.«

»Gebt uns zwei Minuten Vorsprung. Wenn ihr sitzen bleibt, laufen die uns nicht nach.« Ächzend steht die Katzinger auf, schnäuzt sich in das Taschentuch vom Heini und gibt es ihm zurück.

Nachdenklich schaut der Pokorny den beiden nach. »Richtig hinterfotzig, wie die zwei das eingefädelt haben.«

»Ja, die haben von Anfang an gewusst, was läuft, und sogar Tickets für uns gekauft.«

»Die Frau Schrott dürfte ein ziemliches Plappermaul sein. Los, die zwei Kieberer sind gerade raus«, meint der Pokorny, nippt an seinem Espresso und grunzt zufrieden.

»Na dann, wie hat die Katzinger gesagt? Pack ma's.« Die Toni küsst ihn zärtlich. »Mhmm, die Schokolade schmeckt wirklich gut.«

Fünf Stunden später wissen die Pokornys, dass sie nicht bei der Sophie übernachten werden. Zwar wohnt sie wirklich in der Nähe der Theresienwiese, die Wohnung gehört allerdings weder der alten Dame, noch ist sie groß genug für fünf Personen. Bei knappen vierzig Quadratmetern ist schnell klar, wer gehen muss. Die Katzinger hat sich vielmals entschuldigt und theatralisch beteuert, von der geringen Größe überrascht zu sein. Davon, dass alle leicht Platz haben sollen, weiß sie plötzlich nichts mehr.

Weder über das Tourismusbüro noch über einschlägige Websites ist ein Zimmer zu einem vernünftigen Preis zu bekommen. Deshalb wird rasch der Entschluss gefasst, die Essensbons, auch Wertzeichen genannt, zu verprassen und nach dem Gespräch mit dem Ehepaar sofort retour nach Vöslau zu fahren. Egal, ob mit oder ohne Senioren.

Da die Katzinger ohnehin fertig mit den Nerven ist, verzichten die Pokornys darauf, ihr eine Kopfwäsche zu verpassen. Obwohl sie es verdient hätte. Sie kennen die alte Frau einfach zu gut. Zufall ist das keiner.

Hundert Meter vor dem Paulaner-Zelt bleibt die Katzinger wie vom Donner gerührt stehen und starrt zu dem Stand vor dem Eingang. Und wirklich, die gebeugt schlurfende alte Frau schaut ihr zum Verwechseln ähnlich. Lediglich das Dirndl ist für den dienstlichen Gebrauch farblich abgestimmt, und der Stock fehlt. Sonst gleichen sich die beiden Zwillingsschwestern wie ein Ei dem anderen. Unentschlossen schaut die Katzinger zwischen der näher kommenden Sophie und den Pokornys hin und her.

»Los, gehen Sie schon, wir müssen eh ins Zelt zu den Schrotts. Sie werden sich genug zu erzählen haben«, sagt die Toni.

»Sehen wir uns noch?«, fragt die Katzinger.

Der Pokorny antwortet: »Eher nicht, wir reden mit den zweien, und dann geht's ab nach Hause. Hotel gibt's keines, und im Stehen schlafen muss nicht sein. Hoffentlich schafft meine«, er zeichnet Gänsefüßchen in die Luft, »*Schüssel* die vierhundert Kilometer retour. Achthundert an einem Tag ist mein alter Herr schon lange nicht mehr gefahren.«

»Schickst mir einfach die Rechnung«, grunzt die alte Frau. »So, Heini, lass mich einhängen, und ihr macht's gut und meldet euch bei mir.«

»Machen wir, Sie bitte auch. Alles Gute für Ihr Gespräch«, sagt die Toni.

Nachdenklich blicken die Pokornys den beiden Alten nach. Eine Weile passiert nichts, die beiden Schwestern bleiben voreinander stehen. Es ist, als wäre der Moment eingefroren. Dann geht es schnell, die Sophie umarmt die Katzinger, und alles, was die Pokornys auf den letzten Metern zum Eingang hören, ist: »Liesl, so ein schickes Dirndl, aber warum schwarz?«

»Sie schon wieder«, stöhnt die Schrott und setzt die Mass auf dem Tisch ab. »Sie kleben an uns wie eine schlechte Nachrede.«

»Was sollen wir sagen? Wir haben Karten für die Wiesn geschenkt bekommen«, antwortet die Toni. »Direkt neben Ihnen.« Die Schrott grinst süffisant. »Was Sie alles geschenkt bekommen. Und immer dort, wo wir auch sind.«

»Ob Sie es glauben oder nicht, aber nach Ihrer vorzeitigen Abreise nach München hat uns die Katzinger heute beim Frühstück damit überrascht«, erzählt die allerbeste Ehefrau der Welt und muss dabei nicht einmal schwindeln. »Sie hat ihre Zwillingsschwester vierzig Jahre nicht mehr gesehen. Fürs Chauffieren hat sie uns die Karten spendiert.«

»Was müssen wir tun, damit Sie verschwinden?«, fragt die Frau Schrott.

Die Toni lächelt. »Unser Gespräch fortsetzen. Danach fahren wir nach Hause, und Sie genießen den letzten freien Abend mit Ihren Freunden. Gilt?«

»Wieso den letzten freien Abend?«, möchte ihr Mann wissen.

Der Pokorny bestellt zwei Mass Bier. »Sie wollen mir jetzt aber nicht erzählen, Sie hätten nach unserem Gespräch nicht geschaut, was über den Brand in den Medien steht, oder?«

»Sie wirkten gestern ehrlich überrascht«, setzt die Toni fort. »Ich hätte an Ihrer Stelle spätestens im Hotelzimmer nachgesehen. Mich würde an Ihrer Stelle im wahrsten Sinne des Wortes brennend interessieren, was die Zeitungen so schreiben.«

Amalia Schrott zischt. »Natürlich haben wir das. Wir haben weder mit dem Brand noch mit dem Toten etwas zu tun.«

»Das war gestern kein Spaß von uns«, setzt der Pokorny nach und blickt die Hoteleigentümer abwechselnd an. »Die Chefinspektorin sucht Sie tatsächlich. Heute früh waren Grazer Kollegen von ihr im Hotel und wollten Sie befragen. Die gehen also von einem Zusammenhang zwischen Ihrem Verschwinden und dem Brand aus. Unabhängig davon, ob Sie von dem Toten wussten oder nicht.«

»Wir waren da schon in Graz. Wie oft muss ich das noch wiederholen? Wir haben mit dem Tod des Sandlers nichts zu tun«, blafft der Schrott.

Die Toni beschwichtigt: »Das behauptet auch niemand. Haben Sie zufällig einen Feuerlöscher?«

»Im Haus und im Auto«, antwortet die Schrott. »Wieso wollen Sie das wissen?«

»Weil der Brand gelegt, dann aber mit einem Feuerlöscher erstickt wurde«, antwortet der Pokorny.

»Was wollen Sie damit sagen? Der in unserem Haus hing am Sonntag bei der Abfahrt noch plombiert in der Halterung im Keller.«

Die Toni kräuselt die Stirn. »Das wissen Sie so genau?«

»Ja, zufällig weiß ich das so genau. Ich hab meinem Mann schon hundert Mal gesagt, er soll das Ding woanders aufhängen. Der Durchgang zur Garage ist extrem eng. Ich bin vor unserer Abreise wieder einmal reingerannt. Dabei ist mir die Plastiksicherung aufgefallen. Der im Auto …«

»Ist leer«, sagt der Schrott.

»Unfug, du hast beide doch erst vor einem Monat bei der Feuerwehr überprüfen lassen.«

»Ah ja, stimmt, der … die sind beide voll«, krächzt er und trinkt die restliche halbe Mass in einem Zug aus.

Die Toni wiegt nachdenklich den Kopf. »Sind Sie sicher, dass der andere noch voll ist und in Ihrem Wagen liegt?«

Der Schrott nickt, greift nach dem Bier seiner Frau und leert auch dieses. Er macht durch Schwenken der Krüge auf eine gewünschte Nachfüllung aufmerksam.

»Der Feuerlöscher könnte Sie entlasten. Wir müssten dazu aber in Ihrem Auto nachschauen.« Der Pokorny nimmt einen Schluck von seinem Bier und verzieht das Gesicht. Bier ist nicht so seins, wäre er doch beim Wein geblieben.

»Wir müssen gar nichts.«

»Wäre schon wichtig. Sie konnten ja nicht wissen, dass sich der Obdachlose und eine weitere Person in Ihrem Hotel aufgehalten haben. Die zwei hatten einfach das Pech, zur falschen Zeit am falschen Ort gewesen zu sein.«

»Ist der andere auch tot?«, fragt der Schrott.

»Nein, er …« Der Pokorny muss das Gespräch aufgrund eines erstickungsähnlichen Anfalls unterbrechen. Er hat seit mittlerweile sechs Stunden nichts mehr gegessen und merkt, wie ihm beim Blick auf den Nebentisch das Wasser im Mund zusammenrinnt. Die gegrillten Henderl riechen verlockend, die Haut ist gut durchgebraten und schaut knusprig aus. Zum Glück ist die Speisekarte auf der Wiesn relativ überschaubar. Der Pokorny braucht halt für alle neuen Speisekarten eine Ewigkeit. Aus ermittlungstaktischen Gründen kürzt die Toni das Prozedere ab und bestellt für ihr Bärli ein halbes Henderl und für sich eine Portion Käse-Kraut-Spätzle. Dass der Pokorny im Nachbarland keine Diskussionen über Apfelschorle und Co. anstimmen sollte, haben er und die Toni auf der Fahrt nach München geklärt. Zu Hause unken ist das eine, aber sich bei den Deutschen über deren Ausdrücke zu mokieren, geht gar nicht. Die Schrotts schlagen bei der Schweinshaxe mit Semmelknödeln zu. »Er ist vom Tatort geflüchtet. Nach ihm wird gefahndet.«

»Ich versteh das nicht«, meint der Schrott mit schwerer Zunge, bedankt sich bei der Bedienung für die Mass und nimmt einen kräftigen Schluck.

Die Toni fährt fort. »Was verstehen Sie nicht? Reden Sie doch. Es sieht nicht gut für Sie aus. Ihre Fingerabdrücke auf dem Granitstein und den fehlenden vier Kanistern …«

»Woher haben Sie das mit den Kanistern?«, fragt der Schrott. Der Pokorny grinst verhalten. »Ihre liebe Nachbarin hat Sie beim Einladen gesehen und uns von der Erhöhung der Versicherungssumme sowie den Spirituseinkäufen erzählt. Deshalb glaubt sie ja, Sie hätten das Hotel abgefackelt.«

Der Schrott läuft rot an. »Die blöde Sau soll sich um ihren eigenen Dreck kümmern und nicht die Nachbarn anschwärzen.«

»Da geb ich Ihnen recht«, sagt der Pokorny und verstummt beim Anblick seines halben Henderls. Wie immer gehen bei ihm halt zwei Sachen nicht parallel, vor allem wenn eine davon die Nahrungsaufnahme betrifft.

»Warum haben Sie die Summe erhöht?«, übernimmt die Toni schmunzelnd das Gespräch.

»Weil der Laden restlos unterbewertet war. Und es ist schon ewig her.«

»Sechs Monate sind nicht ewig.« Die Toni spürt, dass die Fassade langsam bröckelt. »Nur angenommen, Sie hätten den Brand gelegt und diesen dann mit dem Feuerlöscher gelöscht. Zeigen Sie ihn uns. Das würde für Sie sprechen. Manchmal laufen die Sachen aus dem Ruder.«

»Dieter, was ist los? Red, die machen mir Angst. Warst du im Hotel?«, fragt die Schrott.

»Herr Schrott, die erste Brandlegung war für den Tod des Obdachlosen nicht ursächlich.«

»Wieso die erste?«

»Weil die Holzstapel nach dem Löschen noch einmal angezündet wurden«, erklärt der Pokorny.

Der Blick vom Schrott geht ins Leere, er schiebt die unberührte Schweinshaxe zur Seite und keucht: »Sie wollen mir den Brand anhängen.«

»Nein, wollen wir nicht«, widerspricht die Toni. »Wenn Sie nach dem Löschen das Hotel verlassen haben, sind Sie weder am Brand noch am Tod des Obdachlosen schuld. Dafür wäre es aber wichtig, die Kanister und den Feuerlöscher zu finden. Sagen Sie uns die Wahrheit.«

»Die Wahrheit wollen Sie hören?«, blafft er. »Irgendwer will uns reinlegen. Das ist die Wahrheit.«

Der Pokorny kräuselt die Stirn. »Wer und warum?«

»Was ... was weiß ich?«

»Dieter, erzähl doch, warum ...«

»Schon gut.« Er rauft sich die Haare und beginnt zu erzählen. »Vor ein paar Monaten haben die Amalia und ich wieder einmal über das vermaledeite Hotel geredet. Wenn das verdammte Ding nur abbrennen würde, haben wir uns gedacht, dann hätten wir das leidige Thema mit dem Denkmalschutz vom Hals.«

»Wir haben dann im Spaß sinniert, wie auf natürlichem Weg

ein Brand herbeizuführen wäre«, unterstützt ihn seine Ehefrau. »Zum Beispiel durch Blitzschlag. Nur, wir können schlecht eine riesige Antenne aufs Haus stellen und hoffen, dass es passiert. Dann haben wir es bleiben lassen, weil Brandstiftung für uns nicht in Frage kommt.«

»Und dabei muss uns wer belauscht haben. Wahrscheinlich eh die Hexe. Waren Sie schon bei der? Der trau ich zu, dass sie nachher ...«

»Was nachher? Sie waren im Hotel, richtig? Und die Folkert ist Ihnen gefolgt. Vielleicht hat sie den Stapel dann ja noch einmal angezündet«, sagt die Toni mit einfühlsamer Stimme und hofft, dass der letzte Schubser den Durchbruch bringt. Gespannt hält sogar der Pokorny in seiner Kaubewegung inne.

»Ich war nicht dort«, faucht der Schrott, schlägt mit der Faust auf den Tisch und steht auf. »Wie oft soll ich Ihnen das noch sagen? Wir waren in Graz.«

»Wenn Sie Gas geben, sind Sie von Vöslau in eineinhalb Stunden in Graz«, sagt der Pokorny mit vollem Mund.

»Mir reicht's. Entweder Sie verschwinden jetzt oder ...«

Die Toni beschwichtigt. »Wir gehen schon. Eines noch: Sie sollten sich so schnell wie möglich ins Auto setzen und nach Hause fahren. Besser wird die Situation durch Ihre Abwesenheit nicht.«

Mit glasigen Augen starrt der Schrott den Pokorny an. »Wieso waren Sie in der Hütte?«

»Wir waren abends mit den Rädern am Sonnenweg unterwegs. Auf Ihrem Grundstück ist uns das Licht einer Taschenlampe aufgefallen. Da wir wussten, dass Sie verreist sind, wollten wir nachschauen, wer bei Ihnen herumschleicht«, antwortet die Toni.

»Aha, und Sie waren da zufällig mit den Rädern unterwegs«, sagt die Schrott höhnisch. Auch sie hat die Schweinshaxe bisher nicht angerührt.

»Wir waren am Sonntag beim Weingut Schlossberg essen und die Ersten an Ihrem brennenden Hotel«, erzählt die Toni. »Sie werden verstehen, dass wir nicht anders können, als an der Sache dranzubleiben. Da die Polizei Ihr Haus bewachen lässt, wollten wir uns am Abend dort umschauen.«

»Haben Sie eine Ahnung, wer das gewesen sein könnte? Ihre Nachbarin vielleicht?«, fragt der Pokorny und erzählt dem Ehepaar von dem ausgelösten Bewegungsmelder bei der Folkert.

Der Schrott nickt und lässt seinen Kopf auf die Unterarme am Tisch fallen. »Der trau ich alles zu.«

»Ich weiß nicht, ob Sie solche Menschen kennen?«, fragt die Schrott. »Aber die Folkert hat eine ganz schlechte Aura. Mir begegnen selten Menschen, die ich für böse und mieselsüchtig halte. Sie hat immer das Gefühl, die Welt hätte sich gegen sie verschworen. Wenn ich an ihre kalten Augen denke, wird mir ganz anders. Ich mag sie einfach nicht, nicht nur wegen ihrem Hund. Der kann nichts dafür, dass die Folkert ihn einfach bei der Tür rauslässt.«

Die Toni nickt und erzählt von ihrem Gespräch mit der Nachbarin. »Die ist fix davon überzeugt, dass Sie das Hotel angezündet haben. Sie hätte ein Gespräch belauscht.«

»Ja, die alte Schachtel soll sich um ihre eigenen Sachen kümmern und die Nachbarn in Ruhe lassen. Sie müssen sich das einmal vorstellen. Provoziert den Dieter bis aufs Blut. Er hat ihr halt gedroht, sie möge damit aufhören … sonst …«

»Sonst was?«, fragt der Pokorny. Neugierig steckt er ein Stück der knusprigen dunkelbraunen Henderlhaut in den Mund.

Die Schrott zieht die Schweinshaxe zu sich und schneidet in die herrlich mürben Unterschenkel des dahingeschiedenen Tiers. »Haben Sie noch nie gesagt, den oder die bring ich um? Ohne es wirklich ernst zu meinen?« Sie sieht den abweisenden Blick der Pokornys. »Na gut, dann sind Sie die goldene Ausnahme, gratuliere. Die Folkert hat die Gespräche aufgenommen und meinen Mann angezeigt.«

Der Pokorny legt das Besteck auf den leeren Teller. »Also hat sie auch ein Gespräch von der geplanten Brandstiftung aufgenommen?«

»Es gibt keine *geplante* Brandstiftung. Keine Ahnung, wie die werte Frau Nachbarin auf diese Idee kommt. Sie kann nur das

Gespräch wegen der Antenne belauscht haben. Da hatten wir aber eine Menge Spaß beim Ausdenken der kruden Ideen. Mit der Aufzeichnung fängt sie nichts an. Mir ist der Appetit vergangen«, meint die Schrott und schiebt die Schweinshaxe von sich weg.

»Es ist wirklich schade. So eine schöne Wohngegend und dann solche Scherereien. Werden Sie zurück nach Vöslau fahren? Wäre wirklich gut für Sie. Wenn die deutsche Polizei Sie aufgreift, geht es wahrscheinlich gleich nach Wiener Neustadt in die U-Haft«, sagt die Toni.

Der Pokorny deutet auf ein Pärchen, das auf den Tisch zusteuert. »Ich glaub, Ihre Freunde kommen grade. Wir machen uns auf den Weg, Fahrzeit fünf Stunden. Spätestens in Vöslau werden wir der Wehli über den Weg laufen. Bis dahin sollten Sie unterwegs sein.«

Bei einer Kaffeepause in der Autobahnraststation Mondsee versendet die Toni zwei Whatsapp-Nachrichten. Die erste kündigt der Tatjana die Abholung von der Maxime am nächsten Tag zu Mittag an. Die zweite gilt dem Sprengnagl, mit der Bitte um Rückruf. Nicht auszudenken, wenn die Wehli von den Aktivitäten der Freizeitpolizisten Wind bekäme. Leider ist die Toni durch die Ermittlungen und das Gespräch im Paulaner-Festzelt dermaßen verwirrt, dass sie die Nachricht statt an das private an das Diensthandy schickt.

Kaum wieder im Auto, läutet das iPhone, und die Wehli blafft durchs Telefon. »Das ist der gewünschte Rückruf. Was kann ich für Sie tun, und wo treiben Sie sich herum?«

Die Toni schaltet auf Lautsprecher. »Ich wollte mit dem Herrn Sprengnagl sprechen. Spielen Sie wieder Kindermädchen und überwachen ihn?«

»Ha, ha. Der Kollege Bergmann vom LKA Graz hat mich vor Stunden über Ihre Rückreise informiert. Die Katzinger hat auf einen raschen Aufbruch gedrängt. Haben Sie sich verfahren, oder ist die alte Mühle endgültig reif für den Schrottplatz?«

»Woher wissen Sie …?«, fragt der Pokorny.

»Ihre Schüssel, die Katzinger, der Heini und Sie beide fehlen. Dass Graz eine beliebte Destination ist und Sie einen Geburtstagsgutschein einlösen wollen, hat der einsame Rollatorbesitzer Ludwig in der Annamühle rumposaunt. Und da Sie dort eine spezielle Freundin haben, hat die zuständige Chefermittlerin ratzfatz Ihren Aufenthalt erfahren.«

Und dann kommt, was bei einem Gespräch zwischen dem Pokorny und der Wehli immer passiert: Er redet schneller, als er denkt. »Na, alles haben Sie nicht ratzfatz erfahren. Sonst hätten uns die Münchner Kollegen auf der Wiesn …«

Die Toni legt auf. »Sag, Willi, ist dir nicht gut? Jetzt weiß sie, dass wir in München waren.«

»Entschuldige, du hast recht.« Er kratzt sich zerknirscht am Kopf. Das iPhone läutet neuerlich. »Nicht annehmen. Der Sprengi wird sich schon melden. Wir brauchen eh noch drei Stunden, bis wir zu Hause sind.«

»Hm, ob das so eine gute Idee ist?«

Der Pokorny mustert die Toni von der Seite, ahnt, was geschehen wird. »Nicht wahr? Du willst sie anrufen?«

Sie schaut auf die Uhr. »Wird wohl das Beste sein. Es ist jetzt knapp halb neun. Wir sind erst gegen Mitternacht zu Hause. Willst du nächtlichen Besuch? So geladen, wie die Wehli ist, traue ich ihr das zu.«

»Ich werde mich bemühen …«

»Wenn du Unfug machst, schalt ich den Lautsprecher weg und rede alleine mit ihr.« Sie beugt sich zu ihm, küsst ihn auf die Wange und ruft die Chefinspektorin an.

»Na, so was. Wollen Sie ein Geständnis übers Telefon ablegen, oder haben Sie nur Angst, dass ich Ihnen zu Hause auflauere?«

»Frau Chefinspektorin, von Frau zu Frau sollten wir doch vernünftig reden können.«

Die Wehli schnaubt durch das iPhone. »Sie haben Nerven, als hätte Sie das jemals gekümmert. Aber gut. Was haben Sie mir Vernünftiges zu erzählen?«

Während die Toni versucht, die Fahrt nach Graz und München als eine normale Reise mit Zufallsbegegnungen darzustellen, hören die beiden am anderen Ende der Leitung Geräusche, die an eine Schnappatmung erinnern. »Es ging alles so schnell. Von der geplanten Reise der Schrotts nach München und dem Plan der Katzinger wussten wir nichts.«

»An Zufälle glaub ich nicht, schon gar nicht, wenn Sie mit im Spiel sind. Viel Neues ist das für eine Strafmilderung jetzt nicht gerade«, meint die Beamtin, schweigt dann aber und lässt die beiden Reisenden an der Angel zappeln.

»Nicht viel Neues? Der Schrott hätte fast gestanden«, blufft der Pokorny und mischt sich trotz aller guten Vorsätze ein. Und ja, jetzt muss er mit den Konsequenzen leben. Weil die allerbeste Ehefrau der Welt wirklich ernst macht, die Bluetooth-Verbindung kappt und ihn damit aus dem Gespräch nimmt.

»Entschuldigen Sie die Unterbrechung durch meinen Ehemann. Wieso ist das nicht viel Neues für Sie? Wir sind vor knapp drei Stunden aus München weg …« Sie zögert und weiß, was los ist. »Hat sich die Frau Schrott bei Ihnen gemeldet?«

Die Wehli lacht hämisch. »Bingo! Sofort nachdem Sie das Zelt verlassen haben, hat sie sich ihren besoffenen Ehemann geschnappt, sich ins Auto gesetzt und auf der PI angerufen. Sobald der Schrott ausgenüchtert ist, wird er herkommen und seine Aussage machen.«

»Schwach. Sie verhaften ihn nicht gleich nach seiner Ankunft?«, raunt der Pokorny, was ihm aber nur eine abwehrende Geste einbringt.

»Was meint der Freizeitpolizist im Hintergrund?«

»Nichts, vergessen Sie die Störgeräusche. Sie nehmen den Schrott nicht gleich in Verwahrung? Wieso?«

Die Wehli schnauft. »Die beiden haben sich freiwillig auf den Weg nach Vöslau gemacht. Dass wir außer den Fingerabdrücken und der erhöhten Versicherungssumme nichts haben, wissen Sie selbst. Vor seinem Haus und am Sonnenweg stehen zwei Streifenwagen. Seinen Rausch kann er auch zu Hause ausschlafen. Morgen nach der Aussage sehen wir dann weiter.«

»Haben wir damit etwas gut bei Ihnen? Schließlich sind die beiden doch wegen *uns* am Weg nach Hause.«

Wieder schnauft die Wehli. »Sie sind bei mir schon so was von im Minus. Der Anruf von der Frau Schrott alleine ist zu wenig, um über die Beagle-Glitter-Affäre hinwegzusehen. Darauf werden Sie ja anspielen, oder?«

»Hm.«

»Das reicht mir zur Bestätigung. Ich muss jetzt aufhören, wir sehen uns morgen zur Zeugenaussage auf der PI. Passt Ihnen elf Uhr? Dann können Sie noch in Ruhe frühstücken.«

Die Toni runzelt die Stirn. Wenn die Chefinspektorin so zuckersüß anfragt, liegt Ärger in der Luft. Angriff ist die beste Verteidigung. »Wir könnten auch schon gegen zehn Uhr bei Ihnen sein. Ist wichtig.«

»Sie haben recht, Ihre Aussage ist sogar sehr wichtig und als Vorbereitung für die Vernehmung von Herrn Schrott essenziell. Ich ersuche Sie, sich um sieben Uhr auf der PI einzufinden. Herzlichen Dank für Ihre Mitarbeit, bis morgen«, sagt sie abschließend und legt auf.

»Na bravo. Unser Frühstück im Bett können wir vergessen«, fasst die Toni das Gespräch zusammen.

»Mir ist die ein bisserl zu entspannt, was den Schrott angeht. Lässt ihn einfach zu Hause nächtigen. Die Wehli könnte ihn härter anpacken und mehr rausholen.«

»Ob ich will oder nicht, da muss ich ihr recht geben. Der hat mindestens drei Liter Bier intus, mit dem würde sie heute kein Wort mehr reden können.«

Der Pokorny nickt. »Auch wieder wahr. So wie der gesoffen hat, würde er wahrscheinlich nur in die Zelle speiben, und«, er denkt an den heimeligen Vernehmungsraum, »der Gestank in der PI reicht schon so.«

Gegen dreiundzwanzig Uhr meldet sich der Sprengnagl am iPhone. »Das Ehepaar Schrott ist vor einer Viertelstunde eingetroffen. Beim Aussteigen hat er gleich in die Einfahrt gereihert.

Ohne unsere Hilfe hätte ihn seine Frau nicht ins Haus gebracht. Er hat im Zelt noch eine vierte Mass getrunken und dann die ganze Heimfahrt über geschlafen.«

»Die Wehli hat also richtig entschieden«, sagt die Toni. »Was meinst du, reicht die Rückkehr des Ehepaars, um uns den Ärger mit ihr zu ersparen?«

»Hm. Diesmal kommt schon viel zusammen. Der fingierte Polizeieinsatz, unbefugtes Betreten eines Grundstücks, Einmischung in polizeiliche Ermittlungen. Andererseits hätte die Rückkehr ohne euch wahrscheinlich länger gedauert. Ich würde vorschlagen, ihr, also vor allem der Pokorny, haltet morgen den Ball flach.«

»Gut, wir sehen uns um sieben Uhr«, meint die Toni abschließend.

»Nein«, brummt der Gruppeninspektor. »Ich muss morgen um acht Uhr in Sankt Pölten an einer Schulung teilnehmen. Datenschutz im öffentlichen Recht. Eine Frechheit!«

Der Pokorny meint: »Am Samstag, heftig.«

»Wie geht es dem Sebastian?«, fragt die Toni nach ihrem Patenkind. »Und wie war das Vorstellungsgespräch von der Sandra?«

»Besser, er hat ein Antibiotikum verschrieben bekommen. Die Sandra wartet auf einen Anruf. Mal sehen, sie hat ein gutes Gefühl. Kann aber dauern. Es gibt viele Bewerber. Kommt gut nach Hause, servus.«

Im Whirlpool versuchen die Heimkehrer, die Strategie für morgen vorzubereiten, scheitern aber an der Müdigkeit. Die letzten zwei Tage waren einfach zu anstrengend. Mit einem Glas Frizzantino und einem Veltliner schlafen sie kurzerhand in der Badewanne ein.

Samstag, 28. September

Übernächtigt und schwer mieselsüchtig marschieren die beiden Zeugen um sechs Uhr fünfundvierzig die Hügelgasse hinauf zur Polizeiinspektion.

Der Pokorny hat zu Hause noch eilig einen doppelten Espresso und ein aufgebackenes Pariser Kipferl verdrückt, die Toni nur einen Cappuccino. Um diese Zeit aufzustehen, ist für sie die Hölle. Noch dazu an einem Samstag, wo sie gerne lang schläft und gemütlich im Bett frühstückt. Die Vorfreude auf die Zeugenvernehmung durch die Wehli und der kühle Wind an diesem wolkenverhangenen Morgen verbessern die Laune der allerbesten Ehefrau der Welt nicht wirklich.

Um die Stimmung nicht gleich in den Keller zu treiben, läuten die beiden pünktlich um sieben Uhr an der Tür der Polizeiinspektion. Schlecht gelaunt öffnet die Chefinspektorin und geht schweigend in das nicht gerade gemütliche Vernehmungszimmer. Die grauen Wände benötigen dringend einen Anstrich. Der rote Linoleumboden mit den abgewetzten, am Boden fixierten Holzsesseln und der Tisch mit der teils aufgebogenen und abgesplitterten Resopalplatte wirken abweisend und lassen keinen Raum zur Interpretation ihrer misslichen Lage aufkommen.

Die Wehli schaltet das Aufnahmegerät ein, fragt nach den Personalien und setzt sich gegenüber den Zeugen nieder. Sie wirkt gerädert, dunkle Ringe unter den Augen deuten auf eine schlaflose Nacht hin. »So, da wären wir wieder einmal. In Kürze eskortieren meine Kollegen das Ehepaar Schrott zur Vernehmung. Daher ersuche ich um eine flotte, nicht ausfernde Erzählung über das, was seit unserem letzten Treffen vor der Annamühle passiert ist.«

Stockend berichten die Pokornys von den Ereignissen der letzten Tage.

»Was ich nicht verstehe: Wieso sind Sie überhaupt in die Gartenhütte?«, fragt die Wehli.

Der Pokorny seufzt. »Haben wir Ihnen doch schon gesagt, wir haben Licht gesehen.«

»Und statt die Polizei zu rufen, gehen Sie der Sache gleich selber nach, oder?«

»Sie kennen uns doch«, meint er grinsend. »Wir schauen uns gerne alleine um. Ich weiß, Sie sind deshalb nicht erfreut, aber ehrlich. Was haben Sie vorzuweisen …?«

Die Wehli haut mit der flachen Hand auf den Tisch. »Was bilden Sie Freizeitpolizist sich eigentlich ein? Was ich vorzuweisen habe, geht Sie null an. Sie haben keine Ahnung, wie tief Sie im Dreck stecken. Ich sag nur Banküberfall. Die Idee mit der Telefonzelle war gut, aber die Auswahl schlecht. Gerade um diese Tageszeit ausgerechnet vor dem Gymnasium einen fingierten Banküberfall zu melden, war nicht besonders gescheit. Dutzende überbesorgte Eltern bringen ihre gehunfähigen Kids bis vor die Eingangstür. Und in Vöslau gibt es genug Leute, die auf Ihre«, sie zeichnet Gänsefüßchen in die Luft, »vermeintlichen Erfolge und die Ehrung neidig sind. Ja, ja, Frau Pokorny. Auch ein umgespritztes orangefarbenes E-Bike hinter der Telefonzelle gönnen Ihnen einige Mitbürger nicht. Also kommen Sie mir beide nicht dumm daher.«

Betreten schabt die Toni mit dem Fingernagel an einem Stück der Resopalplatte. »Bei der Frage nach dem Feuerlöscher hat der Schrott seltsam reagiert. Er meinte zwar, er sei im Auto, also dort, wo er hingehört. Das glaub ich aber nicht. Fragen Sie ihn danach.«

»Wollen Sie mir …?« Ein Läuten an der Tür der Inspektion unterbricht die Chefinspektorin. »Kollegin, führen Sie die Zeugenvernehmung im Nebenzimmer weiter. Bitte protokollieren und die zwei Amateure unterschreiben lassen. Danke! Ich hole mir die Schrotts hier herein.« Ohne die Pokornys noch eines Blickes zu würdigen, dreht sie sich um und verlässt wortlos den Raum.

Gerne hätte der Pokorny das Frühstück an einem der neuen Tische vor dem Café Annamühle genossen. Am besten gleich mit Blick auf die Tür zur Polizeiinspektion. Um ja das herauskommende Ehepaar nicht zu verpassen. Leider scheitert der Besuch und damit die Hoffnung auf die Fortsetzung des Gesprächs am Personal ihres Stammcafés. Die Dagmar hat heute Frühdienst, und solange von ihr keine Entschuldigung kommt, betritt der Pokorny das Lokal zu ihren Dienstzeiten nicht mehr. Daher übernimmt die Toni den Gang ins Café Annamühle.

Von einem verächtlichen Zucken des rechten Mundwinkels abgesehen, verläuft der Kauf friktionsfrei. Noch immer müde, beschließt die allerbeste Ehefrau der Welt, den wöchentlichen Einkauf am Vöslauer Wochenmarkt zu spritzen. Was ihrem Ehemann an diesem mühsamen Samstag ein Lächeln abringt.

»Die Wehli war heute irgendwie komisch drauf«, meint der Pokorny und beschmiert für die allerbeste Ehefrau der Welt eine aufgeschnittene dunkle Semmel mit Butter und Marillenmarmelade.

»Vielleicht quält sie die Herz-Schmerz-Geschichte, die der Sprengi erwähnt hat?«

»Soll ich sie mal drauf anreden?«, fragt er augenzwinkernd.

»Du wärst dazu fähig«, antwortet sie und beißt in ihr Semmerl.

»Fahren wir später in der Holzmüllergasse vorbei? Der Nussbaum hat nach dem Einbruch in die Gartenhütte der Schrotts die Polizei gerufen, mal schauen, was er zu sagen hat.«

Die Toni nickt und trinkt einen Schluck von ihrem cremigen Cappuccino. »Dann können wir gleich kontrollieren, ob er von seinem Haus aus zur Folkert rübersieht.«

»Und auch noch mit ihr reden. Vielleicht ist sie bei uns gesprächiger als bei der Kripo und erzählt uns mehr über die Vorkommnisse von Mittwochnacht. Irgendein Geräusch war da an ihrer Tür, und das war keinesfalls ein Marder.«

»Wie es wohl der Katzinger geht?«

»Frag nach«, schlägt der Pokorny vor.

»Ich mag jetzt nicht telefonieren, mir reicht das Gespräch mit der Wehli.«

»Dann schick ihr halt eine SMS«, schlägt der Pokorny vor.

Die Toni zückt ihr iPhone. »Gute Idee, dann stör ich sie nicht. Neugierig bin ich schon.«

»Schade, dass wir vom Heini keine Nummer haben. Der ist nicht direkt betroffen, aber vor Ort.«

»Du bist mein Bärli«, strahlt die allerbeste Ehefrau der Welt. »Ich habe die Nummer vom Heini. Vom letzten Jahr. Er hat mich beim Hinauflaufen zum Harzbergturm angerufen.«

– Hallo, Herr Heini, wie läuft es in München? Herzlichen Gruß, Toni

Wenige Minuten später läutet das iPhone.

»Tonerl, kannst ruhig mich anfunken. Der Heini steckt sonst in einer Zwischenmühle. Weißt eh: Was kann er sagen, was nicht?«

»Alles klar, ich wollte Sie nicht stören. Wie geht es Ihnen und der Sophie?«

Die Katzinger schnauft. »Mir gut, die Sophie ist heute am Stand. Der Krebs ist aggressiv, ärger geht's nicht. Und die starken Tabletten hauen sie um.«

»Das tut mir leid. Wie war das Wiedersehen?«

»Gut, weißt eh, im Angesicht des Todes verlieren die blöden Streitereien an Bedeutung … Was? … Tonerl, ich meld mich später, die Sophie braucht mich. Baba.«

Eine halbe Stunde später spazieren die Pokornys über einen schmalen Pfad vom Sonnenweg hinunter zur Holzmüllergasse. Das Haus der Schrotts liegt verlassen vor ihnen. Es ist keine Polizei zu sehen, der weiße Range Rover steht in der Einfahrt.

»Gehen wir zuerst zum Nussbaum. Bin neugierig, was er über die Nacht zu erzählen hat«, schlägt der Pokorny vor.

Als hätte er sie beobachtet, wird die Haustür noch vor dem Läuten geöffnet. »Ah, kommen Sie rein. Was gibt es Neues von der Front?« Er deutet auf das Haus des Ehepaars. »Die sind gestern Abend angekommen. Der Schrott ist plunzenfett aus dem Auto gepurzelt. Grade vorhin hat ihn die Polizei abgeholt. Wurde er verhaftet?«

»Wieso sollte er?« Die Toni wirkt überrascht.

»Na, er hat doch das Hotel angezündet. Reicht das nicht?« Der Pokorny mustert ihn von der Seite. »Woher wissen Sie das?«

»Die liebe Nachbarin hat es lautstark durch die Siedlung gebrüllt. War nicht zu überhören.«

»Aha, und nur weil Ihre Lieblingsnachbarin es lautstark durch die Gasse ruft, ist er für Sie gleich ein Brandstifter?«, erkundigt sich der Pokorny.

Mit einer fahrigen Bewegung bittet der Nussbaum die Besucher ins Wohnzimmer. »Wollen Sie etwas trinken?«

Beide schütteln den Kopf. »Vor der Polizei haben Sie ausgesagt, in der Nacht des Einbruchs bei der Folkert Licht am Hintereingang ihres Hauses gesehen zu haben.« Die Toni steht auf und schiebt die Vorhänge zur Seite. »Vom Wohnzimmerfenster aus. Ich seh von hier aber nicht zu Ihrer Gegenübernachbarin.«

»Das muss der Polizist falsch verstanden haben. Ich war im Garten und hab den Müll rausgebracht. Am nächsten Tag war die Müllabfuhr unterwegs.«

»Was haben Sie bei der Folkert beobachtet?«, möchte der Pokorny wissen.

»Zuerst hab ich nur Lärm am Grundstück der Familie Schrott gehört. Ich wusste, dass die nicht zu Hause sind. Da Nachbarn aufeinander aufpassen, bin ich raus und hab nachgesehen. Da ist mir das Licht der Taschenlampe aufgefallen.«

»Und dann? Sind Sie hinübergegangen?« Neugierig setzt sich die Toni wieder hin.

»Nein, aufs Grundstück wollte ich nicht gehen. Ich hab die Polizei gerufen.«

»Ich trau der Folkert ja alles zu«, sagt der Pokorny. »Könnte sie in der Hütte gewesen sein? Das würde auch das Licht bei ihrer Haustür erklären.«

»Jetzt, wo Sie es sagen. Ja, das könnte ich mir gut vorstellen. Wer sonst, sie ist ja die direkte Nachbarin.«

Die Toni schürzt die Lippen. »Was könnte sie dort gewollt haben?«

»Das müssen Sie die Hexe schon selber fragen.«

»Gar keine Idee?« Die Toni sieht ihn mit den Schultern zucken und erkennt, dass sie so nicht weiterkommt. »Gibt's eigentlich nur zwischen Ihnen dreien Streit?«

»Nein, die hat mit allen in der Gasse mehr oder weniger große Probleme. Fragen Sie mal die Illeks, ihre anderen Nachbarn. Was die schon mit der Folkert gestritten haben! Der Zaun war zu hoch, die Sträucher machen so viel Mist. Besonders die Brombeerausläufer waren ihr ein Dorn im Auge.«

Der Pokorny denkt an die Hanifl und überlegt, sie trotz der gegenseitigen Abneigung einmal zum Essen einzuladen. Weil die Unstimmigkeiten, die sie mit ihr haben, im Vergleich zu der Stimmung in der Holzmüllergasse vernachlässigbar sind. »Glauben Sie Ihrer Nachbarin, dass der Herr Schrott sein Hotel selber angezündet hat?«, erkundigt sich die Toni.

»Hm.«

»Was?«

»Über Nachbarn rede ich nicht schlecht.«

»Wieso schlecht reden?«

Der Nussbaum hadert. »Na ja, letzte Woche hab ich den Schrott beim Ausräumen seines Kofferraums gesehen, und ich hab mich gefragt, wofür er fünf Kanister Spiritus braucht.«

»Fünf Kanister Spiritus? Das haben Sie so genau erkannt?«, fragt der Pokorny.

»Ich mach fast täglich Nordic Walking. Als ich bei ihm vorbei bin, hab ich zufällig die Behälter in seinem Kofferraum gesehen.«

Die Toni nickt. »Zufällig?«

»Zufällig, ja.«

»Und Sie denken, er könnte damit sein Hotel …?«, will der Pokorny wissen.

Der Nussbaum unterbricht ihn. »Moment, Moment. Gar

nichts denke ich. Ich hab Ihnen lediglich von einer Beobachtung erzählt.«

»Schon gut«, beruhigt ihn der Pokorny. »Nur damit Sie sich nicht wundern. Wir gehen jetzt rüber zu Ihrer Nachbarin. Keine Sorge, wir behandeln Ihre Info vertraulich.«

»Was wollen Sie denn von ihr?« Er zieht die Augenbrauen zusammen.

»Sie fragen, ob sie was gesehen hat.« Der Pokorny steht auf und lächelt. »Sie haben vorhin gesagt, wir sollen die Hexe selber befragen.«

»Ah ja. Na dann, viel Spaß im Knusperhaus«, sagt er abschließend und begleitet sie zur Tür.

Wieder stürmt der Wolfshund auf die Pokornys zu. Mangels Rädern uriniert er auf den hinteren Reifen des froschgrünen Škodas vom Nussbaum. Die unflätigen Rufe ihres Gegenübernachbarn ignoriert die Folkert geflissentlich.

»Selber schuld, der Trottel«, sagt sie. »Als hätte er nicht genug Platz in seiner Garage. Nein, ausgerechnet vor mein Haus muss er seinen verdreckten Kübel hinstellen. Was wollen Sie schon wieder?«

Nachdem der riesige Hund seine ebenso riesigen Haufen hinter dem Wagen platziert hat, scheucht sie ihn wieder ins Haus hinein. Der Pokorny fragt sich, ob er das auch der Maxime antrainieren könnte. Wäre als Antwort auf die Urinattacken vom Mops der Nachbarin hie und da passend.

»Sie fragen, was Sie in der Nacht des Einbruchs in der Gartenhütte gesehen haben. Ihr Nachbar von gegenüber«, erzählt der Pokorny, ohne auf sein Schweigegelübde zu achten, »traut Ihnen den Einbruch zu. Angeblich hat er Sie danach beim Reingehen in Ihr Haus erkannt.«

Sie schüttelt den Kopf. »Hab's ja gesagt. Er ist ein Trottel.«

»Was haben Sie beobachtet?«

»Gar nichts, ich geh zeitig schlafen. Schlafbrille, Ohropax, das volle Programm.«

Der Pokorny erkennt die verbale Einbahnstraße und wechselt das Thema. »Haben Sie die Spirituskanister beim Schrott auch gesehen?«, fährt er fort.

»Wovon reden Sie?«

Der Pokorny sieht, wie die Folkert widerwillig die Hundehaufen aufsammelt. »Der Nussbaum hat gemeint, der Schrott hätte erst letzte Woche mehrere Kanister Spiritus ins Haus geräumt.«

»So, hat er das?«, fragt sie und hält bei der ekelhaften Aufräumarbeit inne. »Kann ich nicht bestätigen, allerdings würde es zu meiner Theorie passen.«

»Die geplante Brandstiftung?«, vermutet die Toni. »Sie haben da so etwas angedeutet.«

Die Folkert bewegt den Zeigefinger hin und her. »*Geplant* ist wohl nicht mehr der richtige Ausdruck. Jetzt ist die Bruchbude ja abgebrannt, wir reden meiner Meinung nach also von einer *umgesetzten* Brandstiftung. Kommen Sie rein. Auf meiner Terrasse können wir in Ruhe reden. Sonst kriegt der da drüben wieder große Lauscher.« Sie öffnet die Gartentür und schlurft in ihrer alten Jogginghose um das Haus herum. »Nehmen Sie Platz. Veltliner und Frizzantino, wenn ich mich nicht täusche?«

»Machen Sie sich keine Umstände«, ruft ihr die Toni nach. Zu dieser Uhrzeit wird normalerweise aus ermittlungstaktischen Gründen auf Alkohol verzichtet.

Der Pokorny beugt sich nach vorne und flüstert: »Die ist mir heute eine Spur zu freundlich.«

»Dir ist aber auch nichts recht«, wispert die Toni. »Wenn sie uns anstänkert, regst du dich auf. Ist sie freundlich …«

Die Folkert trägt ein Holztablett auf die Terrasse. »So, weil ich das letzte Mal so … angespannt war. Eiskalt vom Schachl. Ich meine, das ist sogar Ihr Lieblingsveltliner.«

»Äh, danke«, murmelt der Pokorny und weiß nicht recht, wie er bei ihr dran ist.

Nachdem auch die Toni ihren Frizzantino vom Weingut Schlossberg bekommen hat, fragt die Folkert: »Was hat Ihnen der Nussbaum denn sonst noch so erzählt?«

»Ich hab das Gefühl, die ganze Nachbarschaft hat etwas gegen Sie«, antwortet die Toni, ohne auf die Frage einzugehen.

»Die Nachbarschaft kann mir gestohlen bleiben«, stellt die Folkert klar und nimmt einen Beutel mit »Bio-Berti's Tabakspezialitäten« aus einer Schachtel am Tisch. Seelenruhig zündet sie sich einen Joint an. »Ich bin die Tuschlerei hinter meinem Rücken längst gewohnt. Die glauben, ich bin blöd und merk das nicht.«

Wenig diplomatisch sagt der Pokorny: »Na ja, von nix kommt nix. Irgendwas muss schon dran sein. Ich denk da an den Radreifen meiner Frau, den Ihr Hund angepinkelt hat. Vom Autoreifen Ihres ständigen Gegenübers ganz zu schweigen. Freunde macht man sich damit fix nicht.«

»Und ich dachte, wir können in Ruhe reden. Nein, jetzt gibt's auch von Ihnen eine Breitseite. Vielleicht sollten Sie doch besser gehen?«

Wieder übergeht die Toni die Frage. »Glauben Sie wirklich, dass die Schrotts ihr Hotel angezündet haben?«

»Glauben, glauben … hm. Ich hab die zwei mehrmals darüber reden gehört. Sicher war's meistens lustig gemeint. Wenn Sie die zwei fragen, bekommen Sie wahrscheinlich diese Geschichte aufgetischt. Weil man sich in der Gegend leider absichern muss, hab ich Fotos gemacht und Videos für die Polizei gesammelt. Interessieren dürften die unsympathische Chefermittlerin mit dem Totenschädel am Helm vor allem die Aufnahmen vom letzten Sonntag. Sie hat mich für morgen reinbestellt. Es gibt eine Menge über die Nachbarn zu berichten. Alles fein säuberlich auf einem Stick gespeichert. Den kriegt sie morgen von mir.«

»Sie liefern das Ehepaar ans Messer?«, will der Pokorny wissen. »Damit wird die Nachbarschaft nicht besser werden.«

Die Folkert lacht hämisch. »Doch, weil wenn die zwei im Gefängnis sitzen, hab ich meine Ruhe. Keine Sorge, auch die anderen Nachbarn bekommen ihr Fett ab.«

»Wieso müssen Sie sich in dieser Gegend absichern?«, fragt er weiter.

»Die Schrotts erpressen mich schon länger. Ma, halt wegen den paar Haufen in ihrem Vorgarten. Mein einjähriger Rüde folgt nicht immer so, wie ich will. Manchmal muss ich mit meinen Crocs nachhelfen. Sie werfen mir Tierquälerei vor und wollen mich anzeigen. Die Drohung hängt wie ein Damoklesschwert über mir.«

Die Toni nippt an ihrem Frizzantino und denkt an die Maxime. Schon öfters hätte sie der schlappohrigen Beagelin am liebsten einen Schlapfen nachgeworfen. Nur vom Wollen zum Tun ist ein langer Weg. Unauffällig schnuppert die Toni, irgendetwas stinkt auf der Terrasse ekelhaft.

»Tut mir leid, mein Kleiner hat heute Durchfall«, erklärt die Folkert lächelnd. »Vorhin hat er auf die Terrasse geschissen.«

»Äh, tut mir leid, wir müssen«, ruft die Toni und springt auf.

»Ma, ich hab's ja eh weggekärchert. Jetzt seien Sie doch nicht so empfindlich.«

»Nein, bei allem Verständnis. Uns auf die Terrasse einzuladen, wo gerade … ist ein Witz. Danke für die Getränke. Komm, Willi.«

Der Pokorny trinkt den Veltliner mit einem Schluck aus, nickt und folgt der Toni.

Gerade als die beiden zurück am Sonnenweg sind, läutet das Nokia.

»Hallo, Sprengi, ist dein Kurs schon zu Ende?«, feixt der Pokorny.

»Scherzküberl. Ist mir erspart geblieben, die Wehli hat nach der Zeugenvernehmung einen privaten Anruf bekommen und ist heulend von der PI verschwunden. Die Stabeldorfer hat mich grade angerufen, ich werde gebraucht und bin am Weg retour.«

»Die Wehli war schon in der Früh komisch. Halt anders komisch als sonst. Heulend kann ich mir die gar nicht vorstellen«, meint der Pokorny.

»Die Stabeldorfer will nicht sagen, was los ist. Gerüchte erzählen von einem beendeten Techtelmechtel mit einem der Oberhäuptlinge im BKA.«

»Seid ihr mit der Familie Schrott schon fertig?«, mischt sich die Toni ein.

»Ich war nicht dabei, die Kollegin hat mir einen Überblick gegeben. Im Wesentlichen decken sich eure Angaben mit denen der Schrotts.«

»Im Wesentlichen?«, fragt der Pokorny.

»Sie haben sich über eure versuchte Erpressung beschwert. Ihr hättet dem Ehepaar mehrfach aufgelauert. Der Herr Schrott sei gedrängt worden, etwas zu gestehen, was er nicht getan hat.«

Die Toni runzelt die Stirn. »Was meint er damit?«

»Na, die Brandstiftung.«

»Blödsinn!«, ärgert sich der Pokorny mit wackelnden Ohren. »Wir haben nur mit ihm geredet, er war knapp vor einem Geständnis. Von Drängen kann keine Rede sein.«

»Seid ihr mit der Spurenauswertung schon weitergekommen?«, fragt die Toni.

»Lage unverändert, der Ribitsch ist nach wie vor wie vom Erdboden verschwunden. Die Kollegen suchen weiter im Prater, der Suchradius wurde auf die nahe gelegene Donauinsel ausgedehnt. Was war bei der Folkert und beim Nussbaum?«

»Keine wesentlichen neuen Erkenntnisse«, antwortet der Pokorny und fasst mit Hilfe der Toni die Gespräche zusammen. »Wenn also die Zwatzl nichts gesehen hat, kommen wir da nicht weiter. Sie bestreitet das zwar, der Marder war aber auf jeden Fall bei der Hütte unten. Ich hab ihn neben uns rauflaufen sehen.«

»Willst du bei ihr …?«

»Guter Versuch. Nein, danke! Macht ihr das.«

Der Gruppeninspektor zögert. »Schau, mir geht die auch auf die Nerven. Aber aus welchem Grund sollten wir bei ihr vorbeifahren?«

»Der Sprengi hat recht«, sagt die Toni. »Es gibt für die Polizei keinen offiziellen Grund, bei der Zwatzl aufzutauchen. Wir haben der Wehli von ihr erzählt. Das war's schon. Außerdem hast du doch, verzeih mir, eine ganz spezielle Beziehung zu ihr.«

»Was sich liebt, das neckt sich«, kichert der Sprengnagl.

»Genau, so ist das halt, Bärli. Nimm es wie ein Mann.«

»Gut, aber erst morgen. Für heute reicht's mir. Warte. Bei den Schrotts ist gerade ein City-Taxi stehen geblieben.«

»Schau an«, sagt die Toni. »Das Ehepaar Schrott ist wieder da. Für die U-Haft war es der Chefinspektorin dann wohl doch zu wenig.«

Der Pokorny unterbricht. »Wie auch immer, komm, mit denen reden wir gleich. Dann ist Wochenende. Sprengi, baba.«

Nach einer kurzen Beratung beschließen die beiden aus ermittlungstaktischen Gründen, erst die Maxime abzuholen und dann das Ehepaar Schrott zu besuchen. Die Beagelin könnte die angespannte Situation möglicherweise entschärfen. Gesagt, getan, eine knappe Stunde später läutet der Pokorny an der Tür der Schrotts.

»Was ist denn noch?«, faucht die Hausherrin nach dem Öffnen missmutig. »Wollen Sie zu uns ziehen, oder was?«

»Tut mir leid wegen der Störung«, sagt die Toni und lässt unauffällig die Leine fallen. Die Maxime nutzt die Situation und läuft hechelnd die Stufen hinauf. Die Rechnung geht auf, weil halt dem Blick der Beagelin kaum jemand widerstehen kann. So auch nicht die Frau Schrott.

»Ma, was bist du denn für eine Süße! Darf ich sie streicheln?«

»Gerne«, meint die Toni und zwinkert dem Pokorny zu.

Nach einer ordentlichen Streicheleinheit dürfen die Besucher sogar ins Haus hinein. Gerade hat sich die Situation entspannt, als der Schrott ums Eck biegt.

»Jetzt reicht's mir aber wirklich! Verschwinden Sie sofort aus meinem Haus!«

Die Maxime wird dadurch lautstark aus ihrer Wohlfühlphase gerissen, was sie mittels ohrenbetäubenden Bellens kundtut.

»Aus!«, ruft die Toni.

Mit einem treuherzigen Blick wackelt die Maxime zum Hausherrn, setzt sich vor ihn hin und schaut ihn an, wie es nur ein Beagle kann.

»Ma, die braucht ja einen Waffenschein für den Blick«, seufzt er und lässt sich auf die Wohnzimmercouch fallen. »Schlaue Idee, sie mitzunehmen. Was wollen Sie noch? Die Polizei hat uns gerade ausgefratschelt.«

»Wie geht's Ihnen heute?«, fragt der Pokorny. »Sie haben gestern ja ordentlich zugelangt.«

Der Schrott reibt die Ohren von der Beagle-Dame vorsichtig zwischen Daumen und Zeigefinger. Trotz der heiklen Lage muss er ob des genussvollen Grunzens der Maxime schmunzeln. »Wie würde es Ihnen gehen, wenn Ihnen jemand Brandstiftung und einen Todesfall unterstellt, Sie aber unschuldig sind, das jedoch leider nicht beweisen können, weil die Kanister verschwunden sind? Irgendwer will uns da was anhängen.«

»Wer und warum?«, will die Toni wissen und sieht ihn mit den Schultern zucken. »Haben Sie Feinde? Also außer der Folkert.«

»Feinde? Was für ein großer Begriff. Klar gibt's jede Menge Leute, die einem den Erfolg nicht vergönnen. Von dem Hotel würde die Region profitieren, trotzdem wird blockiert, wo es geht. Aber Feinde, die mir einen Brand mit Todesopfer anhängen wollen – nein, da fällt mir niemand ein. Sosehr ich die Folkert hasse, ich kann mir nicht vorstellen, dass sie zu so etwas fähig wäre.«

Die Maxime reißt sich los und läuft laut bellend zur Terrassentür.

»Aus!«, ruft die Toni erfolglos.

Alle vier stehen auf und folgen der Beagelin zur Tür. Gleich darauf ist klar, warum sie so bellt. Der Hund der Nachbarin gräbt gerade im Rosenbeet der Schrotts herum.

»Jetzt reicht's mir endgültig«, brüllt der Schrott, reißt die Tür auf, läuft hinaus und schleudert einen Steinaschenbecher nach dem Wolfshund. »Verdammter Köter, hau ab!« Gemeinsam mit der Maxime verfolgt er das Tier, das durch das Tor hinaus und zur Nachbarin läuft.

»Es reicht!« Außer Rand und Band tritt der Schrott das

Holzgartentor aus den Scharnieren und stürmt auf die Nachbarin zu.

»Sie wild gewordener Prolet, verschwinden Sie!«, brüllt die Folkert und schwenkt das Handy. »Die Polizei ist schon unterwegs.«

»Ist mir scheißegal, jetzt sind Sie fällig!«

Gerade noch rechtzeitig hastet die Nachbarin ins Haus zurück und verrammelt die Terrassentür. Während der Schrott wild darauf eindrischt, bremst sich ein Streifenwagen vor dem Grundstück ein.

Die Inspektorin Stabeldorfer läuft mit einem Kollegen auf das Grundstück. »Hören Sie sofort auf, oder wollen Sie gleich mitfahren?«

»Die alte Hexe …«

»Wir besprechen das bei Ihnen drüben. Los jetzt.«

Durch das Küchenfenster brüllt die Folkert: »Ich möchte Anzeige erstatten! Der Brandstifter wollte mich umbringen.«

»Sie erwische ich noch, und dann …«

»Nix dann. Morgen kriegt die Polizei meine Beweise, dann sitzen Sie im Bau, und ich hab meine Ruhe.«

»Sie verdammtes Arsch…«

»Herr Schrott, es reicht. Wir gehen!« Die Inspektorin schubst ihn in Richtung Ausgang und wendet sich an die Nachbarin. »Und Sie halten sich gefälligst zurück. Wir kommen nachher zu Ihnen.«

Sogar im eigenen Haus ist der Schrott außer Rand und Band, flucht und kann von seiner Frau nur mit Mühe gebändigt werden.

»Wenn Sie sich nicht beruhigen, muss ich Sie mitnehmen. Wollen Sie das?«, fragt ihn die Stabeldorfer.

»Nein, es ist nur …«

»Ich weiß, wir kennen Ihre Nachbarin zur Genüge. Was glauben Sie, wie oft die bei uns aufschlägt und sich über alles und jeden beschwert? Zurzeit haben Sie genug andere Probleme. Eine Schlägerei wäre zu viel des Guten.«

Amalia Schrott umarmt ihren Mann. »Vergiss sie. Sie will dich doch nur provozieren, wie immer.«

Er atmet mehrmals tief ein und wieder aus. »Du hast recht. Frau Inspektorin, alles okay. Eine Anzeige wird mir sowieso nicht erspart bleiben, gehen Sie ruhig rüber zu ihr. Ich bleib heute im Haus. Gerne erstatte ich auch Anzeige wegen Sachbeschädigung … Ach was, vergessen Sie's. Zahlt sich nicht mehr aus.«

»Wieso ›nicht mehr‹?«

»War's das?«

»Sie haben meine Frage nicht beantwortet.«

»Muss ich auch nicht. Auf Wiedersehen.«

Der Schrott nickt den Pokornys zu. »Können wir ein anderes Mal weiterreden? Heute …«

»Klar, wir melden uns, alles Gute«, sagt die Toni.

Sie verabschieden sich auch von den Beamten und machen sich mit der Maxime auf den Weg nach Hause.

»Alter Schwede«, sagt der Pokorny nach ein paar Minuten des Schweigens. Jeder muss die Ereignisse der letzten Stunden für sich verarbeiten. »Da geht ja wirklich die Post ab. Wenn die Polizei nicht gekommen wäre, dann …«

»Hätte der Schrott ihre Tür eingetreten. Die Folkert hat ihn heute vor unseren Augen absichtlich provoziert. Dass die Stabeldorfer so schnell da war, kann nur bedeuten, dass sie zuerst die Polizei angerufen und dann erst den Hund rübergelassen hat.«

»Sie wollte uns zeigen, wie der Schrott tickt«, stellt der Pokorny fest.

»Ich würde heute wieder eine Streife vor das Haus des Ehepaars stellen. Wer weiß, was der Folkert noch einfällt. Wenn die den Schrott noch einmal herausfordert …« Die Toni zückt ihr iPhone und schreibt dem Sprengnagl eine Whatsapp.

– *Stellt vor das Haus der Schrotts besser einen Wagen hin. Das hat nicht gut ausgesehen.*

– *Die Kollegin hat berichtet, Streife ist auf Anweisung der*

Wehli schon unterwegs. Die Folkert hat ihn wegen versuchtem
Totschlag angezeigt.
– Ok, bis morgen.
»Und was machen wir jetzt?«, fragt der Pokorny zu Hause.
»Also ich leg mich noch einmal hin, und du fährst bei deiner
Freundin vorbei. Nicht dass du darauf vergisst«, antwortet sie
und schmunzelt.
»Wie könnt ich nur«, mault er, steigt auf sein E-Bike und er-
gibt sich seinem Schicksal.

Um die Zwatzl neugierig zu machen, fährt er in der Bogengasse
zweimal rund um die Siedlung herum und dann langsam bergauf
zum abgebrannten Hotel. Da er seit Sonntag nicht mehr hier war,
staunt er über die Ruine. Vom Dachstuhl und vom ersten Stock
ist nach dem Brand nicht mehr viel über. Die Tatortgruppe be-
neidet er nicht. In dem einsturzgefährdeten Hotel zu arbeiten,
muss gefährlich gewesen sein. Ein riesiger Haufen Schutt und
Asche, die Kosten für die Räumung des Grundstücks werden
exorbitant hoch sein.
»Na, wo ist sie?«, flüstert er. Er kann sich einfach nicht vorstellen, dass die Spionin freiwillig ein bis vor einem halben Jahr
überwachtes Gebiet räumt. Gut, die fix montierten Kameras
schon, war ja auch im Bad so. Marder und Co. sind ja flexibel
einzusetzen.
Als ein Eichhörnchen vor ihm auf den Boden springt und ihn
anstarrt, wundert er sich nicht einmal. Mittlerweile traut er der
Zwatzl alles zu. »Gut, ich hab Ihren Köder geschluckt«, sagt sie
mit fiepender Stimme, die rotierenden Augen sind tiefschwarz.
»Was wollen Sie?«
»Also doch, ich dachte, Sie überwachen hier nichts mehr?«
»Was Sie dachten, interessiert mich nicht. Schauen Sie lieber zu.« Das Eichhörnchen huscht die fünfzehn Meter hohe
Schwarzföhre hinauf und outet sich als aufgepepptes Gleithörn-
chen. Mit Flughäuten zwischen den Vorder- und Hinterpfoten
gleitet es zu einer zehn Meter entfernten Eiche, läuft rücklings

den Stamm hinunter und landet nach einem mächtigen Satz direkt vor den Füßen des staunenden Zuschauers.

»Klatsch, klatsch, klatsch«, sagt er und bemüht sich, möglichst gelangweilt zu klingen. »Wollen Sie jetzt jedes Mal ein goldenes Sternchen in Ihr Stasibuch geklebt bekommen, oder was?« Das Eichhörnchen rollt betont langsam einmal mit dem rechten Auge. »Spielverderber. Also, was suchen Sie in meinem Revier?«

»Zur Info: Mir ist wurscht, wo Sie welche Spielsachen versteckt haben. Waren Sie in der Brandnacht *zufällig* mit Marder, Eichhörnchen und Co. vor dem Hotel unterwegs?«

Die Zwatzl zögert. »Ja, war ich. Aber leider erst, als ich die Sirenen gehört habe.«

»Sie haben also nichts beobachtet?«

»Was konkret?«

»Ob der Schrott alleine beim Hotel war zum Beispiel.«

»Nein, leider nicht. Die … Gemeinde … also jemand, der der Stadtgemeinde nahesteht, hat mich mit einer Observation beauftragt. Natürlich privat. Die Baumaterialien für die neue Begegnungszone werden laufend gestohlen. Mein Eichhörnchen«, der kleine pelzige Roboter verbeugt sich, »war ebenso dort wie Marder und Fledermaus. Ich kann zwar mehrere Robotereinheiten stationieren und normale, tierspezifische Tätigkeiten ausüben lassen, selber eingreifen kann ich freilich nur bei einem«, seufzt sie theatralisch.

»Echt schade! Sie krebsen überall herum, und wenn's ernst wird, dann grade nicht.«

»Dann soll die Gemeinde gescheit investieren. Ich könnte flott zwei bis drei Mitarbeiter einschulen und das gesamte Gemeindegebiet beobachten. Natürlich nur für offizielle Zwecke.«

Der Pokorny zeigt dem Eichhörnchen einen Vogel. »Sie reichen uns schon. Observieren Sie lieber in der Holzmüllergasse. Dort spitzt sich die Lage zu.« Er erzählt der Zwatzl von dem Streit zwischen den Nachbarn.

»Die Kotzerei vom Schrott hab ich gesehen. Wenn sich die

Situation dort aber wirklich verschärft, werde ich das Hörnchen wohl da hinbeordern. Die Fledermaus ist ein Totalschaden. Sonst noch etwas?«

»Nein, wäre fein, wenn Sie sich melden. Also falls was passiert. Danke!«

»Hasta la vista«, fiept das Hörnchen.

»Warten Sie!«, ruft der Pokorny. »Eichhörnchen sind tagaktiv. Verwenden Sie zum Beobachten lieber den Marder.«

»Negativ, der wurde determiniert.«

»Wie?«

»Der Dobermann von der Familie Illek hat ihm den Schädel abgebissen. Ärgerlich, der Akku vom Marder war leer und der Hund zum Spielen aufgelegt. Die Splitter vom Cover hat das Viech gleich mitgefressen.«

»Oje«, meint der Pokorny ehrlich und denkt an seine Ausfahrten mit leerem Akku. Dreiundzwanzig Kilo E-Bike sind ohne Strom für ihn nur schwer zu bewältigen.

»Aber danke für den Hinweis. Ich muss mein kleines Helferlein noch auf Nachtsichtkamera umrüsten.«

»Wenn Sie nachts mit dem Eichhörnchen Ihre Tarzannummer abziehen, fallen Sie auf.«

Das Eichhörnchen nickt, fiept und verschwindet in den Wipfeln einer Schwarzföhre.

»Hasta mich auch«, ruft er dem Hörnchen nach und bekommt einmal mehr Angst vor der Zwatzl. Es scheint technisch nahezu alles möglich zu sein.

Zu Hause dreht er mit der Beagelin noch eine kurze Mittagsrunde und schlüpft danach erschöpft zu der allerbesten Ehefrau der Welt ins Bett.

Den restlichen Tag wird im Haus gearbeitet. Vorerst aber nicht im Whirlpool. Nein, gegenläufig zum zunehmenden Alkoholkonsum nimmt die erledigte Hausarbeit während der Ermittlungstätigkeiten stark ab. Auch die Beagelin fordert mehr als eine verkürzte Gassirunde. Der Pokorny hat sich da ein ausgeklügeltes System mit zwei Tennisbällen ausgedacht. Während das Ersatzkind einen Ball apportiert, wirft er den anderen in die entgegengesetzte Richtung. Nach einer halben Stunde ist die Maxime rechtschaffen müde, und er hat seine Ruhe.

Geschafft vom vielen Putzen und Spielen, schlafen die Pokornys während der Wiederholung von »Guglhupfgeschwader« von Rita Falk ein.

Als der Pokorny um fünf Uhr das zweite Mal aufs Klo geht, meldet sein Nokia in atemberaubender Lautstärke eine einlangende SMS.

»Willi, warum hast du dein Handy an?«, stöhnt die Toni unter dem Polster.

Einem Herzinfarkt nahe taumelt er schlaftrunken zurück ins Bett. »Vergessen. Ich schau später nach«, brummt er verärgert über sein Versäumnis. Wo er doch normal um zwanzig Uhr sein Nokia abdreht, komme, was wolle.

Der Kopf der allerbesten Ehefrau der Welt schießt unter dem Polster hervor. »Untersteh dich. Mich aufzuwecken und dann so zu tun, als wäre nichts.« Ihr grimmiger Blick lässt für ihn keinen Argumentationsspielraum zu.

Er entsperrt das Nokia und liest mit großen Augen:

– Igel an Pokorny, melde Leichenfund auf der Helenenhöhe, Person bekannt, kein Spaß, HZ, Ende!

»Die Zwatzl, geh bitte«, stöhnt er und lässt sich rücklings ins Bett fallen. In diesem Moment meldet sich das Nokia erneut.

– Jogger ruft gerade 133 an.

Die Toni faucht: »Will mich die Spionin fertigmachen, oder was? Eine SMS reicht wohl!«

»Sie hat eine Leiche gefunden.«

»Wie bitte?« Ruckartig setzt sich die Toni auf.

Er liest ihr die Nachrichten vor. »Und jetzt?«

»Wieso ›Igel‹?«

»Das ist doch egal, wahrscheinlich eine neue Spielerei. Also?«

»Wenn die Polizei schon unterwegs ist, können wir eh nichts mehr tun. Zeig her. Schau an, gar keine unterdrückte Nummer. Schreib ihr, dass wir schon genug Schwierigkeiten mit der Wehli haben und im Bett bleiben.«

– Hab einen Störsender aktiviert. Jogger kommt nicht durch.

»Diesmal mit unterdrückter Nummer.«

»Wegen der Rückverfolgung«, vermutet die Toni. »Fahren wir hin?«

Der Pokorny nickt und schreibt.

– kommen igel besuchen

– Perfecto, warte in Bodenhöhe.

»Spanisch war in der DDR sicher kein Wahlfach in der Schule«, grunzt der Pokorny und zieht sich ächzend seine Beagle-Glitter-Jeans an. »Die Zwatzl lernt Spanisch. Vielleicht will sie verreisen. Länger, hoffe ich. Was sie wohl mit Bodenhöhe meint?«

»Bärli! Der Igel wird wohl nicht auf einem Baum sitzen.« Die Toni fotografiert die SMS am Nokia für den Sprengnagl. »Das ist ja supermühsam. Ich muss jede SMS einzeln öffnen. Willi, wann kommst du endlich im 21. Jahrhundert an?« Das Handy von ihrem Bärli hat gut zwanzig Jahre auf dem Buckel.

– Zwatzl meldet Leichenfund auf der Helenenhöhe, fahren hin.

»Der Sprengi ist informiert. Ein wenig Vorsprung haben wir. Der Jogger wird ohne Empfang wahrscheinlich direkt zur PI laufen und dort anläuten. Telefonzelle fällt mir keine in der Nähe ein. Los jetzt!«

Fünfzehn Minuten und eine Akkufüllung später treffen die zwei mit den Rädern auf der Helenenhöhe ein. Ab jetzt wird dieser Aussichtspunkt für sie keine traumhafte Anziehung mehr haben. Eher im Gegenteil. Die beiden nähern sich im diffusen Licht der Morgendämmerung der am Kreuz baumelnden Gestalt.

Die Toni schreit auf. »Die Folkert! Um Gottes willen!«

Um den massiven hölzernen Querbalken des Kreuzes ist ein Seil geschlungen, das um den Hals der Toten gewickelt wurde. Ihre Gesichtszüge wirken grotesk verzerrt. Der schlaff herabhängende Körper wird zur Gänze von einem fliederfarbenen Nachtgewand verdeckt. So unsympathisch sie den Pokornys auch war, so ein Ende hat sie nicht verdient. Die Inschrift auf dem Kreuz, »Leben im Kreuz«, wird der Situation nicht gerecht. Stattdessen wäre eher »Tod am Kreuz« passend.

»Selbstmord scheidet wohl aus«, analysiert die Toni.

»Nicht unbedingt, buenos días«, hören die beiden die Stimme der Zwatzl und sehen, wie sich ein Igel aus dem Gebüsch schiebt. »Mein *erizo*, spanisch für Igel, war grade am Weg in seine Dockingstation. Da ist ihm die Folkert quasi vorm Gesicht herumgebaumelt.«

Die Toni starrt den Igel an. »Warum sollte es Selbstmord sein?«

Der Tierroboter rollt wie eine kleine Pistenraupe zuerst zum Ende des Steinplateaus und dann zurück zum Kreuz. Zahlreiche Saugstöpsel ermöglichen es ihm, an dem grün gestrichenen, circa fünfzehn Zentimeter breiten Holzkreuz hinaufzukriechen. »Hinter der Kante liegt ein Pflock. Den könnte die Folkert ans Kreuz gelehnt haben. Dann ist sie raufgestiegen und hat ihn weggeschubst.« Der Roboter bremst sich ein. »Sehen Sie die kleinen Holzsplitter?«

»Ja«, antwortet die Toni. »Warum rufen Sie bei nächtlichen Leichen immer uns an?«

»Ich dachte, wir sind ein Team?«, faucht der Igel.

»Wir sind so sehr ein Team, wie die Leiche da runtersteigt und eine Runde spazieren geht. Vergessen Sie das gleich wieder«, zischt der Pokorny, lauscht und zeigt zur Hauptstraße hinunter. »Zeit zum Verschwinden, wir kriegen Besuch.«

Die Toni bremst ihn und deutet auf die aufgeplatzte rote Linie am Hals der Toten. »Sind das Würgemale?«

»Schaut nach einem Strick aus«, fiept der Igel. »Vielleicht wurde sie vorher erdrosselt und dann aufgehängt.«

»Kann gut sein, vom Sprung stammt diese Verletzung nicht. Die war fix tot und wurde danach aufgehängt. Schnell, wir müssen weg«, fordert der Pokorny.

»Gleich«, sagt die Zwatzl und tut das Ihre zu der gespenstischen Situation dazu. Das linke Auge des Igels fährt auf einer langen Antenne bis zur Höhe der linken Tasche des Nachtgewands hinauf. »Da steckt etwas … soviel ich sehen kann, ist das eine Eintrittskarte.« Als wäre die Aktion nicht schon absurd genug, klappt jetzt die Pupille des Igels auseinander, ein winziger Arm schiebt sich heraus und greift nach dem Stück Papier. Da sich die Karte in der Tasche des Nachtgewandes verhakt, zieht der Roboter heftig daran. Nach drei Versuchen passieren zwei Sachen gleichzeitig: Die Karte schnalzt mit einem »Flap« aus der Tasche, und die Folkert verfehlt bei ihrem Absturz den Igel nur um Haaresbreite.

»Einstecken!«, fordert der Igel hastig.

»Nein, sind Sie wahnsinnig? Ein mögliches Beweisstück entferne ich sicher nicht vom Tatort«, antwortet die Toni, bückt sich und schreckt zurück. »Eine Eintrittskarte zur Rossbacher-Lesung in Graz.«

»Egal, wir müssen weg«, ruft der Pokorny und deutet auf das rasant näher kommende Blaulicht, das im Föhrendach reflektiert wird.

Die Toni fotografiert die Karte und die Drosselmale am Hals der Folkert. Nur aufgrund einer halsbrecherischen Flucht durch die steilen Weinrieden können sie noch rechtzeitig verschwinden. Wenige Sekunden später quietschen sich zwei Polizeiautos auf der Helenenhöhe ein.

Zu Hause angekommen, setzen sich die Pokornys mit zwei Tassen Kaffee auf die Couch und starren auf das Display des iPhones. Für einen Veltliner und einen Frizzantino ist es trotz der Ausnahmesituation noch ein wenig zu früh.

»Wie kommt die Folkert zu der Karte?«, fragt die Toni, ohne vom Pokorny eine Antwort zu erwarten. »Bei der Lesung hab ich sie nicht gesehen.«

»Unsere stecken an der Pinnwand, die Katzinger und der Heini sind noch in München. Wenn sie nicht dort war, muss die Karte von den Schrotts sein.«

Die Toni rührt den Milchschaum in den Cappuccino ein. »Dann müssen sich die drei gestern nach dem Streit noch einmal gesehen haben. Der Sprengi hat doch von einer Polizeistreife vorm Haus gesprochen.«

Der Pokorny grinst. »Vielleicht haben die gepennt?«

»Aber was wollte sie mit der Karte machen?«

»Vielleicht eine falsche Spur legen. Auf den Eintrittskarten werden auch die Fingerabdrücke der Schrotts drauf sein. Keine Ahnung, leider kann sie uns das nicht mehr selber sagen.«

»Die arme Folkert, schaut schlimm aus.« Die Toni tippt auf das Bild am Handy und zoomt die Verletzungen um den Hals näher heran.

Der Pokorny zeigt auf die rote Linie. »Ich lege mich fest. Der Mörder wollte die Strangulationswunde durchs Aufhängen verdecken, hat aber Pech gehabt. Durch das Gewicht ist die Leiche in der Schlinge weiter nach unten gerutscht. Weil sie schon tot war, gibt es an den Scheuerstellen auch keine Blutungen. Das Seil, an dem sie … hängt, ist außerdem viel zu dick und passt nicht zu der schmalen Linie.«

»Es könnte dasselbe Seil sein, wurde aber zu einem stärkeren zusammengeflochten.«

»Kann sein. Einfach genommen, wäre es beim Aufhängen wahrscheinlich sofort gerissen. Was möglicherweise auch passiert ist. Deshalb Versuch Nummer zwei in dickerer Ausführung«, meint der Pokorny. »Was sagst du zum Igel?«

»Die Zwatzl ist einfach nur gruselig. Fährt das Auge aus, und dann erst der Greifer. Sie hat Glück gehabt, fast wäre die Folkert auf sie draufgefallen. Ich hoffe nur, dass wir keine Spuren zerstört haben.« Genüsslich schlürft die Toni ihren Kaffee.

»Apropos Spuren.« Der Pokorny holt die eben getragenen Schuhe aus dem Vorzimmer. »Bei meinen ist es egal, aber so leid es mir um deine neuen Laufschuhe tut, die müssen weg. Die Wehli wird zwar offiziell nicht bei uns vorstellig werden, aber wer weiß. Wenn sie unsere Schuhe sieht, kommt sie vielleicht auf die Idee, Abdrücke zu nehmen und sie mit jenen auf der Helenenhöhe zu vergleichen.«

»Wieso sollte sie unsere Schuhe sehen?«

»Was weiß ich, ich trau ihr alles zu.«

Die allerbeste Ehefrau der Welt seufzt. »Dabei hab ich sie gerade erst eingelaufen. Nein, weißt du was: Wir verstecken sie beim Berti.«

»Gehen wir die Morgenrunde gemeinsam mit Maxime. Dann kuscheln wir noch ein bisschen. Machen können wir jetzt eh nichts.«

»Sehe ich auch so. Wenn wir uns jetzt einmischen, kriegen wir nur Ärger, ohne wirklich ermitteln zu können. Warten wir auf den Sprengi. Auf geht es, Maxime!«

Gerade als die Toni um achtzehn Uhr Spaghetti ins kochende Wasser legt, läutet es an der Haustür. Da sich die Pokornys den Abend von der Chefinspektorin nicht verderben lassen wollen, stellen sie sich tot.

Allerdings macht ihnen die Beagle-Dame einen Strich durch die Rechnung und stürmt freudig bellend auf die Tür zu.

Davor steht der Sprengnagl. »Zurzeit ist's echt mühsam. Freie Tage sind gestrichen. Ich bin seit dem Anruf des Joggers unterwegs und hab den ganzen Tag noch nichts gegessen.«

»Komm rein. Ich mache uns gerade Spaghetti. Magst du auch welche?«, fragt die Toni.

»Wenn's schnell geht, ja. Ich muss zeitnah wieder weg.«

»Was hat der Dr. Hammerschmied zu der Toten gesagt?«, will sie wissen.

Der Gruppeninspektor lächelt müde. »Weißt eh, festlegen will er sich noch nicht. Nur so viel hat er rausgelassen: Todeszeitpunkt zwischen zweiundzwanzig Uhr und Mitternacht. Sie war schon tot, bevor sie aufgehängt wurde, und es dürften mehrere Versuche gewesen sein.«

»Also doch, wir haben schon so etwas vermutet«, stellt die Toni fest.

»Ja, die rote Linie könnte von dem Seil stammen, mit dem sie aufgehängt wurde. In der Wunde befinden sich Fasern, das Seil könnte gerissen sein. Der Tod dürfte aber durch Erwürgen eingetreten sein. Aufgehängt wurde sie wahrscheinlich, um die eigentliche Todesursache zu verschleiern. Der Hammerschmied wird das bei der Obduktion feststellen, der Kehlkopf war eingedrückt.«

Die Toni kippt die fertigen Spaghetti in ein Sieb und teilt die Nudeln auf drei Teller auf. Dazu serviert sie ihre feurige Arrabiata-Soße und eine kleine Schüssel mit gehobeltem Parmesan. »Wurde sie auf der Helenenhöhe getötet?«

»Außer dem Aufprall der Leiche beim Riss der Seile gibt es keine spezifischen Auffälligkeiten.«

»Was für Seile waren das?«, möchte der Pokorny wissen.

»Hanf. Wie er oft im Garten zum Zusammenbinden verwendet wird. Der Mörder hat das dünne Seil dann einfach zu einer Art dickem Strick geflochten und sie daran aufgehängt.«

»Ein Hanfseil? Willi, als wir am Mittwoch in der Hütte waren, da lag doch eine Rolle am Boden. War das nicht Hanfseil?«

»Ja, du bist angestoßen, und sie ist unters Regal gekullert.«

»An die Rolle konnte sich ein Mitarbeiter vom Alterbauer auch erinnern. Deshalb waren wir heute noch einmal in der Hütte«, erzählt der Gruppeninspektor, bedankt sich für die Spaghetti und beginnt diese um die Gabel zu wickeln. »Die Spusi hat auf der Oberkante des Regals eine Rolle sichergestellt. Noch halb in Zellophan gewickelt, ein Ende des Seils hing nach unten. Unter dem Regal haben sie nichts gefunden.«

»Die, die wir gesehen haben, ist fix druntergerollt und war unberührt. Wäre sie schon offen gewesen, hätte sich das Seil durchs Rollen abgewickelt. So wie bei deinen Spaghetti, das Ende löst sich letztendlich immer von den eingewickelten Nudeln«, erklärt der Pokorny und zeigt auf die von der Gabel herabhängende Nudel. »Das Hanfseil ist aber wie auf Schienen unter dem Regal verschwunden.«

»Gut. Angenommen, es ist dasselbe Seil«, sagt die Toni, »und wir haben den Täter am Mittwoch überrascht und bei seiner überhasteten Flucht ist ihm die Rolle runtergefallen, dann spricht alles dafür, dass er später noch einmal in der Gartenhütte war und vermutlich die ganze Rolle mitgenommen hat.«

Der Pokorny nickt zustimmend. »Ziemlicher Aufwand, denn er ist ja noch einmal zurück und hat die Rolle wieder hingestellt. Wozu das Risiko?«

Der Sprengnagl dreht nachdenklich seine Spaghetti schwindlig. »Um eine falsche Spur zu legen?«

»Du meinst, um die Schrotts zu belasten?«, fragt die Toni und sieht den Gruppeninspektor nicken. »Haben eure Leute die Rolle am Dienstag bei der Hausdurchsuchung bemerkt?«

»Die Fotos von heute hat der Alterbauer schon mit denen vom Dienstag verglichen. Die Rolle stand am selben Platz wie heute, allerdings war sie am Dienstag noch unberührt.«

Der Pokorny rauft sich die Haare. »In der Hütte herrscht ein Kommen und Gehen, und die Zwatzl will nichts gesehen haben. Die verarscht uns doch!«

»Ging es ihm an dem Mittwochabend wirklich nur um die Hanfrolle, mit der er die Folkert erdrosseln wollte?« Die Toni schaut in die Runde.

»Zuerst brauchen wir die Bestätigung, dass es sich tatsächlich um dasselbe Seil handelt. Vorher ist alles Spekulation.«

»Wird gerade analysiert. Wir haben Haus und Grundstück der Familie Schrott und der Folkert durchsucht. Im Haus der Folkert herrscht ein einziges Chaos. Läden rausgerissen, Kästen ausgeräumt und so weiter. Im Keller haben wir hinter einem Regal vier leere Kanister Spiritus gefunden.«

»Bei der Folkert im Keller? Das versteh ich jetzt nicht.« Der Pokorny schaut seinen Freund ungläubig an.

»Dann muss sie auch im Hotel gewesen sein. Woher hätte sie die Kanister sonst? Gibt es dort Spuren von ihr?« Ratlos blickt die Toni die beiden Männer an.

»Bisher konnten ihr keine zugeordnet werden. Durch das Feuer wurde viel vernichtet. Die Spusi ist eh schon am Limit, und jetzt noch die Leiche auf der Helenenhöhe. Ihr könnt euch gar nicht vorstellen, wie viel Material an diesem beliebten Aussichtspunkt zu sichern ist.«

»Habt ihr unter der Leiche Beweismaterial gefunden?«, will der Pokorny wissen und erzählt seinem Freund von dem Missgeschick der Zwatzl.

»Meine Herren«, lacht der Gruppeninspektor. »Ein Igel, ich

pack's nicht. Jetzt weiß ich wenigstens, woher der Greifarm mit dem Auge ist. Der muss beim Runterfallen der Folkert abgebrochen sein und lag unter ihr.«

»Der Igel ist also einäugig entkommen«, lacht jetzt auch der Pokorny.

Dass die drei den Igel einige Tage später als Helden feiern würden, kann sich zu diesem Zeitpunkt niemand vorstellen.

»Auf der zerrissenen Karte sind übrigens Fingerabdrücke drauf.«

»Die vom Schrott?«, vermutet die Toni.

»Nein, die von der Frau Schrott.«

»Von der Frau Schrott?«, wiederholt die Toni. »Habt ihr sie schon dazu befragt?«

»Wir haben das Ehepaar um acht Uhr abgeholt und auf die PI gebracht. Die Frau Schrott hat keine Erklärung für das Ganze. Nach der Befragung hat die Wehli die zuständige Staatsanwältin angerufen und beide ins Landesgericht Wiener Neustadt überstellen lassen. U-Haft-Prüfung läuft derzeit.«

Der Pokorny reißt die Augen auf. »U-Haft? Jetzt pressiert's ihr auf einmal.«

»Auf den vier gefundenen Kanistern sind die Fingerabdrücke vom Herrn Schrott drauf.«

»Welch Überraschung. Sind ja auch seine Kanister.« Der Pokorny streut sich dick Parmesan über seine Spaghetti.

»Schon, aber die Kanister stinken rauchig, einer ist verformt, als wäre er einem Feuer zu nahe gekommen.« Der Gruppeninspektor sieht den skeptischen Blick seines Freundes. »Zumindest ist das ein Indiz dafür, dass die Kanister am Brandort waren.«

»Dann hat die Folkert nach seinem Abgang die Kanister eingesammelt und bei sich versteckt. So konnte sie den Schrott bei Bedarf unter Druck setzen«, sagt die Toni.

Der Sprengnagl wiegt den Kopf. »Ein dünnes Motiv.«

Die Toni tippt mit dem Zeigefinger hektisch auf die Tischplatte. »Trotzdem, was ist, wenn sie nach seinem Rückzieher den zweiten Brand selber gelegt hat? So wie ich die Folkert erlebt habe, trau ich ihr das allemal zu. Nur um ihren Nachbarn etwas anzuhängen. Habt ihr einen Speicherstick bei ihr gefunden?«

»Ja, auf einer Kork-Pinnwand im Vorzimmer. Getarnt als Hundeknochen. Es gibt noch einen zweiten Stick in Form einer Bankomatkarte. Da wird der USB-Anschluss durch den goldfarbenen Mikrochip rausgedrückt. Hat alles die Tatortgruppe mitgenommen.«

Der Pokorny schaufelt wieder üppig Parmesan auf seine Nudeln, was ihm ein auf die Kalorien bezogenes Stirnrunzeln von der Toni einbringt. »Spannend, zwei Speichersticks. Als wir mit ihr gesprochen haben, hat sie nur von der Übergabe eines Sticks gesprochen.«

»Die Karte hatte sie in ihrer Geldbörse hinter der Kreditkarte stecken.«

»Was ist mit dem Feuerlöscher?«, fragt der Pokorny.

»Den haben wir auch gefunden. Er lag in einer Box für Sitzauflagen auf ihrer Terrasse. Wenn sie den Schrott mit der Herausgabe erpresst hat, hätte er ein Motiv. Auf Brandstiftung mit Todesfolge steht in Österreich lebenslänglich. Wenn er seinen benutzten Feuerlöscher vorweisen hätte können, hätte er zumindest beim Richter Punkte gesammelt.«

Der Pokorny kräuselt die Stirn. »Wenn das ein so gutes Versteck war, wieso hat sie den Feuerlöscher dann nicht zu den Kanistern gestellt? Oder, noch besser, ihn weggeworfen?«

»Leider können wir sie nicht mehr dazu befragen«, meint der Sprengnagl.

»Könnte der Schrott ihr Haus durchsucht haben? Vielleicht wusste er von den Sticks und … Irgendwer hat ihr Haus doch verwüstet.« Die Toni schiebt den Teller von sich. »Wo wurde die arme Frau erwürgt?«

»Die Spurensicherung analysiert alle tatverdächtigen Objekte und Plätze. Auf der Helenenhöhe befinden sich auch jede Menge Reifenspuren und Schuhabdrücke. Die Kollegen arbeiten fieberhaft, aber es wird dauern. Einen offensichtlichen Tatort außer dem schlecht inszenierten auf der Helenenhöhe gibt es nicht.« Er legt das Besteck auf den Teller und seufzt: »Ich muss los, danke fürs Essen.«

Die Toni sagt: »Gerne! Habt ihr die anderen Nachbarn auch befragt?«

»Ja. Von den unmittelbaren Nachbarn sind aber nur die Illeks und der Nussbaum zu Hause. Den Rest haben wir bisher nur telefonisch erreicht. Waren nicht zu Hause, Alibis werden überprüft.«

Die Toni greift nach einem Zahnstocher. »Habt ihr euch eigentlich den Nussbaum mal genauer angesehen?«

»Ja, haben wir. Er hat ihr bislang nur gedroht. Die Ohrfeigen kassierte sie vom Schrott und vom Illek. Außerdem ist der auslösende Grund für den Mord wahrscheinlich der Hotelbrand, und damit hat er nach den derzeitigen Ermittlungsergebnissen nichts zu tun. Und, Pokorny, nimm dir die Zwatzl noch einmal vor. Du hast recht, die muss einfach etwas gesehen haben. So, jetzt muss ich aber wirklich, servus.«

»Mir schwirrt der Schädel«, sagt der Pokorny und lässt sich ächzend auf die Wohnzimmercouch fallen. »Das läuft irgendwie gar nicht rund. Ich mein, die Folkert war mir mehr als unsympathisch. Aber dass die ins Hotel fährt, den Feuerlöscher und die Kanister bei sich versteckt, vielleicht sogar den Brand legt, kann ich mir nur schwer vorstellen. Sie war eine wirklich unangenehme Person, aber so etwas Perfides zu machen … Wobei das mit dem Feuerlöscher schon eine gute Idee war.«

»Ja, weil sie dem Schrott damit die Möglichkeit genommen hat, sich zu entlasten«, stellt die Toni fest, räumt die schmutzigen Teller in den Geschirrspüler und sieht, wie der Pokorny in der Fernsehzeitung blättert. »Welchen Tatort spielen sie heute?«

»Einen neuen aus München. Ich freu mich schon, mich endlich einmal zurücklehnen und andere ermitteln lassen zu können.«

»Fahren wir morgen Nachmittag bei den Illeks vorbei? Da sollte die Tatortgruppe fertig sein. Und du hast ja noch deinen Besuch bei der Zwatzl offen. Glaubst du, das geht sich bei deinem stressigen Vormittag aus?« Sie zwinkert ihn an und lässt sich mit zwei Weinkühlern neben ihn auf die Couch fallen.

»Hm, das sag ich dir morgen.« Er schmunzelt. »Eines noch, die Hanifl dürfte aufgrund ihrer altersbedingten senilen Bettflucht das morgendliche Lackerl von der Maxime beobachtet haben. Also ärgere dich nicht über die Rache vom Wendulin bei deinen Rispenhortensien.«

»Grr, die Hanifl, andererseits, denk an die Folkert.« Sie verzieht das Gesicht. »Wo ist eigentlich ihr Hund?«

Der Pokorny seufzt. »Wahrscheinlich im Tierheim bei den zwei anderen.«

Irgendwo hat der Pokorny den Zettel mit den Dienstzeiten der Karin verschmissen. Missmutig schlurft er mit schwerem Kopf mit der Maxime die steile Hügelgasse zum Café Annamühle hinauf. Missmutig deshalb, weil wenn jetzt die Dagmar arbeitet, muss er weiter zur Bäckerei Mann pilgern. Was für ihn einen gehörigen Umweg darstellen würde.

Und es kommt, wie es kommen muss, die griesgrämige Mitarbeiterin hat Dienst. Auch nach mehr als einem Jahr hat sich der Pokorny nicht an den Wechsel des Eingangs ins Café von links nach rechts gewöhnt. Deshalb läuft er gedankenverloren in das kleine Tischchen vor der früheren Eingangstür hinein. »Aua«, stöhnt er und ärgert sich mehrfach. Erstens, weil die Dagmar da ist, zweitens, weil er sich sein rechtes Knie verletzt hat, und drittens, weil er die grantige Mitarbeiterin damit vorgewarnt hat. Als wäre das alles nicht schon genug, schließt sie direkt vor seiner Nase die geöffnete Tür und sperrt zu. Ihr dämliches Grinsen ist die Draufgabe auf den chaotischen Beginn des Tages.

»Die spinnt«, raunt er einer älteren Dame zu, die aufgrund der frühen Sperrstunde mehrfach an die verschlossene Tür klopft. Da die Kundin nichts für die Differenzen zwischen ihm und der misanthropischen Angestellten kann, dreht er sich um und geht bergab zum Mitbewerber. Die Auswahl ist dort wesentlich größer, er kauft für die Toni neben den zwei dunklen Semmerln noch einen Knusperspitz. Sich selber gönnt er einen Apfelstreuselkuchen und als gesunde Draufgabe drei Müsliweckerln.

Die allerbeste Ehefrau der Welt hat sich zwei Stunden mehr Schlaf gegönnt und frühstückt wie jeden Montag in der Arbeit. »Hol mich von der Bücherei ab. Wir treffen uns mit dem Sprengi mittags in der Residenz. Das Menü dort soll phantastisch sein. Dann können wir reden, mir brummt der Kopf.«

»Gut, meine Zuckerschnecke«, sagt er liebevoll und küsst sie zum Abschied. »Im Anschluss spazieren wir zum Sonnenweg und schauen, wie die Lage ist.«

»Und du … besuchst deine Freundin. Hopp, hopp, Bärli!«

»Die Toni hat gut reden«, brummt der Pokorny die dösende Beagelin an und sieht, wie die Hanifl auffällig unauffällig an ihrer akkurat geschnittenen Kirschlorbeerhecke herumschnippelt. Missgelaunt steigt er auf sein E-Bike und stellt mit Entsetzen fest, dass er vergessen hat, den Akku aufzuladen. Nach der gestrigen Nacht sieht er sich außerstande, dreiundzwanzig Kilo Rad, sechzehn Kilo Maxime und sein eigenes nicht unbeachtliches Gewicht mit Muskelkraft fortzubewegen. Da sein Ford den Strapazen der letzten Tage bestens getrotzt hat, fährt er ohne die Beagelin mit dem Oldtimer zur Zwatzl. Das Gesprächsklima ist ohne die vierbeinige Begleiterin, so das überhaupt möglich ist, besser. Um etwaigen Hänseleien vorzugreifen, stellt er sein Auto vor dem abgebrannten Hotel ab und marschiert forschen Schritts zum Grundstück der Spionin.

»Allerhand, hat Ihre alte Kiste die tausend Kilometer tatsächlich ohne Motorschaden überstanden. Gratuliere!«, flachst ihn die Zwatzl im grünen Tarngewand an. Entspannt steht sie im Garten und gießt mit einem Wasserschlauch ihre kunterbunten Blumenbeete. Blühende Sonnenhüte buhlen mit Rittersspornen, Bergminze und Bartblumen um die Vorherrschaft im ostdeutschen Hoheitsgebiet. Überall summt und brummt es. Argwöhnisch betrachtet der Pokorny eine Hummel und erinnert sich an die Demonstration der Roboterhummel.

»Ist die echt?«

»Ja, ich muss mit meinem Material sparsam umgehen. Wann immer Sie auftauchen, gibt's Zoff, technische Defekte und Materialverluste. Aber Einsatz ist Einsatz, und fürs Vaterland …«

»Das Auge hat die Polizei sichergestellt, die Spurensicherung war zu Beginn ratlos, was das sein soll«, unterbricht er das Lamento.

»Und Sie haben gepetzt?«

»Selber schuld, ehrlich. Seien Sie froh, dass der Igel nur ein Auge verloren hat und nicht gleich ganz begraben wurde.«

»Schon gut. Was gibt's Neues?«

Der Pokorny verzieht das Gesicht. »Das würde ich gerne von Ihnen erfahren.«

»Wieso von mir?« Konzentriert gießt sie ihre üppig wuchernden Stauden.

»Wollen Sie mich für dumm verkaufen?«

»Wegen dem Eichhörnchen?«

»Dazu kommen wir später. Wir sollten einmal Klartext wegen Ihrer Unwissenheit über die Vorkommnisse in der Holzmüllergasse reden. Sie überwachen gefühlt alles und jeden in Vöslau. Finden sogar eine Leiche. Und von den Aktivitäten in der Holzmüllergasse wollen Sie nichts gesehen haben? Wer soll Ihnen das glauben?«

»Sie tun es offensichtlich nicht.«

»Sie haben jede Menge Robotertiere im Einsatz, wir treffen Sie Mittwochabend in der Nähe des Marderbaus, und Sie haben uns nix zu berichten?« Er legt bewusst einen Köder aus und erzählt ihr überblicksmäßig von den polizeilichen Aktivitäten rund um die Gartenhütte der Schrotts. »Sie könnten mit Ihren Beobachtungen zwei Todesfälle aufklären beziehungsweise entscheidende Hinweise liefern. Das würde Ihnen bei der Exekutive sicher ein paar Pluspunkte einbringen.«

Die Zwatzl winkt ab. »Vergessen Sie das. Einer Ex-DDRlerin mit glorreicher Vergangenheit schreibt die hiesige Vopo, also die Volkspolizei, keine Punkte gut.«

»Gut, was hätte es in der DDR für die Missachtung Ihrer Bürgerpflicht von der Vopo gegeben?«

»Reden Sie nicht doof daher. Das ist zu billig.«

»So kommen wir nicht weiter«, stellt der Pokorny fest und sieht, wie die Zwatzl den Kopf schief legt. »Sie wollten gestern Ihr Eichhörnchen ins Kriegsgebiet schicken. Jetzt sagen Sie mir nicht, da wäre was dazwischengekommen.« Er merkt, wie die

Zwatzl nachdenkt. »Geben Sie sich einen Ruck. Es ist wirklich wichtig. Bisher gibt es keinen Anhaltspunkt, wo die Folkert erwürgt wurde.«

»Hm. Den vermutlichen Ort kann ich Ihnen sagen, mehr nicht.«

Der Pokorny runzelt die Stirn, beschließt aber, behutsam vorzugehen. »Der Ort ist ein guter Anfang.«

»Leider konnte ich das Eichhörnchen nicht mehr auf Nachtsicht umrüsten, die Ersatzteile haben wegen der Größe nicht gepasst …«

»Ja, ja, weiter bitte«, unterbricht sie der Pokorny, der ihr technisch sowieso nicht folgen kann.

Die Zwatzl zieht die Augen zu schmalen Schlitzen zusammen. »Also, mit meinem Roboter hab ich wenig bis nichts gesehen. Null Licht, der Mond durch Wolken verdeckt. Passiert ist es jedenfalls auf der Terrasse der Folkert. Ein Schrei hat das Eichhörnchen aus dem Stand-by-Modus gerissen. Ich hab es über die Mauer bei den Illeks navigiert und eine Gestalt gesehen, die sie gewürgt hat. Wahrscheinlich ein Mann, jedenfalls bin ich wohl zu nahe ran, die Gestalt hat das Eichhörnchen gesehen und mit einem Gegenstand runtergeschossen. Freiwillig rücken die es sicher nicht heraus. Jetzt gibt es nur mehr meinen Igel für Außeneinsätze.«

»Zusammengefasst haben wir vermutlich den Tatort, sonst aber keinerlei Infos. Außer dass es sich ziemlich sicher um einen Mann handelt, korrekt?«

»Ja, leider. Wieder ein toter Soldat. Es wäre zu riskant gewesen, den beschädigten Roboter von den Illeks zu holen. Schade, ich könnte das mehrfach passwortgeschützte Video auf der Speicherkarte bearbeiten. Vielleicht wäre der Täter zu erkennen. Aber der mögliche Tatort ist ja ein guter Beginn. Oder können die Uniformierten mehr vorweisen?«

»Nein, danke für die Hilfe.«

»Gerne. Wenn Sie wieder petzen, können Sie dann meinen Namen rauslassen?«

Der Pokorny wiegt seinen Kopf. »Ich werde es versuchen, versprechen kann ich freilich nix.«

»Ja eh, also dann, tschüss«, meint sie abschließend und grinst schief. Weiß sie doch, wie wenig er diese Grußformel leiden kann.

Zu Hause angekommen, schickt er dem Sprengnagl eine SMS.

– *habt ihr ein zerstoertes robotereichhoernchen gefunden zwatzl sagt folkert wurde auf ihrer terrasse erwuergt*

– *Nein, wir sehen uns mittags.*

– *in ordnung*

Kurz nach zwölf Uhr treffen die Pokornys mit der Maxime zeitgleich mit dem Gruppeninspektor bei der Residenz am Kurpark ein.

Die Mittagskarte der Konditorei am Kurpark ist weithin bekannt. Während die Männer gebratene Hühnerflügerl mit Grillsoße, Röstgemüse und Erdäpfelwedges bestellen, ordert die gesundheitsbewusste Toni ein gebratenes Wolfsbarschfilet mit Basilikumnudeln und Kirschparadeiser.

Der Sprengnagl sagt: »Die Kollegen von der Spurensicherung haben auf der Terrasse von der Folkert keine tatortspezifischen Spuren gefunden. Von dem zerstörten Eichhörnchen fehlt jede Spur. Auf der Begrenzungsmauer liegen keine Teile, und fürs Grundstück der Familie Illek haben wir noch keinen Beschluss erhalten.«

»Warum einen Beschluss? Läutet einfach an. Die Familie wird froh sein, wenn die Sache vorbei ist«, meint die Toni.

»So einfach ist das nicht. Die Illeks gehören zum engeren Kreis der Staatsverweigerer. Freiwillig geht da gar nix, sogar mit einem Beschluss muss die Cobra mit dabei sein. Sonst lassen die dich nicht auf ihr Staatsgebiet.«

»In der Holzmüllergasse möchte ich nicht einmal tot über dem Zaun hängen. Gibt's da irgendwelche Nachbarn, die sich mögen?«, fragt der Pokorny.

Die Toni trinkt einen Schluck von ihrem alkoholfreien Bier. »Vielleicht hat sich die Zwatzl das nur ausgedacht, um dich loszuwerden?«

»Das glaub ich nicht. Sie hätte bloß Nein sagen müssen. Das wäre für sie einfach gewesen. Es gibt wirklich keine Spur?«

»Ja … nein.«

Die Toni schaut ihn an. »Was jetzt, ja oder nein?«

»Sie haben auf der Terrasse weiße Härchen gefunden, konnten die aber dank Vergleichsproben leicht zuordnen. Die Wehli war nicht begeistert.«

»Wahrscheinlich wieder Beagle-Glitter von der Maxime«, sagt die Toni, bückt sich und streicht der Beagelin über das Köpfchen. »Du bist ein Haarmonster.«

»Verbrecher könnten wir mit unserer Süßen nicht werden«, stellt der Pokorny fest.

Der Sprengnagl nickt. »Das sieht die Chefinspektorin auch so. Sie will grundsätzlich bei jedem Verbrechen im Umkreis von zwanzig Kilometern einen Haarabgleich mit eurem Beagle-Glitter machen. Weil ihr ja überall mitmischt.«

»Der Beschluss für die Durchsuchung wäre wichtig«, sagt der Pokorny zum Gruppeninspektor. »Im Eichhörnchen steckt eine Speicherkarte. Die Zwatzl meinte, sie könnte das Video bearbeiten und damit eventuell den Mörder überführen.«

»Wenn wir das Ding finden, machen das schon unsere Experten. Da brauchen wir sie nicht.«

»Wenn ihr die Passwörter knacken könnt. Die Zwatzl hat sich da abgesichert.«

»Was ist auf dem Stick drauf?«, fragt die Toni und kostet von dem Wolfsbarsch.

Der Sprengnagl seufzt tief. »Ich möchte dort auch nicht wohnen. Die Folkert hat WLAN-Kameras mit Bewegungssensoren installiert und die Nachbarn gefilmt.«

»Wie bitte?«, ruft die Toni.

»Ja, sie hat ihre Nachbarn kontinuierlich ausspioniert und die Daten gespeichert. Sie hat alle, ich wiederhole, alle Nachbarn rund um ihr Grundstück ausspioniert. Erinnert mich stark an die Zwatzl.«

Die Toni drängt. »Jetzt sag schon, was ist auf den Sticks zu sehen?«

»Die Videos sind getrennt nach Nachbarn gespeichert. Auf dem Hundeknochen befinden sich interessante Aufnahmen das Ehepaar Schrott betreffend. Hauptsächlich er im Clinch mit der Folkert. Auf dem Bankomatkarten-Stick sind zwei Ordner, einer für die Illeks, der andere für den Nussbaum. Die Ordner der anderen Nachbarn sprechen Bände. Allerdings waren die nachweislich alle verreist und scheiden als Täter für den Mord an der Folkert aus. Die Alibis sind überprüft, deshalb wird die Dringlichkeit hintangestellt.«

Die Toni legt den Kopf schief. »Was ist auf dem Bankomatkarten-Stick drauf?«

»Vor allem Beschimpfungen durch die Illeks und Streitereien mit dem Nussbaum. Letztendlich geht's immer um den Hund. Such's dir aus, nach der Reaktion der Nachbarn hätte eigentlich jeder ein Mordmotiv. Obwohl die Kameras laut den Zeitangaben vierundzwanzig Stunden durchliefen, sind die Ursachen für die Konflikte nicht auszumachen. Sie dürfte die Videos bearbeitet haben. Eines ist ihr durchgerutscht. Darauf ist zu sehen, wie sie ihren Hund um sechs Uhr morgens an der Leine zur Einfahrt vom Nussbaum führt, der liefert dort einen üppigen Haufen ab, worauf sie sich hämisch grinsend umdreht und retour gehen will. Pech nur, dass der Nussbaum das gesehen hat. Grade dass er nicht über den Zaun gesprungen ist. Hat mich stark an die Erzählung meiner Kollegin vom Streit mit dem Schrott letzten Samstag erinnert. So ähnlich könnte es bei allen bearbeiteten Dateien gelaufen sein. Übrig geblieben sind immer nur die Drohungen der anderen.«

»Drohungen?« Der Pokorny trinkt einen Schluck von seinem Soda-Zitron.

»Ja, vom Illek, vom Nussbaum und vom Schrott. Morddrohungen von allen dreien, was natürlich jetzt ein besonderes Gewicht bekommt. Die Frau Schrott hat keine Ahnung, wie ihre

Eintrittskarte in das Hauskleid der Toten gekommen ist. Allerdings dürfte die Folkert öfters in der Altpapiertonne herumgeschnüffelt haben.«

»Und der Schrott?«, will die Toni wissen.

»Der ist in U-Haft. Die Folkert hat ihn beim Einräumen der Kanister gefilmt. Ein paar Stunden später ist dann das Hotel abgebrannt. Sie hat ja von einer wichtigen Aufnahme für die Polizei gesprochen, die sie letzten Sonntag gemacht hat.«

Der Pokorny pfeift leise. »Also doch. Jetzt kann er sich nicht mehr rausreden. Was hat er dazu gesagt?«

»Noch gar nichts. Er wartet auf seinen Anwalt. Aus der Brandstiftungsnummer kommt er so leicht nicht mehr raus.«

»Endlich bewegt sich was«, sagt die Toni. »Hast du schon mit dem Fitnesstrainer gesprochen?«

»Ja, nach langem Hin und Her hat er zugegeben, mit der Frau Schrott zwei Monate lang ein besonders intensives Personal Training gemacht zu haben. Zwischen den Schnacksel-Pausen hat sie ihm von der Spielsucht ihres Mannes erzählt. Ihr Mann ist Vertriebsleiter einer großen Textilfirma, längere Geschäftsreisen sind da nichts Ungewöhnliches. Er hat sich angeblich verändert, wurde hektisch, fahrig und cholerisch. Sie hat befürchtet, ihr Mann würde sie betrügen, und deshalb einen Privatdetektiv beauftragt und so von seiner Spielsucht erfahren. In dem Dossier des Privatermittlers sind fünf Lokale angeführt, wo der Schrott an illegalen Pokerrunden teilgenommen hat. Hinterzimmer, Kellerlokale und angemietete Appartements waren darunter. Laut der Schrott dürfte er seine Spielsucht überwunden haben. Wie wir herausgefunden haben, musste er einen hohen Kredit aufnehmen, um die Schulden zu begleichen. Haus und Hotel gehören der Bank.«

»Die Versicherungssumme würde die Probleme lösen«, vermutet die Toni.

»Ja, damit könnten sie die Schulden zurückzahlen und mit dem Rest das Hotel bauen. Ein Darlehen vom Land wäre sicher auch kein Problem.«

»Was sagt der Schrott zu den Kanistern?«

»Dass es seine Kanister sind und er sie in der Hand gehabt hat. Wie sie dann in den Keller der Folkert gekommen sind, weiß er angeblich nicht. Und das war's schon mit seiner Auskunftsfreudigkeit.«

»Ist die Luft in der Holzmüllergasse rein?« Der Pokorny knabbert an einem knusprigen Hühnerflügerl. »Nicht dass wir der Wehli in die Arme laufen.«

»Ja, schauts bei den Illeks vorbei. Vielleicht reden die mit Zivilisten. Aber seids auf der Hut. Die ticken nicht ganz richtig. Ich muss leider schon wieder. Meldet euch bitte nach dem Besuch bei den Staatsverweigerern. Damit ich weiß, dass ihr nicht im Ausland gefangen seid«, sagt er lächelnd und deutet der Bedienung zum Zahlen.

Irgendwie fühlt es sich für die Pokornys seltsam an, ohne die Katzinger auf der Terrasse des Cafés Annamühle zu sitzen. Zwar geht den beiden die Nörgelei der alten Frau wegen der problematischen Situation auf die Nerven, trotzdem fehlt sie. Noch mehr als den Pokornys fehlt sie jedoch der Maxime. Verzweifelt schnüffelt sie an deren neuem Stammplatz herum. Wenigstens braucht sich die Toni nicht um etwaige Zufütterungsversuche zu sorgen.

»Na, wie geht es der Katzinger?«, fragt die Karin und serviert den beiden ihren Kaffee.

Während sie der Mitarbeiterin von dem Treffen der Zwillingsschwestern erzählen, sehen sie, wie der Ludwig die Behindertenrampe zur Terrasse heraufrollt.

»Darf ich mich zu Ihnen setzen?«, fragt der alte Mann.

»Gerne. Wie kommen Sie ohne den Heini zurecht?«

»Hm, nicht so gut. Irgendwie sind wir ja doch wie ein altes Ehepaar … gewesen … nein, passt schon. Ich freu mich für die beiden. Er geht mir halt ab, der Heini.« Gedankenverloren streichelt er der Beagelin über den Rücken.

»Das kann ich gut verstehen. Wie verbringen Sie so den Tag?

Ihre gemeinsamen Minigolfrunden im Thermalbad müssen Sie derzeit ja alleine spielen.«

Der Ludwig winkt ab und bedankt sich bei der Karin für die heiße Schokolade mit üppig Schlagobers drauf. »Geh, seit der Leiche im Bad spielen wir dort nicht mehr. Ist ja gruselig. Wer will nach dem Tod der Högerl schon auf der Achtzehner-Bahn abschlagen?«

Die Toni verzieht bei dem Gedanken an die grazile alte Dame, die letztes Jahr im Bad erstickt ist, das Gesicht.

»Wenn wenigstens der Heini wieder da wäre. Ich schlafe zurzeit so schlecht, dann wandere ich nachts im Kurpark, am Sonnenweg und bei der Waldandacht herum. Manchmal bis weit nach Mitternacht. Samstagnacht wäre ich am Parkplatz Lange Gasse fast überfahren worden. Da ist einer einfach gradeaus gegen die Einbahn gebrettert. Mein Rollator ist nicht so gut beleuchtet, die Taschenlampe hat einen Wackelkontakt und fällt immer wieder aus. Trotzdem, um ein Uhr nachts rechnet doch niemand mit einem Raser.«

»Die Leute werden immer rücksichtsloser. Haben Sie den Fahrer angezeigt?«, erkundigt sich der Pokorny.

»Geh, wo denn.« Er trinkt einen Schluck von seiner heißen Schokolade. Sein dichter weißer Schnurrbart bewegt sich – mit Schlagobers beladen – rauf und runter. »Ein dunkelblauer BMW, mehr hab ich in der Nacht bei der Geschwindigkeit nicht gesehen … keine Chance. Die Scheinwerfer haben mich geblendet. Bei mir ging's ums nackte Überleben.«

»Verstehe. Passen Sie bloß auf sich auf. Hat sich der Heini bei Ihnen gemeldet?«

»Ja, vorhin. Jetzt, wo die beiden Schwestern Frieden geschlossen haben, dürfte es mit der Sophie schnell bergab gehen.« Er seufzt. »Als hätte sie auf die Liesl gewartet. Gestern Abend wurde sie auf die Onkologie gebracht, ob sie noch einmal nach Hause kommt, wird sich zeigen.« Er bezahlt sein Getränk und steht ächzend auf. »Ich muss dann mal. Um sechzehn Uhr gibt's heute eine Lesung vom Vöslauer Krimiautor Ruhrdorfer.«

»Ruhrhofer!«

»Äh, ja, wurscht, Dorfer oder Hofer. Spaß macht's auf jeden Fall, ihm zuzuhören.«

Die Toni nickt. »Gute Idee. Sobald Mord und Totschlag in Vöslau geklärt sind, werde ich mir die Lesungstermine auf seiner Website ansehen. Auf Wiedersehen.«

»Fahren wir jetzt zu den Illeks?«, fragt der Pokorny. »Ich würde zu gerne wissen, wie so ein Staatsverweigerer aussieht.«

»Und der Berti? Wie schaut's mit deinen Auslieferungen aus?«

Der Pokorny zuckt mit den Schultern. »Die Ermittlungen gehen vor. Ich kann nachher bei ihm vorbeifahren.« Sicherheitshalber montiert er den neuen Anhänger auf sein E-Bike. Die Maxime wird in gewohnter Weise in der Transportbox am hinteren Kotflügel vor der gesamten Menschheit gedemütigt.

Eine halbe Stunde später bremsen sich die beiden vor dem Haus der Familie Illek ein. Erst jetzt fällt ihnen auf, dass das Grundstück straßenseitig durch einen drei Meter hohen Maschendrahtzaun mit Stacheldrahtrollen auf der Oberkante gesichert ist. An dem schmiedeeisernen Tor ist ein Schild angebracht, das den Zaun als Elektrozaun ausweist. Direkt dahinter steht eine gut fünf Meter hohe Thujenhecke.

»Einladend schaut anders aus«, grinst der Pokorny. »Im Vergleich zu den Illeks geht's auf der Zwatzl ihrem Grundstück zu wie am Tag der offenen Tür. Meine Herren, na, das kann was werden.«

»Der Sprengi wird uns nicht umsonst gewarnt haben.«

Statt einer Glocke sieht die Toni eine Art Hebel, der sich um hundertachtzig Grad nach oben drehen lässt. Das Resultat: Neben einer rot blinkenden Warnleuchte beginnt eine Sirene zu schrillen, der Elektrozaun knistert. Die ungebetenen Besucher spüren, wie sich die feinen Härchen auf den Unterarmen aufstellen, machen einen schnellen Schritt zurück und bringen Distanz zwischen sich und den wütend bellenden Dobermann.

»Spinnen die komplett?«, ruft der Pokorny entsetzt. »Warum die Polizei da nur mit der Cobra anrückt, ist mir klar.«

»Haben Sie Ausweise für den Bundesstaat Preußen vorzuweisen?«, krächzt eine männliche Stimme aus einem Megafon in der Stacheldrahtrolle.

Die Pokornys kräuseln die Stirn. »Ich hab einen Führerschein der Republik Österreich vorzuweisen.«

»Es gibt keine Republik Österreich, das Niemandsland wird als Firma betrieben. Daher ist Ihr Führerschein ein Phantasiedokument. Wenn Sie keine echten Dokumente haben, verlassen Sie bitte das Grenzgebiet.«

»So kommen wir nicht weiter. Lass mich machen«, flüstert die Toni, schaut in die Kamera und sagt: »Wir haben zwar keine gültigen Dokumente Ihres Bundesstaats, sind aber gegen den Polizeiterrorismus, die erfundene Pseudodemokratie und die sogenannten Volkspolitiker. Wir brauchen Ihre Hilfe, um gegen das System vorgehen zu können.«

»Wieso soll ich Ihnen das glauben?«

»Können wir reinkommen? Dann können wir es Ihnen erklären.«

»Nein, ohne Pass kein Zutritt.«

»Können Sie uns ein Visum ausstellen?«

»Das sogenannte Visum ist eine Erfindung der Firma. Entweder sind Sie Staatsbürger oder nicht. Wir müssen vorsichtig sein.«

Die Toni schüttelt den Kopf. »Vertrauen Sie uns nicht?«

»Vertrauen ist kein Entscheidungskriterium für uns. Es zählen nur Fakten. Sie arbeiten mit den Umtrieblern zusammen, die unsere Staatsform zerstören wollen.«

Trotz des makabren Gesprächsverlaufs hat die Toni an ihrer Rolle Gefallen gefunden. »Es sind in Vöslau grausame Morde passiert. Auch im Sinne des Bundesstaats Preußen wäre es wichtig, diese aufzuklären. Nicht auszudenken, wenn die Firma die Verbrechen als Vorwand benutzt und in Ihren Staat einmarschiert. Die systemirrelevanten Verbrecher werden im Niemandsland weggesperrt. Das war und ist auch weiterhin unser vordringliches Ziel. Auch im Falle Ihrer Nachbarin.«

Ungläubig starrt der Pokorny die allerbeste Ehefrau der Welt an. Wüsste er es nicht besser, er hätte Angst vor ihr.

Die Anbiederung reicht zwar nicht für einen Staatsbesuch aus, hat aber ihr Ziel trotzdem erreicht. Das Alarmsignal verstummt, das unheilvolle Knistern des geladenen Elektrozaunes ebenfalls. Sie bleiben im Gespräch.

»Die Folkert hat nichts anderes verdient.«

»Wie meinen Sie das?«

»Zuerst wollten wir eine friedliche Koexistenz mit ihr. Leben und leben lassen. Auch als Verliererin im Niemandsland musste sie irgendwie über die Runden kommen. Zu Beginn war sie freundlich, hat uns sogar signalisiert, ihr Niemandsland an das preußische Staatsgebiet anzugliedern. In Wirklichkeit hat sie uns heimlich ausgelacht, als irre Staatsverweigerer hingestellt und Lügengeschichten verbreitet. Zusätzlich noch der unsägliche Riesenköter. Ehrlich, mir tut es nicht leid um die Frau.«

»Haben Sie in der Nacht von Samstag auf Sonntag irgendetwas bemerkt? Vielleicht auf der Terrasse Ihrer Nachbarin?«

»Um uns die Firmendoktrin der von subversiven Kräften gesteuerten Nachrichtensendungen zu ersparen, gehen wir früh schlafen. Um dreiundzwanzig Uhr einunddreißig ist dann der Roboter in unseren Windfang gekracht.«

»Eine ziemlich detaillierte Zeitangabe.«

Die Stimme zögert. »Wir … können nicht vorsichtig genug sein. Überall lauert der Feind. Sobald es einen Eindringling in unserem Staatsgebiet gibt, erfassen ihn mehrere Kameras. Exakt um dreiundzwanzig Uhr einunddreißig hat die Kamera bei der Mauer aufgezeichnet, wie die Eichhörnchenattrappe vorbeigesegelt kam.«

»Eine Bitte hätte ich.«

»Die da wäre?«

»Könnten Sie uns bitte den determinierten Tierroboter übergeben? Wir benötigen diesen zur Suche nach dem Mörder.«

Der Mann hinter dem Mikrofon schnaubt. »Das Eichhörnchen der Stasi-Agentin, meinen Sie?«

»Nein, das stammt nicht von ihr. Laut einem von mir belauschten Gespräch der Chefinspektorin, der selbst ernannten Hüterin von Recht und Ordnung, steckt der nicht legitimierte Verfassungsschutz der Firma Österreich dahinter.« Die Toni schnaubt unterstützend. »Was die schützen wollen, ist mir unklar. Wo nichts ist, kann auch nichts geschützt werden. Trotz der mutmaßlichen Zerstörung ist ein versteckter Betrieb des Spionageroboters möglich. Deshalb wollte ich schon für das geplante Ansuchen um die preußische Staatsbürgerschaft in Vorleistung gehen und meine zukünftige Heimat schützen.«

»Wie wollen Sie das tun?«, fragt die Stimme, die jetzt merklich freundlicher klingt. Der Fisch dürfte an der Angel hängen.

»Indem ich den staatsgefährdenden Roboter im Niemandsland zerstöre. Sie wissen ja, wie das ist. Auch wenn ein Handy abgeschaltet ist, kann es geortet werden. Alles wird mitgehört. Selbst wenn Sie den Roboter am Grundstück zerstören, die Gewissheit, dass er kaputt ist, können Sie nicht haben.«

»Was könnte auf der Speicherkarte drauf sein?«, fragt die Stimme.

»Oh mein Gott, haben Sie etwa daran herumgeschraubt? Hören Sie damit auf, die Lügner haben möglicherweise einen Sprengmechanismus eingebaut.«

Beide hören im Hintergrund Stimmengemurmel. »Wir werden uns intern beraten. Falls wir Ihrem Ansuchen stattgeben, hinterlegen wir den Roboter bei Ihrem Freund in Großau. Nehmen Sie sich ein Beispiel an ihm. Ein aufrechter Charakter, der im Niemandsland die Stellung hält. Das Formular für die Beantragung der preußischen Staatsbürgerschaft finden Sie dann auch dort. Einfach ausgefüllt im Laden lassen. Wir melden uns … oder auch nicht.«

Entsetzt darüber, was in Bad Vöslau alles möglich ist, radeln die Pokornys Richtung Großau. Weil eines ist klar: Ein Gespräch über die Verbindung vom Berti zu den Staatsverweigerern muss sein. Sofort, egal, ob es etwas zum Ausliefern gibt oder nicht.

»Vergiss die Idioten«, sagt der Berti, nachdem die Toni ihm von dem Gespräch erzählt hat. »Die haben einen ordentlichen Hieb. Irgendwann sind die im Laden gestanden und haben gefragt, ob ich auch nach Preußen liefern würde. Nein, hab ich gesagt, Preußen liegt nicht in meinem Zustellbereich. Da hat mir der selbst ernannte Präsident vom preußischen Staatsgebiet in der Holzmüllergasse erzählt. Da war mir alles klar, Staatsverweigerer. Es lief erst unlängst ein Beitrag im ORF.«

Der Pokorny nickt. »Stimmt, den hab ich auch gesehen. Bis zu viertausend Anhänger österreichweit, Tendenz steigend. Wenn sie Österreich nicht anerkennen, wie können sie dann bei dir mit Euro bezahlen?«

»Tun sie ja nicht«, meint der Berti augenzwinkernd. »Wir tauschen. Sie bringen mir verirrte Kunden aus dem Niemandsland und kriegen dafür Obst, Gemüse und Tee. Abhängig vom Umsatz der Neukunden.«

»Du mischst überall mit, oder?«, fragt die Toni.

»Ich muss schauen, wo ich bleibe, solange es sich für mich rechnet. Ist ja nichts Illegales dabei.« Er blickt seinen Freund treuherzig an.

»Traust du denen einen Mord zu?«, will die Toni wissen. »Die Gelegenheit dazu hatten sie jedenfalls.«

»Einen Mord? Hm. Harmlose Spinner sind das jedenfalls nicht. Bei Hausdurchsuchungen in Kärnten wurden schon Waffen und NS-Devotionalien sichergestellt. Gibt es ein Motiv?«

Die Toni zuckt mit den Schultern. »Der Illek soll die Folkert geschlagen haben. Sie drohte ihm mit einer Anzeige und hat alles auf Video aufgenommen. Das ganze Material hat die Spusi noch nicht durch.«

»Sie haben das Eichhörnchen der Zwatzl in ihrer Gewalt.« Lachend erzählt der Pokorny von der Zerstörung des Säugetierroboters. »Die Chefinspektorin bemüht sich um einen Durchsuchungsbeschluss für den preußischen Staat. Auf der Speicherkarte im Hörnchen könnte ein Film mit dem Mörder der Folkert drauf sein.«

Eine Whatsapp vom Gruppeninspektor unterbricht das Gespräch.

– Der Ribitsch wurde in Vöslau gesichtet. Bin um 20 Uhr bei euch.

– 👍

»Gut, dann sind wir wieder unterwegs. Wenn dein Präsident auftaucht, gib uns bitte Bescheid«, ulkt der Pokorny.

»Bist ein witziges Kerlchen«, antwortet der Berti.

»Eines noch«, mischt sich die Toni ein. »Dürfte ich meine Laufschuhe bei dir unterstellen? Wir waren auf der Helenenhöhe, und die Wehli könnte …«

»Versteh schon, nach dem Beagle-Glitter soll sie nicht auch noch eure Spuren am Tatort finden.«

»Danke, ganz lieb.«

Gegen neunzehn Uhr dreißig parkt die Toni ihren Mini Cooper unter dem Carport vor der Doppelhaushälfte ein. Nach dem Besuch der Staatsverweigerer hat sie sich entschlossen, zwecks Ausgleichs die Spinning-Stunde im Top-Fit zu besuchen. Müde schlurft sie ins Haus.

»Das Imperium hat zurückgeschlagen«, ächzt sie und küsst den Pokorny.

»Das Imperium namens Altan?«

»Exakt. Grundsätzlich feuert er alle Teilnehmer an, heute hat er sich aber auf mich eingeschossen. Das Gespräch mit der Polizei hat ihn nachhaltig verstimmt. Wenn die Dorli nicht bald wiederkommt, wechsle ich die Stunde. Weil Spaß macht das so keinen mehr.«

»Besser hätte ich es nicht sagen können.«

»Ja, ja, ich geh noch schnell duschen. Kannst du bitte das Hühnerfleisch in Streifen schneiden und langsam anbraten?«

Aufgrund des kulinarischen Upgrades des Salates summt der

Pokorny gut gelaunt vor sich hin. Endlich einmal nicht nur Gemüse und blähende Käferbohnen. Er überlegt, die Toni von der Qualität des Trainings mit dem Altan zu überzeugen. Weil die allerbeste Ehefrau der Welt hält das schon aus, und wenn für ihn dann immer Fleisch im Salat ist, passt das gut.

Gerade als er das Geschnetzelte in der Pfanne anbrutzeln lässt, läutet es an der Tür. »Komm rein, die Toni …«

Die Freude vom Pokorny erhält einen Dämpfer. Weil halt die Wehli vor dem Sprengnagl steht und er nicht wie erwartet alleine zu Besuch kommt.

»Wahnsinn! Riecht das gut. Komm ich rechtzeitig zum Essen?«, süßelt die Chefinspektorin.

»Aus, Maxime!« Die Toni steigt gerade die Treppe herunter und bremst die bellende Beagelin ein. Wie die Zwatzl gehört auch die Wehli nicht zu ihren Lieblingen. »Haben Sie einen Durchsuchungsbeschluss?«

»Brauch ich einen? Das ist ein Freundschaftsbesuch, ich begleite meinen geschätzten Kollegen zu einem Schwätzchen mit guten Bekannten.« Die Chefinspektorin lächelt, als hätte es die Querelen der letzten Jahre nicht gegeben.

Auch der Hausherrin hat die Wehli damit den Wind aus den Segeln genommen. »Äh, also, für vier wird es nicht reichen«, stottert sie.

»Ah geh, das schaffen wir schon. Der Kollege und Ihr Ehemann können den Gürtel ruhig etwas enger schnallen. Zu viel Essen am Abend ist eh ungesund.«

Die Ohren vom Pokorny beginnen leicht zu wackeln. Bevor er aktiv wird, antwortet die Toni: »Wieso sind Sie wirklich da?«

»Hm«, druckst die Besucherin jetzt herum, der Sprengnagl lächelt im Hintergrund. »Sie waren heute bei der Familie Illek? Sie können ruhig Ja sagen, es ist keine Fangfrage und bleibt ohne Konsequenzen. Versprochen«, fügt sie aufgrund des Blickwechsels der Pokornys hinzu.

»Ja.«

»Wir haben einen Beschluss für die Durchsuchung der Festung der Staatsverweigerer. Auch die Cobra stünde zur Verfügung.«

»Stünde?« Die Toni schaut fragend zwischen den beiden Kriminalbeamten hin und her.

Der Gruppeninspektor setzt sich an seinen Stammplatz, die Wehli folgt zögerlich. »Die Staatsverweigerer führen mit uniformierten Angestellten der Firma keine Gespräche.«

»Sie brauchen uns also?«, stellt der Pokorny grinsend fest. »Dass ich das noch erleben darf.«

Die Chefinspektorin verdreht die Augen. »Kollege, hab ich's nicht gesagt? Er wird vorlaut.«

»Tja, die gemeinsame Vergangenheit verpflichtet halt. Seien Sie tapfer, er beißt nicht«, schmunzelt der Sprengnagl.

»Wir reden später«, zischt sie ihn an. »Ja, ich … also … wenn Sie ohne blödes Gerede zusagen, vergesse ich die Beagle-Glitter-Affäre. Gilt?«

Bevor der Pokorny die Situation ausreizt, legt die Toni ihre Hand auf seine und sagt: »Gilt. Was sollen wir tun, um Ihnen zu helfen?«

»Lesen Sie selber.« Die Wehli schiebt ein Schreiben mit einem Wappen der preußischen Staatsmacht über den Tisch. »Die Flagge gibt's übrigens nicht, lauter Käse, den sich die dort ausdenken. Aber darum geht's nicht.«

Die Toni liest den kurzen Text. »Wir verhandeln nur mit der Familie Pokorny, den zukünftigen Bürgern des preußischen Staates, nicht mit Angestellten der Firma. Gezeichnet: der selbst ernannte, nicht absetzbare Präsident Wilhelm Friedrich Ludwig von Preußen.«

»Der spinnt ja komplett, benennt sich nach einem preußischen König«, stellt der Pokorny fest.

»Na ja, wenn schon einen Klescher, dann gleich einen ordentlichen. Was haben Sie denen versprochen?«, fragt die Chefinspektorin.

»Ich hab in die Bergpredigt vom einzig wahren preußischen Staat eingestimmt und Punkte gesammelt«, sagt die Toni und schmunzelt. »Mehr nicht. Und mich halt ausnahmsweise über die Exekutive lustig gemacht.«

Die Wehli runzelt die Stirn. »Soso, ausnahmsweise. Sie rücken das Zwatzl'sche Eichhörnchen nicht heraus. Wenn die Cobra stürmt, gießen sie wie beim letzten Mal Benzin über Beweismaterial und zünden es an. Da es um Mord geht, können wir das nicht riskieren.«

Der Pokorny fragt: »Wann waren Sie dort?«

»Vor einer Stunde. Die reden nur mit Ihnen, deshalb glaube ich, dass die Chancen für eine Übergabe gut stehen. Sonst hätten sie die Botschaft an uns nicht über den Zaun geworfen.«

»Was sollen wir tun?«, fährt der Pokorny fort.

»Was haben Sie mit den Illeks vereinbart?«

»*Vereinbart* wäre zu viel gesagt. Es gibt eine lose Zusage für eine Lieferung des Beweisstücks an Herrn Braun in Großau. Alles mit Rücksprache des selbst ernannten Präsidenten.«

»Gut, wenn der Präsident mit Ihnen verhandeln will, ist er quasi zur Übergabe bereit. Das Essen riecht phantastisch, könnten Sie trotzdem vorher vorbeifahren?«

Die Toni schüttelt den Kopf. »Nein, tut mir leid. Ich bin nach dem Spinning hungrig wie ein Wolf. Das ist bei Verhandlungen nie gut. Wenn es zu lange dauert, könnte ich aufgrund meiner tatsächlichen Meinung über den Haufen Punktabzüge erhalten. Dann ist es vorbei mit dem Eichhörnchen.«

Widerwillig stimmt die Wehli zu.

»Was wollen die im Gegenzug von uns? Verhandeln bedingt ja immer ein Geben und Nehmen«, stellt der Pokorny fest.

»Seien Sie kreativ. Das offizielle Österreich, für die Staatsverweigerer die *Firma*, kann nichts anbieten. Deren frühere Präsidentin wurde wegen Hochverrates zu vierzehn Jahren Haft verurteilt. Sie hingegen …«

Die Toni führt den Satz zu Ende: »Wir hingegen können als Privatpersonen, die sowieso nichts zu sagen haben, alles anbieten. Korrekt?«

»So in etwa«, stimmt die Chefinspektorin zu und zwinkert.

»Hier könnten Sie als selbst ernannte und renitente Freizeitpolizisten etwas für Ihr Vaterland tun.«

»Dass Sie so daherschwurbeln können, hätte ich nicht gedacht«, sagt der Pokorny.

»So kann man sich täuschen. Werden Sie uns helfen? Wir …«

Das Nokia vom Pokorny läutet, der Berti ist dran. »Der preußische Präsident gibt seinen zukünftigen Staatsangehörigen eine Audienz«, sagt er. »Auf Deutsch: Ihr sollt hinfahren und das Eichhörnchen dort abholen. Es erfolgt keine Zustellung an mich. Die Uhr tickt, in einer halben Stunde fahren die Preußen ihr System runter. Dann müsst ihr auf morgen warten.«

»Hat er etwas gefordert?«

»Eure unterschriebenen Anträge für die Staatsbürgerschaft. Ich hab sie der Toni gemailt. Aber Vorsicht, ihr seid nicht unbekannt und legitimiert damit auf gewisse Art und Weise die Bagage.«

»Danke dir Berti, baba.«

»Wenn das medial ausgeschlachtet wird, stellt die Polizeidirektion das klar«, verspricht die Wehli. »Wir warten am Anfang der Holzmüllergasse auf Sie. Und bitte … machen Sie keinen Unsinn, es steht zu viel auf dem Spiel.«

Zwanzig Minuten später stehen die zukünftigen Staatsbürger Preußens vor dem schmiedeeisernen Tor. Heute leuchtet lediglich die rote Lampe. Die Sirene bleibt aufgrund der bekannten Gesichter der Besucher ruhig. Auch der Dobermann dürfte in seinem Körbchen kuschen.

»Rollen Sie die Anträge zusammen und stecken Sie beide in die Büchse. Neben der Kamera ist ein Deckel zum Öffnen. Ziehen Sie diesen ab und werfen Sie die Büchse hinein. Sobald wir die Anträge überprüft haben, bekommen Sie die Geisel.«

Die Toni erledigt die administrativen Aufnahmebestimmungen. Anscheinend sind die Amtswege bei den Staatsverweigerern kurz. Zwei Minuten später sagt die Stimme: »Willkommen im neuen Bundesstaat Preußen. Haben Sie Papiere zur Kontrolle mit?«

»Ja, also die nicht anerkannten Führerscheine.«

»Ein guter Anfang. Bitte stecken Sie die fiktiven Fahrerlaubnispapiere in die Büchse. Wir schreddern diese zur Sicherheit.«

»Wie bitte?«, fragt der Pokorny mit wackelnden Ohren.

»In die Büchse stecken. Ein Entgegenkommen Ihrerseits ist schon noch erforderlich. Schließlich wollen wir sichergehen, dass Sie es ernst meinen.«

»Willi, mach es einfach.«

»Aber …«

»Kein Aber«, zischt die Toni und tut, wie ihr geheißen.

»Danke, die Geisel haben wir in einer Schachtel in den hohlen Baumstumpf der Zwatzl gesteckt. Wir melden uns wegen der weiteren offiziellen Formalitäten.«

»Welcher hohle Baumstumpf?«, fragt die Wehli und verzieht bei der Marder-Erzählung das Gesicht.

»Wenn die Zwatzl mitgehört hat, ist das Eichhörnchen möglicherweise schon auf ostdeutschem Hoheitsgebiet.«

Die Chefinspektorin hastet hinauf zum Sonnenweg. »Wenn die Speicherkarte nicht da ist, grab ich das Grundstück der Zwatzl eigenhändig um.«

Der Pokorny deutet auf die Schachtel, die nicht im, sondern auf dem Baumstumpf liegt. Die Wehli nimmt den Deckel ab und findet lediglich ein DIN-A4-Blatt, auf dem mit Tixo eine Speicherkarte festgeklebt ist. Die am unteren Ende stehende Grußbotschaft lautet: »Ich war so frei, die Karte für Sie zu entsperren. Die Bildbearbeitung müssen Sie aufgrund des Zeitmangels selbst vornehmen. Mit besten Grüßen, Z.«

Die Wehli atmet tief durch. »Die will auch wissen, wie weit sie gehen kann.« Sie klemmt sich die Schachtel unter den Arm und geht zurück zu ihrer BMW.

»Vielleicht hilft sie mit ihrem Video bei der Aufklärung des Falles«, meint der Pokorny und fragt beiläufig: »In der Annamühle kursiert das Gerücht, der Ribitsch wäre wieder in Vöslau. Stimmt das?«

»Soso, in der Annamühle«, wiederholt sie und blickt den Sprengnagl von der Seite an. »Ist das so?«

»Ja, ja, so ist es.«

»Obwohl Sie dort solche Probleme haben?«

Die Toni mischt sich in das Scharmützel ein. »Können wir das leidige Hin und Her bitte abkürzen? Wir waren Ihnen gerade mehr als behilflich, haben sogar unsere Führerscheine geopfert. Ein wenig Entgegenkommen Ihrerseits sollte da schon möglich sein.«

»Die kriegen Sie in der Bezirkshauptmannschaft Baden ratzfatz neu ausgestellt. Egal, folgender Vorschlag, wobei ich verrückt sein muss, Ihnen diesen überhaupt zu unterbreiten: Wir checken die Karte, und wenn verwertbare Daten gespeichert sind, reden wir über den Ribitsch.«

»Bis wann werden Sie …?«, fragt der Pokorny.

»So bald wie möglich. Ihr Spezl wird petzen, dann wissen Sie eh Bescheid. So muss wenigstens nicht ich gegen die Dienstvorschriften verstoßen. Los, Kollege, ab geht's in die PI. Die Karte sollte ja leicht lesbar sein.«

»Äh …«

»Was äh?«, meint die Wehli mit einem gelangweilten Blick zum Pokorny.

»Im Fernsehen lief letzte Woche ein Beitrag über Computerkriminalität. So wie die Zwatzl aufgestellt ist, schleust die Ihnen einen Trojaner ein. Dann rutscht die LKA-Leitung noch weiter weg …«

»Willi!« Die Toni rollt mit den Augen und schnaubt, was nie ein gutes Zeichen ist. »Lass es gut sein. Frau Chefinspektorin, mein Mann hat recht. Wer weiß, was Ihnen die Zwatzl da unterjubelt.«

Die Wehli schüttelt den Kopf. »Grade lief's doch relativ friktionsfrei zwischen uns. Ich hab Ihren Mann nicht einmal provoziert. Und dann das.« Sie wendet sich an den Gruppeninspektor. »Wir fahren zum Alterbauer. Und Sprengnagl, ich erteile Ihnen hiermit vor Zeugen Sprechverbot. Sollte ich rausbekommen, dass

Sie Ihrem Spezl Infos weitergeben, teilen Sie in Vöslau Strafzettel aus. Avanti!«

»Gratuliere!«, schnaubt die Toni verärgert, sobald die Wehli und der Sprengnagl weg sind. »Da hast du ja echt ein Meisterstück geliefert. Der Wehli ihre verlorene Chance auf den Chefposten im LKA so unter die Nase zu reiben. Endlich wollte sie kooperieren. Ich versteh dich wirklich nicht.« Sie tritt in die Pedale, bald ist der Pokorny trotz der Bergabfahrt nur mehr am Horizont sichtbar.

Dienstag, 1. Oktober

Der Pokorny hat es gestern Abend noch mit einer Massage und einem Bad versucht. Sogar das englische Wort *Whirlpool* ist ihm, wenn auch schwer, über die Lippen gekommen. Erst als die Maxime quasi als Vermittlerin laut heulend zwischen den beiden hin und her gelaufen ist, konnte auch die Toni ihr Schmollen nicht mehr beibehalten. Geredet wurde gestern nichts mehr. Dafür war der Pokorny im Spaßzimmer umso bemühter, seinen Fehler wiedergutzumachen. Endlich kam das Schweizer Taschenmesser von »en(joy)-toy« zum Einsatz. Und ja, er fühlte sich in seine Jugend zurückversetzt. Das multifunktionale Messer war natürlich nicht aus hautfreundlichem Silikon, aber die einzelnen ausklappbaren Werkzeuge haben ihn damals wie auch heute mehr als überzeugt. Letztendlich schlief die allerbeste Ehefrau der Welt mit einem seligen Lächeln auf den Lippen gleich auf der Massageliege ein.

Gut gelaunt marschiert der Pokorny mit der Beagelin kurz vor sechs Uhr zum Café Annamühle hinauf. Zum Glück ist ihm gestern bei seinen Versuchen, sich mit der Toni zu versöhnen, der Zettel mit den Dienstzeiten von der Karin in die Hände gefallen. Heute früh arbeitet sie, damit beginnt der Tag für ihn gut. Umso verwunderter ist er, als er hinter der Theke weder die Karin noch die Dagmar sieht.

»Guten Morgen, Herr Pokorny«, begrüßt ihn eine unbekannte Mitarbeiterin freundlich. »Ich bin die Selina. Die Karin ist leider krank, ich bin ihre derzeitige Vertretung.«

»Äh, guten Morgen …« Er deutet auf die Vitrine und auf die Kaffeemaschine.

Die Selina nickt. »Die Karin hat mich instruiert. Zwei dunkle Semmerln für die Gemahlin, drei Kürbiskernweckerln und ein Pariser Kipferl für Sie. Und zum Wachwerden einen Espresso mit fester Crema.« Sie drückt auf den Knopf und lässt die gemahlenen Kaffeebohnen in den Siebträger rieseln. Durch leichtes Klopfen verteilt sie das Kaffeemehl gleichmäßig, drückt es fest und fixiert das Gerät unter dem Auslauf.

Zufrieden schaut der Pokorny die vielleicht fünfundzwanzig Jahre alte, schlaksig wirkende junge Frau mit den roten Locken an. »Ich bin froh, dass Sie heute Dienst haben und nicht …«

»Die Dagmar, ich weiß. Als Einstandsgeschenk darf ich Ihnen verraten, dass meine Kollegin nach Baden versetzt wird. Es gab zu viele Beschwerden. Auch wenn eine, verzeihen Sie mir, angeblich recht anstrengende Stammkundin die Kollegin gerne provoziert hat. Aber die Tatsache, dass sich Kunden durch herumfliegende Putzutensilien bedroht fühlen, geht genauso wenig, wie Ihnen die Tür vor der Nase zuzusperren. Ein paar Tage müssen Sie sich noch gedulden. Sobald die Karin wieder gesund ist, bin ich nicht mehr nur ihre Vertretung, sondern fixe Mitarbeiterin. Die Dagmar steht nach einer Abmahnung unter strenger Beobachtung durch den Chef.«

»Das freut mich sehr, willkommen in der Annamühle. Kannst ruhig Du zu mir sagen.«

»Gerne. Sie … äh … du ermittelst wegen dem Brand, richtig?« Geschmeichelt antwortet der Pokorny: »Nicht nur, auch der Mord an der Folkert beschäftigt meine Frau und mich.«

»In der gestrigen Zeitung stand, dass die Polizei nach dem Ribitsch, einem Obdachlosen, sucht.« Sie sieht den Pokorny nicken. »Meine Schwester ist Sozialarbeiterin und betreut einige Personen, die eine Obdachlosenzeitung verkaufen. Einer von ihnen hat am Samstagmittag den Ribitsch am Josefsplatz in Baden getroffen. Die zwei kennen sich aus einer Tagesbetreuungsstätte in Wien. Der Ribitsch hat ihn um ein paar Euro angeschnorrt. Er würde es ihm in den nächsten Tagen doppelt zurückzahlen. Heute sei Zahltag.«

»Hat er gesagt, was er damit meint?«

»Nur, dass er für den toten Grammel Geld kassieren würde. Sollte er es nicht bekommen, würde er zur Polizei gehen. Dann ist er in den Bus nach Vöslau gestiegen. Mehr konnte der Zeitungsverkäufer meiner Schwester nicht erzählen.«

Vorsichtig schlürft der Pokorny den Espresso, ein breites Lächeln stiehlt sich auf sein Gesicht. »So gut wie von der Karin. Danke! Auf Wiedersehen. Äh, gilt der Dienstplan bis zur Versetzung?«

Die Selina zwinkert. »Bis die Karin wieder gesund ist, mache ich ihre Dienste. Danach übernehme ich die von der Dagmar. Nicht mehr lange, und es kehrt Ruhe ein.«

Der Pokorny winkt gut gelaunt, und schon ist er unterwegs nach Hause.

Nachdem er den Frühstückstisch gedeckt hat, spielt der Pokorny ausgelassen mit der Maxime im Wohnzimmer.

Müde schlurft die Toni die Stufen herunter. »Na, du bist ja gut drauf.«

»Die Dagmar ist bald Geschihihihichte!«, ruft er und erzählt ihr von dem Gespräch mit der Selina.

»Sehr gut. War ja nicht mehr auszuhalten. Gibt es Neuigkeiten vom Sprengi?«

Als hätte der Gruppeninspektor auf seinen Einsatz gewartet, läutet das iPhone.

»Schon in Amt und Würden?«, feixt die Toni und schaltet das Handy auf Lautsprecher. Genussvoll nippt sie an ihrem Cappuccino.

Der Sprengnagl gähnt. »Hat gestern noch länger gedauert. Die Wehli war auf hundertachtzig. Ehrlich!«

»Schon gut«, bremst ihn sein Freund. »Tut mir leid.«

»Ja eh, bis zum nächsten Mal. Der Schrott wurde heute Vormittag auf freien Fuß gesetzt.«

»Wieso?«, fragt die Toni.

»Er bestreitet hartnäckig, etwas mit dem Brand zu tun zu haben, und wir können ihm nicht nachweisen, dass er an dem Abend dort war. Die Fotos mit dem Spiritus im Auto und seine Abdrücke auf den Kanistern im Keller der Folkert waren der

Staatsanwältin für Brandstiftung mit Todesfolge zu wenig. Die Mitarbeiterin im Hotel hat bestätigt, dass sie am Sonntagnachmittag eingecheckt haben. Die Wehli hat ihn mit den von der Folkert erstellten Fotos und Videos konfrontiert. Seine Frau gibt ihm für die Mordnacht ein Alibi. Da wir nicht mehr zu bieten haben, musste sie ihn vorläufig laufen lassen.«

»Wir stehen also wieder am Anfang?«, fragt die Toni.

Der Pokorny schüttelt den Kopf. »Nein, du hast das mit dem Feuerlöscher doch auch gespürt. Da hat er gewackelt, er ist nicht unschuldig. Einen Vorteil hat seine Freilassung. Er ist jetzt für uns wieder greifbar. Aber was anders.« Er wechselt das Thema und erzählt dem Gruppeninspektor von dem Gespräch mit der Selina.

»Wissen wir, ein Busfahrer hat uns angerufen. Der Ribitsch ist gegenüber der Annamühle ausgestiegen und in Richtung Kurpark gegangen.«

»Er hat erzählt, er kriegt wegen dem Tod vom Grammel noch Geld.« Der Pokorny schlürft seinen Espresso. »Er war also in der Mordnacht in Bad Vöslau.«

»Er muss den Schrott also vor seiner Flucht mit dem Rad beim Anzünden gesehen haben, und jetzt erpresst er ihn«, sagt der Sprengnagl. »Wieso sollte er sonst für den Tod seines Kollegen Geld bekommen?«

»Der Schrott könnte die beiden Obdachlosen aber auch beauftragt haben, das Hotel anzuzünden«, fährt sie fort. »Dadurch, dass er überall von seinem Grazurlaub erzählt hat, hat er sich ja brav ein Alibi gebastelt. Der Grammel war ein Kollateralschaden. Und jetzt will sich der Ribitsch sein Geld holen.«

»Und wo versteckt sich der Ribitsch seit Samstag?«, fragt der Gruppeninspektor.

»Im Hotel wohl nicht mehr«, vermutet der Pokorny. »Das ist eine einsturzgefährdete Ruine.«

»Worüber wir noch gar nicht gesprochen haben: Könnte der Ribitsch die Folkert auf dem Gewissen haben?« Die Toni schürzt die Lippen. »Er kommt am Samstag nach Vöslau, in derselben

Nacht wird die Folkert ermordet. Denkt doch an die Kanister und den Feuerlöscher. Vielleicht hat sie ihn beim Anzünden gesehen, oder …«

Der Sprengnagl unterbricht: »Oder er hat sie bei der zweiten Brandlegung beobachtet und wollte sie und gar nicht den Schrott erpressen.«

»Und die Folkert wollte nicht zahlen, und dann hat er sie erwürgt.«

»Wie wir es auch drehen und wenden«, der Sprengnagl räuspert sich, »wir müssen ihn finden. Ohne seine Aussage kommen wir nicht weiter.«

»Hat sich der Alterbauer schon gemeldet?«, fragt der Pokorny.

»Ja, und ich hab eine gute und eine schlechte Nachricht. So man das bei einem Mord überhaupt sagen kann. Die gute Nachricht: Das Hanfseil aus der Hütte ist dasselbe wie das, das um den Hals der Folkert gelegt wurde. Auch in der schmalen Wunde an ihrem Hals haben wir Fasern des Seils gefunden. Wie ihr richtig vermutet habt, ist der Versuch, sie damit zu erdrosseln, gescheitert. Das Seil ist schlicht und einfach gerissen. Der Täter dürfte sich bei dieser Aktion an der Hand verletzt haben. Im Labor konnten an dem geflochtenen dicken Seil fremde DNA-Spuren isoliert werden.«

Der Pokorny sagt: »Er hat also zuerst das dünne Seil um ihren Hals geschlungen, zusammengezogen und sich durch den Ruck, als das fasrige Seil gerissen ist, selber verletzt.«

»Und die schlechte?«, erkundigt sich die Toni.

»Die DNA stammt nicht vom Schrott, was letztendlich der ausschlaggebende Grund für seine Freilassung war.«

»Auch nicht von seiner Frau?«, fragt der Pokorny ihn.

»Nein, kein Treffer in der Datenbank.«

»Aber das Seil lag in seiner Hütte?«, fährt der Pokorny fort.

»Ja, und die Tatortgruppe hat auf der Rolle dieselbe fremde DNA wie in der Halswunde gefunden. Aber das beweist nur seine Unschuld.«

»Der Täter hat also die Rolle aus der Hütte geholt, versucht, die Folkert zu erdrosseln, sie erwürgt, bei der Helenenhöhe aufgehängt und dann die Rolle zurück aufs Regal vom Schrott gestellt«, fasst die Toni zusammen. »Das alles, um eine falsche Spur zu ihm zu legen?«

»So sieht es zumindest die Staatsanwältin.«

Der Pokorny schneidet ein Kürbiskernweckerl auf. »So blöd kann der Täter doch nicht sein. Ein Beweisstück mit seiner DNA in die Hütte zu stellen, die nach dem Tod der Folkert und dem Auffinden der leeren Kanister durchsucht werden würde. Der liefert sich ja früher oder später selber ans Messer.«

»Es gibt so viele Wenn und Aber. Vielleicht hat er die Verunreinigung des Seils in der Hektik gar nicht mitbekommen. Die Blutspuren dürften in der Nacht kaum zu sehen gewesen sein«, seufzt der Gruppeninspektor. »Der Schrott könnte das Seil ja auch hergeborgt haben, keine Ahnung, einem Nachbarn zum Beispiel. Der hat sich verletzt, der Schrott nutzt die Chance und legt seinerseits eine falsche Fährte. Ist ja klar, dass wir ihn zuerst verdächtigen.«

»Die Staatsverweigerer scheiden demnach auch aus. Ihre DNA werdet ihr ja haben, oder?«, vermutet die Toni.

»Von den meisten, ja. Aber es ist unklar, was oder wer im Dunkeln vom Niemandsland in den Bundesstaat Preußen geschmuggelt wird.« Der Sprengnagl lacht.

Die Toni fragt: »Wie sieht es mit der Speicherkarte aus?«

»Das Video auf der Speicherkarte ist ein Horror. Mit Mühe und Not sind zwei Personen auszumachen. Eine liegt am Tisch, die andere ist über sie gebeugt. Mehr ist nicht zu erkennen. Die Kollegen versuchen gerade, mit einer Bildbearbeitungssoftware die Qualität zu verbessern.«

Der Pokorny brüht sich noch einen Espresso auf. »Die Zwatzl treibt so einen Aufwand mit den ganzen Robotertieren, und dann ist die Aufnahme so mies. Sparen am falschen Ort!«

»Dafür haben die Leute vom Alterbauer die Sticks genauer analysiert. Zusammenfassend wäre auch ein gemeinsamer Mord aller Nachbarn an der Folkert möglich. Ihr könnt euch das nicht vorstellen. Die hat von jedem Dutzende Fotos und Videos gemacht. Sogar die Staatsverweigerer sind zum Handkuss gekommen.«

»Und wie?«, fragt die Toni.

»Die preußischen Staatsbürger pfeifen sich ja wenig bezüglich Bauvorschriften, nur bei ihrer Nachbarin haben sie auf Granit gebissen. Wie straßenseitig wollten die Illeks auch auf ihrer gemeinsamen Grundstücksgrenze einen drei Meter hohen Zaun errichten. Davon abgesehen, dass ein Elektrozaun sowieso nicht erlaubt ist, dürfen zwischen Nachbarn maximal zwei Meter hohe Zäune aufgestellt werden. Sie hat drei Monate lang jeden Tag stundenlang die österreichische Nationalhymne gespielt und die Lautsprecher zu den Illeks ausgerichtet. Dann waren die Preußen zu Verhandlungen bereit. Jetzt war es für die Folkert natürlich schwierig, auf die gängigen Bauvorschriften hinzuweisen. Weil halt aus dem Niemandsland nichts rechtlich Bindendes kommen kann. Die Streitparteien haben sich dann untereinander geeinigt. Die Bauvorschriften wurden als Privatvertrag beidseitig akzeptiert. Das Abspielen von Firmenmelodien wurde verboten. Die Preußen haben dann den Zaun weggerissen und ein drei Meter hohes, fünfzig Zentimeter breites und zwanzig Meter langes Nebengebäude errichtet. Streng nach Vorschrift wurde die maximale Größe von zehn Quadratmetern nicht überschritten. Die Folkert hat aus Protest in der Nacht Essensreste über die Mauer geworfen. Worauf der Dobermann und der Marder jagen gegangen sind. Es gab unschöne Szenen, auch einen Hausbesuch mit einer saftigen Ohrfeige vom Herrn Illek hat sie auf Video.«

Der Pokorny meint: »Schön und gut, deshalb wird er die Folkert nicht erwürgt haben. Was ist vom Nussbaum drauf?«

»Der Nussbaum wurde vor vier Jahren von seiner Frau verlassen. Sie hat ihn zu Hause mit einer Prostituierten im Bett erwischt. Von da an ging's mit ihm bergab. Er verlor seinen Job, machte Schulden, hat seine Nachbarn bestohlen. Die Folkert hat ihn dabei gefilmt und gedroht, das Video den Nachbarn zu zeigen. Daraufhin hat ihr der Nussbaum gezeigt, wie er sein Gewehr reinigt. Als gefährliche Drohung wollte er das nicht sehen. Er habe einen Jagdschein und müsse seine Waffe pflegen. Es kam zu keinem Verfahren.«

»Nein, das ist mir alles zu dünn. Auch dafür bringt man niemanden um«, stöhnt die Toni.

»Tut mir leid, mehr kann ich euch momentan nicht bieten. Wir brauchen den Ribitsch. In der Zwischenzeit arbeiten unsere Techniker an der Qualität des Videos. Wenn's was Neues gibt, melde ich mich.«

Der Pokorny sagt: »Wir fahren noch einmal beim Nussbaum vorbei. Die Geschichten soll er uns selber erzählen. Mal schauen, wie er auf die Videos der Nachbarin reagiert.«

Bevor die beiden aufbrechen, läutet das Nokia.

»Kannst du uns um zweiundzwanzig Uhr einunddreißig am Bahnhof abholen?«, krächzt die Katzinger ohne Begrüßung los. »Die Sophie will vor ihrem Tod noch einmal nach Österreich kommen, ich hab sie auf meine Ranch eingeladen. Jetzt hat sie prompt Ja gesagt. Unser Zug kommt um halb elf an. Ich verhandle grade mit der ÖBB.«

»Weswegen verhandeln Sie?«

»Damit die den Zug nach Vöslau umleiten. Es ist ja einer Krebskranken nicht zumutbar, in Meidling aus dem fahrenden Zug rauszuhupfen und quasi in den nächsten Zug Richtung Vöslau reinzuspringen. Ich hab schon im Kundenzentrum angerufen und einen Rückruf von einem Oberbonzen verlangt. Zurückgerufen hat halt noch niemand, aber das ist sekündlich zu erwarten. Falls die doch kneifen, brauchen wir deine Hilfe.«

»Kein Problem, wann kommen Sie denn in Vöslau an?«

»Hast mir nicht zugehört? Um Meidling geht's! Entweder die ÖBB lenkt ein und damit den Zug um, oder du musst uns mit deiner Schüss… also mit deinem Oldtimer am Bahnhof Meidling abholen.«

»Schafft die Sophie so eine lange Zugreise überhaupt? Der Ludwig hat erzählt, sie wurde auf die Onkologie gebracht.«

»Ma, die alte Petze«, murrt die Katzinger. »Auf der Krebsstation wollten sie die Sophie niederspritzen, quasi die Letzte Ölung. Nix da, hab ich gesagt, gestorben wird daheim und nicht im Spital. Für die fünf Stunden im Zug hab ich uns ein Sechser-Appartement gebucht. Da kann sie sich quer hinlegen.«

»Und wo soll Ihre Schwester wohnen? In Ihrem Wohnwagen ist kein Platz, außer …« Der Pokorny lässt bewusst den Satz offen.

Sie seufzt. »Ja, ja, der Heini ist ein Kavallieri der alten Stunde. Sofort hat er vorgeschlagen, seinen Feinripp vorübergehend mitzunehmen. Viel hat er ja nicht im Wagen, halt das Glaserl für die … aua!« Die Pokornys hören im Hintergrund eine Diskussion zwischen den beiden Alten. »Ja, ja, schon gut. Also außer dem Feinripp und … ihr wisst schon, für die Zähne halt, braucht er nicht viel einzupacken. Lang wird's ja nicht dauern, bis die Sophie …«

»Wir werden Sie unterstützen, wo es geht«, ruft die Toni.

»Tonerl, ich danke dir riesig. Was gibt's bei euch? Fall schon gelöst?«

Der Pokorny grinst. »Ohne Sie geht hier gar nichts weiter. Gut, dass wir ab morgen wieder auf Ihre Hilfe hoffen können.«

Das Knirschen der Zahnräder im Kopf der alten Frau hören die Pokornys sehr, sehr deutlich. »Weißt, jetzt reiß ich eh grade eine krankheitsbedingte Depression auf, und du häkelst mich noch. Ja geht's noch?«

»Ich wollte Sie nur aufheitern«, sagt der Pokorny und hofft, ungeschoren zurückrudern zu können. »Gerade jetzt mit der Krebssache haben Sie nicht viel zu lachen. Und außerdem fehlen Sie uns wirklich. Ich hab übrigens eine phantastische Nachricht für Sie. Unsere Lieblingsmitarbeiterin in der Annamühle ist bald Geschichte.« Er erzählt ihr von seinem Gespräch mit der Selina.

»Ein bisserl müssen wir noch durchhalten.«

»Super, da machen wir zur Feier des Tages einen Schampus auf. Wahrscheinlich steht unser Lokal knapp vor der Ruine. Sonst hätte der Chef meiner Forderung nach Exekution des Kundenschrecks nicht zugestimmt. Da ist er zu sehr gegen mich.«

»Ist Ihre Schwester in der Nähe?«, fragt die Toni.

»Nein, die schlaft ein Randerl. Die Reise wird anstrengend. Ich weiß schon, warum du fragst. Ja, wir können in Ruhe ratschen. Also rüber mit den Infos, vielleicht kann ich ja jetzt schon helfen.«

Die Pokornys erzählen ihr und dem Heini, was sich seit der Verabschiedung vorm Paulaner-Festzelt getan hat.

»Noch eine Leiche. Marantana, und ich nicht in Vöslau.«

Die Toni übernimmt das Gespräch. »Sie kennen den Grammel und den Ribitsch sicherlich.«

»Ja, die zwei Sandler haben die Gäste regelmäßig wegen einem Kaffee angeschnorrt. Aber nicht dass du glaubst, die apathische Dagmar hätte ihre sonstige Freundlichkeit für eine Abschiebung der Schnorrer nach Wien verwendet. Nein, die haben immer wieder Brot vom Vortag von ihr bekommen. Ich glaube ja, die Dagmar wollte die Kunden vergraulen. Vielleicht wurde sie gar vom anderen Bäcker angeworben und agiert jetzt als Maulwurf, der die Annamühle zum Exodus treiben soll.« Die alte Frau flüstert mit ihrem Begleiter. »Der Heini hat das Brikett vor drei Wochen auf einer Bank am Kinderspielplatz liegen gesehen.«

Die Toni runzelt die Stirn. »Brikett?«

»Ma, denk mit, den Grammel halt. Was sich die anderen Erwachsenen da aufgeregt haben. Ein Mann alleine am Spielplatz, da kommen die Eltern auf abartige Gedanken.«

»Wie Sie immer grauslich über die Leute reden. War der Ribitsch auch dort?«

»Der Heini zuckt mit den Schultern«, übergeht sie den Rüffel von der Toni. »Wissen wir nicht genau. Bestätigen kann er nur den Grammel. Muss ein sehr sympathischer Kerl gewesen sein, schon wegen seinem Namen. Grammellll. Da krieg ich gleich einen Gusto.«

Der Pokorny grinst und denkt an seine Oma. Die hat auch immer Grammeln und Schmalz im Eiskasten gehortet. Erst Jahre später hat er begriffen, wieso die Schnitzel von der Oma so gut schmeckten. Weil halt das fette Schmalz ein perfekter Geschmacksträger ist. »Der Ribitsch wurde seit Samstag nicht mehr gesehen. Anscheinend wollte er das Ehepaar Schrott oder die Folkert erpressen. Die Polizei kann ihn nicht finden.«

»Vielleicht hat ihn der preußische König in seiner Gewalt? Wäre nicht das erste Mal, dass die Staatsnegierer mit einem Niemandsländer Ende Gelände spielen.«

»Das können Sie vergessen. Ohne gültige Papiere und guten Leumund kommen Sie dort nicht hinein«, sagt die Toni. »Wo könnte er sich verstecken?«

Der Heini meldet sich erstmals zu Wort. »Überall dort, wo niemand zu Hause ist.«

»Ma, das hilft uns jetzt aber narrisch weiter … Moment, vielleicht versteckt er sich auf meiner Ranch. Ich bin ja nicht zu Hause.«

»Woher soll der Ribitsch das erfahren haben?«, erkundigt sich der Pokorny.

»Der Ribitsch war auch in der Annamühle. Dort werde ich von fast allen vermisst, der Ludwig posaunt meinen Urlaub herum. Klar weiß der Killer sofort, dass ich weg bin, und schlägt bei meiner mobilen Villa zu.« Ein Klicken im Hintergrund verrät den Anfang vom Ende einer Marlboro-Gold-Zigarette. »Nein, Scherz beiseite, vielleicht sollte sich die Chefpolitesse einmal leer stehende Objekte anschauen. Von weggestorbenen oder verzogenen Leuten. Da könnte er sich leicht gratis einmieten.«

Die Toni nickt zustimmend. »Die Idee ist gut. Nur, wo fangen wir an?«

»Steht nicht oben bei der Waldandacht das Haus vom Schöberl leer?«, fragt der Heini. »Vielleicht ist er ja dort untergekommen?«

»Da hätte ihn die Zwatzl schon lange am Radar«, sagt der Pokorny.

»Na, ich weiß nicht. Dort gibt's doch schon lang nix mehr zum Spionieren«, meint die Katzinger. »Alle verzogen, tot oder im Gefängnis. Wird also recht fad sein für die Stasi-Tante. Wenn die ihr Beobachtungsklumpert abgezogen hat, kann er sich dort gut verkriechen … Ich muss aufhören, die Sophie ruft nach mir. Passt halb elf am Bahnhof?«

»Ja, schreiben Sie mir bitte bis einundzwanzig Uhr, welchen Bahnhof ich ansteuern soll.«

»Mach ich. So wie ich die deutsch-österreichischen Apparatschiks kenne, wird's für dich leider Meidling werden. Babatschi.«

»Hm«, murmelt die Toni. »Der Sprengi geht nicht ans Telefon.«

»Vielleicht sitzt ihm die Wehli im Nacken.«

»Dann halt anders.«

– *Schaut euch leer stehende Objekte in Vöslau an. Der Ribitsch kennt sich bei der Waldandacht gut aus.*

– *Ist schon im Laufen. Die Kollegen eruieren grade die Objekte.*

– *Vielleicht ist er im Haus vom Schöberl?*

– *Glaub ich nicht, mit der Zwatzl gegenüber?*

– *Wir schauen trotzdem vorbei.*

– 👍

Die Toni sieht ihren Liebsten an. »Ist in deinem E-Bike-Akku noch Strom drinnen?«

»Sicher, ich fahre jetzt mit weniger elektrischer Unterstützung.«

»Trainierst du leicht?«, fragt sie erstaunt.

Er übergeht die Frage. »Wir sollten jedenfalls von der Waldseite kommen. Das Haus von der Zwatzl liegt gegenüber, und beim Eingang hängt eine Eins-a-Kamera. Die ist fix in Betrieb.«

Mit zusammengebissenen Zähnen und einem heftigen Wadenkrampf kämpft sich der Pokorny hinter der Toni den Berg hinauf. Auch ohne die Sechzehn-Kilo-Beagelin ist ihm klar, dass seine Fitness zwar merklich besser, aber keinesfalls konkurrenzfähig mit der der allerbesten Ehefrau der Welt ist. Humpelnd schleicht er mit schmerzverzerrtem Gesicht hinter der Toni zum waldseitigen Eingang des Schöberl'schen Grundstücks.

Wie schnell doch drei Jahre vergehen und sich die Natur ihr

Habitat zurückholt. Der vormals gepflegte Garten gleicht einem Urwald aus Gestrüpp, Büschen, wild wuchernden Staudenbeeten und jeder Menge Unkraut.

»Autsch!«, ruft der Pokorny, der beim Durchzwängen durch eine Lücke im Maschendrahtzaun im Schatten seiner Ehefrau eine Brennnesselstaude übersehen hat. Sollte die Zwatzl beim Schöberl noch aktiv sein, ist sie spätestens jetzt über den Einsatz der beiden informiert.

»Willi, sei leise. Sonst hört uns der Ribitsch.«

Er reibt sich das schmerzende Knie. »Falls er überhaupt im Haus ist.«

»Wenn du weiter so laut bist, dann sicher nicht mehr.« Vorsichtig setzt sie einen Fuß vor den anderen und stutzt. Sie winkt dem Pokorny zu. »Schau, da ist eine Spur.«

Vom Zaun zieht sich ein schmaler, ausgetretener Weg zu einem großen Loch in einer Fensterscheibe. Daneben liegen mehrere Holzbretter. »Die Bretter wurden runtergerissen, dann ist wer durchgeklettert. Hätte mich auch gewundert, wenn das Haus seit drei Jahren im Dornröschenschlaf läge.«

Das kaputte Fensterglas befindet sich auf der Innenseite am Boden. Geschickt zwängt sich die schlanke Toni durch das Loch, darauf bedacht, sich nicht zu schneiden. Trotz ihrer Vorsicht ist ein leises Knirschen des zerbrochenen Glases am Boden nicht zu vermeiden. Rasch öffnet sie für ihr Bärli das komplette Fenster. Nie und nimmer wäre er ohne gröbere Verletzungen durch das Loch ins Haus gekommen. Beide verharren regungslos und lauschen. Jetzt ist es an der Toni, leise zu sein. Panisch starrt sie zu ihren Füßen, sieht, wie ihr zwei Mäuse über die Sneakers laufen und hinter einem zerschlissenen Sofa verschwinden.

»Soll ich vorgehen?«, fragt der Pokorny schmunzelnd. Es gibt wenig, was die allerbeste Ehefrau der Welt aus der Fassung bringt. Mäuse und Spinnen gehören jedoch dazu.

Zu ängstlich, um auf seine Stichelei einzugehen, nickt sie.

Für beide ist die Situation nicht einfach. Zu viele Erinnerungen geistern durch ihre Gedanken. Zwar ist das Haus aufgrund von

Vandalismus und ausufernden Partys renovierungsbedürftig, trotzdem haben sie noch die Bilder vom Schöberl im Kopf. Wie er nach dem Tod der Elisabeth Lieblich betrunken in der Küche vom Sessel gefallen ist.

Der Pokorny deutet auf die Stufen, die ins Obergeschoss führen. »Schau, da sind Tropfen.« Die Toni gibt ihm ein zerknittertes Taschentuch. Er bückt sich, wischt damit vorsichtig über den Fleck und schnuppert daran. »Riecht nach Eisen. Könnte eingetrocknetes Blut sein. Nicht reinsteigen, die Tropfenspur verläuft bis zur Eingangstür.«

»Willi, das gefällt mir gar nicht. Lass uns verschwinden.«

Seinen rechten Fuß auf der ersten Stufe, überlegt er. »Entweder die verletzte Person ist ins Haus rein und versteckt sich oben, oder sie wurde oben verletzt und hat das Haus wieder verlassen.«

»Und der Täter wartet oben mit einem Messer auf uns«, flüstert die Toni und hat Mühe, ihre Panik in den Griff zu bekommen. »Freitag der 13.«, »Großangriff der Zombies«, »Nightmare on Elm Street«, im Fernsehen liebt die Toni die Filme, nicht jedoch, wenn sie hautnah dabei ist. Für den Pokorny taugen die Rosenheim-Cops gut zum Einschlafen, mit den Horror-Schockern von der Toni macht er auch mit zwei Flaschen Veltliner kein Auge zu.

»Glaub ich nicht! Bleib hinter mir.«

Langsam steigen die Pokornys Stufe für Stufe hinauf. Vor dem Treppenabsatz halten sie an und lauschen. Bis auf ihre eigenen Herzschläge ist es im Haus mucksmäuschenstill. Der Pokorny zeigt auf eine offen stehende Tür. »Da drinnen hab ich den Schöberl gefunden.« Erleichtert atmet er auf, die Bilder und die Puppe sind verschwunden, wurden wahrscheinlich von Jugendlichen mitgenommen. Was damals definitiv nicht zu sehen war, ist ein dunkler Fleck auf dem abgewetzten, verstaubten Teppich.

»Könnte Blut sein«, mutmaßt die Toni.

Der Pokorny nickt. »Jedenfalls nicht mehr frisch. So wie die Tropfen auf den Stiegen und im Flur.«

»Sehr alt sind die Flecken noch nicht. Schau dir den Staub rundherum an. Das Blut ist noch klar zu erkennen. Es ist auf den Staub getropft.«

»Ziemlich viel Blut für meinen Geschmack. Wer auch immer da war, er hat sich gröber verletzt.«

»Oder wurde gröber verletzt«, meint die Toni. »Da sind feine Spritzer an der Wand.«

Der Pokorny deutet auf eine Stelle hinter der Tür. »Das ist zwar ein Klischee. Trotzdem, der zerwühlte Schlafsack könnte vom Ribitsch stammen.«

»Verschwinden wir, wer weiß, vielleicht ist der Täter ja noch im Haus.«

»Das glaub ich nicht. Was auch immer passiert ist, es ist länger her.«

Vorsichtig folgen sie der Spur, die zur Eingangstür führt.

»Da ist er raus«, sagt die Toni und deutet auf die dunkelbraun verschmierte Türschnalle. »Jetzt brauchen wir nur mehr einen Zeugen, der etwas gesehen hat. Willi, die Zwatzl! Mit ihren Kameras!«

Stöhnend schüttelt er den Kopf. »Mir graust vor dem Gespräch, aber du hast recht. Schauen wir uns vorher den Rest des Hauses an.«

Sie schleichen von Zimmer zu Zimmer. Immer mit der Angst, dass ein Verletzter, eine Leiche oder gar der Täter hinter der Tür lauern könnte.

Erleichtert und verschwitzt atmen die beiden fünfzehn Minuten später durch. Außer den eingetrockneten Blutspuren gibt es keine Auffälligkeiten im Haus.

»Ich schick dem Sprengi eine SMS. Die Spusi muss sich das anschauen.«

– haus vom schoeberl leer   im lieblich zimmer sind wahrscheinlich blutflecken am boden … blutspritzer bis zur haustuere keine spur vom ribitsch gefunden

»Und wir zwei, wir haben jetzt einen Hausbesuch vor uns«,

feixt er und nimmt die Toni an der Hand. »Weil die Stasi-Tante geb ich mir heute nicht allein.«

»Was machen Sie im Haus vom Schöberl?«, fragt die Zwatzl irritiert. Rein zufällig kehrt sie den Zugangsweg zu ihrem Haus.
»Wir haben nach dem zweiten Obdachlosen gesucht«, antwortet der Pokorny ebenfalls ohne Begrüßung. »Sie sind mir noch eine Antwort schuldig.«
»Ich bin Ihnen gar nichts schuldig.«
»Ich hab keine Lust auf Ihre Späßchen«, sagt er. »Haben Sie die beiden Obdachlosen vorher schon einmal gesehen? Beim Hotel oder gar im Haus vom Schöberl?«
Die Toni räuspert sich. »Schauen Sie, Frau Zwatzl. Mir sind Ihre Aktivitäten ziemlich egal. Nur langsam wird es für Sie wirklich eng. Haben Sie schon einmal etwas von Behinderung der Justiz und Strafvereitelung gehört? Strafausmaß bis zu zwei Jahre. Sie können nicht überall spionieren und dann just in wichtigen Momenten nie etwas gesehen haben …«
»Aber …«, unterbricht die Zwatzl.
»Kein Aber«, fährt die Toni fort. »Vielleicht hat die Folkert beim Aufhängen noch gelebt, und Sie haben mit Ihrem Igelroboter alles gesehen? Willi, was meinst du? Das klingt doch stark nach unterlassener Hilfeleistung, oder?«
»Sehr sogar. Wenn sich dann noch herausstellt, dass die Videoauswertung vom möglichen Mord besser ist, als Sie es uns weismachen wollen, sind Sie sowieso fällig. Also reden Sie schon!«
Die Toni klatscht ungeduldig in die Hände. »Hallo, aufwachen! Es eilt. Wir haben beim Schöberl Blutflecken entdeckt. Wir suchen den zweiten Obdachlosen, er ist am Samstag nach Vöslau gekommen und wurde seitdem nicht mehr gesehen.«
Die Zwatzl schürzt die Lippen. »Warum auch immer Sie so schlecht drauf sind, das geht mich nichts an.«
»Mir reicht es jetzt.« Die Toni greift nach ihrem Handy. »Sprengi, wir stehen vor dem Grundstück der Frau Zwatzl. Sie dürfte den Verletzten und den Täter beim Hinausgehen aus dem

Haus vom Schöberl gesehen haben … Was? Ja, wir haben es versucht, aber sie legt sich quer … Was? … Zehn Minuten, ja, wir warten. Danke!«

Die Mundwinkel der Zwatzl sind bei jedem Satz ein wenig mehr nach unten gerutscht. »War das jetzt echt oder gefakt?«

»Welchen Joker möchten Sie verwenden?«, erkundigt sich die Toni. »Um es abzukürzen: Telefon- und Publikumsjoker gehen nur mit der Vopo. Den Fünfzig-fünfzig-Joker lasse ich Sie gerne einlösen. Also wenn Sie richtig raten, sag ich Ihnen, wie es weitergeht.«

Je tiefer die Mundwinkel der Zwatzl hinunterhängen, desto höher wandern die vom Pokorny hinauf. »Ich würde an Ihrer Stelle nicht zu lange warten. Sie haben dreißig Sekunden ab … jetzt.«

»Sie vergackeiern mich, oder?«

»Neunundzwanzig, achtundzwanzig, siebenundzwanzig, sechs…«, zählt die Toni und winkt mit dem iPhone.

»Schon gut, schon gut. Sagen Sie den Einsatz ab, ich erzähl, was ich gesehen hab.«

»Sprengi«, sagt die Toni. »Sie will anscheinend kooperieren. Bleib dran.«

»Legen Sie auf, dann red ich.«

»Ich melde mich später. So, wir sind unter uns.«

Der Pokorny hat sich bewusst aus dem Gespräch herausgenommen. Einmal mehr bewundert er seine Ehefrau. Es heißt ja, mit den Jahren gleichen sich die Ehepartner an. Immer öfter vergisst die Toni, ihr Handy aufzuladen. Früher eine typische Pokorny-Vergesslichkeit, stehen jetzt nicht selten beide ohne Saft im Akku auf verlorenem Posten. Just beim Hinausgehen aus dem Haus vom Schöberl hat sich ihr iPhone aus dem Netz ausgeklinkt.

Das Gesicht der Zwatzl könnte grimmiger nicht sein. »Ich hab das Gesindel schon länger am Radar und immer wieder verscheucht. Nicht auszudenken, wenn sich das in Wien herumspricht. Dann gibt es bei uns bald nur mehr Sandler. Monatelang haben wir miteinander Katz und Maus gespielt. So wie Sie beide sind die von hinten ins Haus rein. Vor zwei Monaten war dann Schluss, ich hab die Fenster mit Brettern vernagelt, und die zwei haben sich ins Hotel verzogen.« Sie holt Luft und starrt gedankenverloren in Richtung Brandruine.»Wo sie ja auch hingehören.«

»Wieso hingehören?«, fragt die Toni.

Die Zwatzl legt den Kopf schief.»Na, die sollen doch wohl bei ihrem Chef übernachten. Platz genug ist dort ja.«

»Wieso Chef? Der Schrott hat ausgesagt, die beiden nicht zu kennen.«

»Würde ich an seiner Stelle auch machen«, sagt die Zwatzl. »Jetzt, wo einer abgekratzt ist. Bis vor einem halben Jahr hab ich für ihn sein Hotel überwacht. Dann kam die Kündigung. Knapp davor hat er die zwei Sandler im Prater auf einer Parkbank aufgelesen. Ob sie nicht Lust hätten, auf ein altes Hotel aufzupassen und ein paar Instandhaltungsarbeiten zu machen. Sie könnten dort gratis wohnen. Tagesfreizeit hatten die beiden genug, also haben sie zugestimmt, und er hatte zwei billige Arbeitskräfte. Für ein paar Euro haben die sich ums Hotel gekümmert.«

»Und Sie haben wirklich alle Gerätschaften abgezogen?«

»Ja, ich war durch mit ihm. Sollen sich doch die Sandler um die Bude kümmern, er wird schon sehen, was er davon hat, habe ich gedacht. Mir war das schnurzpiepegal. Deshalb bin ich da ausgestiegen.«

»Wer ist bei der Tür vom Schöberl hinaus, und wann war das?«

Die Pokornys halten den Atem an.

Die Zwatzl atmet durch.»Der Ribitsch ist raus.«

»Wann?«

»Äh … Samstagnacht.«

Die Toni knurrt:»Geht es auch ein wenig genauer?«

»So gegen ein Uhr dreißig.«

»Hat er geblutet?«, fragt der Pokorny.

»Ja, an der Schulter. Er hat ein Tuch draufgepresst.«

Selten verliert die Toni die Beherrschung, aber wenn, dann kracht es ordentlich.

»Sind Sie jetzt komplett verrückt geworden?«, schnaubt sie. »Der Mann verblutet vielleicht. Und Sie verrückte Stasi-Tante kehren Ihre verdammte Einfahrt und trällern eine fröhliche Melodie. Und alles nur, damit keiner erfährt, dass Sie noch dick im Geschäft sind! Eines sag ich Ihnen: Wenn der Ribitsch stirbt, hol ich Sie persönlich aus Ihrem Bunker raus. Egal, ob Sie sich hier verkriechen oder wieder einmal nach Deutschland abhauen.«

Der Pokorny legt beruhigend die Hand auf ihre Schulter. »Ist sonst jemand rausgelaufen?«, fragt er und sieht sein Gegenüber betreten den Kopf schütteln. »Das glaub ich Ihnen sogar. Es muss jemand sein, der sich hier auskennt, über Ihre Machenschaften Bescheid weiß und ihm deshalb nicht folgen konnte. Die Gefahr, gefilmt zu werden, war zu groß. Der Ribitsch aber wollte von Ihnen gesehen werden. Es war anscheinend seine einzige Möglichkeit, verletzt zu entkommen.«

Offenbar wird sich die Zwatzl der Tragweite ihres Verhaltens wirklich erst jetzt bewusst. »Ich wollte das nicht …«

»Ach, hören Sie doch mit Ihrem Geschwafel auf«, fährt die Toni sie an. »Wo ist er hin? Los, reden Sie, oder soll ich rüberkommen?«

Langsam wird der Pokorny unruhig. So verärgert hat er die allerbeste Ehefrau der Welt in mehr als zwanzig gemeinsamen Jahren noch nicht erlebt.

»E… er ist rüber in die Weinberge. Ich bin ihm bis zur Waldandachtstraße nachgelaufen.«

»Ein Wahnsinn! Da haben Sie nichts anbrennen lassen. Ganze zwanzig Meter haben Sie ihn verfolgt. Auf die Idee, dass ihm in den Weinbergen etwas passiert, er stürzt, verblutet oder ihm der Täter gar folgt, darauf sind Sie in Ihrem Wahnsinn nicht gekommen? Willi, ich geh zur Straße, sonst …«

»Geh nur, ich komm gleich nach.« Irritiert blickt er der Toni nach.

»Ich … habe niemanden gesehen.«

»Was meinen Sie?«

»Auf der Straße. Ich war ja dort. Der Täter kann nur hinten

raus sein. Wenn er ihm nachgelaufen wäre, hätte ich das gesehen. Da war niemand.«

Der Pokorny atmet durch. »Frau Zwatzl, ich ruf jetzt wirklich die Polizei an. Bis jetzt sind Sie immer mit einem blauen Auge davongekommen. Ob das auch diesmal was wird, bezweifle ich. Hoffen Sie nur, dass wir den Ribitsch lebend finden.«

»Wieso wirklich?«, fragt ihn die Zwatzl irritiert.

»Weil«, er schneidet eine Grimasse. »Weil Sie Dumpfbacke sich geirrt haben. Der Akku vom iPhone war leer. Meine Frau konnte gar nicht mit dem Gruppeninspektor telefonieren. Aber ich kann's.« Er wählt die Nummer seines Freundes. »Stellen Sie sich auf Hausbesuch ein. In Ihrem Interesse würde ich kooperieren.«

Nachdem er dem Sprengnagl von dem Gespräch mit der Zwatzl berichtet hat, legt er der Toni zärtlich den Arm auf den Rücken. »So durch den Wind hab ich dich noch selten erlebt.«

»Ich hab auch selten einen so dummen, arroganten, selbstherrlichen Menschen erlebt. Die tut und lässt, was sie will, spioniert herum, wo sie will und bei wem sie will. Die ist gemeingefährlich und gehört eingesperrt.«

»Wir müssen weg, die Wehli ist schon am Weg her.« Während der Pokorny mit der Toni um das Haus vom Schöberl herum und zu den Rädern geht, erzählt er ihr vom Gespräch mit dem Gruppeninspektor. »Ich hoffe wirklich, dass wir den Ribitsch bald finden und es ihm gut geht. Reg dich jetzt bitte nicht auf, aber –«

»Aber was? Komm mir nicht mit den Vorteilen der Zwatzl.«

»Weißt du, was an ihr so arg ist? Sie lügt uns nach Strich und Faden an, und doch … hilft sie uns immer wieder ein Stück weiter.«

Die Toni zieht die Augen zu schmalen Schlitzen zusammen.

»He, auf mich brauchst du nicht böse zu sein. Du hast recht. Sie würde uns einige Meter ersparen, wenn sie gleich mit der Wahrheit rausrücken würde. Aber … denk an die Speicherkarte im Eichhörnchen, an den frühen Leichenfund der Folkert. Wir wissen jetzt, wo der Ribitsch war und auch von den Lügen vom Schrott, die beiden Obdachlosen betreffend.«

Während der Pokorny Mühe hat, mit dem rasanten Tritttempo seiner wütenden Frau mitzuhalten, beruhigt sie sich einigermaßen.

Zu Hause angekommen, kann sie sogar wieder lächeln. »Irgendwie hast du recht, aber trotzdem. Ein Anruf bei der Polizei, und die Kamera beim Eingang ist genehmigt. Sie hätte nichts zu befürchten gehabt … Egal.« Die Toni schaut auf die Uhr. »Lust zum Kochen hab ich keine«, sagt sie mit einem Blick auf den Aussteckkalender an der Pinnwand. »Hm. Der Brucknerhof hat ausgesteckt. Auch wenn ich um vierzehn Uhr in die Bücherei muss, eine Erdbeerbowle könnte ich nach dem Gespräch vertragen.«

Nach der doch etwas längeren Runde mit der Beagelin werden sie vom Chef zu ihrem Stammplatz gebracht. Im Wintergarten sitzt der Pokorny immer am hintersten Tisch, da hat er seine Ruhe und die Maxime einen guten Ort für ein Schlaferl.

Wie immer gibt es für den Pokorny wenig zu überlegen. Beim Brucknerhof isst er immer eine Blunzen mit Erdäpfelschmarrn, dazu trinkt er ein Glaserl Veltliner. Die Toni gustiert eine Weile an der Theke und entscheidet sich dann für Krautfleckerln und die phantastische Erdbeerbowle.

»Der Ribitsch könnte den Täter beobachtet haben. Überleg doch einmal. Die Folkert wurde zwischen zweiundzwanzig Uhr und Mitternacht erwürgt. Von der Helenenhöhe bis zum Haus vom Schöberl sind es circa zwei Kilometer. Eineinhalb Stunden später läuft der Ribitsch verletzt aus dem Haus.«

»Wieso bist du dir so sicher, dass der Ribitsch bei der Helenenhöhe war?«

»Bin ich mir nicht. Es passt zeitlich einfach gut zusammen.« Der Pokorny bedankt sich für die servierte Blunzen. »Wo kann der Ribitsch hin sein? Seine Wunde muss verarztet werden, und unterkommen muss er ja auch irgendwo.«

Die Toni nippt an der herrlich spritzigen Bowle. »Wenn er in Richtung Hauptstraße gelaufen ist, könnte er ins Jakobusheim gegangen sein. Dort sind genug Schwestern, die ihm helfen würden.«
»Die müssten eine Schnittverletzung bei der Polizei melden. Wenn sie das gemacht hätten, hätte der Sprengi es uns gesagt. Wo kann der Ribitsch bloß sein?«, sinniert der Pokorny und kostet vom Veltliner.

»Ich hoffe nur, dass die Wunde nicht zu dramatisch ist. Eine oberflächliche Schnittwunde kann er mit einem Druckverband rasch in den Griff bekommen. Im Garten sind mir keine Blutspuren aufgefallen.«

»Wir müssen abwarten, was der Sprengi uns erzählt. Vielleicht ist das Blut ja gar nicht vom Ribitsch. Fahren wir nachher zum Nussbaum?«

Die Toni salzt die Krautfleckerln ein wenig nach. »Das geht sich nicht mehr aus. Ich möchte mich noch umziehen, und um vierzehn Uhr muss ich in der Arbeit sein.«

»Begleitest du mich abends beim Abholen von Katzinger und Co.?«

»Nein, zu fünft ist es zu eng im Escort. Schau nach dem Nussbaum noch bei den Schrotts vorbei. Vielleicht erzählt er dir was vom Gespräch auf der PI.«

Eine Stunde später fährt der Pokorny mit der Maxime in die Holzmüllergasse. Der Nussbaum steht im Vorgarten auf der letzten Sprosse einer Leiter und schneidet vertrocknete Blüten zurück. Die üppig wuchernde, violett leuchtende Pflanze schmückt ein Salettl aus weiß gestrichenem Gusseisen. Fast scheint es, als könnte die Ramblerrose nur mit Ach und Krach gebändigt werden.

»Wunderschön«, stellt der Pokorny fest und weiß, damit kann er nur Punkte gewinnen.

Der Nussbaum lächelt. »Die Rosen sind mein ganzer Stolz. Ich habe sie zur Erinnerung an meine verstorbene Frau Hedwig gepflanzt.«

»Das schaut sehr professionell aus. Sind Sie Gärtner von Beruf?«

Der Pokorny geht am liebsten jedweder Gartenarbeit aus dem Weg. Gut, hin und wieder gilt es, den Klee im Garten in Zaum zu halten, was meistens schon durch Rasenmähen gewährleistet ist. Aber mit einer Schere auf einer Leiter stehend herumschnitzeln, das würde für die Gesundheit des untalentierten Handwerkers sicherlich böse enden.

Der Nussbaum steigt die Sprossen herunter. Er hebt die Hände, die in Gartenhandschuhen stecken. »Ich würde Ihnen ja gerne die Hand geben, aber das lasse ich besser bleiben, ich bin ganz verschwitzt, entschuldigen Sie.«

»Kein Problem, ich will Sie auch gar nicht lange stören.«

»Passt schon, ich hab eh gerade Zeit. Zu Ihrer Frage, ja, ich bin Gärtner und betreue in Bad Vöslau mehrere Grundstücke langjähriger Kunden.«

»Das trifft sich gut. Sie kommen viel herum. Sind Sie auch in der Nähe des Kinderspielplatzes unterwegs?«

»Der am Felde?«, fragt der Nussbaum und sieht seinen Besucher nicken. »Klar, dort kümmere ich mich um mehrere Gärten. Wieso fragen Sie?«

»Der Tote im Hotel wurde dort einmal auf einer Bank gesehen. Wir sind auf der Suche nach einem unbewohnten Haus in der Gegend.«

»Wollen Sie leicht umziehen? Sie wohnen doch noch gar nicht so lange in Vöslau.«

Das ist der Nachteil von allzu großer Bekanntheit. Früher konnten die Pokornys relativ entspannt durch ihre Wahlheimat spazieren. Seitdem sie von der Bürgermeisterin den Goldenen Ehrenring der Stadtgemeinde Bad Vöslau verliehen bekommen haben, ist es damit vorbei. Der Pokorny verneint und fragt aus einem Bauchgefühl heraus: »Haben Sie am Samstagabend einen Mann gesehen, der sich verdächtig verhalten hat?«

»Beim Kinderspielplatz?«

»Nein, jemand, der auf das Haus der Schrotts gestarrt hat oder dort herumgeschlichen ist. Es könnte sich um den obdachlosen Mann handeln, der aus dem brennenden Hotel geflüchtet ist. Er wurde am Samstag in Vöslau gesehen und wird von der Polizei gesucht. Sie überprüfen gerade leer stehende Häuser. Hätten Sie eine Idee, welches Haus dafür in Frage käme?«

»Ja, da war einer. Ich war eine Runde im Wald, und am Weg retour hab ich einen Mann oben beim Gartentor der Schrotts stehen sehen. Ich weiß aber nicht, ob das der Mann war, den Sie suchen. Im Kronenblatt hab ich gelesen, er sei vom Hotel weg und habe möglicherweise seinen Kumpel auf dem Gewissen. Glauben Sie wirklich, der kommt zurück?«

»Die Journalisten schreiben viel, wenn der Tag lang ist. Der Mann könnte ein wichtiger Zeuge sein und den Täter gesehen haben.«

»Den Schrott?«

»Das ist noch offen.«

»Leider hab ich keine Idee, wo er sich verstecken könnte.«

»Schade, wäre auch zu schön gewesen. Er dürfte nämlich an der Schulter verletzt sein.«

»Hoffentlich nicht schlimm.«

»Das wissen wir leider nicht. Deshalb ist es wichtig, ihn zu finden. Die Polizei braucht seine Aussage.«

Der Nussbaum nickt nachdenklich. »Ich werde die Augen offen halten.«

»Danke.« Der Pokorny hebt eine der abgeschnittenen Blüten auf. »Sie haben von Ihrer Frau erzählt. Woran ist sie gestorben?«

Der Nussbaum seufzt, wirkt auf einmal zehn Jahre älter. »Herzinfarkt, völlig aus dem Nichts. Ich bin aufgewacht, und sie ist tot neben …«

»Das tut mir sehr leid. Wie lange ist das her?«

»Vier Jahre, und es vergeht kein Tag, an dem ich nicht an sie denke.« Er bemerkt, wie sein Gegenüber die Stirn runzelt. »Hab ich etwas Falsches gesagt?«

Grundsätzlich soll man über Tote ja nicht schlecht reden. Trotzdem beschließt der Pokorny, den Nussbaum mit der Aussage seiner ehemaligen Nachbarin zu konfrontieren. Zu sehr wundert ihn die unterschiedliche Darstellung dessen, weshalb der Nussbaum alleine lebt. Schließlich meinte der Sprengnagl, die Frau habe ihn wegen einer Prostituierten verlassen. »Nein … ja, ich weiß nicht. Wie soll ich sagen? Die Folkert meinte, Sie wären von Ihrer Frau abserviert worden. Von einem Herzinfarkt hat sie nichts erzählt.«

»Die alte Hexe soll in der Hölle schmoren. Um die ist es nicht schade. So eine Frechheit, meine Hedwig ist elendiglich zugrunde gegangen. Die hätte mich nie und nimmer verlassen.« Er öffnet und schließt mit der rechten Hand die Rosenschere.

»Vielleicht hat sie eine andere Frau gemeint. Waren Sie noch einmal verheiratet?«

»Nein, für mich gab's und gibt's nur die Hedwig.«

»Warum sollte die Folkert so eine Geschichte verbreiten?«

Der Nussbaum spuckt auf den Boden. »Ich hab Ihnen doch erzählt, dass sie nur Lügengeschichten verbreitet … hat. Bloßstellen wollte sie mich, Gift säen. Aber jetzt ist es vorbei.«

»Wieso der Schrott aus dem Gefängnis raus ist, versteh ich nicht. Sie haben ihn doch mit den Kanistern gesehen.«

»Versteh ich auch nicht. Die Chefinspektorin hat das nur mäßig interessiert. Der Herr Nachbar hat mich vorhin schön was anhören lassen. Ich sei ein Vernaderer, genauso ein Lügner wie die Folkert, hat er gemeint.« Er unterbricht sein Auf und Zu mit der Schere und wischt sich mit dem Handschuh den Schweiß von der Stirn. »Dabei hab ich nur erzählt, was ich gesehen hab. Das ist doch meine Staatsbürgerpflicht.«

Der Pokorny nickt. »Das seh ich auch so. Was sagen Sie zum Tod Ihrer Nachbarin?«

»Es tut mir nicht leid um sie. Sie war eine Bissgurn. Gibt es schon Hinweise auf den Mörder?«

»Die Polizei hält sich da bedeckt. Haben Sie in der Nacht etwas bemerkt?«

Der Nussbaum schüttelt den Kopf. »Waren Sie schon beim Schrott? Die beiden hatten letzten Samstag ja einen Mega-Streit. Jetzt ist sie tot. Das ist doch eindeutig, oder?«

»Was ist eindeutig?«

»Dass der Schrott Dreck am Stecken hat. Zuerst brennt sein Hotel ab, dann hat er einen mordsmäßigen Streit mit der Nachbarin. Am selben Abend wird sie ermordet. Das ist doch kein Zufall.«

»Nein, ist es nicht.«

»Na, sehen Sie, und die Polizei lässt ihn laufen.« Wieder geht die Schere auf und zu.

»Müssen Sie die ganze Zeit damit herumspielen?«, fragt der Pokorny und zeigt auf das Werkzeug.

Der Nussbaum hält inne. »Nein, eine dumme Angewohnheit, ich …« Er lässt die Schere ein letztes Mal aufschnappen, sie fällt ihm aus der Hand, mit einer schnellen Bewegung greift er danach. »Autsch«, ruft er. »Die ist so streng eingestellt.« Er schüttelt die behandschuhte rechte Hand und stöhnt.

»Schauen Sie nach, vielleicht haben Sie sich verletzt.«

»Nein, geht schon.«

»Hat es am Samstag nach dem Streit zwischen Ihren Nachbarn abends noch einmal gekracht?«

»Ja. Die Schrotts waren eine Runde spazieren. Die Folkert hat währenddessen den Hund rübergelassen und im Altpapiercontainer des Ehepaars gestöbert.«

»Im Altpapiercontainer?«, fragt der Pokorny und denkt an die Eintrittskarten zu der Rossbacher-Lesung. Er sieht, wie der Nussbaum nickt und mit sich hadert. »Na los, sagen Sie schon. Alles kann zur Aufklärung des Verbrechens beitragen.«

»Hm, also sie hat etwas rausgefischt. Ich hab's nicht genau erkannt, war zu klein. Vielleicht ein Fahrschein oder eine Rechnung.«

»Und dann?«

»Dann hat sie ihren Hund gerufen, der ihr freilich nicht gefolgt hat. Das Letzte, was ich gesehen habe, war, dass sie nach hinten auf die Terrasse der Schrotts verschwunden ist.«

»Wissen Sie, wie lange sie dort war?«

Der Nussbaum überlegt. »Nein. Ich bin rein und hab den

Dieter ums Eck biegen sehen. Ob er die Folkert im Haus erwischt hat, müssen Sie ihn selber fragen.«

»Sie haben die Nachbarin nicht mehr rauskommen sehen? Nichts gehört?« Der Nussbaum schüttelt den Kopf. »Dann mach ich mich jetzt auf den Weg zum Schrott. Wenn Ihnen noch irgendetwas einfällt, melden Sie sich bitte bei der Polizei. Es ist wirklich wichtig. Komm, Maxime. Auf Wiedersehen.«

»Sie schon wieder«, begrüßt ihn der Schrott wenig erfreut. »Kaum lässt mich die Polizei in Ruhe, stehen Sie auf der Matte. Natürlich wieder mit Ihrem Pitbull. Kommen Sie mit.« Er geht zum Eiskasten, nimmt eine Flasche Veltliner heraus und holt zwei Weißweingläser. »Jetzt kann zwar die lästige Nachbarin nicht mehr mithören, aber andere Nachbarn haben auch spitze Ohren.«

»Die Illeks?«

»Nicht nur, der Herr Nussbaum von gegenüber gehört auch zu meinen Lieblingen. Nehmen Sie bitte Platz.« Er deutet auf ein großes u-förmiges Lounge-Möbel, bestehend aus zwei Bänken und einem Sessel. Als würde sie dem Hausherrn den scherzhaft gemeinten Ausdruck Pitbull böse nehmen, kuschelt sich die Beagelin heute zu ihrem Herrchen hin.

Der Pokorny bedankt sich für das Glas Wein und sehnt einmal mehr die alkoholfreie Zeit nach den Ermittlungen herbei. Gut, er könnte ja auch Nein sagen. Aber bei einem erstklassigen Vöslauer Veltliner kann er das halt nicht.

»Hat Ihre Frau Sie abgeholt?«

»Ja, zum Glück hält die Amalia zu mir. Die Chefinspektorin möchte mich lieber heute als morgen einsperren. Sie waren ja in meiner Hütte.« Er verzieht das Gesicht zu einer Grimasse. »Ist Ihnen da eine Hanfrolle aufgefallen?«

Der Pokorny bejaht.

»Haben Sie die Rolle berührt?«

»Wie kommen Sie auf die Idee?«

»Ich hab's Ihnen schon in München gesagt: Irgendwer will mir etwas anhängen. Die Rolle war noch vor einer Woche original-verpackt, jetzt fehlt ein Teil, fremde DNA wurde gefunden.«

»Und Sie glauben, wir waren das?«

»Nein«, widerwillig wischt er die Idee vom Tisch. »Sie haben erzählt, dass die Rolle am Mittwochabend am Boden lag. Später war sie dann wieder auf ihrem angestammten Platz. Ich weiß nicht, was da abläuft.«

»Ihre vier Kanister wurden im Keller der Folkert entdeckt. Haben Sie dazu eine Theorie?«

»Nein, in meiner Hütte standen fünf volle Kanister, jetzt ist es nur mehr einer. Wie die leeren in den Nachbarkeller gekommen sind, weiß ich nicht.«

»Sie wurden gefilmt, wie Sie am Tag der Brandstiftung vier Kanister in Ihr Auto geladen haben.«

Der Schrott nickt. »Von der Hexe, ich weiß. Die hat alles und jeden fotografiert.«

»Was wollten Sie mit dem Spiritus, und wo ist er hin? Die Kanister waren nachweislich in Ihrem Wagen. Mittwochabend haben sie in der Hütte gefehlt.«

Der Schrott dreht sein Glas zwischen Daumen und Zeigefinger am Stiel hin und her. »Ich hab die Kanister wieder rausgeräumt und ins Haus gestellt. Nach dem Urlaub wollte ich den Schimmel von den Fliesen putzen.«

»Mit vierzig Litern Spiritus können Sie das ganze Haus rei-nigen, nicht nur die Fliesen. Überhaupt frage ich mich, weshalb Sie den Spiritus von der Hütte ins Auto geräumt haben. Wo Sie doch zu Hause den Schimmel bekämpfen wollten.«

»Das weiß ich jetzt nicht mehr. Als wir zurückgekommen sind, waren die vier Kanister weg, den Rest kennen Sie.«

»Sie wissen es nicht mehr. Wie praktisch.« Der Pokorny wech-selt das Thema. »Der Nussbaum hat erzählt, dass die Folkert nach dem Streit am letzten Samstag noch einmal bei Ihnen war. Sie hätte in Ihrem Altpapiercontainer gestöbert und etwas raus-genommen.« Als ihm der Hausherr nachschenken will, legt er verneinend die Hand auf das Glas. »Besser nicht, es ist noch früh.«

»Nicht nur das. Sie muss auch im Haus gewesen sein«, meint der Schrott, trinkt seinen Wein in einem Zug aus und gießt sich nach. »Die Magnetwand mit den Ansichtskarten war abgeräumt, alles lag am Boden. Ich hab nur mehr gesehen, wie sie ihren Hund von der Straße auf ihr Grundstück gescheucht hat. Und ja, die angebrunzten Stellen auf der Terrasse haben sie auch verraten. Sie war ein echtes Miststück. Kommen Sie bitte mit. Nur damit Sie eine Vorstellung bekommen, was die Folkert für ein Mensch war.«

Er steht auf, geht die Terrassenstufen hinunter zu einem kleinen Teich und winkt seinen Besucher zu sich. »Haben Sie schon einmal einen Koiteich gesehen? Ein Koi in dieser Größe kostet ungefähr tausend Euro und kann bis zu sechzig Jahre alt werden. Bei guter Zucht, Pflege und ohne eine Packung Geschirrspültabs der Nachbarin.« Als er den entsetzten Blick vom Pokorny bemerkt, nickt er. »So habe ich auch dreingeschaut. Wir waren ein paar Tage verreist, da kam ein Anruf von meinem Bruder. Alle vierzehn Fische sind verendet. Die Chemie in den Tabs hat alles im Teich getötet. Natürlich konnte ich der Folkert das nicht nachweisen, aber ihr hämisches Grinsen hat mir zur Bestätigung gereicht.«

Er lässt seinen verdutzten Gast am Teich zurück und setzt sich auf den Lounge-Sessel. »Und … solche Geschichten kann Ihnen sicherlich jeder Nachbar hier erzählen. Es gibt also genug Motive im Umkreis. Mir ist nur eines wichtig: Meine DNA ist weder auf der Rolle noch in der Wunde der Folkert. Das alleine zählt für mich. Ich habe genauso wenig mit dem Brand zu tun wie mit dem Tod der Folkert.«

Der Pokorny ist über die Folkert entsetzt. Unglaublich, was für einen Hass Menschen aufbringen können. Er spürt, dass die Geduld des Hausherrn zu Ende geht. Ein Thema brennt ihm noch auf der Seele. »Haben Sie schon gehört? Der Ribitsch ist wieder in Vöslau.«

»Was?« Der Schrott hebt die Augenbrauen. »Wer soll das sein?«

»Sie wollen mir aber keinen Bären aufbinden, oder? Sie hätten die Zwatzl nicht so vor den Kopf stoßen sollen. Die ist grundsätzlich für allerlei illegale Sachen zu haben. Ihre Arbeit herabzuwürdigen und ihr Unfähigkeit vorzuwerfen, geht jedoch gar nicht«, erklärt der Pokorny und weiß einmal mehr, der Schrott hängt da irgendwie mit drinnen. »Sie kennen die Herren Grammel und Ribitsch gut, haben die zwei im Prater aufgegabelt und für Sie arbeiten lassen. Jetzt ist einer tot, und Sie …«

Der Schrott steht auf. »Nehmen Sie Ihre Beruhigungstablette und verschwinden Sie aus meinem Haus. Sie unterstellen mir Sachen, die ich mir nicht anhören muss. Sogar die Polizei glaubt mir. Sie brauchen hier gar nicht mehr aufzutauchen.« Er scheucht seinen Besucher mitsamt der Maxime eilig zum Gartentor. »Ich habe in den letzten Tagen genug Zeit mit Ihnen verschwendet.«

Verwirrt setzt der Pokorny die Maxime in die Transportbox, nickt dem fragend dreinschauenden Nussbaum zu, fährt zur Annamühle und sieht die Dagmar hinter dem Tresen stehen. Er überlegt kurz, ihr zur Versetzung zu gratulieren, lässt es dann aber bleiben. Stattdessen rollt er weiter bergab zum Eisgeschäft Fratelli am Schlossplatz. Zur Beruhigung seiner Nerven hat er beschlossen, sich ein Stanitzel Haselnuss- und Pistazieneis zu gönnen.

Die Katzinger musste aufgrund mangelnder Kooperationsbereitschaft der ÖBB den Pokorny für zweiundzwanzig Uhr einunddreißig zum Bahnhof Meidling beordern. Altenhasser, Krebspatientin, keine Beschimpfung und kein Argument hat dazu geführt, dass die Bahn nach Bad Vöslau umgeleitet wurde. Der Herrenabend findet deshalb heute schon ab neunzehn Uhr statt.

»So devot hab ich die Zwatzl überhaupt noch nicht erlebt. Hat die Toni sie in den Schwitzkasten genommen? Wir sind dort kaum vorgefahren, ist sie schon aus dem Haus raus, hat uns einen USB-Stick in die Hand gedrückt und volle Kooperation zugesagt. Bei dir dauert's immer ewig«, lacht der Sprengnagl.

Der Pokorny stimmt mit ein. »Ab sofort darf die Toni die Hausbesuche machen. Was ist drauf?«

»Der Ribitsch, wie er sich gehetzt umblickt und über die Straße in den Weinbergen verschwindet. Gut möglich, dass noch wer im Haus war. Beim Rauslaufen hat sich im Hintergrund etwas bewegt. Leider sehen wir auch mit unserer Bildbearbeitungssoftware nur einen diffusen Schatten.«

»Die Toni vermutet, dass er gesehen hat, wie die Folkert aufgehängt wurde. Gibt es noch andere Spuren?«

»Ja, Schuhabdrücke. Beim Schöberl ist straßenseitig schon lang keiner mehr rein oder raus. Also außer dem Ribitsch. Natürlich benötigen wir seine Schuhe, um das zu überprüfen. Die gleichen Abdrücke haben wir bei den Bänken neben dem Kreuz auf der Helenenhöhe und im und rund ums Hotel entdeckt. Der Altbauer ist froh, endlich ein paar Spuren zuordnen zu können.«

Der Pokorny pfeift durch die Zähne. »Freunde, ich wag mich weit vor. Der Ribitsch hat den Brandstifter im Hotel beobachtet, wurde gesehen und ist dann Hals über Kopf geflohen. Ebenso ist es ihm beim Aufhängen der Folkert gegangen. Zurückgekommen ist er, um den Brandstifter zu erpressen.«

»Warum so spät? Zwischen dem Brand und seinem neuerlichen Auftauchen liegen sechs Tage«, stellt der Berti fest.

»Aus Angst?« Der Gruppeninspektor trinkt von seinem eiskalten Ottakringer Helles. »Dorthin zurückzukehren und den Brandstifter zu erpressen, erfordert Mut und auch ein bisschen Dummheit. Die Folkert war nicht eingeplant. Ob ihn der Mörder gesehen hat und ihm zum Haus gefolgt ist, ist offen.«

»Gibt es ein Bewegungsprofil vom Handy vom Schrott?«, fragt der Berti.

»Ja, sein Handy war auch in der Mordnacht in seinem Haus eingeloggt.«

Der Pokorny grinst. »Was nichts bedeuten muss. Sind die Techniker bei der Speicherkarte schon weitergekommen?«

»Ein bisschen besser haben sie es hingekriegt. Die Person ist leider nicht zu erkennen, steht auch schlecht zur Kamera. Zu sehen ist, wie beim ersten Versuch tatsächlich das Seil gerissen ist und der Täter sich an der Hand verletzt hat. Zumindest hat er mit der zweiten Hand draufgegriffen und versucht, die Hand am Gewand abzuwischen. Fast wäre ihm die Folkert entwischt, er hat sie dann so lange gewürgt, bis sie sich nicht mehr bewegt hat, und dabei vermutlich seine DNA übertragen. So weit, so gut. Mehr gibt das Ding leider nicht her.«

»Womit hat sich der Ribitsch verletzt?«, will der Berti wissen.

»Wahrscheinlich mit einer Glasscherbe. Ob er gestürzt ist oder damit angegriffen wurde, wissen wir erst, wenn wir ihn gefunden haben.«

Der Berti schüttelt die Pokerwürfel in der hohlen Hand und schleudert sie in die Baumscheibe. »Tataa! Ass-Grand serviert. Heute läuft's für mich.«

»Nur gut, dass du so beschäftigt bist«, grunzt der Sprengnagl. »Sonst würden wir derzeit aus dem Verkosten gar nicht rauskommen.«

»Nusskipferl hätte ich auf Lager. Absolut drogenfrei.«

Der Pokorny nickt. »Ja, gib her. Ich hol später die Katzinger mit ihrer Schwester und dem Heini vom Zug ab. Da kann ich Nervennahrung gebrauchen. Der Sophie geht es sehr schlecht. Meiner Meinung nach kommt sie zum Sterben zurück.«

Kollektives Stöhnen macht sich in der Männerrunde breit. Gut, an den Tod sind die drei durch die Polizeiarbeit des Gruppeninspektors gewöhnt, aber Krebs und das elendigliche Zugrundegehen ist kein bevorzugtes Gesprächsthema der Herrenrunde.

»Ja also, mal schauen. Vielleicht ist es nicht so dramatisch«, fasst es der Berti zusammen.

»Würde mich für die beiden Schwestern freuen«, meint auch der Pokorny und stopft sich das Gebäck in den Mund. »Phantastisch, hat das Kipferl noch Geschwister? Weil eines ist ja quasi eine Provokation.«

Der Berti steht auf und kommt mit einem gut gefüllten Teller zurück zum Spieltisch. »Drei Stück pro Mann und Nase sind da.

Greift zu.« Während seine Freunde genussvoll schweigen, fragt er: »Wie weit seid ihr mit der Suche nach dem Ribitsch?«

»Die Kollegen durchkämmen vordringlich die Gegend rund ums Haus vom Schöberl. Weit wird er mit der Verletzung nicht gekommen sein. Einige leer stehende Häuser wurden schon durchsucht, bisher gibt es keine Spur von ihm.«

»Was ist mit dem Spielplatz?« Der Pokorny hält inne und schaut seinen Freund an. »Die Katzinger hat doch erzählt, der Heini hätte den Grammel vor ein paar Wochen auf einer Bank liegen sehen. Vielleicht hatten die in Bad Vöslau mehrere Plätze zum Schlafen.«

»Sobald wir beim Schrott fertig sind, kümmern sich die Kollegen um die Häuser beim Spielplatz«, bestätigt der Gruppeninspektor. »Hast du noch ein Helles für mich? Für heute bin ich fertig, mein Diensthandy hab ich leider auf der PI liegen lassen.«

Der Berti staunt nicht schlecht. »Vergessen? Während einer Mordermittlung? Du traust dich was. Keine Angst vor Repressalien durch die O-Weh?«

»Ich bin Kummer gewohnt. Was anderes: Die Kollegen haben auch das geschlossene Weingut Kaiserstein in Sooß überprüft. Am Weg dorthin sind ihnen neben einer wenig befahrenen Seitenstraße zwei unterschiedliche Reifenspuren von parkenden Autos aufgefallen. Beim Wegfahren dürften die Räder eines Wagens ordentlich durchgedreht haben. Als wollte der Fahrer schnell weg. Von der Stelle ist es nicht weit zur hinteren Seite des Hotels. Die Kollegen haben mitgedacht und zur Sicherheit die Spusi angerufen. Bingo, die Reifenspur passt zum Range Rover vom Schrott. Wird interessant, wie er sich da rausredet.«

Der Pokorny runzelt die Stirn. »Das eigene Hotel von hinten anzufahren, ist wirklich komisch. Als hätte er unbemerkt reingewollt.«

»Klar, beim Anzünden meines Eigentums würde ich mich auch nicht gerne sehen lassen«, sagt der Berti.

»Die zweite Spur führt etwas abseits zwischen Weinrieden raus, die Kollegen können sie nicht zuordnen, haben aber Abdrücke gesichert. Es schaut so aus, als wäre der zweite Wagen aus derselben Richtung wie der Rover gekommen und zwischen den Weinrieden geparkt worden. Die Spusi hat im Profil des rechten Vorderreifens einen tiefen Schnitt entdeckt.«

»Und wie passen die beiden Autos zusammen? Die können ja unabhängig voneinander im Weinberg gestanden sein.« Der Berti schaut seine Freunde abwartend an, greift nach einem Kipferl und beißt genussvoll hinein.

»Das wäre schon ein großer Zufall. Der zweite Wagen war versteckt geparkt und ist laut unseren Technikern unmittelbar nach der Abfahrt vom Schrott drübergerollt.«

Der Berti legt den Kopf schief. »Das können deine Leute feststellen?«

»Ja.«

»Da wollten offensichtlich mehrere Personen nicht gesehen werden«, meint der Pokorny. »Gibt es Spuren zur Hinterseite des Hotels?«

»Nein, der Boden ist dort zu steinig.«

Der Berti sagt: »Der zweite Fahrer könnte den Schrott beim Zündeln beobachtet haben.«

»Ja, entweder beide Male, oder er hat nach dem Löschen durch den Schrott selber Hand angelegt und dann auch die Kanister und den Feuerlöscher mitgenommen«, stellt der Pokorny fest.

Der Gruppeninspektor zuckt mit den Schultern. »Wir haben zwei Stoßrichtungen: erstens die vordringliche Suche nach dem Ribitsch und zweitens jene nach dem zweiten Auto.«

»Der Ribitsch ist jedenfalls der Schlüssel zur Lösung. Zumindest zur Brandstiftung. So wie der gerast ist, hat der was gesehen. Fix«, stellt der Pokorny fest. Sein Nokia läutet.

»Ich wollte dich nur ans Abholen erinnern«, feixt die Katzinger.

Der Pokorny schaut auf die Uhr. »Wie könnte ich denn auf Sie vergessen? Ich bin schon am Sprung.«

»Eigentlich solltest mit deinem Oldteiler schon unterwegs

sein. Kann ja immer was passieren, der Motorblock durchbrechen, ein Patschen. Wir können keine Verzögerung riskieren.«

Aufgrund der familiären Situation der alten Frau verzichtet ihr Chauffeur auf Gegenwind. »Bin ich je zu spät gekommen?«

»Vor unserer Abfahrt! Da wolltest du partout nicht um dreizehn Uhr kommen.«

Beim Pokorny macht sich ein leichtes Vibrieren seiner Ohren bemerkbar. Noch ist es nicht stark, noch besteht keine Gefahr, dass sie zu wackeln beginnen. Trotzdem sollte die Katzinger vorsichtig sein. »Klar, wenn Sie zehn Minuten vorher anrufen. Dann kann ich nicht auf Knopfdruck bei Ihnen sein.«

»Schwamm drüber, ich will nicht so sein. Passt zweiundzwanzig Uhr?«

»Wieso zweiundzwanzig Uhr? Der Zug kommt doch erst um zweiundzwanzig Uhr einunddreißig in Meidling an.«

»Ein bisserl Puffer ist nie schlecht.« Die Katzinger atmet rasselnd aus.

»Rauchen Sie leicht im Zug?«

»Ma, wo kein Richter, da kein Kläger. Am Häusel geht's zum Glück noch.«

»Das ist verboten! Dämpfen Sie sofort die Zigarette aus. Wenn Feueralarm ausgelöst wird, schaut es mit der Pünktlichkeit des Zugs und Ihrer Mindestpension schlecht aus.«

»Hm, meinst wirklich?«

»Ja. Also ab damit in die Muschel«, fordert der Pokorny ohrenwackelnd.

»Nix gönnen einem die Verbrecher von der Bahn. Wie sollst denn da ausgeglichen durchs Pensionärsleben gehen? Aber gut, so sei es. Passt es um … zweiundzwanzig Uhr fünfundzwanzig?«

»Bis bald«, antwortet er und legt kopfschüttelnd auf. »Das kann was werden. Und die Toni redet sich auf den Platzmangel im Auto aus.«

Der Berti grinst. »Mit dem Bulli würde es gehen. Ich kann die Stellagen rausnehmen und die hinteren zwei Sitzreihen hochklappen. Die Sophie kann auf einer Bank liegen, die Katzinger und der Heini dahinter sitzen.«

Da staunt der Pokorny jetzt nicht schlecht. Der sechzig Jahre alte kanariengelbe VW Bulli T1 ist der ganze Stolz seines Freundes. Liebevoll hergerichtet und top gepflegt, liefert der Berti damit seine Produkte an Großabnehmer aus und lässt unter keinen Umständen jemand anderen damit fahren. Deshalb gibt es auch nur eine Lösung. »Du fährst mit?«

»Natürlich, kennst mich ja. Wir machen eine Art Krankentransport mit Seniorenbegleitung.«

»Die Sophie kennt dich nicht. Ich hoffe nur, dass sie durch die Beschriftung nicht verstört wird.«

Auch in der Bioprodukte-Branche ist Werbung das A und O fürs Überleben. Aus diesem Grund hat sich der Berti vor knapp zwei Jahren etwas Besonderes einfallen lassen. Und zwar einen Aufkleber für seine Produktlinie Magic Mushrooms. In den Worten »Richtig bio sind nur Berti's Spezialitäten!« hat er die sieben Binnen-Is durch spitzkegelige Kahlköpfe mit dämlich grinsenden Gesichtern ersetzt. Die seiner Meinung nach witzige Idee hat ihm mehrmalige Besuche des Drogendezernats eingebracht.

»Hast du überhaupt eine Vignette für die Autobahn?«

»Nein, da wäre ich eh nur ein Hindernis für die Lkws. Soll ich euch um einundzwanzig Uhr abholen? Über die 17er Bundesstraße sind wir schnell da, Verkehr ist auch keiner mehr.«

»Gut, dann kann sich die Toni wenigstens nicht drücken. Ich pack's jetzt, schließlich muss ich das meiner Süßen noch schonend beibringen.«

Letztendlich muss der Pokorny die allerbeste Ehefrau der Welt nicht lange überzeugen. In ihrer Kindheit ist sie jeden Sommer mit ihren Großeltern mit einem Bulli wild campen gewesen. Sitze raus, Matratze rein, und ab ging es in die nahe gelegenen Naturparks.

Kaum dass sich die Sophie in den Bus gelegt hat, ist sie auch schon eingeschlafen. Während die Katzinger ihrer Schwester zärtlich über die Haare streicht, erzählt sie von den letzten Tagen und davon, wie schön die Begegnung war.

»Was sich in Vöslau getan hat! Die Folkert wurde gemeuchelt, so weit, so gut, also halt sprichwörtlich«, ergänzt sie wegen der verwunderten Blicke der Pokornys. »Hat die Chefpolitesse den Ribitsch endlich gefunden?«

»Nein«, antwortet die Toni und erzählt ihr vom Besuch beim Schöberl.

»Siehst, Heini, wir Pensis sind doch für was gut. War ja seine Idee. Bravo, bravo«, ruft die Katzinger begeistert.

»Hat nie wer bestritten«, sagt der Pokorny, dreht sich um und zwinkert ihr zu. »Wenn der Ribitsch nicht gerade bei Ihnen wohnt, wo könnte er in der Gegend unterkommen? Wo gibt es noch leere Wohnungen, Häuser, Rohbauten?«

»Na, du stellst Fragen. Wohnst ja selber gleich ums Eck. Werde drüber nachdenken, wenn wir zu Hause sind.«

Die Toni sagt zum Heini: »Der Ludwig wird sich freuen, dass Sie wieder da sind. Dann geht er wenigstens nicht mehr mitten in der Nacht spazieren.«

»Ich freu mich auch schon. Da die Sophie jetzt bei der Liesl wohnen wird, können wir mehr zusammen unternehmen.«

»Damit der alte Herr nicht verblödet«, meint die Katzinger wenig charmant. »Ich meine ja nur, wegen der fehlenden Ansprache. Wennst immer nur mit dir selber redest, hast irgendwann immer recht und spürst dich nicht mehr.«

»Letzte Woche wäre er fast überfahren worden.«

»Von wem?«, fragt der Heini entsetzt.

Die Toni meint: »Er hat nur einen dunkelblauen BMW erkannt, es war zu dunkel.«

»Wahrscheinlich ein Auftragskiller der Pensionsversicherungsanstalt. Pension einsparen und so. Passiert mir auch ständig.«

»Unfug«, brummt der Pokorny.

»Haben die Schrotts eigentlich einen Zweitwagen?«, fragt die Toni.

»Zumindest haben sie eine Doppelgarage. Was da wohl drinnen steht?«

»Der Sprengi wird es für uns herausfinden.«

– Haben die Schrotts einen Zweitwagen?

– Melde mich morgen, gute Nacht.

– Gute Nacht!

Die Katzinger seufzt. »Sogar das befreundete Auge des Gesetzes schläft, wenn's pressiert. Dabei ist der Verbrecher, der den Ludwig niederfahren wollte, weiter auf Menschenjagd. Und was macht die Polizei? Ein Mützelchen.«

»Soll ich Sie in Baden aussteigen lassen?«, fragt der Berti amüsiert. »Ich stell meinen Bulli zur Verfügung, und Sie nörgeln nur herum.«

»Pah«, grummelt die Katzinger, lehnt sich an den Heini und schließt die Augen. Sekunden später fängt sie zu schnarchen an.

Der Pokorny seufzt. »Endlich Ruhe. Wie halten Sie das mit ihr aus?«

»Wenn wir alleine sind, ist sie ganz anders«, lächelt der Heini.

»Wie?«, will der Pokorny wissen.

»Meistens gut aufgelegt, kein bisserl griesgrämig. Ich weiß selber nicht, warum sie in der Öffentlichkeit so herumgrantelt.«

Die Toni gähnt laut. »Das muss ein Klon sein. Die Katzinger und gut gelaunt … Meine Herren, ich klinke mich kurz aus.« Sie schließt die Augen und schmiegt sich an den Pokorny.

Das Gespräch versiegt, der Heini muss den anstrengenden Tagen Tribut zollen und folgt der Toni ins Traumland. Bald sind nur mehr der Pokorny und der Berti wach.

Da sich der Krankenstand der Karin wie ein Strudelteig zieht, bleibt dem Pokorny wieder nur der Weg zur Bäckerei Mann. Die Blicke der Dagmar, die eigentlich längst in Baden Gäste vertreiben sollte, könnten tödlicher nicht sein.

Als die Toni um acht Uhr die Stufen nach unten läuft, zeigt ihr der Pokorny eine SMS vom Sprengnagl.

– *Die Frau Schrott fährt einen dunkelblauen 5er-BMW. Wieso fragst du?*

»Bingo, langsam wird's eng für die Schrotts.«

»Entweder hat sich der Schrott ihr Auto ausgeborgt, oder sie ist selber gefahren, oder sie waren gemeinsam unterwegs«, fasst die Toni zusammen, greift nach ihrem Handy und wählt die Nummer vom Gruppeninspektor.

»Kannst du reden?«

»Sicher könnte der Sprengnagl reden«, flötet die Wehli. »Leider weilt er gerade am Lokus, da bin ich so frei, seine Anrufe entgegenzunehmen.«

»Auf seinem Privathandy?«

»Ups, da hab ich mich glatt verschaut. Tut mir leid. Kann ich Ihnen trotzdem irgendwie weiterhelfen?«

»Nein, danke, er soll mich bitte anrufen«, antwortet die Toni und legt auf.

Der Pokorny schaut sie fragend an. »Gut gemacht, von wegen Datenschutzschulung für den Sprengi.«

»Jetzt müssen wir warten, bis er von der Toilette zurück ist und sich meldet.«

– *12 Uhr Bierhof.*

– 👍

Da der Gruppeninspektor heute das einzige Exekutivorgan im Bierhof ist, können die drei wieder am Stammplatz der Pokornys ihr Mittagessen einnehmen. Die Toni und der Sprengnagl wählen diesmal die Fettuccine mit Lachs, der Pokorny wie immer das Rindsgulasch.

»Habt ihr euch den BMW schon angesehen?«, fragt die Toni gespannt.

»Nein. Der Staatsanwältin reicht die Schilderung eines fehlsichtigen alten Mannes mitten in der Nacht nicht für einen Durchsuchungsbeschluss. Der Schrott ist gerade erst entlassen worden, sein Anwalt verweigert eine freiwillige Sichtung des Fahrzeugs. Die Familie Schrott sei schon genug gedemütigt worden.«

Der Pokorny bedankt sich für sein Soda-Zitron, das soeben serviert wurde. »Wie schaut's mit den Reifenspuren auf der Helenenhöhe aus?«

»Vom Rover wurden keine Spuren gefunden. Ansonsten gibt es jede Menge 245/45-Profile, die auf 5er-BMWs montiert werden können. Aber ohne Vergleichsabdrücke geht da nix.«

»Wer weiß, ob der BMW überhaupt mit dem Mord an der Folkert in Verbindung gebracht werden kann. Raser gibt es auch ohne Leiche im Kofferraum genug«, meint die Toni.

Der Pokorny mustert nachdenklich die schwimmende Zitronenscheibe in seinem Glas. »Aber nicht viele, die mitten in der Nacht beim Kurpark vorbeiglühen. Von dort aus könnte er zur …«

»Helenenhöhe gefahren sein«, unterbricht ihn der Sprengnagl. »Und das zu dem Zeitpunkt, als die Folkert aufgehängt wurde.«

»Wie auch immer ihr das schafft. Die Reifen vom BMW von der Schrott müsst ihr euch anschauen«, sagt der Pokorny aufgeregt und deutet auf das Samsung seines Freundes. »Los, auch wenn's mir schwerfällt. Ruf die Wehli an! Die muss der Staatsanwältin Druck machen.«

Der Gruppeninspektor bremst. »Die Folkert ist schon tot. Ich möchte in Ruhe fertig essen. Wenn ich der O-Weh jetzt davon erzähle, wird's stressig.«

»Der Schrott hat mich gestern quasi rausgeschmissen. Toni,

du könntest vorbeifahren und deinen weiblichen Charme spielen lassen. Vielleicht lässt er dich die Reifen ansehen?«

»Der hat schon seine Anwälte vorgeschickt. Das hat keinen Sinn«, entgegnet die allerbeste Ehefrau der Welt.

»Schade, ein Foto würde für einen Durchsuchungsbeschluss eventuell reichen.« Als die Mitarbeiterin dem Pokorny sein Gulasch hinstellt, beugt er sich über den Teller und schnüffelt. »Hm, riecht phantastisch. Ich war vorhin beim Nussbaum. Der ist Gärtner und hat in Vöslau viele Kunden. Leer stehende Häuser kennt er dort allerdings keine. Er hat gerade seine Rosen zurückgeschnitten. Die hat er zu Ehren seiner vor vier Jahren an einem Herzinfarkt verstorbenen Ehefrau Hedwig gepflanzt, sagt er. Du hast erzählt, seine Frau hätte ihn mit einer Prostituierten im Bett erwischt, richtig?«

»Vielleicht meint er eine andere Frau?«, rät die Toni.

»Nein, er sagte: ›Für mich gab's und gibt's nur die Hedwig.‹«

»Er war nicht mit ihr verheiratet«, wirft der Sprengnagl ein.

»Und sie hat ihn mit einer Prostituierten im Bett erwischt und verlassen. Bei unserer Befragung gab er an, seit Längerem alleine zu wohnen. Ob's sonst noch Frauen in seinem Leben gab, wissen wir nicht.«

»Hat er die Diebstähle in der Nachbarschaft zugegeben?« Die Toni schneidet in den zarten Fisch. »Und die Handgreiflichkeiten gegenüber der Folkert? Was hat er zu den Fotos gesagt?«

»Er hat zu jedem Foto eine Geschichte gehabt«, antwortet der Gruppeninspektor. »Er habe sich den Rechen, den Rasenmäher, den Vertikutierer und so weiter zwar unerlaubt ausgeborgt, aber jedes Mal wieder zurückgebracht. Wieso die Nachbarn das bestreiten, weiß er angeblich nicht. Auch nicht, wieso die Hexe das fotografiert hat. Ich war vorhin bei ihm. Hat er bei dir auch pausenlos mit seiner Schere herumgefuchtelt?«

»Herumgefuchtelt ist nicht der richtige Begriff. Es war eher so, wie ich es bei einem Kollegen im Büro erlebt habe. Der hat die ganze Zeit an dem Druckknopf seines Kulis herumgefummelt. Mine raus, Mine rein. Das Auf und Zu mit der Schere hat genauso genervt«, erzählt der Pokorny.

Die Toni fragt: »Konntet ihr die Reifenspuren aus den Weinbergen einer bestimmten Marke zuordnen?«

»Nein, die Dimension 195/50 gibt's zuhauf. Solche Reifen werden vor allem bei kleineren Modellen wie zum Beispiel Opel Corsa, Seat Ibiza, Škoda Fabia oder auch Suzuki Swift verwendet, um nur einige zu nennen. Da gibt es zu viele Möglichkeiten.« Der Gruppeninspektor grinst. »Ich muss los und der Wehli Beine machen. Wir hören uns, servus.«

»Bringt ihr zwei mich noch in die Bücherei?« Die Toni nimmt die Beagelin an die Leine und hängt sich beim Pokorny ein.

»Aber natürlich, Zuckerschnecke. Was mir einfällt, der Nussbaum fährt doch einen Škoda Fabia. Zufall?«

»Du hast den Sprengi gehört, es gibt viele passende Modelle. Wäre wirklich ein Zufall. Fahr einfach vorbei und fotografier den Reifen. Sein Auto steht frei zugänglich am Gehsteigrand.«

»Was soll ich sagen, wieso ich ein Foto mache?«

»Wirf der Maxime einfach ein Leckerli an eines der straßenseitigen Räder. Sie stürmt hin, du ihr nach und schießt das Foto. Davon kriegt er gar nichts mit.«

Der Pokorny lächelt. »Ganz schön listig. Diese Ermittlungen bringen unsere dunkelsten Seiten ans Licht.«

»Als würde nicht schon ›en(joy)-toy‹ das Dunkle unserer Seele zeigen.« Vor der Bücherei küsst die Toni ihn zärtlich und massiert der Beagle-Dame sanft die Ohren. »Wo wohl der arme Hund von der Folkert jetzt ist?«

Völlig egal, wie lange die Pokornys wegbleiben und wie gut oder schlecht die beiden aufgelegt sind, die Beagelin macht, wenn sie nach Hause kommen, jedes Mal vor Freude Luftsprünge. Wie traurig muss das für einen Hund sein, wenn das Frauchen nicht mehr kommt.

Der Pokorny verzieht das Gesicht. »Einzig die Anrainer in der Holzmüllergasse werden aufatmen. Die Ursache allen Übels wurde beseitigt. Von wem auch immer. Keine Hundehaufen und Pisslacken mehr, keine Schreiereien und Streitereien mehr mit der Folkert.«

»Hast du schon was von der Katzinger gehört?«

»Nein, vielleicht treffe ich sie bei der Annamühle. Ich schau gleich vorbei. Bussi!«

Zehn Minuten später setzt sich der Pokorny an den verlassenen Stammplatz der alten Frau. Er schaut ins Lokal und fängt zu lachen an.

»Hallo, Karin, geht's dir wieder gut?«

Sie nickt. »Ja, du weißt Bescheid wegen der Dagmar?«

»Dass sie nach Baden versetzt worden ist? Ja, von der Selina. Sie hat mir auch vom Ribitsch erzählt. Der ist wieder im Lande. Hast du eine Idee, wo er sich verstecken könnte?« Rasch hat er überblicksmäßig die offiziellen Infos zusammengefasst.

Das Läuten vom Nokia unterbricht das Gespräch.

»Hallo, Pokorny, heute musst auf unsere Gesellschaft verzichten. Ich weiß, es wird dir schwerfallen«, krächzt die Katzinger.

»Da haben Sie natürlich recht. Wie geht's der Sophie?«

Die alte Frau schnauft. »Dreckig, echt dreckig. Der Heini hat vorhin zwei Speckstangerln und zwei Melange zum Mitnehmen geholt. Magst vorbeikommen, wir jausnen im Wohnwagen.«

Der Pokorny möchte definitiv nicht. Drei alte Leute, eine davon mehr hüben als drüben, und der Heini mit seiner Feinripp. Das alles in dem kleinen, abgewohnten Wohnwagen, der eine Komplettreinigung dringend notwendig hätte.

»Geht leider nicht, ich muss gleich zum Nussbaum und dann zum Berti. Ist wichtig.«

Die Katzinger schnauft. »Wichtiger als meine dem Tod geweihte Schwester?«

»Ich … kenn sie ja gar nicht, und … es ist ihr sicher unangenehm. Mit dem Krebs halt.«

»Pah, Männer, ihr seids alle gleich«, sagt die alte Frau. »Nur keine Wellen, Krankheit ist später und wird verdrängt. Die Toni hat letztens erwähnt, du bist demnächst beim Dr. Lou zur Untersuchung deiner jenseitigen Blutwerte.«

»Hat sie das? Ich weiß nichts davon und bin außerdem pumperlgesund«, sagt er.

»Und deine Fettsucht? Die Toni hat mir letztens erzählt …«
Der Pokorny unterbricht sie. »Ich werde mit der Toni ein ernstes Wort reden müssen. Wieso sie mit Ihnen über meine Gesundheit redet, versteh ich nicht.«

»Na, weil sie sich halt auch ihr Elend von der Seele reden will. Schließlich muss sie ihren übergewichtigen Ehemann mit Hang zum Schlaganfall später einmal pflegen.«

»Also ehrlich …«

»Bevor du gleich umkippst, mir ist gestern was aufgefallen. Kannst dich noch an den verblichenen Mitarbeiter aus dem Thermalbad erinnern?«

»Den Voitl?«

»Genau den. In der Nacht hab ich Licht in seinem Haus gesehen. Eine Bewohnerin von der Seniorenresidenz hat mir heute früh erzählt, das Haus steht seit seinem Abgang leer. Und da der Heini den Grammel am …«

»Am Kinderspielplatz gesehen hat, meinen Sie, er könnte dort geschlafen haben?«

»Genau, und der Ribitsch weiß als Haberer vom Verbrutzelten davon und versteckt sich jetzt ebenfalls dort«, unterbricht ihn wiederum die Katzinger.

»Sie und Ihre Kraftausdrücke sind auch was ganz Besonderes«, stellt der Pokorny fest und deutet der Karin, dass er zahlen möchte.

»Heini, endlich hat er's erkannt. Ich bin für ihn was ganz Besonderes. Dass ich das noch …«

»Schon gut, Frau Katzinger. Alles Liebe auch an die Sophie, baba«, ruft er und würgt das Gespräch ab. Über die Konsequenzen seines unhöflichen Vorgehens möchte er sich jetzt noch keine Gedanken machen.

Auf dem Weg zum Berti fährt der Pokorny mit der Beagelin noch einmal beim Nussbaum vorbei. Zum Glück braucht er die Leckerli-Nummer nicht, die Luft ist rein. Der Škoda Fabia in Froschgrün-Metallic würde eine Waschanlage gut vertragen. Der Rahmen ist dreckverkrustet, ebenso die Räder. Er hantiert umständlich an seinem Nokia herum und hofft, damit vernünftige Fotos machen zu können. Gerade als er sich aufrichtet, sieht er, wie der Nussbaum aus dem Haus kommt.

»Haben Sie etwas vergessen?«, fragt er misstrauisch.

»Äh, nein, mir gefällt die Farbe, erinnert mich ein wenig an mein kaputtes Elektrofahrrad. Hoffentlich regnet es bald.« Er zeigt auf die schmutzigen Stellen. »Mein Auto schaut auch so aus. Vor Kurzem bin ich unerlaubterweise mit der Toni in einen Weinberg abgebogen.«

»Das sollten Sie nicht. Ich wäre zwischen zwei Rieden fast stecken geblieben, hatte echt Glück.«

»Wo war das?«

»Hinterm Heurigen Sunk.«

»Aha.«

Der Nussbaum legt den Kopf schief. »Was, aha? Sind Sie zurückgekommen, um mit mir über die Bodenbeschaffenheiten zwischen den Weinbergen zu sprechen? Oder kann ich Ihnen sonst irgendwie weiterhelfen?«

Betreten kratzt sich der Pokorny am Kopf. »Ich würde tatsächlich Ihre Hilfe benötigen. Haben Sie das Ehepaar Schrott am Samstagabend mit dem blauen BMW herumfahren sehen?«

»Am Samstagabend, hm. Warum?«

»Ein blauer BMW wurde in der Nacht bei der Helenenhöhe beobachtet. Ganz in der Nähe der toten Folkert, und die Schrotts fahren einen blauen BMW. Es ist also gut möglich, dass das Ehepaar …«

»Sie meinen, die könnten damit die …?«

Der Pokorny nickt. »Sie könnten die Leiche der Folkert damit transportiert haben.«

»Ich hab in der Nacht zweimal das Garagentor der Nachbarn

gehört. Wann, kann ich Ihnen nicht sagen, auch nicht, ob sie mit dem Rover oder dem BMW gefahren sind. Gibt es Reifenspuren?«

»Leider viel zu viele.«

»Na dann, ich muss …«

»Danke, bin schon unterwegs, alles Gute. Komm, Maxime.«

Beim Berti angekommen, erzählt er ihm vom Gespräch mit dem Nussbaum und zeigt ihm die Fotos vom Škoda.

»Meine Herren, bitte! Kauf dir endlich ein vernünftiges Handy. Ein Reifenprofil erkennt da niemand. Der Dreck am Rahmen lässt sich erahnen. Preis gewinnst du damit keinen.«

»Wegen den drei Fotos, die ich im Jahr mach, sicher nicht.« Der Pokorny schüttelt den Kopf. »Ich war grade beim Sunk und hab mich zwischen den Rieden umgeschaut. Da ist länger niemand rein, der Klee überwuchert alles. Er muss sich bei der Stelle geirrt haben.«

Der Berti runzelt die Stirn. »Verdächtigt ihr den Nussbaum leicht?«

»Nur so ein Bauchgefühl. Laut dem Sprengi könnte eines der Reifenprofile auf einen Škoda Fabia passen.«

»Dann fahr halt in der Nacht noch einmal hin und mach einen Dreckabstrich am Auto«, lacht sein Freund. Er füllt den Wassernapf für die durstige Maxime und geht mit zwei Gläsern gespritztem Apfelsaft zur Laube. »Die Frau Schrott hat vorhin ihren Beruhigungstee abgeholt. Nette Frau, nach den Aufregungen der letzten Tage hat sie doppelt zugeschlagen.«

»War sie mit dem Rover da?«

»Nein, mit einem dunkelblauen BMW.«

Aufgeregt springt der Pokorny auf. »Wo hat sie geparkt?«

»Das hat mich ein wenig gewundert. Sie ist ums Haus gefahren. Komm, ich zeig dir die Stelle.« Der Berti führt seinen Freund an der weiß angestrichenen Wand des vormaligen Bauernhofs entlang und deutet auf eine Stelle neben einem Stapel Buchenholzscheite.

Um ja keine Reifenspuren zu verwischen, geht der Pokorny

vorsichtig an der Hausmauer vorbei. »Da ist ein Abdruck.« Er greift nach seinem Handy und ruft den Gruppeninspektor an.

»Ihr solltet den Alterbauer zum Berti schicken.«

»Gibt es einen Drogentoten?«

»Ha, ha, dann würde ich den Dr. Hammerschmied anfordern. Nein, die Schrott war gerade mit ihrem BMW beim Berti und hat hinterm Haus geparkt. Es gibt Reifenspuren.«

»Kann er die Stelle fix ausmachen?«

Der Pokorny schaut zu seinem Freund, der nickt. »Ja, er hat sich noch gewundert, warum sie um seinen Laden herumfährt.«

»Alles klar, wir sind gleich da. Bitte zur Sicherheit unter der Laube Platz nehmen. Servus.«

Genüsslich trinkt der Pokorny von seinem Saft. »Du glaubst gar nicht, wie wichtig dein Hinweis ist.« Er erzählt ihm die Geschichte vom Ludwig und von den Schlussfolgerungen bezüglich der Tat auf der Helenenhöhe. »Wenn die Reifenspuren ident sind, ist der oder die Schrott dran. Dann gibt's kein Verstellen mehr.«

Eine halbe Stunde später bremst sich vor dem Bioladen der Mannschaftswagen der Spurensicherung hinter dem Motorrad der Wehli ein.

»Der Herr Pokorny und sein Haschbruder. Haben Sie tatsächlich einmal eine wichtige Entdeckung gemacht?«, feixt sie.

Die Ohren des Anrufers beginnen zu schwingen. »Wenn Sie Ihren Job richtig machen würden, müsste ich nicht …«

»Halten Sie den Mund«, zischt sie und zieht Daumen und Zeigefinger vor ihre Lippen. »Kein Wort mehr. Kollegin Stabeldorfer, Sie bewachen den renitenten Freizeitpolizisten. Ich plaudere in der Zwischenzeit mit dem Drogenhändler. Kommen Sie mit!«

Der Berti runzelt die Stirn. »Wollen Sie mich verhaften? Nur weil ich ein blaues Auto gemeldet habe?«

»Nein, ich möchte in Ruhe mit Ihnen reden. Und zwar ohne des Gemaule Ihres Habschis.«

»Ich aber nicht, entweder hier oder gar nicht. Sie dürfen – ich wiederhole: dürfen – mein Privatgrundstück betreten. Ob und wo ich mit Ihnen rede, entscheide ich.« Entschlossen reckt er das Kinn vor und verschränkt die Arme.

»Wälzen Sie sich jetzt gleich wie ein kleines Kind kreischend im Dreck, oder was soll der Auftritt?«

»Bringen wir es schnell wie Erwachsene hinter uns«, mischt sich der Pokorny ein. »Wir haben noch zu tun.«

»Soso, Sie haben genau *was* zu tun? Sind Sie nicht glücklich verheiratet und arbeitslos dank des Geldes der Gattin? Ah ja, ganz vergessen. Sie unterstützen den Drogenhändler und liefern ja jetzt groß aus. Wo ist eigentlich der Anhänger? Haben Sie den etwa beim Nussbaum untergestellt?«

Der Pokorny runzelt die Stirn. »Wieso gerade dort?«

»Geh bitte! Falsches Alibi, Banküberfall? Klingelt's? Sie dürften sich mit dem verbündet haben.«

»Nicht wirklich.«

Die Wehli seufzt. »Schauen Sie, als Pseudoberühmtheit schaffen Sie es zwar beim Kreuzer rein. Aber ungesehen raus ist schwierig. Sie haben sich die Kupplung genau an dem Tag montieren lassen, an dem wir uns vor der Annamühle gesehen haben.«

»Tss, hab ich doch glatt die Tage vertauscht. Sie machen mich einfach nervös, da bring ich alles durcheinander.« Er seufzt theatralisch.

»Ihre Anwesenheit beschränkt sich also wie immer auf kindische Provokationen.« Sie zwinkert ihm grinsend zu. »Ich weiß schon, wenn Ihre Ohren so wackeln, sind Sie erregt. Keine Sorge, wir sind gleich wieder weg.«

Zeitnah bringt die Beamtin das Gespräch mit dem Berti zu Ende und wendet sich dann wieder an den Pokorny.

»Sollten Ihnen zwischenzeitlich zweckdienliche Hinweise eingefallen sein, wäre das jetzt der richtige Zeitpunkt.«

»Ich … also«, fängt der Pokorny zögerlich an und überlegt, wie er die Informationen vom Sprengnagl unverfänglich erwähnen kann. »Ich bin vorhin aus reiner Neugier in der Holzmüllergasse gewesen. Die Toni macht sich Sorgen um den Hund der Folkert und …«

»Braucht sie nicht, der ist längst im Tierheim. Und die Geschichte können Sie der Katzinger aufbinden. Stimmt es übrigens, dass sie wieder da ist? Mit ihrer Zwillingsschwester?«

»Wollen Sie meine Geschichte jetzt hören oder nicht?« Langsam gewinnt er seine Sicherheit zurück. Sie nickt. »Jedenfalls hab ich den Škoda vom Nussbaum gesehen. Der ist komplett verdreckt. Angeblich ist er zwischen den Weinrieden hängen geblieben.«

»Dann soll er ihn halt waschen lassen. Meine Herren, was interessiert mich das?«, sagt sie und runzelt die Stirn. »Hat Ihre baldige Fahnenflucht zu den Preußen Ihren Patriotismus geweckt und Sie kontrollieren jetzt schmutzige Autos?« Wieder einmal versucht die Wehli, ihn zu provozieren. Schließlich ist ihr klar, woher der Wind weht. »Nein, ich weiß schon. Beim gestrigen Herrenabend werden neben Männergesprächen auch ein paar Infos über unsere Ermittlungen über den Pokertisch gewandert sein. Sonst würden Sie mir keinen schmutzigen Škoda melden.«

Der Pokorny schüttelt den Kopf. »Niemals. Sie haben es ihm doch ›verboten‹. Machen Sie mit der Info doch, was Sie wollen. Ich an Ihrer Stelle würde mir den Škoda zumindest ansehen.« Er hebt beschwichtigend die Hände. »Ich weiß schon, ich bin zum Glück nicht an Ihrer Stelle. Brauchen Sie mich noch? Nein, gut, dann fahr ich jetzt. Berti, hast du etwas zum Ausliefern? Gerne auch Cannabis, Magic Mushrooms, egal, Hauptsache, weg.«

Der Sprengnagl schneidet eine Grimasse und tippt sich mit dem Finger zweimal an die Stirn. Er dreht sich zur Wehli. »Soll ich vorbeifahren und mir das Auto anschauen?«

»Wenn wir hier fertig sind. Herr Pokorny, Sie können auf direktem Weg nach Hause fahren. Wir kümmern uns professionell um das Auto.«

»Bla, bla«, grummelt er. »Komm, Maxime, wir packen's.«

Eine Stunde später läutet das Nokia. »Ob du's glaubst oder nicht, der Škoda vom Nussbaum steht blitzsauber in seiner Einfahrt.«

»Nicht wahr? Dann ist er gleich nach unserem Gespräch in die Waschstraße gefahren.«

»Ja, er meinte, du hast die Augen verdreht und er wollte nicht als Geizkragen dastehen, der kein Geld für eine Autoreinigung hat. Volles Programm. Erst in der Selbstbedienungsbox mit dem Hochdruckreiniger, dann noch die teuerste Wäsche mit Unterbodenreinigung und allem Pipapo.«

Der Pokorny lässt sich auf das neue Lounge-Möbel auf der Terrasse fallen. »Irgendwelche Rückstände findet ihr sicher. Was ist mit dem Reifenprofil?«

»Er war über dich verärgert. Warum du bei seinem Auto herumschnüffelst und ihm die Polizei auf den Hals hetzt, hat er gefragt. Ums abzukürzen, ohne Beschluss zeigt er uns gar nichts. Er sei immer freundlich und kooperativ gewesen, aber das gehe zu weit.«

»Soll ich hinfahren und mich entschuldigen?«

»Besser nicht. Ich würde eher die Toni hinschicken.«

»Dann schick mal, Arbeitsaufträge nimmt sie von mir gar nicht gerne an«, lacht der Pokorny.

»Ermittlungen sind eine Ausnahme.«

»Gibt's schon Infos wegen dem BMW?«

»Haben wir morgen am Tisch. Heute schafft es die Spusi nicht mehr. Wir schaufeln die mit Arbeit zu, und alles ist natürlich superdringend.«

»Sag, was ist mit der O-Weh los? So ist die mich noch nie angegangen.«

»Schau, mein Freund, du kannst es einfach nicht lassen. Versteh mich nicht falsch. Wäre ich an ihrer Stelle, hättest du schon einmal auf der PI übernachtet«, stellt der Gruppeninspektor fest. »Du weißt, ich mag sie nicht, aber du legst es drauf an. Die Beagle-Glitter-Affäre könnte doch noch ein Nachspiel haben.«

»Geh …«

»Nix geh! Halte einfach den Ball flach.«

Der Pokorny wechselt das für ihn unangenehme Thema. »Habt ihr den Ribitsch schon gefunden?«

»Nein.«

»Vorhin hat mich die Katzinger angerufen.«

»Ist sie wieder da?«

»Ja. Sie hat in der Nacht im Haus vom Voitl Licht gesehen. Laut einer Nachbarin steht das aber leer. Vielleicht hat sich der Ribitsch dort versteckt.«

»Ich fahr am Weg retour in die PI gleich vorbei. Servus.«

Der Pokorny ruft die Toni an. »Kannst du dein Lauftraining heute ausnahmsweise in Richtung Sonnenweg verlagern?«

»Ungern, da bekomm ich keine Höhenmeter zusammen.«

Der Pokorny erzählt ihr von seinen schlechten Fotokünsten und den Gesprächen während ihrer Abwesenheit. »Kaum bin ich weg, ist der Nussbaum mit seinem Škoda in die Waschstraße gefahren. Jetzt steht das Auto auf seinem Grundstück, die Polizei lässt er nicht mehr ran.«

»Wie stellst du dir das vor? Soll ich über den Zaun klettern?«

»Wäre eine Option. Schmutz wirst du keinen mehr finden, für ein paar vernünftige Fotos der Reifen sollte es aber reichen.«

»Wenn er mich sieht, haben wir tatsächlich eine Besitzstörungsklage am Hals.«

Der Pokorny lacht. »Wird er nicht, dafür bist du zu schnell wieder weg.«

»Sonst noch irgendwelche Aufträge, Chef?«

Vorsichtig antwortet er: »Ja, melde dich, wenn du die Fotos gemacht hast. Bussi!«

»Das Haus vom Voitl scheint leer zu sein«, sagt der Sprengnagl wenige Minuten später am Telefon.

»Scheint?«

»Wegen einem Lichterl, das die Frau Katzinger gesehen hat, können wir keine Tür aufbrechen.«

»Gefahr im Verzug?«

»Welche Gefahr? Strom und Gas wurden schon vor langer Zeit vom Energieversorger, das Wasser von der Gemeinde abgedreht. Aufs Grundstück kann ich nicht, und von der Straße aus gibt es keinerlei Hinweise auf einen Einbruch. Vielleicht spielt der graue Star der Katzinger einen Streich. Da blitzt's ja manchmal ordentlich. *Wir* kommen da nicht rein.«

»*Wir?* Du meinst …?«

Der Gruppeninspektor lacht. »Mit *wir* meine ich die Exekutive.«

»Alles klar, wir könnten abends mit der Maxime eine andere Runde gehen und zufällig dort vorbeigehen.«

»Würde sich anbieten. Ich melde mich später. Baba.«

Um neunzehn Uhr läutet das Telefon. »Ich bin jetzt oben beim Sonnenweg und geh runter. Die Luft scheint rein zu sein.«

»Bitte sei vorsichtig, es wird gleich dunkel, und wenn der Ribitsch dort herumschleicht …«

»Dann seh ich blindes Huhn ihn nicht. Verstehe schon, aber der ist doch verletzt.«

»Pass einfach auf und melde dich.«

»Bussi.«

Kaum aufgelegt, läutet das Telefon schon wieder. »Pokorny, ich hab beim Voitl was bemerkt.«

»Wieder ein Lichterl? Der Sprengnagl hat sich vorher …«

»Blödsinn! Halbherzig ist er vor dem Zaun hin und her geschlurft. Ich hab ihm richtig angesehen, wie er sich über meinen wichtigen Hinweis lustig gemacht hat«, brummt die Katzinger. »Sucht ihr den blauen BMW noch?«

»Den haben wir schon. Die Frau Schrott ist damit beim Berti gewesen. Die Polizei macht gerade einen Abgleich der Reifenprofile.«

»Aha. Mir scheint, in der Holzmüllergasse gibt's ein Nest an blauen BMWs.«

»Wie meinen Sie das?«

Die alte Frau zögert, hält den Fisch an der Angel. »Also …«

»Also was?«

»Also, die Sophie hat einen Durst gehabt. Meine Häferln waren nicht ganz sauber, deshalb hab ich bei der Abwasch länger herumgewerkelt und …«

»Und?«, unterbricht der Pokorny. »Bitte schnell, ich warte auf einen Anruf von der Toni. Die untersucht grade den Reifen vom Škoda vom Nussbaum.«

Am anderen Ende der Leitung ist es ruhig, zu ruhig. Er weiß, die alte Frau mag es gar nicht, während ihrer ausufernden Erzählungen unterbrochen zu werden. Auf den Punkt kommen ist nicht so ihr Ding. »Frau Katzinger, tut mir leid, was haben Sie gesehen?«

»Hm, der Nussbaum hat am Nachmittag beim Nachbarhaus vom Voitl gearbeitet. Dabei ist die Familie mörderheikel auf ihren Garten, der Besitzer erledigt alles selber. Dass der Nussbaum während ihrem Urlaub da einfach an der Hecke herumschnippelt, ist mir komisch vorgekommen. Da war er mit einem weißen Bus unterwegs. Noch komischer ist allerdings, dass er grad in einem blauen BWM vorbeigefahren ist. Einmal um den Block, jetzt parkt er schräg gegenüber dem Haus und hockt im Auto. Da hab ich mir gedacht, das könnte meine Ermittlerfreunde interessieren.«

Der Pokorny wundert sich. »Der hat neben dem Škoda noch einen Bus und einen BMW? Ich dachte, der ist finanziell am Sand? Und da kann er sich einen BMW leisten?«

»Was weiß ich? Soll ich ihn fragen, was er da macht?«

»Nein. Seit wann steht er dort?«

»In meinem Alter ist Zeit ein knappes Gut. Schätzomative eine halbe Stunde.«

»Können Sie bitte beobachten, was er tut, und mich anrufen, wenn er zum Haus geht?«

»Bald ist es zappenduster, da wird's dann schwierig. Wenn der eingeschlafen ist, steh ich mir ja die Haxn in den Leib. Und mit meinen Krampfadern, das gefällt mir gar nicht.«

Wieder ist der Mund vom Pokorny schneller als sein Hirn. »Lenken Sie sich einfach ab. Schmutziges Geschirr gibt's ja genug in der Abwasch. Frau Katzinger, sind Sie noch dran?«, fragt er, wohl wissend, ein Selbstgespräch zu führen. Wieder einmal ist er bei ihr einen Schritt zu weit gegangen.

Zwar ist die alte Frau neugierig, trotzdem weiß er nicht, ob sie aufgrund seiner vorlauten Bemerkung den Beobachtungsposten am Fenster ihres Wohnwagens nicht aus Protest verlassen hat. Deshalb fährt der Pokorny ohne die Maxime mit seinem E-Bike zum Kinderspielplatz. In dem knapp hundert Meter entfernten BMW kann der Pokorny im Stockdunkeln nichts erkennen. Gerade als er sich in Bewegung setzt, kommt eine SMS vom Sprengnagl.

– *Profilabdrücke von der Helenenhöhe passen nicht zum BMW der Schrott.*

– *bitte kontrollier ob auf den nussbaum auch ein bmw zugelassen ist laut der katzinger parkt er seit einer halben stunde in der naehe vom voitl haus*

– *Der Nussbaum? Und was ist mit dem Škoda?*

– *keine ahnung melde mich die toni ist dort und macht fotos*
Spricht man von der Sonne, so scheint sie. Das alte Sprichwort bewahrheitet sich. Das Nokia klingelt, die Toni ist dran.

»Willi, der Reifen vom Škoda hat einen Schnitt im Profil.«

»Bist du sicher?«

»Ja! Im rechten Vorderrad, ziemlich tief, wie der Sprengi erzählt hat.«

Der Pokorny berichtet der allerbesten Ehefrau der Welt vom Gespräch mit der Katzinger. »Ich hoffe, sie beobachtet den BMW noch, der Sprengi wollte sich auch noch melden.«

»Und die Wehli?«

»Kannst du dem Sprengi bitte gleich die Bilder vom Škoda schicken? Die illegal aufgenommenen Fotos wird die Staatsanwältin zwar nicht als Grund für eine Hausdurchsuchung akzeptieren, in Verbindung mit dem blauen BMW sollte es sich aber für die Chefinspektorin ausgehen. Wo bist du?«

»Wenn der Nussbaum beim Kinderspielplatz im Auto sitzt, kann ich mich in Ruhe bei ihm umschauen.«

»Ja, aber pass auf.«

»Mach ich, melde dich, wenn der Nussbaum losfährt. Bussi.«

»Langsam komm ich mir vor wie in der Telefonzentrale«, flüstert der Pokorny und nimmt das nächste Gespräch entgegen.

»Auf den Nussbaum ist nur der Škoda zugelassen«, berichtet der Sprengnagl. »Der blaue 5er-BMW und ein weißer VW-Bus sind auf seine Ex-Lebensgefährtin angemeldet. Ein Kollege hat mit ihr telefoniert. Nach der Trennung ist der Nussbaum abgestürzt. Er tut ihr wohl leid. Sie zahlt die Versicherung freiwillig weiter. Für den Lieferwagen und den 5er-BMW, in der Hoffnung, dass er eine neue Frau findet und sie in Ruhe lässt.«

»Ist er noch hinter ihr her?«

»Ja. Die O-Weh spricht gerade mit der Staatsanwältin. Sie ist über euren Alleingang verärgert, aber auch froh über die Info. Die Durchsuchungsbeschlüsse für die Autos und sein Haus sollten minütlich bei uns einlangen. Dann sausen wir los. So wie's aussieht, haben wir den Täter.«

»Na ja, nur weil er anscheinend mit beiden Autos in der Nähe der Tatorte war, beweist das noch nichts.«

Der Sprengnagl widerspricht: »Da gibt es reichlich Erklärungsbedarf. Weil Zufälle sind das mit den Spuren keine. Ich muss, gib Bescheid, wenn sich was tut. Und … keine Alleingänge.«

»Ich doch nicht«, grinst der Pokorny und legt auf.

Er stellt sein Nokia auf lautlos und schleicht zum BMW. Keine Bewegung, kein Geräusch, kein Licht dringt aus dem Auto. Die Glocke der nahe gelegenen Kirche in Gainfarn schlägt zwei Mal. Wenn sich die alte Frau nicht geirrt hat, steht der BMW mittlerweile eine Stunde an derselben Stelle.

Der Pokorny schließt die Augen, konzentriert sich und lauscht. Vorsichtig bewegt er sich zur Beifahrerseite. Ungläubig starrt er mit großen Augen in das Auto hinein. Manchmal ist doch alles anders, als es scheint.

Nach dem Gespräch mit dem Bärli bewegt sich die Toni gelassener am Grundstück vom Nussbaum. Vom Kinderspielplatz bis hierher sind es mit dem Auto knapp drei Minuten. Genug Zeit, um nach dem Anruf vom Pokorny zu verschwinden. Die Rosen am Salettl verströmen auch in der Nacht einen betörenden Duft. Da sie im vorderen Bereich keine Taschenlampe verwenden möchte, kommt die Toni nur langsam voran. Die Vorderseite des Hauses wurde erst vor kurzer Zeit mit einer hellgrünen Farbe neu gestrichen. Die linke Hausseite ist hingegen noch mit alten vergilbten Eternitschindeln versehen. Überhaupt schaut auch der Garten mit jedem Schritt verwilderter aus. Es wirkt, als würde der Nussbaum nach außen hin eine schöne Fassade aufrechterhalten und hintenrum dann sein wahres Gesicht zeigen.

Hinter dem Haus aktiviert die Toni die Taschenlampenfunktion ihres iPhones. Den Abschluss des einstöckigen Hauses bildet ein aus abgesplitterten Eternitschindeln bestehender Wintergarten, der mit seinen blinden Scheiben einen traurigen Anblick bietet. Die aus Europaletten gebauten Sitzgelegenheiten sind mit schmutzigen blauen Auflagen versehen, über drei aufgeschichteten Paletten ist ein geblümtes Plastiktischtuch mit Klammern befestigt. Im Licht der Taschenlampe sieht die Toni darauf ein paar Gartenhandschuhe, den Rest einer selbsthaftenden Mullbinde und eine Schachtel Pflaster liegen. Auf dem Terrassenboden mit den aufgebrochenen rotbraunen Klinkersteinen sind kunterbunt diverse Tupfer verstreut. Die Toni bückt sich nach einem Wundverband und lässt diesen angeekelt fallen. In dem Moment wird ihr klar, was wirklich passiert ist.

Erstaunt starrt der Pokorny in den leeren BMW. »Wo ist der Nussbaum?« Er greift nach seinem Telefon und überlegt, die Katzinger anzurufen, lässt es dann aber bleiben. Würde die alte Frau nicht schmollen, hätte sie sich bei ihm gemeldet. Stattdessen ruft er den Gruppeninspektor an. »Der Nussbaum sitzt nicht mehr in seinem Wagen. Er könnte im Haus sein.«

»Du bleibst draußen, hörst du!«, sagt der Sprengnagl. »Wir

sind in ein paar Minuten da. Wir haben uns getäuscht. Der Schrott und der Nussbaum kennen sich von früheren Touren. Beide sind oder waren spielsüchtig.«

»Welche Touren?«

»Erzähl ich dir später. Der Nussbaum hat nachvollziehbare Gründe, dem Schrott den Brand anzuhängen.«

»Und der Ribitsch hat ihn gesehen?«

»Möglich.«

»Und jetzt sind vielleicht beide in dem Haus.«

»Hm, wenn er nicht im Auto ist … Warte … die Wehli sagt, ich soll auflegen, wir sind gleich bei dir. Warte auf uns. Servus.«

Der Pokorny hat keine Zeit zum Warten, jede Minute zählt. Für ihn gibt es nur zwei Möglichkeiten: Entweder ist der Nussbaum im Haus, oder er hat seinen BMW stehen lassen. Dann könnte er am Weg nach Hause und damit zur Toni sein.

»Warum sollte er das tun?«, murmelt der Pokorny. »Nein, der ist noch drinnen.«

Bevor er losgeht, sendet er der Toni eine SMS.

– der Nussbaum ist vielleicht am weg nach hause lage unklar verschwinde sofort!

Um ihr die Dramatik klarzumachen, verirrt sich erstmals ein Ausrufezeichen in den Text.

Er steckt das Nokia weg, sein Herz klopft wie verrückt, er spürt, dass im Haus vom Voitl eine böse Überraschung auf ihn lauert. Bei voll aufgeladenem Akku leuchtet das Display mit der Helligkeit eines mittelgroßen Grablichts. Mit wenigen Schritten ist er beim Gartentor, das lediglich mit einem innen angebrachten Riegel versperrt ist. Er bewegt sich vorsichtig zum Hauseingang und sieht, dass dieser Einbruchspuren aufweist.

»Wieso ist das dem Sprengi nicht aufgefallen?«, flüstert er.

Langsam stößt er die Tür auf und weicht mit einem Aufschrei zurück. Der Ribitsch steht der Chefinspektorin für eine Zeugeneinvernahme nicht mehr zur Verfügung. Er baumelt an einem blutbeschmierten Verlängerungskabel von der Balustrade des ersten Stocks. Unter seinem reglosen Körper liegt ein umgekippter Sessel.

Ohne Rücksicht auf Verluste und trotz der Gefahr, dass der Nussbaum noch im Gebäude sein könnte, durchsucht der Pokorny keuchend das Haus. Doch es ist leer.

»Verdammt!« Er wählt die Nummer von der Wehli. »Der Ribitsch hängt im Haus vom Voitl, sonst ist das Haus leer. Ich bin unterwegs zum Nussbaum. Die Toni schaut sich dort um …«

»Sagen Sie, geht's noch? Hat der Reifen vom Škoda nicht gereicht? Sagen Sie ihr sofort, sie soll von dort verschwinden.«

Der Pokorny stöhnt, legt auf und läuft zu seinem Rad. Wäre er eine Sekunde früher über die Straße gelaufen, dann hätte ihn ein weißer VW-Bus überrollt. Hinter dem Steuer sitzt der Nussbaum. Als er den Pokorny sieht, zuckt er mit den Schultern. Er hebt die blutüberströmte rechte Hand und formt an seiner Schläfe eine imaginäre Pistole. Dann rast er mit quietschenden Reifen Richtung Holzmüllergasse davon.

Die Toni weicht vor den mit Blut und Eiter vollgesogenen Wundauflagen zurück. Eine Handvoll Schaumstoffpflaster sind kreuz und quer über den Boden verteilt. Aufgrund des Schnittmusters weiß die Toni, dass sie für Schnittverletzungen zwischen den Fingern geeignet sind. Ein Blick auf den rechten Gartenhandschuh reicht. Sie sieht im Licht der Taschenlampe, dass die Daumenfalte starr vor eingetrocknetem Blut ist.

In der Seitenstraße bremst sich neben dem Grundstück ein Auto ein. Die Tür schlägt zu, ein Schatten hantiert beim Tor zum Hintereingang. Die Toni versteckt sich unter dem Tisch und hört ein lautes Knirschen unter ihrer Schuhsohle. Bevor sie die Taschenlampenfunktion ausschaltet, fällt ihr Blick auf ein Black Rock Cover, von dem ein Teil abgesplittert ist.

Plötzlich verstummen die Schritte, sie spürt, wie sich eine Gänsehaut über ihre Wirbelsäule nach oben ausbreitet, und wagt kaum zu atmen. Nach ein paar Sekunden bewegt sich die Gestalt wieder und kommt direkt auf ihr Versteck zu.

»Was muss der Scheiß-Sandler auch noch einmal auftauchen«, zischt der Nussbaum. »Alles hat er kaputt gemacht. Das hat er jetzt davon.« Er fingert an seinem Schlüsselbund herum und verschwindet im Haus.

Sie hört ihn im vorderen Teil des Hauses rumoren und aktiviert im Schatten des Tisches ihr iPhone. Erst jetzt liest sie die Nachricht vom Pokorny. Trotz der heiklen Situation muss sie über das Ausrufezeichen schmunzeln. Allerdings nur kurz. Dann knarzt die Tür, sie schaut auf und blickt in den Lauf eines Jagdgewehrs.

»So macht das kaputte Cover doch noch Sinn. Irgendwie hab ich gewusst, dass es mit Ihnen und Ihrem Mann Probleme geben wird. Ihr lästiger Ruf eilt Ihnen voraus«, sagt der Nussbaum und deutet ihr mit dem Gewehr, aufzustehen. »Und jetzt kommen Sie langsam ins Haus. Aber ganz langsam, keine Dummheiten. Ob drei oder vier ist jetzt auch schon egal.«

»Wieso drei?«

»Wieso?« Der Nussbaum drückt sie mit dem Lauf der Waffe auf den Rand einer Eckbank und wickelt sich eine Mullbinde um die blutende Hand.

Die Möbel wirken abgewohnt und ungepflegt. Die Vorhänge bräuchten dringend eine Reinigung, der Lurch kringelt sich durchs Wohnzimmer.

»Als würde Sie das wirklich interessieren. Entsperren und rüberschieben.« Er zeigt auf ihr Handy.

Am ganzen Körper zitternd, braucht die Toni zwei Anläufe, um die richtige PIN einzugeben. »Es interessiert mich wirklich. Die Reifenspuren Ihres Škodas passen zu denen hinter dem Hotel. Sie waren am Abend der Brandstiftung dort.«

Der Nussbaum liest die SMS, reißt sie am Arm hoch und drängt sie mit dem Gewehr zur Eingangstür. »Wir statten jetzt den Schrotts einen Besuch ab. Hopp, hopp, sonst kommt uns Ihr besorgter Ehemann in die Quere. Los!« Ruppig stößt er sie gegen das Türblatt.

»Hören Sie auf! Ich geh ja schon«, ächzt sie und greift nach der Türschnalle. »Was wollen Sie mit dem Gewehr?«

»Vielleicht sagt mein Nachbar dann endlich die Wahrheit. Und jetzt keine dummen Fragen mehr«, zischt er und bohrt ihr den Lauf zwischen die Schulterblätter.

Mit schmerzverzerrtem Gesicht öffnet die Toni die Tür. Im trüben Licht der veralteten Straßenlaternen huschen die beiden über die Straße, steigen über den hüfthohen Zaun und laufen zur Terrasse auf der Rückseite des Hauses. Die Wohnküche der Schrotts liegt dunkel vor ihnen.

Der mehrfache Mörder stellt sich in den Schatten eines üppig blühenden Oleanders. »Anklopfen«, sagt er und richtet den Lauf der Waffe erneut auf seine Geisel.

Der Pokorny fährt mit maximaler elektrischer Unterstützung Richtung Holzmüllergasse. Die Geste mit der imaginären Pistole vom Nussbaum lässt keinen Raum für Illusionen, er hat nichts mehr zu verlieren, und die Toni schwebt in Lebensgefahr.

»Mir reicht's mit der Scheiß-Ermittlerei«, keucht er. Wieder einmal pendelt er gefühlt zwischen Herzinfarkt und Schlaganfall. Das bisschen Training hilft ihm jetzt nicht wirklich weiter.

Kurz vor Beginn der Holzmüllergasse vermindert ein heranrasender Streifenwagen neben ihm seine Geschwindigkeit. Die Wehli fährt die Seitenscheibe nach unten. »Bleiben Sie bitte stehen.«

Japsend bremst er sich ein und spürt, wie müde seine Beine sind. »Keine Zeit, der Nussbaum hat den Ribitsch aufgehängt. Er blutet an der Hand und hat das Kabel besudelt.«

»Ich weiß«, sagt sie betont ruhig. »Wir waren gerade dort. Die Cobra ist unterwegs. Wir wissen nicht, ob sich der Nussbaum und Ihre Frau in seinem Haus befinden.«

»Deswegen müssen wir schnell dort sein. Was ist, wenn er sie bedroht?«

Die Chefinspektorin legt ihm die Hand auf den Arm. »Herr Pokorny. Es ist gefühlt jedes Mal das Gleiche. Immer bringen Sie oder Ihre Frau sich in Gefahr, enden oft als Geiseln. Bisher ist es immer gut ausgegangen, also überstürzen Sie nichts. Von seinem

Haus aus sieht er die Holzmüllergasse hinunter. Wir müssen vorsichtig sein.«

»Wir könnten vom Sonnenweg über das Grundstück der Folkert nach unten gehen. Von dort haben wir einen guten Überblick …«

Der Pokorny wird durch das Eintreffen von zwei schwarzen Cobra-Mannschaftswagen unterbrochen.

Der Einsatzleiter berät sich mit der Wehli. »Meine Leute teilen sich in zwei Gruppen auf. Team eins bewegt sich von der Rückseite auf das Haus des Täters zu, Team zwei folgt Ihren Leuten zum Sonnenweg. Von oben haben wir einen guten Blick zur Vorderseite des Täterhauses. Wir werden dort Präzisionsschützen positionieren. Noch Fragen?«

Die Toni hat keine Wahl, sie klopft an die Terrassentür und wartet. »Niemand zu Hause.«

»Blödsinn«, sagt der Nussbaum. »Ich hab das feine Ehepaar gesehen. Noch einmal! Darf ruhig fester sein.«

Wieder klopft die Toni und ruft: »Sind Sie zu Hause? Hier Pokorny!«

Endlich geht im Wohnzimmer das Licht an, die Frau Schrott öffnet verwundert die Tür. »Was machen Sie auf unserer Terrasse?«

»Für mich den Türöffner spielen.« Der Nussbaum lacht und stößt die Toni unsanft ins Haus.

»Was willst du mit dem Gewehr?«

»Ruf deinen Mann!«

»Warum?«

»Du sollst deinen Mann rufen!«, zischt der Nussbaum und hebt die Waffe an. »Aber flott!«

»Dieter! Kommst du bitte … wir … haben Besuch.«

Von oben ruft der Schrott: »Muss das sein, ich bin grade beschäftigt.«

»Ja! Es muss sein!«

»Nicht schon wieder die Polizei«, sagt er verärgert und poltert die Stufen hinunter. »Genug ist genug …«

Der Nussbaum nickt. »Besser hätt ich's nicht ausdrücken können. Genug ist genug. Los, alle drei auf die Couch.« Er macht einen Schritt auf den Hausherrn zu und stößt ihm den Lauf des Gewehrs in den Bauch.

»Ahhh.« Der Schrott krümmt sich, stöhnend kippt er auf die Couch. »Was willst du?«

»Was ich will? Mein Leben zurück. Meine Frau, keine Schulden. Einen Nachbarn, der kein falsches Arschloch ist. Reicht das für den Anfang?« Er schaltet eine filigrane Tischlampe neben der Terrassentür ein und die Wohnzimmerbeleuchtung aus.

»Ich muss schon bitten. Mein Mann ist kein Arschloch!«, entgegnet die Schrott.

Der Nussbaum baut sich vor ihrem Ehemann auf. »Na, Dieter, bist du ein Arschloch oder nicht?«

»Ich …«

»Red einfach, früher warst ja auch nicht so maulfaul. Wie dir mein Geld in den Kram gepasst hat«, sagt der Nussbaum. Da die Antwort ausbleibt, schlägt er seinem Nachbarn den Gewehrkolben aufs Knie.

Schmerzverzerrt zuckt der Schrott zusammen. »Bitte … was soll ich …?«

»Was du sollst? Erzähl von der Nutte, die du mir spendiert hast. Just an dem Tag, wo die Hedwig überraschend früher nach Hause gekommen ist. Angeblich wegen einem Rohrbruch, den du erfunden hast. Erzähl von deinen Spielschulden und wie du mich fallen hast lassen. Los! Erzähl von der Angélique.«

»Hast du das Hotel angezündet?«

»Du sollst erzählen und keine Fragen stellen. Deine Frau wird das sicher interessieren. Amalia, er hat dich komplett verarscht. Du hast keine Ahnung, mit wem du verheiratet bist. Er hat mein Leben zerstört.« Hämisch lachend gibt er dem Schrott mit der blutenden Hand eine heftige Ohrfeige. »Und jetzt rede, sonst nehm ich nächstes Mal die Faust.«

»Ahhhhh. Wir waren damals viel unterwegs, und der Arthur war frustriert, weil es mit der Hedwig nicht so gut lief …«

»Weiter!«

»Da hab ich ihm aus einem Puff die Angélique besorgt.«

Die Schrott runzelt die Stirn. »Du hast was?«

»Die Angélique bei ihm vorbeigebracht.«

»Für dich zum Mitschreiben«, sagt der Nussbaum. »Dieter hat die Nutte zuerst selber flachgelegt. Du warst in München bei deinen Eltern. Die Angélique hat bei euch übernachtet. Nachdem meine Hedwig ins Büro gefahren ist, stand die Nutte leicht bekleidet vor meiner Tür … und dann ist es passiert.«

»Dieter!« Amalia Schrott steht auf und setzt sich gegenüber von ihrem Ehemann auf einen Hocker. »Sag, dass das nicht wahr ist. Du hast mich mit einer Prostituierten betrogen und sie dann an den Arthur weitergereicht? Das glaub ich jetzt nicht.«

Ihr Mann zuckt mit den Schultern.

»Wir machen das jetzt so: Ich erzähl und du hörst zu. Wenn ich dich etwas frage, antwortest du oder nickst. Falls dir auch das schwerfällt, gibt's eine aufs Knie. Verstanden?« Als das Nicken ausfällt, schlägt der Nussbaum mit dem Gewehr zu. »Ob du mich verstanden hast?«

»Ahhh, ja!«

»Gut. Die zuckersüße Angélique hat's mir dann ordentlich besorgt. Auf einmal stand die Hedwig im Schlafzimmer. Ob das der Rohrbruch sei, von dem der Wasserleitungsverband gesprochen hätte. Hast du angerufen?«

Der Schrott nickt.

»Na also, geht doch. Amalia, hat er dir von seinen nächtlichen Pokerrunden erzählt?«

»Ja, aber er hat damit schon längst aufgehört.«

»Hat er nicht. Der arme Dieter, gell?«, flucht der Nussbaum und streicht über den blutbesudelten Gewehrschaft.

Der Schrott reibt über sein schmerzendes Knie und schüttelt den Kopf.

»Dieter … wieso?«

Der Nussbaum lacht hämisch. »Wieso? Weil dein Dieter ein Riesenarschloch ist. Nachdem mich die Hedwig verlassen hat, war er für mich da, hat mir zugehört, so getan, als würde er mir wirklich helfen wollen. Aber es ging mir einfach nicht besser. Im Gegenteil, ich versank immer mehr im Strudel meines Selbstmitleids. Dann hat er mich zum Pokern mitgenommen. Ich dachte, er macht das, um mich auf andere Gedanken zu bringen, was für mich auch gut funktioniert hat. Wie so oft beim Spielen gewinnst du zu Beginn. Klar, du sollst ja dabeibleiben und weiterspielen. Ich hab also gewonnen und dem Dieter finanziell ausgeholfen. Weißt du, Amalia, dein Dieter stand bei den Kredithaien ordentlich in der Kreide. Euer Haus und das Hotel hat er schon vorher verspielt. Mir war das egal, ich hatte genug Geld. Wir haben uns gut verstanden, ich hab seine Schulden zurückgezahlt. Einfach so, weil er für mich da war. Freunde helfen einander, so seine Worte. Dann ist meine Glückssträhne gerissen, bald war ich selber am Boden und meinen guten Freund los. Als der Geldsegen ausblieb, hat er mir die Freundschaft aufgekündigt. Er war nämlich nur an meinem Geld interessiert. Seine Freundlichkeit und Hilfsbereitschaft waren nur Kalkül. Er hat von der Nutte bis zu meinem letzten Euro alles durchgeplant. War's nicht so?«, brüllt er und versetzt seiner Geisel mit dem Lauf des Gewehrs einen Schlag auf den Ellbogen. »Hör auf zu jammern, du Memme. Ich war am Ende, und du hast auf mich gepfiffen.«

»Du hast ihn beinhart ausgenutzt, ihn ins Verderben geschickt? Unseren Nachbarn, der was weiß ich wie oft bei uns war und sich die Seele aus dem Leib geheult hat? Wie konntest du nur«, fragt Amalia Schrott ihren Mann.

»Das habe ich ihn auch gefragt.« Der Nussbaum richtet den Gewehrlauf erneut auf seine Geiseln und zieht mit zwei Fingern die herabgelassenen Jalousien in der Küche auseinander. »Ihr Mann dürfte eine schlechte Kondition haben. Nichts von ihm zu sehen«, sagt er zur Toni.

»Vielleicht ist er von hinten in Ihr Haus, hat den blutigen Handschuh gefunden und die Polizei angerufen. Weg kommen Sie von hier nicht mehr.«

Kurz ist es ganz ruhig im Haus. Hinter der Sitzgruppe tickt überlaut eine Wanduhr mit vergoldetem Rahmen.

»Für mich ist hier sowieso Endstation. Ich hab vorhin den Ribitsch umgebracht. Ihr Mann hat mich wegfahren sehen. Es ist also nur eine Frage der Zeit, bis die Chefinspektorin anklopft und mir Fragen stellt.«

»Willst du uns auch umbringen?«, flüstert die Schrott.

Der Nussbaum wiegt den Kopf. »Wahrscheinlich hat die Chefinspektorin schon die Cobra angefordert, da wird mit Geiselnehmern nicht lange gefackelt. Vielleicht erschieß ich den Dieter. Wobei, mit der ganzen Scheiße, die du angerichtet hast, wird dein Leben nicht mehr dasselbe sein. Für mich ist es gelaufen, ich bin sowieso im Arsch.« Er seufzt. »Dabei war alles so fein angerichtet. Der Dieter wäre für lange Zeit im Bau verschwunden. Und dann kommt der Ribitsch zurück nach Vöslau und erpresst mich.«

Die Toni fragt: »Hat er Sie im Hotel beim Anzünden gesehen?«

»Nicht nur gesehen. Der depperte Sandler hat mich gefilmt. Eh kein Geld, aber ein Smartphone. Scheiße.«

»Du hast das Hotel angezündet? Um dich an mir zu rächen?« Der Schrott schaut ihn entsetzt an. »Du bist ja komplett verrückt. Da ist einer gestorben.«

Diesmal schlägt der Nussbaum ihm auf das Schlüsselbein, und man hört es knacken. Lächelnd beobachtet er, wie sich der Verletzte auf der Couch krümmt. »Verrückt? Das sagst gerade du? Du Arschloch hast doch das Hotel zuerst angezündet. Deine Fingerabdrücke sind auf den Kanistern im Keller der Folkert. Damit hätten sie dich am Allerwertesten gehabt. Dass du Sandler zum Hackeln anstellst und mich einer filmt, konnte ich nicht wissen.«

»Das heißt, Sie haben die Kanister bei der Folkert platziert?«, mischt sich die Toni ein.

Ohne ihre Frage zu beantworten, fährt der Nussbaum fort: »Das feine Ehepaar hat ewig über einen Brand im Hotel geredet. Gut, die Amalia hat das eher im Spaß gemeint, der Dieter anfangs auch. Gell, Dieter? Wann bist du eigentlich auf die Idee gekommen, das Hotel wirklich abzufackeln? Als der Versicherungskeiler in der Straße unterwegs war?«

Der Nussbaum zückt sein Handy und hält es gut sichtbar vor die drei Geiseln. Während der Schrott die Augen schließt, starren die Frauen fassungslos auf die Aufnahme, die er im Hotel gemacht hat. »Mein neues Handy macht einfach geniale Bilder und Videos. Auch von weiter weg. Mit dem Video wärst du dran gewesen. Also nur für den Fall, dass dich die Polizei nicht schon aufgrund der Kanister bei der Folkert eingesperrt hätte. Hast du ja auch gut geplant, vierzig Liter Spiritus haben gereicht. War gar nicht so leicht, dir unerkannt in die Weinberge hinters Hotel zu folgen.«

»Sie sind ihm mit Ihrem Auto nachgefahren und dann zu Fuß nachgeschlichen«, erklärt die Toni. »Das aufgeschnittene Reifenprofil Ihres Škodas wird die Polizei mit jenem zwischen den Weinrieden vergleichen. Und einen Treffer landen, oder?«

»Und? Ich bestreite ja nicht, dass ich dort war. Wie hätte ich sonst das Video aufnehmen können? Ich bin dem Brandstifter am Sonntag zum Hotel gefolgt. Nachdem er so großmundig überall von dem Graz-Trip erzählt hat, war mir klar, es wird ernst, er baut an seinem Alibi. Sonst ist der Herr Schrott ja eher schweigsam.«

»Dieter, hast du wirklich das Hotel angezündet?«

Sichtlich ringt der Schrott mit der Wahrheit. Noch einmal lügen hat keinen Sinn. Er dreht sich zu seiner Frau. »Ja, tut mir leid, Amalia. Ich wollte es abfackeln, hab dann aber Schiss bekommen und das Feuer wieder gelöscht. Als ich weg bin, war das Feuer aus. Ich hab das kontrolliert, es gab keine Glutnester mehr.«

Tränen laufen der Schrott die Wangen hinunter. »Warum hast du mich angelogen? Wir hätten das auch so irgendwie geschafft.«

»Nein, hätten wir nicht«, antwortet ihr Mann resigniert. »Unser Haus und das Hotel sind mit einer Hypothek belastet. Mit dem Geld aus der Versicherung …«

»Wir sind schuldenfrei, hast du gesagt.«

Der Nussbaum geht unruhig im Wohnzimmer hin und her.

»Geplappert hat er viel, der Dieter. Und neue Schulden gemacht. Die Giersau.«

»Und wieso die Folkert?«, fragt die Toni den Nussbaum.

»Weil sie ein Miststück war. Sie wusste, wie schlecht es mir finanziell geht. Manchmal hab ich ihr im Garten geholfen. Gut, ich konnte das Geld brauchen. Es war aber trotzdem zu wenig.«

»Haben Sie deswegen immer wieder Ihre Nachbarn bestohlen?«

»Mit dem Job als Gärtner und dem Pfuschen komme ich kaum über die Runden.«

»Und dabei hat die Folkert Sie gefilmt?«

»Ja, und mich damit erpresst.«

»Womit denn? Wenn du angeblich nichts hast, was wollte sie dann von dir?«, fragt die Amalia Schrott.

»Dass ich die Drecksarbeit für sie erledige. Es war so entwürdigend. Glaubst du wirklich, die hat die ganze Scheiße von ihrem Riesenköter selber aufgesammelt? Nacht für Nacht hab ich das gemacht. Manchmal musste ich die Hundesackerln offen in eure Tonne werfen. Nur damit's ordentlich rausstinkt. Tut mir leid. Und das Beste daran: Sie hat mich dabei gefilmt. Verstehst du? Ich war in einem Teufelskreis gefangen. Egal, was ich auch gemacht hab, sie hat's gefilmt oder fotografiert und mich wieder ein Stückchen mehr in der Hand gehabt.« Er beginnt, sowohl bei den Wohnzimmerfenstern als auch bei der Terrassentür die Jalousien zu schließen.

»Und irgendwann hat es Ihnen dann gereicht, und Sie haben Ihre Nachbarin erwürgt«, fasst die Toni zusammen und wendet sich an das Ehepaar. »Ich vermute, er hat zuerst versucht, die Folkert mit dem Seil aus Ihrer Hütte zu erdrosseln. Es ist gerissen, er hat sich geschnitten und geblutet. Da die verhasste Nachbarin noch nicht tot war, hat er sie erwürgt und dann mit Ihrem Seil aufgehängt. Stimmt doch, oder?«, fragt sie den Nussbaum. »Lassen Sie es gut sein, es ist zu spät. Sie haben zu viele Fehler gemacht.

In der Halswunde der Folkert wurde fremde DNA gefunden. So wie es aussieht, ist das Ihre DNA. Sie mit der blutigen Hand zu würgen, war nicht besonders gescheit. Wussten Sie nicht, dass Spuren anhaften bleiben?«

»Finden Sie es besonders gescheit, hier die große Aufklärerin zu spielen? Die Rolle hätte ich mir vorher ausborgen können, und beim Anbinden der Rosen am Salettl hätte ich mich genauso verletzen können. Der Mörder hätte dann in weiterer Folge mit dem Seil meine DNA übertragen. Wobei die Frage ist, wie die Polizei überhaupt an meine DNA-Probe kommen will. Nur aufgrund des Reifenprofils sicher nicht.«

Der Schrott schüttelt ungläubig den Kopf. »Du Mistkerl bist bei uns eingebrochen und hast die Rolle gestohlen, die Folkert umgebracht und die Rolle dann wieder zurückgestellt. Damit du mir den Mord in die Schuhe schieben kannst. Wie krank ist das denn?«

»So krank wie die ganze Scheiße, die du mit mir abgezogen hast. Was hast du erwartet? Irgendwann kommt so etwas zurück. Also halts Maul!«

»Wieso haben Sie die Folkert erwürgt? Die Demütigungen alleine werden es nicht gewesen sein«, sagt die Toni.

»In einem chinesischen Glückskeks hab ich einmal gelesen: ›Je genauer und härter du einen Weg planst, desto heftiger trifft dich der Zufall.‹ Als hätte der Ribitsch nicht schon gereicht. Muss die Folkert mit ihrem Monsterhund genau an diesem Abend beim Hotel eine Runde drehen. Da sie seine Hinterlassenschaften selten bis gar nicht weggeräumt hat, ist sie hie und da zur Waldandacht gefahren und hat den Hund dort frei laufen lassen. Sie hat mich nach dem Schrott rein- und mit den Kanistern wieder rausgehen gesehen. Ihr war sofort klar, dass ich das Hotel angezündet habe. Immer mit der Kamera bewaffnet, hat sie mich gefilmt.«

Die Toni runzelt die Stirn. »Sie hätten ja auch nur die Beweismittel gegen den Schrott mitnehmen können. Die Folkert konnte nicht sicher sein, dass sich die Glut nicht später selber entzündet hat. Das wäre kein Beweis gegen Sie gewesen.«

»Das ist mir schon klar. Dass ich sie erledigen würde, war auch nicht geplant. Wozu auch? Die Kanister im Keller und der Feuerlöscher in ihrem Haus hätten schon genug Fragen aufgeworfen.«

»Man hätte annehmen können, dass sie den Schrott damit erpresst hat«, mutmaßt die Toni.

Der Nussbaum nickt. »Oder dass sie den Brand selber gelegt hat, um die Tat dann ihren verhassten Nachbarn anzuhängen. Eine wunderbare falsche Fährte. Da erwischt mich die blöde Kuh, wie ich den Feuerlöscher in ihrer Gartenbox verstecke, und erzählt mir brühwarm von dem Video und den Fotos, die sie hinter dem Hotel von mir gemacht hat. Wie selbstherrlich und überheblich sie gewesen ist! Da sind mir die Sicherungen durchgebrannt.«

»Das mit der Box war ein kluger Schachzug. Die Polizei hat tatsächlich hinterfragt, warum der Feuerlöscher nicht bei den Kanistern war, und darauf getippt, dass sich die Folkert absichern wollte. Falls der Schrott die Kanister gefunden hätte, hätte der entlastende Feuerlöscher noch gefehlt.«

Der Nussbaum nickt. »Besser hätte ich es nicht schildern können. Jetzt verstehe ich auch, warum Sie beim Ermitteln so erfolgreich sind.«

»Wie wollten Sie dem Herrn Schrott den toten Ribitsch anhängen?«

»Ihr Mann ist mir in die Quere gekommen. Mit dem Reifenabdruck und dem Ausrutscher mit den Weinbergen war mir klar, dass Sie mich verdächtigen. Ich musste schnell handeln, hatte keine Zeit zum Nachdenken.«

Wieder durchbricht lediglich die Uhr die Stille, die sich bleischwer im Haus breitmacht.

»Wie geht es jetzt weiter?«, fragt Amalia Schrott. Seit geraumer Zeit vermeidet sie jeden Blickkontakt mit ihrem Mann. »Du hast drei Menschen auf dem Gewissen, jetzt bedrohst du uns mit einem Gewehr. Wenn das mit meinem Mann rauskommt, bekommst du sicher mildernde Umstände.«

»Gut, dass du mich erinnerst, eine Bedrohung stellt die Mauser 12 ja erst dar, sobald sie geladen ist.«

Mit einer routinierten Bewegung lädt der Nussbaum die Waffe, dreht sich zum Schrott und drückt den Abzug.

»Hier Alpha eins, Objekt eins leer. Weiße Hundehaare konnten sowohl beim Hintereingang ins Wohnzimmer als auch bei der Vordertür gesichert werden. Keine Personen im Haus. Ende Alpha eins.«

Die Wehli sieht den fragenden Blick vom Pokorny, der auf der Rückbank des Streifenwagens sitzt. »Endlich ist der allgegenwärtige Beagle-Glitter von Vorteil. So wissen wir, dass Ihre Frau im Haus war.«

»Vielleicht versteckt er sich mit der Toni im Haus von der Folkert?«, meint der Pokorny, dem nicht nach Lachen zumute ist.

»Das kann uns hoffentlich die Cobra sagen. So lange müssen wir uns gedulden. Wir haben im Schlafsack im Haus vom Schöberl das Handy vom Ribitsch gefunden. Er hat den Nussbaum beim finalen Anzünden der Holzstapel im Hotel und bei der Mitnahme der Kanister und des Feuerlöschers gefilmt. Der Grammel geht also auf die Rechnung vom Nussbaum. Der Ribitsch konnte grade noch raus und flüchten. Sobald wir die DNA vom Nussbaum haben, vergleichen wir sie mit der Fremd-DNA in der Wunde der Folkert. Dass er den Ribitsch erdrosselt und aufgehängt hat, war wahrscheinlich nicht geplant.«

Der Pokorny nickt. »Der wollte Kapital aus dem Video schlagen und ihn damit erpressen. War der Ribitsch auch auf der Helenenhöhe und hat den Nussbaum dort ebenfalls beobachtet?«

»Die Kriminaltechniker haben Reifenspuren des BMWs auf dem Waldweg vom Kurpark zur Waldandacht gefunden. Der Nussbaum könnte in der Mordnacht dort entlanggefahren sein.«

»Er hat den Ribitsch am Weg zum Schöberl verfolgt und ihn dort verletzt. Der konnte dann aber flüchten.«

»Es gibt noch viele offene Fragen, die uns der Nussbaum beantworten wird müssen. Wir vermuten, dass er durch dieselbe Stelle ins Haus vom Schöberl gelangt ist wie Sie und Ihre Gattin. Mit der herausgebrochenen Fensterscheibe könnte er den Ribitsch attackiert haben. Wahrscheinlich hat er aufgrund Ihrer Fragen nach leer stehenden Häusern den Ribitsch im Haus vom Voitl aufgestöbert und erhängt. Die Verletzung an seiner Hand und das blutige Verlängerungskabel sprechen dafür. Er wird sich die Wunde beim Aufhängen vom Ribitsch aufgerissen haben.«

Der Einsatzleiter flüstert: »Einer meiner Männer meldet die Sichtung von mindestens vier Personen im Wohnzimmer des Ehepaars Schrott.«

»Bei den Schrotts?« Die Wehli runzelt die Stirn. »Ist der Nussbaum dabei?«

»Und die Toni?«

»Eine Person mit Gewehr und eine weitere weibliche Geisel sind zu sehen. Mein Mann meldet, dass die Jalousien im Wohnzimmer gerade geschlossen wurden.«

»Der Nussbaum besitzt ein Jagdgewehr, eine … warte, ja, eine Mauser 12«, sagt der Sprengnagl, parkt den Streifenwagen und hastet mit seinen Mitfahrern zum Standplatz der Cobra am Sonnenweg.

»Ist das die weibliche Geisel?«, fragt der Pokorny, zeigt dem Teamleiter ein Foto von der allerbesten Ehefrau der Welt und sieht diesen nicken. »Soll ich runtergehen? Ich suche ja meine Frau. Sobald der Nussbaum die Tür öffnet, kann Ihr Team eingreifen.«

Bevor der Einsatzleiter antwortet, beordert er je einen Cobra-Beamten links und rechts neben den Pokorny. »Nur damit Sie auf keine leichtsinnigen Ideen kommen. Zu Ihrer Frage: Nein, sollen Sie nicht.«

»Warum?«

Die Wehli nimmt den Pokorny zur Seite. »Die Lage ist völlig unklar. Eine weitere Geisel können wir nicht gebrauchen.«

»Dann hab ich eine andere Idee. Die Speicherkarte hat Ihnen zwar nicht wirklich weitergeholfen, aber die Zwatzl hat neben dem kaputten Eichhörnchen, dem Marder und einer Fledermaus ja noch den Roboterigel. Der hat nach dem Fund der Folkert zwar nur mehr ein Auge, kann sich aber unerkannt nähern. Wir könnten den Igel runterschicken. So nach dem Motto: Hilft's nix, schad's nix.«

Die Wehli verschränkt die Arme vor der Brust. »Mit der Zwatzl zusammenzuarbeiten ist letzte Klasse.«

»Die letzte Klasse war für mich immer ein gutes Zeichen«, zischt es von unten. Der Igel schiebt sich unter den erstaunten Blicken der anwesenden Exekutive durchs Gestrüpp. »Da war es dann bald vorbei mit der lästigen Schule. So, mein einäugiger *erizo* steht zu Ihrer Verfügung. Auch wenn es mir nichts bringen wird, zeige ich dennoch wieder meinen guten Willen und stell meinen letzten Soldaten in den Dienst der Republik Österreich.«

Die Wehli kratzt sich am Kopf. »Sie spinnen ja komplett. Wo zur Hölle stecken Sie?«

»Das spielt jetzt keine Rolle. Wie wollen wir vorgehen?«

Der Einsatzleiter hebt den Roboterigel auf und begutachtet ihn. »Sie gar nicht. Statt der Schrottmühle setz ich lieber unseren Robo-Dog ein …«

»Der wurde gestern bei einem Einsatz zerstört«, wendet ein Mitglied der Spezialeinheit ein.

»Apropos Schrott«, sagt die Zwatzl.

»Dann haben wir leider keine Wahl. Was kann das Ding eigentlich?«

»Hä! Dieses *Ding*, das Sie als Schrott bezeichnen, könnte Ihnen sofort eine Dreihundertzwanzig-Volt-Erkenntnis durchs Gebein jagen und anschließend rückwärts an der Terrassentür rauffahren. Nur weil Sie in Ihrer Pipifax-Einheit … schon gut«, deeskaliert sie in den Lauf einer Glock 17.

»Danke für die Kooperation«, sagt der Einsatzleiter und stellt den Igel zurück auf den Waldboden. »Können Sie das Kamerabild auf mein Tablet übertragen? Passwort: Pipifax.«

»Äh, wie jetzt?«

Der Cobra-Beamte verzieht das Gesicht. »Vergessen Sie's. Einfach übertragen, wir schauen mit.«

Wenige Augenblicke später sehen die Beobachter am Tablet des Einsatzleiters die schwarzen Motorradstiefel der Wehli. Zu aller Überraschung blitzt am Absatz ein winziger silberfarbener Totenkopf in die Kamera.

»Also nachdem auch dieses Geheimnis gelüftet ist, mach ich mich mal vom Acker. Sollte sich ein Dobermann oder sonstiges Getier anschleichen, bitte ich darum, mich vorzuwarnen. Wir haben nur mehr dieses eine Helferlein im Krieg.«

Die Chefinspektorin schüttelt den Kopf. »Die Alte ist mir echt nicht …«

»Mäßigen Sie sich, ich höre alles!«, blafft die Zwatzl.

Gespannt starren mehrere Exekutivbeamte und der Pokorny auf das Tablet und sehen, wie der Roboterigel langsam nach unten fährt. Kurz bevor er auf die Terrasse klettert, ist ein Knall zu hören.

»War das ein Schuss?«, ruft die Wehli.

»Ja, aus einer Mauser 12. Ein Traum von einer Jagdwaffe. Bewährte Ganzstahl-Konstruktion mit einem kalt gehämmerten Lauf aus Spezialstahl und einem Einsteckmagazin mit ausreichend Reserven«, flüstert die Zwatzl begeistert. »Hab ich selbst verwendet … äh, egal. Ich bin jetzt oben und sehe … nichts. Die Jalousien sind geschlossen.«

»Können Sie sie auseinanderschieben?«, fragt der Sprengnagl aufgeregt.

»Lieber Herr Gruppeninspektor. Ich rechne es Ihrer Aufgeregtheit wegen der Gattin Ihres Freundes zu. Aber ich habe von Jalousien und nicht von Raffstores gesprochen. Der Unterschied liegt in der Positionierung der Lamellen.«

»Ja, ja, schon gut. Ich hab verstanden. Frau Gescheit, was schlagen Sie vor?«

»Hm, ich könnte anklopfen.«

»Wie jetzt, anklopfen?«, fährt er fort.

»Klopf, klopf, klopf halt. Oder wollen Sie einen bestimmten Rhythmus?«

»Frau Zwatzl!«, zischt der Pokorny. »Wenn Sie da eine Show

abziehen und der Toni passiert was, dann spreng ich Sie aus Ihrer Hütte raus. Koste es, was es wolle. Also halten Sie den Rand. Es sei denn, Sie haben konstruktive Vorschläge.«

»Gut, dann bleiben wir bei klopf, klopf, klopf. Die werden da drinnen wohl darauf reagieren. Und was dann? Also wenn die Tür aufgeht?«

»Wenn der Geiselnehmer klar auszumachen ist, wird er von meinen Männern ausgeschaltet. Die Freigabe wurde erteilt.«

»Und wenn nicht?«, fragt der Pokorny. »Ballern Sie dann munter drauflos?«

Der Einsatzleiter verneint. »Sie schauen zu viel Tatort. Wir schießen nur, wenn wir zu hundert Prozent sicher sind.«

»Dann bin ich ja beruhigt. Wie gehen Sie dann vor?«

»Kann ich jetzt noch nicht sagen. Keiner weiß, was da drinnen läuft, wer aufmacht und so weiter. Die Idee mit dem Igel ist eine Option, sich einen Überblick zu verschaffen. Falls der Geiselnehmer durchdreht, erschießt er hoffentlich nur den Igel.«

»Eine Frechheit! Seien Sie froh, dass ich die KI noch nicht im Einsatz habe. Sonst hätte sich mein kleiner Freund und Helfer jetzt vertschüsst.«

»Frau Zwatzl!«, faucht der Pokorny.

»Schon gut.« Langsam fährt der Roboterarm des Igels aus, klappt auf, und die zur Faust geballte Greifzange klopft an die Terrassentür.

Mit Ausnahme des erfahrenen Jägers klingeln den drei Geiseln nach Abgabe des Schusses die Ohren. Der aufgesetzte Schuss aus dem Jagdgewehr hat den Vollholzrahmen der Couch durchschlagen, und die Kugel ist in der dahinterliegenden Wand stecken geblieben. »Das nächste Mal ziel ich richtig. Dieter, schau nach, wer draußen ist. Aber durch die Jalousie.«

Der Schrott humpelt zur Terrassentür und schiebt die Lamellen auseinander. »Ich kann nichts sehen.«

Wieder klopft es drei Mal. »Da ist nichts!«, insistiert er und beugt sich langsam nach unten. »Doch, ein Igel.«

»Ein Igel?« Der Nussbaum runzelt die Stirn.

»Ja, ein Igel.«

»Blödsinn.«

»Dann schau halt selber nach.«

»Ein Igel klopft nirgendwo an. So ein Humbug«, knurrt der Nussbaum. »Setz dich wieder hin.«

Kaum sitzt der Schrott, klopft es erneut drei Mal an der Tür. »Mir reicht's«, schreit der Nussbaum, drückt die Jalousien ein winziges Stück auseinander und starrt auf den Igel. Er winkt der Toni mit dem Gewehr. »Tatsächlich so ein Scheiß-Viech. Öffnen Sie langsam einen Spalt. Aber denken Sie daran, ich stehe mit meinem geladenen Gewehr hinter Ihnen.«

Die Toni zieht die Tür ein Stück weit auf. Zumindest ein Überblick über die Lage im Haus wäre möglich gewesen. Allerdings spielt die beim Absturz der Folkert ramponierte Technik der Exekutive einen Streich. Die linke dunkle Augenhöhle einerseits und der um dreihundertsechzig Grad rotierende Greifarm sind einfach zu auffällig.

»Türe zu, sofort!«, brüllt der Nussbaum.

Doch die Zwatzl ist gekommen, um zu bleiben. Das Robotertier wird in der Terrassentür eingequetscht und steckt fest. Es gibt kein Vor und auch kein Zurück mehr. Zumindest so lange nicht, bis es dem Geiselnehmer reicht. Er schubst die Toni zur Seite, holt mit dem Gewehrkolben aus und drischt den Igel mitten in den Koiteich. »Hole-in-one«, lacht er hämisch. Doch seine Freude währt nur kurz. Den Knall des Schusses aus der Steyr SSG 69 des Cobra-Scharfschützen nimmt der augenblicklich getötete Mörder nicht mehr wahr.

Erstmals seit die Pokornys regelmäßig in Ermittlungen mehr oder weniger hineinstolpern, endet der Fall nicht mit einem Krankenhausbesuch der Freizeitpolizisten. In Anbetracht der Geschehnisse beeilen sich die zwei, den Tatort möglichst rasch zu verlassen. Weil eines ist sicher: Nach den Tatortreinigern müssen die Maler antreten. Ausgemalt gehört bei den Schrotts schon lange, und die im ganzen Wohnzimmer verteilten Blutspritzer werden diesen Prozess sicher beschleunigen. Auch wegen des blutbesudelten Laufgewands der Toni vereinbaren sie mit dem Sprengnagl für morgen ein Mittagessen beim Weingut Schachl. Der Tag war lang genug, viele Fragen sind noch offen, die ohne den Nussbaum sicherlich nicht so schnell geklärt werden können. Die Chefinspektorin setzt die Zeugeneinvernahme für morgen Nachmittag an und pfeift gut gelaunt »Love Is in the Air«. Dass sie damit den Klingelton vom Sprengnagl für seine Frau imitiert, ist ihr nicht bewusst. Alle verzichten auf eine Erklärung, weil wenn die Wehli schon einmal gut drauf ist, soll sie das auch so lang wie möglich bleiben.

Die Beagelin begrüßt ihre Adoptiveltern schon bei der Haustür überschwänglich, genau das, was die beiden nach den letzten Stunden brauchen. Müde schleppen sie sich mit je einer Flasche Alkohol die Stufen ins Bad hinauf.

Nach zwei Gläsern Frizzantino brechen bei der Toni alle Dämme. Ihre Hände zittern, Tränen laufen ihr die Wangen hinunter. Schluchzend erzählt sie dem Pokorny von den Schüssen und ihrer Angst. Nach außen hin ist sie immer die Starke, innerlich sieht es anders aus. Schon nach einer halben Stunde schleichen die beiden ins Schlafzimmer.

Die Maxime darf zur Beruhigung sogar neben dem Bett von der Toni schlafen. Das zeigt dem Pokorny eindringlich, wie angespannt die allerbeste Ehefrau der Welt tatsächlich ist.

Donnerstag, 3. Oktober

Grundsätzlich verträgt die Toni den Frizzantino bestens. In den ärgsten Zeiten trinkt sie während der Ermittlungen schon mal eine Flasche an einem Abend. Dass sie morgens um drei ins Bad läuft und sich übergibt, dürfte den angespannten Nerven geschuldet sein.

Um zwölf Uhr treffen sie sich mit dem Sprengnagl beim Heurigen Schachl am Felde.

Wie gewohnt schlägt der Pokorny beim Klassikburger, einem Fleischlaberl mit einer Extraportion Speck, Zwiebeln und einem Spiegelei, zu. Die Toni bestellt sich einen Kamillentee, was bei ihr kein gutes Zeichen ist. Besorgt schaut der Pokorny seine Liebste an. Der Sprengnagl ordert das extra für ihn zubereitete Hühner-Cordon-bleu mit Pommes frites.

»Habt ihr die Laborauswertungen schon am Tisch?«, fragt der Pokorny den Gruppeninspektor.

»Teilweise. Die Fremd-DNA in der Wunde der Folkert stammt vom Nussbaum. Die Auswertung von den Blutspuren am Verlängerungskabel und auf der Scherbe beim Haus vom Schöberl dauert noch. Die Fingerabdrücke vom Nussbaum sind auf jeden Fall drauf. Der Nussbaum muss den Ribitsch damit attackiert und verletzt haben.«

»Hallo, ihr Lieben«, sagt der Berti und setzt sich zu ihnen. »Notfall. Ich bin grade beim Wohnwagen gewesen. Die Katzinger wechselt von den Marlboros zu meinen Tabakspezialitäten. Der Sophie geht's nicht gut, da hab ich ihr einen Spezialtee vorbeigebracht. Und jetzt fragt mich bitte nicht, ob das alles legal ist, okay?«

Der Sprengnagl hält sich die Augen zu. »Ich will's gar nicht wissen.«

»Raucht sich die Katzinger jetzt ein?« Der Pokorny reißt die

Augen auf. »Die ist mit ihren Zigaretten schon schwer gefährdet, ihren Wohnwagen abzufackeln. Wenn die auf Joints wechselt, war's das.«

»Keine Sorge, ich hab auch Biotabak ohne Zusatz im Angebot. Sie hat sich über die Desinformation beschwert. Sie hätte den Grillmeister durch ihre scharfe Beobachtungsgabe quasi im Alleingang überführt und bisher kein Wort des Lobes gehört.«

»Geh.« Der Pokorny winkt ab. »Die hatte den Schrott unter Verdacht, den Nussbaum reimt sie sich jetzt zusammen.«

»Trotzdem war sie eure Tippgeberin. Sonst wäre der Pokorny ja gar nicht zum Haus vom Voitl hingefahren …«

Die Toni unterbricht. »Dann hätte er weiter an einer falschen Spur zum Schrott basteln können.« Sie kostet vorsichtig von ihrem Tee und verzieht das Gesicht. »Gehört nicht zu meinen Lieblingsgetränken.«

»Warum dann gerade Kamille?«, will der Berti wissen. »Hättest du was gesagt. Einen Wohlfühltee hätte ich dir mitbringen können.«

»Ich wusste ja nicht, dass du kommst. Außerdem ist mir seit gestern schlecht, da hilft mir auch dein Tee nicht.«

»Der Nussbaum hat die Folkert und den Ribitsch ermordet, der Grammel war zur falschen Zeit am falschen Ort und konnte wegen seiner Lungenerkrankung nicht mehr rechtzeitig fliehen. Das hat der Nussbaum alles aus Rache getan?« Der Berti deutet der Juniorchefin und bestellt ein prickelndes Vöslauer Mineralwasser.

»Zu Beginn hatte er nur die Brandstiftung im Sinn. Dann kam eines zum anderen.«

Die Toni nickt. »Der Nussbaum hat erzählt, wie ihn der Schrott nach Strich und Faden belogen und ausgenutzt hat.«

»Ja, wissen wir. Die Wehli hat den Schrott gestern noch auf die PI zur Zeugenbefragung mitgenommen. Er hat die Sache mit der Prostituierten und dem Anruf wegen dem angeblichen Wasserrohrbruch zugegeben. Er wusste, wie sehr der Nussbaum an seiner Hedwig hing. Der hätte ihm sonst niemals Geld gegeben. Nach der Trennung war dem Nussbaum alles wurscht, der Schrott hat ihn rücksichtslos wie eine Zitrone ausgequetscht.«

»Das hat er euch so mir nichts, dir nichts erzählt?« Der Pokorny schaut ihn von der Seite an. »Versteh schon, strafrechtlich ist er aus dem Schneider.«

Der Sprengnagl nickt. »Für die Brandstiftung hat er mit den gut gestreuten Hinweisen auf den Grazurlaub ein Alibi vorbereitet. Seine Frau war bei einer befreundeten Friseurin zum Aufhübschen der Haare. Die beiden Frauen hatten sich länger nicht gesehen, waren danach noch essen. Er hatte also genug Zeit, um nach Hause und wieder zurück nach Graz zu fahren. Seine Frau wusste gar nicht, dass er weg war. Hätte ihm seine Frau nicht unverhohlen mit Scheidung gedroht, hätte er wahrscheinlich jede Schuld abgestritten und das gestrige Geständnis auf die Geiselnahme geschoben. Er hat den Nussbaum wissentlich ins Unglück gestürzt und dessen Leben damit zerstört. Was er damit in Bewegung gesetzt hat, war ihm nicht klar. So viel hat er unter Tränen gestanden. Ein Charakterschwein zu sein, ist kein Straftatbestand.«

»Wie hat seine Frau reagiert?«

»Seine Sachen gepackt, er wohnt derzeit in einem Hotel in Baden. Ich denke, sie wird sich von ihm scheiden lassen. Er hat sie ja mehrmals angelogen. Die Folkert und der Nussbaum sind tot, der Auslöser für die Taten war ihr Mann. Die Schrott wäre jeden Tag mit der Schuld ihres Ehemanns konfrontiert.«

»Was ist eigentlich bei der Ortung vom Handy der Schrott rausgekommen?«

»Sie hat eine Geheimnummer. Deswegen haben wir sie nicht erreichen können. Es gab da mal Probleme mit einem Stalker.«

»Hätte der Nussbaum den Schrott wirklich erschossen, oder hat ihm das Geständnis gereicht?« Die Toni schaut in ratlose Gesichter.

»Die Antwort hat er mit ins Grab genommen. Dass jetzt einige Fragen offenbleiben, ist klar.«

»Den Vertrag mit der Zwatzl hat der Schrott also in Vorbereitung auf die Brandstiftung aufgelöst. Richtig?«

»Ja, der Schrott hat den Ribitsch und den Grammel zum Aufpassen und Hackeln angeworben. Laut seiner Aussage hat er den beiden eine Woche vor dem geplanten Brand die Zusammenarbeit gekündigt.«

Der Pokorny nickt. »Schwarzarbeiter gekündigt, ha, ha. Er brauchte sie nicht mehr und wollte sie aus der Schusslinie haben. Bei aller Lügerei glaub ich ihm das sogar. Brandstiftung ist das eine, aber mit Todesfolge schaut's anders aus.«

»Der Granitstein im Hotel?«

»Der Schrott leugnet, damit etwas zu tun zu haben«, sagt der Sprengnagl.

»Könnte eine weitere falsche Spur vom Nussbaum gewesen sein.«

»Der Gärtner ist immer der Mörder!«, brüllt die Katzinger durch das ganze Lokal. »Hab ich's nicht gesagt. Komm, Sophie, heute lassen wir's krachen.«

Die alte Frau schiebt ihre Zwillingsschwester durch das Heurigenlokal zum Stammtisch vom Pokorny im hinteren Teil. Dicht hinter ihr folgen der Heini und der Ludwig mit ihren Rollatoren. »Jetzt bist so eine Berühmtheit und versteckst dich im letzten Eck. Dich soll einer verstehen.«

»Hallo, die Damen«, begrüßt der Pokorny die Frauen, die sich lediglich durch den Kleidungsstil unterscheiden. Die Katzinger ist für ihre Retro-Kleidung in ganz Vöslau bekannt. Ihre Zwillingsschwester trägt dagegen modernere Sachen. »Der Berti meinte, es geht Ihnen nicht gut?«

Die Sophie lächelt müde. »Ja, das stimmt auch. Aber was soll ich sagen, sein Tee wirkt Wunder, die Schmerzen sind besser geworden.«

»Na bitte, ganz meine Worte. Mein Zeug hilft, und nur darum geht's. Oder, Herr Gruppeninspektor?«

»Als Privatmann versteh ich dich gut …«

»Und als solcher bist du ja auch da. Weil in deiner Funktion als Krimineser dürftest du keine Amtsgeheimnisse ausplaudern«, führt der Berti aus.

»Wird der Schrott eingesperrt?«, fragt die Sophie.

Der Sprengnagl schüttelt den Kopf. »Nein. Er war für den Brand letztendlich nicht verantwortlich. Warum er die Kanister im Hotel gelassen hat, konnte oder wollte er uns nicht sagen. Wir vermuten, dass er es zu einem anderen Zeitpunkt noch einmal versucht hätte.«

»Was wird mit dem Hotel passieren?« Der Berti bestellt einen Traubensaft.

»Keine Ahnung. Die Versicherung wird eine Abschrift von den kriminaltechnischen Untersuchungen erhalten. Wie die mit der versuchten Brandstiftung umgehen, ist ihre Sache. Einen Kredit für den Wiederaufbau bekommt der Schrott sicher nicht mehr. Wahrscheinlich bleibt die Brandruine so stehen.«

»Was ist damals eigentlich wirklich passiert? Toni … was ist mit dir?« Der Pokorny legt ihr vorsichtig die Hand auf die Schulter.

Die allerbeste Ehefrau der Welt ist weiß um die Nase, hält sich die Hand vor den Mund und läuft auf die Toilette.

»Seit gestern ist ihr schlecht«, meint der Pokorny besorgt.

»Hm …« Die Katzinger schaut ihr nach. »Vielleicht … nein, wie soll das denn gehen?«

»In der Zeitung stand, Sie hätten sich wegen der Erbschaft mit Ihrer Schwester geprügelt«, sagt der Pokorny.

Die Sophie nickt. »Ja, ich wollte einfach nicht mehr. Die Urlauber mit ihren Sonderwünschen. Manche waren zudringlich, mir hat es gereicht. Ich wollte verkaufen, die Liesl nicht. Es gab ordentlich Zoff, was mir jetzt leidtut.« Sie drückt der Katzinger die Hand. »Eine Zeit lang hat die Liesl ja versucht, mich zu erreichen. Ich wollte aber nicht, und irgendwann ist der Kontakt abgerissen.«

Die Toni kommt zum Tisch zurück. »Willi, wir gehen besser. Ich muss mir einen Virus eingefangen haben. Das wird heute nichts mehr.«

Der Pokorny lässt sich den Rest vom Burger einpacken, sie zahlen und machen sich auf den Heimweg.

Zu Hause macht der Pokorny seiner Liebsten einen drogenfreien Beruhigungstee vom Berti.

»Wenn das morgen nicht besser ist, musst du zum Arzt gehen.«
»Ja, so kann es eh nicht mehr weitergehen.«

Die Nacht war ruhig, bis fünf Uhr hat die Toni tief und fest geschlafen. Dann war es mit der Ruhe vorbei. Fast wäre der Pokorny nicht in das Café Annamühle gegangen. Zweimal musste die allerbeste Ehefrau der Welt sich übergeben. Der Gedanke an ein Frühstück brachte ihr einen weiteren Besuch der Toilette ein.

Als der Pokorny eine halbe Stunde nach dem Einkauf nach Hause kommt, liegt auf der Türmatte vor der Doppelhaushälfte eine schmale rosa-weiße Schachtel. Er bückt sich und staunt nicht schlecht. Wer auch immer das war, aber mit einem Schwangerschaftstest vor dem Frühstück hätte er nicht gerechnet. Ein rascher Rundblick bringt auch keine weiteren Erkenntnisse. Mit einem komischen Bauchgefühl sperrt er auf und findet die Toni eingerollt mit einem Thermophor auf der Wohnzimmercouch.

»Zuckerschnecke. Schau, was ich vor dem Haus gefunden hab.« Er setzt sich neben sie und drückt ihr die Packung in die Hand. »Wann war deine letzte Regel?«

Ungläubig blickt sie auf den Test. »Von wem ist der?«

»Ich weiß es nicht. Sag schon!«

»Schon eine Zeit her … Glaubst du …?«

Er lächelt sie an und klopft auf die Schachtel. »Ich glaub gar nix, fragen wir das Ding.«

Sie steht ächzend auf, greift nach ihrem iPhone und sieht eine Whatsapp von der Katzinger.

– du mörderfrau in bad vöslau   vielleicht hats dein Götter-Gatte doch noch drauf   lg lk

Trotz ihrer Übelkeit muss die Toni grinsen, zeigt dem Pokorny die Nachricht und steigt langsam die Stufen hinauf. »Wird ein bisschen dauern, mir zittern die Knie.«

Wie lange ein bisschen sein kann, ist relativ. Nervös krault der Pokorny die Beagelin hinter den Ohren und schaut pausenlos auf die Uhr. Eine gefühlte Ewigkeit später hört er einen Schrei, die Tür knallt zu, die Toni stürmt die Stufen hinunter. Der Pokorny kennt seine allerbeste Ehefrau der Welt einfach zu gut. Ein Blick reicht aus, um zu erkennen, dass sich sein bisher relativ beschauliches Leben von Grund auf ändern wird …

Dankschön

Dass jetzt im vierten Jahr der vierte Krimi rund um die Pokornys erscheint, ist keine Selbstverständlichkeit und hängt im großen Ausmaß vom Erfolg ab. Diesen verdanke ich in erster Linie meinen treuen und begeisterten Leserinnen und Lesern, die meine Bücher kaufen und weiterempfehlen. Die Rückmeldungen sind sehr positiv und spornen mich zu neuen Geschichten an.

Jedes Mal wenn ich mit einem Manuskript fertig bin, bekommt meine Ehefrau es als Erst-Testleserin überreicht und bügelt die Fehler aus. Petra, wenn du dich eines Tages entschließen solltest, genug von den Pokornys zu haben, du den Hut draufhaust, keine Manuskripte mehr lesen willst, dann kann ich den Laden zusperren. Ohne dich geht nichts. Mein Schatz, ich liebe dich so sehr.

Mein großer Dank gilt wieder meinen Testleserinnen und Testlesern, die mich mit Rat und Tat unterstützt und Fehler gnadenlos aufgedeckt haben. Nennen möchte ich hier: Andreas Fels, Beatrix Hadek, Annemarie Hellmich-Scheuch, Nada Höfinger, Herwig Pauls und Brigitte Zwiebler.

Beim Bürgermeister der Stadtgemeinde Bad Vöslau, Christian Flammer, bedanke ich mich für die tolle Unterstützung bei der Umsetzung der Buchprojekte. Der Buchtitel war nicht meine Idee. 😉

Einen herzlichen Dank an alle Unternehmen, die auch beim vierten Roman an die Pokornys geglaubt haben und mir zur Seite stehen. Ohne diese breite Zustimmung könnte mein Leitsatz »Regionaler als regional« nicht halten, was er verspricht! Ein Unternehmen möchte ich besonders hervorheben: Der Pokorny schnabuliert beim Heurigen Sunk ohne Ausnahme den Bauerntoast mit Spiegelei und hat es damit sogar namentlich in die Speisekarte geschafft. Liebe Doris, lieber Bernd, ich danke euch, wenn auch verspätet, sehr für »Pokorny's Bauerntoast«.

Meiner neuen Lektorin Julia Lorenzer möchte ich herzlich für ihren Einsatz danken. Es war sicherlich kein leichtes Unterfangen, die Pokornys und die Frau Katzinger so schnell so gut kennenzulernen. Es kamen völlig neue Aspekte in den Roman; zukünftig könnte sich für die Pokornys und die Katzinger einiges ändern. Ich liebe es, in meinen Büchern sogenannte Cliffhanger einzubauen, also Vorschauen, wie es im nächsten Krimi weitergehen könnte. In diesem Buch gibt es eine besondere Überraschung, mal schauen, was da in Bad Vöslau passiert.

Vielen Dank auch an das Team des Emons Verlags. Die Unterstützung ist grandios, es macht großen Spaß, bei diesem Verlag Bücher zu veröffentlichen.

Meiner Agentin Conny Heindl von der Agentur Gerald Drews möchte ich für ihren unermüdlichen Einsatz bei der Entstehung des Werkes danken.

Danken möchte ich auch meiner lieben Kollegin Claudia Rossbacher, die mir aus ihren Steirerkrimis die beiden Protagonisten vom LKA Graz, Chefinspektor Bergmann und Abteilungsinspektorin Mohr, für eine Szene im Grazer Café Kaiserfeld geliehen hat.

Liebe Leserinnen und liebe Leser, Sie halten mittlerweile meinen vierten Krimi in der Hand und hatten damit hoffentlich genauso viel Spaß wie mit den Vorgängern. Danke für Ihr Vertrauen in meine Bücher. Es zahlt sich aus, mir elektronisch zu folgen. Besuchen Sie meine Website www.norbert-ruhrhofer.at, abonnieren Sie meine Krimi-News und/oder folgen Sie mir auf Instagram oder Facebook. Über eine Weiterempfehlung und gute Rezensionen auf den einschlägigen Onlineplattformen würde ich mich sehr freuen.

Mit mörderischen Grüßen

Norbert Ruhrhofer

PS: Wie hat Ihnen der Roman gefallen? Gerne können Sie mir unter autor@norbert-ruhrhofer.at Feedback senden und Fragen stellen.

Norbert Ruhrhofer
MORD IN BAD VÖSLAU
Broschur, 304 Seiten
ISBN 978-3-7408-1258-4

»Sport ist Mord«, das hat Willi Pokorny schon immer geahnt, und beim diesjährigen Bad Vöslauer Kurstadtlauf scheint sich das Zitat tatsächlich zu bewahrheiten: Ein herzkranker Mann liegt leblos neben seinem Rollstuhl. Die Polizei geht von einem natürlichen Tod aus, doch nicht nur Willi Pokorny hegt Zweifel daran. Gemeinsam mit seiner Ehefrau Toni und der schrulligen Frau Katzinger begibt er sich auf Mörderjagd – und stolpert schon bald über weitere Leichen.

www.emons-verlag.de

Norbert Ruhrhofer
MORDSRADAU IN BAD VÖSLAU
Broschur, 384 Seiten
ISBN 978-3-7408-1568-4

Eigentlich wollten die Pokornys nach einer anstrengenden Tagestour durch Wien in Ruhe beim »Tatort« entspannen. Da steht plötzlich der Obmann des Triestingtaler Immobilienverbands vor der Tür und bittet das Ehepaar um Hilfe: Zwei Maklerkollegen haben unter mysteriösen Umständen das Zeitliche gesegnet. Kurz nachdem die »Freizeitpolizisten« die privaten Ermittlungen aufgenommen haben, stirbt eine weitere Maklerin, und sie soll nicht die Letzte sein …

www.emons-verlag.de

Norbert Ruhrhofer
MÖRDERSCHAU IN BAD VÖSLAU
Broschur, 352 Seiten
ISBN 978-3-7408-1772-5

Ein paar entspannte Stunden im altehrwürdigen Thermalbad Vöslau
verbringen? Schön wär's! Noch ehe die Pokornys es sich in ihren
Hängematten im Föhrenwald gemütlich machen können, werden
sie Zeugen eines heftigen Streits um die begehrten Waldkabanen.
Kurz darauf wird die betagte Mieterin einer Kabane ermordet auf-
gefunden. Ein Fall für die Freizeitpolizisten! Tatkräftig stürzen sich
die Pokornys in die Ermittlungen – und stehen bald schon vor dem
nächsten Rätsel.

www.emons-verlag.de